国家社会科学基金青年项目"文学语境的多元意义及其生成机制研究"(项目编号:13CZW005)

文学语境意义生成机制研究

吴昊 ◎ 著

中国社会科学出版社

图书在版编目(CIP)数据

文学语境意义生成机制研究/吴昊著. —北京：中国社会科学出版社，2021.11
ISBN 978-7-5203-9075-0

Ⅰ.①文… Ⅱ.①吴… Ⅲ.①语境学—文学研究 Ⅳ.①I0

中国版本图书馆 CIP 数据核字(2021)第 184142 号

出 版 人	赵剑英	
责任编辑	郭晓鸿	
特约编辑	杜若佳	
责任校对	师敏革	
责任印制	戴　宽	

出　　版	中国社会科学出版社	
社　　址	北京鼓楼西大街甲 158 号	
邮　　编	100720	
网　　址	http://www.csspw.cn	
发 行 部	010-84083685	
门 市 部	010-84029450	
经　　销	新华书店及其他书店	
印　　刷	北京明恒达印务有限公司	
装　　订	廊坊市广阳区广增装订厂	
版　　次	2021 年 11 月第 1 版	
印　　次	2021 年 11 月第 1 次印刷	
开　　本	710×1000　1/16	
印　　张	21.5	
插　　页	2	
字　　数	301 千字	
定　　价	118.00 元	

凡购买中国社会科学出版社图书，如有质量问题请与本社营销中心联系调换
电话：010-84083683
版权所有　侵权必究

目　　录

序 ·· 赵宪章（1）

绪论 ·· （1）
　一　"语境"的传播动力和多重身份 ···························· （3）
　二　20世纪文学研究的语境思维变革 ························ （13）

第一章　"语境"与"文学语境"的新内涵 ······················ （33）
　第一节　语境是什么 ·· （33）
　第二节　文学语境是什么 ·· （52）
　第三节　文本视角下文学语境的四种类型 ····················· （59）
　第四节　文学语境的复义功能 ······································ （69）

第二章　文本内语境与发散—聚合机制 ······················· （80）
　第一节　语义层面的文本内语境：瑞恰兹和新批评的
　　　　　语境定理 ·· （80）
　第二节　话语层面的文本内语境：巴赫金和文学语用学的
　　　　　语境研究 ·· （89）
　第三节　叙事层面的文本内语境：从结构主义叙事学到
　　　　　新叙事学的语境研究 ··································· （106）

第四节　文本内语境的话语场和发散—聚合机制 ……………（117）

第三章　文本间性语境与识别—激活机制 ……………（129）
　　第一节　文本间性语境概述 …………………………………（129）
　　第二节　共生形态的文本间性语境：以引用为例 …………（141）
　　第三节　派生形态的文本间性语境：以戏仿和拼贴为例 …（150）
　　第四节　从反讽看文本间性语境的识别—激活机制 ………（161）

第四章　符号间性语境与语图双重机制 ………………（177）
　　第一节　图文之争：文学与图像的历史关系变革 …………（178）
　　第二节　语图互译的双重意义机制 …………………………（186）
　　第三节　符号间性语境中的语图修辞：以诗意图和
　　　　　　题画诗为例 ………………………………………（202）
　　第四节　符号间性语境中的阅读机制：以图文本为例 ……（220）

第五章　社会文化语境与语境化机制 …………………（233）
　　第一节　社会文化语境的多元化视角 ………………………（234）
　　第二节　文学话语交际中的社会文化语境理论 ……………（245）
　　第三节　跨文化文学传播中的社会文化语境理论 …………（258）
　　第四节　社会文化语境的语境化机制 ………………………（269）
　　第五节　艺术本质与社会文化语境的赋予功能 ……………（287）

结语　语境的边界和语境批评 …………………………………（311）
主要参考文献 ……………………………………………………（319）
后记 ………………………………………………………………（335）

序

赵宪章

2005—2008 年，吴昊在南京大学攻读文艺学博士学位。该书稿是她在博士学位论文的基础上充实、修改、完善而完成的。博士毕业十多年来，吴昊博士一直在这一论域不断开拓、孜孜矻矻、反复打磨，终成正果。对照原稿可以想象她的努力和付出，其中的艰辛只有自知。衷心祝贺她的进步！

吴昊博士是给我留下深刻印象的学生之一，在读时的许多场景还历历在目。她是一位有志向、有目标、有追求的学生，勤于思考就是其显著特点之一。例如该论文的选题，就说明她很善于发现问题：一方面，晚近以来"语境"概念被广泛使用，甚至成了文艺理论的热词；另一方面，却不见关于它的正面阐释，疑惑便由此而生。当然，并不是所有的概念都适合做博士学位论文，关键在于概念所关联的境域是否有某种普遍性，是否凝结着一些重要学术线索或有价值的论题。经过系统学术调查，吴昊惊喜地发现，这一概念之所以超越语言学而迅速延宕到其他许多学科，有其内在的必然性，例如 20 世纪的语言学转向、整体主义思潮流行等。而这两个方面，恰恰是 20 世纪文艺理论的重要关联，于是确认"语境"并不是一个孤立的概念，而是某种新观念和新方法的表征。由此切入，20 世纪文学理论的一些重要问题，就有可能获得新解释。我很赞赏吴昊博士的这一问题意识，勤于思考、善于思考者必有回报。因为在我看来，发现问题是做学问的前提；而能否在无疑处质疑，即发现难以发现的、有价值的问题，则是做出好学问的前提。吴昊博士所论"文学语境"就属此列。

从吴昊博士的书稿结构可以看出，她讨论文学语境的线索并不繁杂，主体部分仅由四个版块构成：首先是文本内部语境，也就是我们通常说的"上下文"；其次是文本间性，即文本与文本之间的语境；再次是符号间性，即语言符号与图像符号之间的语境；最后是文学与社会文化之间的语境。这四个方面由内而外、由小而大、由单一作品而作品之间，直至作品之外，不仅简要明了，还建构了逻辑自洽的整体，为全书营造了一个玲珑剔透、清新可见的构形。简单明了的结构方式并不意味着内容简单、论述粗浅，只要细读其中一些章节就可见出，无论是对内语境的话语场和发散—聚合机制的概括，还是对文本间性之识别—激活机制的归纳，抑或是社会文化之语境化机制的讨论，吴昊都能条分缕析，深入而细致，"语境"概念所包蕴、所关联的问题被逐一揭示，不少新意出乎意料，颇具启发性。毫无疑问，关于语境问题的研究，这是目前我们所能看到的最系统和最深入的成果。

如果说"上下文""文本间性"以及社会文化语境等是该论域大体可以想见的内容，那么，符号间性（第四章）就不是一般学者可以想到的问题了。这是吴昊博士毕业之后的锦上添花，博士学位论文原稿并无此论，概因她新近涉足了一个新论域——文学与图像关系研究。文学是语言的艺术，但又可以延宕为图像艺术，于是，一种跨越符号栅栏的"新语境"也就出现了。以题画诗为例，在中国诗歌史上一直不受重视，并不是因为其中没有好诗，而是语境发生了重要改变——题画诗所依存的画作不在了，从而使其脱离了原初的语境（诗画一体），"看画读诗"变成了只是面对白纸黑字的"纯诗阅读"，从而影响了题画诗的诗意授受。吴昊博士列专章讨论这一问题很有必要，再次说明了她的问题意识，并且如此敏锐、如此不断拓展自己。吴昊博士的这一"符号间性语境"，广而言之是"文学遭遇图像时代"的产物，从而使这一论域充溢着强烈的现实关怀；毫无疑问，文学研究，特别是文学理论，"现实关怀"当是其中应有之义。

本书的出版意味着吴昊博士的语境研究告一段落，相信她会在今后的岁月继续前行；无论选择怎样的新论题，或者延续这一话题，相信她都会像此前那样，是一个有志向、有目标、有追求的学者。

是为序。

赵宪章
2020年夏日于南京

绪　　论

　　20世纪后期以来，"语境"从语言学迅速泛化到人文科学、社会科学和自然科学领域，成为各个学科的重要基本范畴和研究方法。在此泛化过程中，我们更多的是在运用"语境"，而相对忽视这一现象背后的深层问题——语境已发展成一种研究的思维范式，它的广泛使用彰显了人文社会科学和自然科学在研究观念和方法上的某种变革。"语境"被引入文学研究领域，同样伴随着研究观念和方法的深层变革。但文学研究领域尚未从文学自身的角度整体系统地探讨这一问题。

　　中国对文学语境问题的研究大致在六个层面上进行：借用语言学的狭义语境概念的文学作品研究；运用广义语境概念的文学作品研究；文学语境的理论探索；文学翻译的语境理论；文学文体的语境理论；文学修辞的语境理论。其中最有理论价值的是"文学语境的理论探索"层面，例如国家社科基金课题"剧场交流语境理论与宋元戏曲的生成"和"社会语境与文学理论形态生成"，分别从某一特定的角度探究文学语境问题。然而这些研究只是文学语境问题的一个侧面，还有大量的理论空白点没有被关注和挖掘。其他研究层面则更多流于对语境理论的泛泛使用，没有深究文学语境的元理论问题，且在文学语境的认识上各自言说，相对混乱。

　　文学语境研究可以是多层面、多视角的，而且在文学意义、文学批评、文学性等问题上价值卓然。如语境具有与生俱来的解读意义的功能，亦具有方法论上的现实指导意义。在中国文学研究中，文学意义、文学批评、文学性等各方面研究都存在暴力肢解研究对象的现象，以偏概全、断章取义的研究方法非常片面而功利。语境的整体研究方法将是对此流弊的反驳和纠正，尤其是对于中国文学批评摆脱当前所面临的衰落和困境大有裨益。

文学语境理论作为中国文学理论不可或缺的重要组成部分，有待创新和深入发展。随着"语境"当前在人文社会科学中的发展，"文学语境"已发生了重要的变化，而我们对它的理解却多停留在"上下文"和瑞恰兹的语境理论上。文学语境理论亟待系统研究和创新发展，以使其在文学批评实践和文学理论建构中发挥现实性的作用。

在语境理论的研究方法上，针对其所涉及的广泛领域，我们应把它放在整个人文社会科学中来观照，突破研究视野的局限；而在探讨语境的意义功能和文学批评效用时，又须注意宏观与微观、理论与文本、思想与方法论的结合；任何理论都有其有效的言说和适用范围，对于无所不在的泛化语境而言，尤其应采取辩证分析的态度讨论语境理论的适用性和有效性。

由此本书首先在宏观背景下梳理和阐释了泛化的语境概念，探讨它的传播动力和身份变异问题，又聚焦于文学研究领域，审视语境在文学话语层面、阐释层面、文体层面、历史批评层面和本质层面的思维变革。泛化的"语境"已成为一种"寄生于对象的外在关联域"的功能性方法和思维范式。作为泛化语境的一种具体形态，"文学语境"因"语境"的寄生性而内涵多变，针对不同的言说对象呈现出流动的所指。在语境和文学语境的新内涵的基础上，本书尝试从全新的角度阐发文学语境的复义功能及其意义生成机制。"文学语境"从文本层面可分为"文本内语境""文本间性语境""符号间性语境""社会文化语境"四种形态。文学意义在这层层语境中分别以发散—聚合机制、识别—激活机制、语图双重机制、语境化机制等方式孕育生成。与日常话语的语境不同，文学语境发挥的功能不是使意义变得明晰，而是使意义越来越丰富多义。这种复义功能是文学语境区别于非文学语境的独特之处。简言之，语境决定文学的复义。

本书将在传统文学语境理论的基础上，结合西方现代语境理论，以整个人文社会科学的语境元理论为经，以文学各个层面为纬，深入探讨"文本内语境""文本间性语境""符号间性语境""社会文化语境"的意义生成机制问题。

一 "语境"的传播动力和多重身份

"语境"，这个原本隶属于语言学的术语，目前在文学研究、艺术学、文化研究、教育学、哲学、政治学、经济学、法学、建筑学等几乎所有的人文社会科学领域，甚至是在自然科学领域中也比比皆是。我们通过对1979—2019年间的期刊、博士和硕士学位论文进行不完全统计，中国和外国语言文字领域以"语境"为题名的论文有36000多篇，而人文社会科学、自然学科中非语言学领域中以"语境"为题名的竟有117000多篇，是语言学的三倍多。究竟是什么强大的动力让"语境"越过语言学的樊篱遍布学术界？这背后是否反映出学术思维的发展趋势，我们又如何理解这个多重身份的"语境"呢？这些都是亟待我们揭示的问题。

（一）思维范式的变革：推动"语境"传播的动力

一个语言学术语能够在众多的人文社会科学和自然科学领域中广泛使用，绝不是一种偶然的语言传播现象，其广泛传播的背后必然有着更深层的思想观念的变革等待我们去探寻。

1. 语境传播的表层动力：语言学转向

"语境"的传播，首先与20世纪的语言学转向息息相关。20世纪初索绪尔的语言观念不仅改变了语言学的发展方向，也使几乎所有的人文社会科学，如哲学、历史学、心理学、法学，以及文学、绘画、音乐、影视等众多艺术研究都发生了"语言学转向"。语言学的众多术语和研究思维都进入并深刻影响了这些领域的研究。"语境"，和"语言""言语""话语""文本""对话""共时性""历时性""隐喻""象征"等众多术语一起，成为非语言学领域也会频繁使用的学术用语。当然这不仅是词汇运用的问题，我们还应看到这些语言学术语所伴随着的新的语言观和研究思维，它们的传播也是那些非语言学领域的研究观念发生变革的结果。更有意思的是，这些语言学术语在传播的过程中，其本身的内涵也被不断地改造、变形和重铸，我们今天所看到的"语境"已不再是往昔的那个语言学中的"语境"了。起初它还只是一个普普通通的语言学概念，但经过哲学、解释学等领域对它的普泛化运用和升华，已发展为一种具有本体性、方法性的研究方法和思维范式。

在我们将语言学转向视为"语境"泛化的大背景和主要动力之时，有一点是需要注意的，那就是语言学转向最初对"语境"的排斥。在索绪尔区分语言和言语之时，他就已然为语言学的研究对象做了选择。他认为只有"语言"才是语言学唯一合适的研究对象，只有共时性的语言研究才是语言学应该走的唯一正确的道路。而"语境"是与"言语"紧密相连的，这无疑是将言语和语境一起排斥于语言学研究之外。他对语言的推崇和对言语的排斥，带来了整个人文社会科学的语言学转向，却隐藏着巨大的历史局限和弊端。这种排斥鲜活言语的研究局限和弊端日益显现，因而当语言学转向发展到顶峰——逻辑实证主义语言哲学之后，语言学转向自身便发生了内部转向——从语言到话语的转向。话语是语言在语境中的运用。这时候语境才在语言观和研究思维中备受关注，逐渐传播到其他备受语言学转向影响的那些学科领域。

2. 语境传播的深层动力：整体主义思潮

除了"语言学转向"，"语境"的传播更与20世纪盛行的"整体主义"思潮息息相关。整体性原则作为人类基本的思维方式和观念之一，其渊源久远，可以追溯到赫拉克利特、柏拉图和亚里士多德。如赫拉克利特提出的"世界是包括一切的整体"的观点便是人类整体性思维的运用，这种整体性思维广泛存在于人类的思想观念中。然而我们这里所说的"整体主义"思潮，却是19世纪末20世纪初以来社会科学和自然科学领域中与"个体主义"、"还原主义"或"本质主义"相对立，用以反拨这些思维方法和观念的一股重要思潮。"整体主义"的基本观点，是认为整体不等于部分的总和，不可以被还原为部分，具有超越部分的独特结构和属性。在不同的思想领域里，面对不同的研究对象，这个"整体"或表现为社会整体，或世界整体，抑或其他整体。

在社会科学领域，"整体主义"的兴起，源于人们对"个体主义"传统所导致的破坏性结果的反思。"个体主义"观念易于导致在人类各种生存行为上的"自我中心主义"和"人类中心主义"，从而产生破坏社会和自然的行为，引发各种现代社会问题。因而"整体主义"者主张消除"自我中心主义"，提倡主体间的交往（如哈贝马斯），提倡为他人、社会作出贡献（如大卫·雷·格里芬①）；主张消除"人类中心主义"，将人与自然视为一个有机的整体，重建人与自然的和谐关系。

在科学哲学领域，"整体主义"的兴起，源于人们对"还原主义"方法的反思。还原主义是由自然科学长期运用的还原论方法嬗变而来的一种世界观，它认为世界是由基本粒子、分子及其相互作用构成的，物理学、生物学等学科只要将世界划分为粒子和分子进行探索就可以获得对世界的把握。还原主义和还原论在现代科学知识体系方面所获得的成功是空前卓越的，但它所呈现给我们的却是一个破碎的世界。物理学家、科学思想家戴维·玻姆指出，传统量子物理所呈现给我们的只会是世界的碎片，希望通过拼凑重整这些碎片来重构出对世界的整体认识是不可能的，我们不应该把世界劈成一个个小块来认识，而应该把生命和

---

① ［美］大卫·雷·格里芬：《后现代科学——科学魅力的再现》，马季方译，中央编译出版社2004年版。

物质视为一个连贯的"整体"。①

20世纪以来的众多理论思想，都与反思"个体主义"、"还原主义"或"本质主义"的这股整体主义思潮有关。如胡塞尔的"主体间性"理论突破个体性而走向对主体间关系的认同和阐释，哈贝马斯的"交往理论"进一步提出人的"主体性"只有在交往活动中才能生成。格式塔心理学的"完形理论"更是旗帜鲜明地指出"整体大于部分之和"，对人类认知的整体性进行了大量实验和证明。布尔迪厄关于"习性""场"的理论，迪基提出的"艺术界"……都可被视为整体主义思潮的一部分。"语境"的兴起和泛化自然也是这一思潮中的一股细流。从分析哲学的发展转向，或者具体来说从维特根斯坦对于逻辑原子主义的反拨，就能证明这一点。

由罗素所创始的逻辑原子主义哲学认为语言的结构和世界的结构是一致的，通过对语言的分析可以达到对世界的理解，在这种观念的基础上，无论是世界还是语言都被细分为许多孤立的逻辑原子或逻辑事实，这种逻辑思维方式显然是与还原主义相一致的。维特根斯坦前期倾心致力于这种研究，而后期却毅然提出这种企图建立晶体般纯粹的逻辑语言的理想是虚幻、不可实现的，而且还使语言研究脱离了日常鲜活的话语实践。因而维特根斯坦后期提出"意义即用法""语言游戏"等观点，他把"由语言和行动（指与语言交织在一起的那些行动）所组成的整体叫做'语言游戏'"②，并认为"一个词的意义就是它在语言中的使用"③，强调语言研究应充分关注语言的使用。更为重要的是他提出了具有方法论意义的"全景概观"思想。维特根斯坦认为我们不能理解语言的主要原因在于我们无法看清字词用法的全貌，呼吁我们将语言作为一个整体来看待，而不是将语言系统与语言的使用分离开来。这不仅

---

① 参见［美］戴维·玻姆《整体性与隐缠序：卷展中的宇宙与意识》，洪国定等译，上海科技教育出版社2004年版。
② ［奥］维特根斯坦：《哲学研究》，李步楼译，商务印书馆2000年版，第7页。
③ ［奥］维特根斯坦：《哲学研究》，李步楼译，商务印书馆2000年版，第31页。

是一种方法论，更是一种世界观。维特根斯坦进一步给出了"生活形式"的说法，充分延展了他的整体性观念。"想像一种语言就意味着想像一种生活形式。"①他不仅将语言视作一个整体，还将语言与人类生活联系起来。"'语言游戏'一词的用意在于突出下列这个事实，即语言的述说乃是一种活动，或是一种生活形式的一个部分。"②他明确提出"语言游戏"即为"生活形式"的一种，可见他的一系列语言哲学思想是将语言放置在人类的整个生活视野中的理解。维特根斯坦转向日常话语的语言观从本质上来看实际是一种语境决定论。语境在他的语言思想中占有极为重要的地位。在维特根斯坦这一转向的基础上，以奥斯汀、塞尔为代表的日常语言学派以及新兴的语用学，更是将语境放到了研究的核心位置。

由此来看，语境在人文社会科学和自然科学领域的传播并不是偶然的表面的语言现象，而是思想观念发生变革的外在显现。语言学转向是其传播的重要动力，却并不是最深层的动力，甚至20世纪后期语言学转向内部，从语言转到话语也是受到了整体主义思潮的影响而发生，是人文社会和自然科学"整体主义"思潮的一个重要表征。"语境"这个概念本身就是以整体性作为其标志属性的，我们对于它的传播现象的理解自然也应放在人文、社会、自然科学的整体中如是观照。

（二）"语境"传播的多重身份变异

在"语境"走出语言学而向各个人文社会科学、自然科学领域传播的过程中，它自身的角色在不断发生转变，其内涵和外延也在不断发生变化。目前在整个人文社会科学和自然科学领域，我们至少可以看到语境的以下三种身份，且每一种身份都承载着丰富的语境理论。

1. 作为语言学术语的"语境"

"语境"在语言学中是一个非常重要的基础概念，发挥着不可替代

---

① ［奥］维特根斯坦：《哲学研究》，李步楼译，商务印书馆2000年版，第12页。
② ［奥］维特根斯坦：《哲学研究》，李步楼译，商务印书馆2000年版，第17页。

的功用。人类语言是在语境中产生和运用的。如果没有语境，人类的话语交际便无从进行，如果没有语境，我们也将无法研究语言。所以语境作为一个语言学术语这一基本角色并不会因为其传播而改变。

在语言学对语境的基本界定中，我们较为公认的是我国语言学家王德春和张志公的两个定义。20世纪60年代初期，王德春提出"使用语言的环境"的说法，后来发展为指称"言语环境"的语境概念。"语境就是时间、地点、场合、对象等客观因素和使用语言的人、身份、思想、性格、职业、修养、处境、心情等主观因素所构成的使用语言的环境。"① 这一界定近似于我们现在的"情景语境"概念，紧紧围绕话语交际小范围地展开各个要素。其后1982年张志公在其主编的《现代汉语》中也对"语境"做出界定："所谓语言环境，从比较小的范围来说，对语义的影响最直接的，是现实的语言环境，也就是说话和听话时的场合以及话的前言后语。此外，大至一个时代，社会的性质和特点，小至交际双方个人的情况，如文化教养、知识水平、生活经验、语言风格和方言基础等，也是一种语言环境。"② 这一界定指出了更大的"文化语境"，不仅交际双方的个人情况属于语境，大至时代、社会的性质和特点也隶属于语境的范畴。这种界定和划分很显然是受到了西方语言学的影响。

在西方语言学界，"语境"真正意义上的诞生通常被认为是波兰人类语言学家马林诺夫斯基（Bronislaw Kaspar Malinowski）的语境理论的出现。他在给奥格登（C. K. Ogden）和理查兹（I. A. Richards）合著的《意义的意义》③一书的补录中，提出了"情境的上下文"（context of situation）的"语境"概念，后来又补充提出了作为"文化的上下文"（context of culture）的"语境"概念。自此之后，西方语言学界对语境的

---

① 王德春：《修辞学探索》，北京出版社1983年版，第64页。
② 张志公：《现代汉语》，人民教育出版社1982年版，第213—214页。
③ B. Malinowski, "The Problem of Meaning in Primitive Languages", in C. K. Ogden and I. A. Richards, *The Meaning of Meaning*, New York and London: Harcourt Brace Jovanovich, Supplements, 1923, pp. 306–309.

阐述基本以此为基础。如弗斯将这种"上下文"进一步阐述为"语言与社会环境之间的关系",韩礼德的"语域"研究也被视为情景语境的重要研究成果,还有海姆斯(D. Hymes)、范·戴克(van Dijk)等语言学家均论述过语境。近年来,影响较大的是关联理论的创始人丹·斯珀伯(Dan Sperber)和迪尔德丽·威尔逊(Deirdre Wilson)对语境的阐述,他们从认知层面拓展了我们对语境的认识,开拓出认知语境研究的新领域。目前我们对语境的研究趋向于这种对其动态性和认知性的探索。

2. 作为普遍学术用语的"语境"

目前,"语境"虽然在各个学科领域被普遍使用着,但我们对它的使用是比较混乱且随意的,它的含义和功能也并不一致。

首先,较为常见的是仿照语言学研究模式来使用"语境"。如上文所提到的,人文社会科学都转向语言问题的研究,其研究模式都变成了语言学的研究模式,即使所研究的对象是文学、音乐、绘画、雕塑、建筑、影视等作品,也均如语言符号一般被看待和谈论。文本、对话、言说、隐喻、象征、历时、共时、能指、所指……当然还有"语境",这些语言学术语成为各个人文社会科学领域耳熟能详的学术用语。由此,本来意指"语言符号的使用环境"的语境发展为"各种文化符号的使用环境"(也包括"各种文化符号的上下文"之意),在人们分析各种文化艺术作品之时频频被使用。

其次,用"语境"来替代"环境"一词的运用也数不胜数,这种语境具有"背景环境"之意。这样来使用"语境"的,有的是非用不可,无"语境"不足以表达背景环境对于研究对象的决定性影响,无"语境"不足以说明研究对象是无法抽离其背景环境来审视的,更进一步说,背景环境决定了研究对象的生成、发展和消亡,不用"语境"说明不了这一本体观念的变革。(下文"作为方法论、本体论和认识论的'语境'"中将详述之)有的则是用"语境"的时髦和高深来装点门面,这样的"语境"在基本意义上与"环境"并无二致,却比使用

"环境"显得更为专业、前沿。这其实是学术用语的自然更迭现象。学术语言也像日常语言一样会不断地消亡、创新和更迭。自五四运动推行白话文以来，中国学术界的语言也放弃过文言文，而改用白话文写作，学术语言面目一新。至20世纪80年代末西方学术理论大量传入我国时，学人又多受其影响，学术语言也表现出模仿西方学术语言的倾向。其实中国虽早已存在"上下文"的说法，但"语境"一词的创造却是此时受到了西方语言学的影响。那么受到语言学转向的影响，学术语言大量使用语言学术语，用"语境"来替代"环境"一词而使用，也是一种学术语言的自然变更现象。

3. 作为方法论、本体论和认识论的"语境"

"语境"不仅仅是一个普遍使用的学术用语，在它被各个学科、各个知识层面所使用的时候，已被逐渐抽象为一种普遍运用的研究方法和思维范式。作为研究方法和思维范式的"语境"，其强调的是将研究对象放置在一定的语境中进行审视和阐释，其内涵隐藏在"对象—语境—意义"的关联公式中。

首先在"对象—语境"的关联中，语境是作为一种关于对象的本体性认识而存在的。一切都在语境之中。语境是对象产生、发展直至消亡的"母体语境"。这是对语境的一个基本认识。值得注意的是，我们不能把语境视为对象生成的外在条件或环境，因为语境具有不同于条件或环境的本体性。换句话说，也就是条件或环境只是对象发展的一种外因，而语境则是对象的生存方式，对象失去了自己的语境也就是失去了它最本质的东西。

其次在"语境—意义"的关联中，语境是一种阐释意义的方法。语境不仅是对象存在的母体语境，从阐释对象的角度来看，还是一个涵盖了人类文化、经济、政治等无穷无尽信息的背景资源。在阐释过程中我们将对象放置在语境之中，抓住它通向庞大背景语境之间的关联，以最小的关联获取最大的信息。

语境作为方法论的存在并不只是广泛传播之后的事。在语言学中语境在很大程度上就是作为语言分析的工具和方法而被运用的。这从语言学界对"语境"的功能研究便可见一斑。日本学者西槙光正将语境的功能归结为八种：绝对功能、制约功能、解释功能、设计功能、滤补功能、生成功能、转化功能和习得功能。其中绝对功能指的是语境功能的绝对性，即普遍性。"没有语境，就无所谓语言。不讲语境，便谈不上什么语言研究。"① 西槙光正认为语境在语言学中的地位是举足轻重的，我们不能单纯地把它作为解决某些语言疑难的应急工具，而应把它作为一种重要的、具有指导意义的理论来指导语言应用和研究。解释功能是指语境对语言和语言研究中某些现象的解释和说明的能力。它用以解释的对象是非常广泛的，包括语音、语义、语法、修辞、语用和词汇中的多种现象。其他功能不再一一赘述，仅从这两个功能我们就能略窥语境在语言学中的基本角色是一种功能性的方法，语境对于语言和语言研究具有重要的方法论意义。

在语境传播到各个人文和自然科学领域中，其关于语言的内涵被抽离之后，这种功能性更加得以强化了。但其语言学功能并不能直接被嫁接，而是变形为一些功能在发挥作用——主要是更广泛的释义功能和保证言说的有效性的叙事功能。这些功能我们将在第一章中具体阐述。

实际上，在"对象—语境—意义"的前半部分"对象—语境"中，我们所看到的实际就不仅仅是作为方法论的语境了，语境对我们观念的影响已经进入了本体论和认识论的层面。在"语境"渗透于人文社会科学和自然科学的研究思维的同时，不可能不对我们的世界观和认知行为产生影响。一种新的语境论的本体论和认识论正在逐渐形成，尤其是在科学哲学领域。

从科学发展的历史来看，我们对世界本体的认知是随着时间而变的。这种对世界的认知是还原式的，通过探寻世界最基本的构成物质来认知

---

① ［日］西槙光正编：《语境研究论文集》，北京语言学院出版社1992年版，第27—44页。

世界。中国古代有阴阳五行之说，认为世界是在阴阳二气作用下滋生发展而来，并以木、火、土、金、水为物质最基本的构成要素。西方古代也有类似的观点，古希腊人曾认为构成物质最基本的要素是土、气、水、火，后来炼金术士又补充了水银、硫黄和盐三种新元素。19世纪后期，科学家又为我们揭示了最基本的元素是化学元素（元素周期表）。随着科学对微观世界的探索，我们进一步发现了原子核的存在，接着又发现了好几百个基本粒子，现在我们则认为世界最小的构成要素是6种夸克和6种轻子，而夸克和轻子是否又具有共同的更基础的组成部分呢？此时的认知也将随着时间而不断变化，正如诸多曾被视为绝对真理的理论都被后来的理论所颠覆和质疑一样，天主教教会所公认的"地心说"（或称"天动说"）为哥白尼的"日心说"所颠覆，牛顿的"经典力学定律"被爱因斯坦的"相对论"所质疑。科学史的演进，向我们表明这样一个事实——我们对世界的认知是语境式的：第一，我们的认知行为是在一定语境中进行的，由此所提出的任何真理都只是在一定语境中有效的真理，而不存在绝对的真理。第二，研究者的主体性，作为语境的一种重要因素，必然参与到研究中来，即使科学研究也不再是传统所认为的纯粹客观的研究，科研的一系列假设、实验和结论都有主观的参与，是主观性与客观性共同作用的结果。不仅我们的认识，连我们认知的对象——世界和人类的认知行为也是在语境中不断变化的。整体、动态、开放的语境思想的引入，使我们能够更准确地看待世界，看待人类的认知，看待思想史和科学史的演进。

中西方思想界均在建构着这种本体论和认识论层面的语境观。20世纪80年代中期，西方学者施拉格尔（Richard H. Schlagel）就撰文提出了"语境实在论"作为现代科学的形而上学构架。① 物理学家戴维·玻姆重建整体性的世界观和认识论，将世界分为"显展序"和"隐卷序"两个层次，前一个层次在世界的各种现象中显现自身，后一个层

---

① Richard H. Schlagel, *Contextual Realism: a Meta-physical Framework for Modern Science*, New York: Paragon House, Introduction, 1986.

次则隐藏在深处，时而伸展，时而隐卷，是世界更为基本的层次。① 在论述"隐卷序"思想时，他频繁运用"语境"一词，并常常强调他的观点是在"语境"意义上进行阐述的，语境观是其世界观不可分离的一部分。我国山西大学科学技术哲学研究中心也一直致力于本体论、认识论和方法论等各方面语境理论的建构。如郭贵春的《语境与后现代科学哲学的发展》② 一书，成素梅和郭贵春的《语境论的真理观》③、殷杰的《语境主义世界观的特征》④ 等文章都是在尝试从本体论和认识论层面上建构语境理论。

综合以上语境在传播中变异的内涵，我们对于这个泛化的"语境"的理解，自然不能停留在语言学"言语环境"的这层理解上。从人文、社会、自然科学的综合视野上来审视，语境已不仅是一个语言学术语，也是一个人文社会科学和自然科学所普遍使用的学术用语，它的内涵也不再囿于语言学，而是进入了本体观、认识论和方法论的层面，作为我们对世界、对各种研究对象的本体性认识的表征，成为一种具有重要方法论意义的研究方法和思维范式！

二　20世纪文学研究的语境思维变革

"语境"被引入文学研究领域中来（作为一个新范畴，而不是传统的"上下文"），并被广泛加以运用，同样伴随着研究观念和方法的深层变革。瑞恰兹首先将"语境"引入文学文本的细读，是一种文本观念的变革；后期维特根斯坦使用"语境"概念寻求语言的新意（"意义即用法"），也是对逻辑语言观的反叛；加达默尔在肯定诠释主体的历史语境的基础上建立起现代阐释学；海登·怀特对历史文本的语境之客

---

① 参见［美］戴维·玻姆《整体性与隐缠序：卷展中的宇宙与意识》，洪定国等译，上海科技教育出版社2004年版。
② 郭贵春：《语境与后现代科学哲学的发展》，科学出版社2002年版。
③ 成素梅、郭贵春：《语境论的真理观》，《哲学研究》2007年第5期。
④ 殷杰：《语境主义世界观的特征》，《哲学研究》2006年第5期。

观性的怀疑，奠定了新历史主义的历史观；卡勒和伊格尔顿从文学的语境上界定什么是文学，彻底颠覆了我们对于文学本质的寻求模式。

语境究竟给文学研究带来怎样的研究观念和方法上的变革？这一问题我们尚未全面地思考和总结。文学不同层面的研究自20世纪以来都发生了研究观念和方法上的变革，而这些变革都和语境有密切关联，不过它们在语境思维的运用上各有侧重和选择：文学话语层面注重语境的实践性和对话性，文学阐释层面侧重语境的时空性，文学文体层面关注语境的开放性，文学历史批评层面主张语境的主观性和虚构性，文学本质层面运用语境的无限性。

（一）文学话语层面的语境视野

20世纪上半叶深受索绪尔现代语言学的影响，语言学、修辞学、词汇学、文体学等众多领域的语言研究都致力于抽象的语言系统而排斥日常生活的鲜活话语。在这种研究的狭隘日渐显露之时，语境以其强烈的实践性和对话性拓展了语言研究的视野。正如克雷茨曼所说："语词不再作为与它们的语言上下文或语境完全相分离的单位来研究。吸引着人们强烈兴趣的，毋宁说是语境本身。"①

1. 维特根斯坦后期的实践性语境思维

维特根斯坦后期对前期观点的自我批判，是语言哲学研究思维变革的一个缩影。他前期信奉罗素的观点——语言的结构和世界的结构是一致的，通过对语言的分析可以达到对世界的理解——企图建立晶体般纯粹的逻辑语言。这种研究自然脱离了鲜活的话语实践。而在1929年他重新研究哲学以来，则开始反省第一本著作《逻辑哲学论》中的严重错误，转向日常话语实践的研究，在语境视野之下提出"意义即用法""语言游戏""全貌概观""生活形式"等重要思想。

维特根斯坦认为我们在使用"意义"这个词时，都应该如此说明：

---

① Kretzmann, N., *The Cambridge History of Later Medieval Philosophy*, Cambridge: Cambridge University Press, 1982, p. 16.

"一个词的意义就是它在语言中的使用。"① 他以"我害怕"这句话的意义为例,阐释语境对于意义的重要性。对于这句话我们可以有各种各样的想象:

"不,不!我害怕!"
"我害怕。很遗憾我不得不承认这一点。"
"我还是有点害怕,但不再像以前那样怕了。"
"我骨子里仍然害怕,但我不会对自己承认它。"
"我用种种害怕折磨我自己。"
"现在,恰恰是我应当无所畏惧的时候,我却害怕了。"

对于这里的每一个语句都有一种特定的语调、一种各自不同的语境与之相适合。……

我们问:"'我恐惧'实际上意味着什么,我说这句话时我指的是什么?"当然我们找不到回答或者找到一个不适当的答案。

问题是:"它出现在何种语境中?"②

如果缺少语境,我们无法确定"我害怕(恐惧)"这句话究竟意味着什么。语言只有在特定语境中才能确定其意义。维特根斯坦的语境视野其实是对话语实践的倾向。实践性可以说是语境在语言哲学中方法变革的重要特征。维特根斯坦开启了语言哲学对于话语实践的重视,以奥斯汀、塞尔为代表的日常语言学派,进一步推崇语境意义,促成了以语境为核心概念的语用学的兴起。

维特根斯坦对语言研究的实践性的关注,可扩展到语言的整体和人类生活的整体,这在他的"全景概观""生活形式"等思想中可见一斑。他认为我们无法看清字词用法的全貌,是因为我们没有将语言作为

---

① [奥] 维特根斯坦:《哲学研究》,李步楼译,商务印书馆 2000 年版,第 31 页。
② [奥] 维特根斯坦:《哲学研究》,李步楼译,商务印书馆 2000 年版,第 285—286 页。

一个整体来看待，将语言系统与语言的使用相分离。更进一步，他还提出"语言游戏"即为"生活形式"的一种，将语言放置于人类生活的整体中来审视。"想像一种语言就意味着想像一种生活形式。"① "语言游戏"这个词的用意在于突出"语言的述说乃是一种活动，或是一种生活形式的一个部分"。②

2. 巴赫金的对话型语境思维

巴赫金研究长篇小说的话语，在语境方面有两个最为突出的贡献：一是将语境的视野从上下文拓展到社会语境；二是看到话语间、语境间的对话，提出对话型语境的思想。

巴赫金的语境思维是向社会生活敞开的。他不仅看到了长篇小说中某一词语的上下文，也看到了这一词语身上所散发出的社会生活的语境气味。"所有的词语，无不散发着职业、体裁、流派、党派、特定作品、特定人物、某一代人、某种年龄、某日某时等等的气味。每个词都散发着它那紧张的社会生活所处的语境的气味；所有词语和形式，全充满了各种意向。"③ 这和形式主义的文学研究思维大相径庭。后者割断文本与社会的联系，而巴赫金则将整个社会生活融入作品，时刻发现作品与社会的连接。通过这些连接我们可以体会到文学作品更为复杂的意味。这种向社会敞开的语境思维与维特根斯坦的语境视野相同，注重和运用的是语境的实践性。

同时在语境思维上，巴赫金也保持着他的对话意识，形成了独特的"对话的语境"思想。巴赫金认为修辞学、语言学和词汇学在研究语言时所关注的语境是独白型的，没有看到仿格体、讽拟体、故事体、对话体等艺术语体中语言的双重指向。这些艺术言语"既针对言语的内容而发（这一点同一般的语言是一致的），又针对另一个语言（即他人的

---

① [奥]维特根斯坦：《哲学研究》，李步楼译，商务印书馆2000年版，第12页。
② [奥]维特根斯坦：《哲学研究》，李步楼译，商务印书馆2000年版，第17页。
③ [苏]巴赫金：《长篇小说话语》，载钱中文主编《巴赫金全集》第三卷，河北教育出版社1998年版，第74页。

话语）而发"。① 小说中每段话语都具有自己的言说语境，但语境之间、话语之间并非独立。"每个人所接受的话语，都是来自他人的声音，充满他人的声音。每个人讲话，他的语境都吸收了取自他人语境的语言，吸收了渗透着他人理解的语言。"② 我们以往关注的都是一段话语自身的语境，而忽略了话语之间的对话，或语境之间的对话。巴赫金的"对话的语境"概念提醒我们的正是语境思维这方面的疏漏。

（二）文学阐释层面的语境本体论和方法论

如果话语层面主要运用语境思维的实践性的话，那么在阐释层面语境思维的时空性备受关注。加达默尔通过树立解释主体的历史语境的价值而创立现代解释学，瑞恰兹则将文本语境的时空长度无限延长，从而让我们看到了文本解读的多义性。

1. 加达默尔的解释主体语境

加达默尔的语境思维具有极强的历史意识，集中表现在他对解释主体的历史语境的重新审视上。他的语境思维关注的是主体语境的时空性。

在传统解释学的观念中，施莱尔马赫认为解释主体应该超越自身的历史语境，使自己与解释对象处于同一时代，"理解"就是要回到艺术作品原初的语境，"重建"艺术作品所属的世界。而加达默尔所批判的正是这种让解释主体背离他自身的历史性的异化的方法。

首先，解释主体自身的语境是他本体存在的基本条件，不是仅凭一个态度就能脱离的，而且这个语境早已本质性地隐含在理解的全过程中。"占据解释者意识的前见和前见解，并不是解释者自身可以自由支配的。解释者不可能事先就把那些使理解得以可能的生产性的前见与那些阻碍理解并导致误解的前见区分开来。……诠释学必须把那

---

① ［苏］巴赫金：《陀思妥耶夫斯基诗学问题》，载钱中文主编《巴赫金全集》第五卷，河北教育出版社1998年版，第245页。

② ［苏］巴赫金：《陀思妥耶夫斯基诗学问题》，载钱中文主编《巴赫金全集》第五卷，河北教育出版社1998年版，第269页。

种在以往的诠释学中完全处于边缘地带的东西置于突出的地位上，这种东西就是时间距离及其对于理解的重要性。"① 语境的时间距离是不可避免的，解释主体所处语境带来的前见也必然存在于他的理解中，而某些前见恰恰是我们向世界敞开的先入之见，对于理解具有重要的价值。

其次，重建艺术作品原初的语境也是一种无效的解释行为。在加达默尔（也作伽达默尔）看来："对原来条件的重建乃是一项无效的工作。被重建的、从疏异化唤回的生命，并不是原来的生命。"② 而且他认为"理解必须被视为意义事件的一部分，正是在理解中，一切陈述的意义——包括艺术陈述的意义和所有其他流传物陈述的意义——才得以形成和完成"。③ 在加达默尔看来，艺术可以通过它的现时意义去克服时间的距离，"因为历史精神的本质并不在于对过去事物的修复，而是在于与现时生命的思维性沟通"。④

语境思维的时空视野不仅让加达默尔重新审视解释主体语境的价值，提出解释学的全新的方法论，也让他看到主体语境的不断变化，并在此基础上对传统的艺术的真理观和意义观提出质疑。"在艺术经验中难道不存在某种确实是与科学的真理要求不同、但同样确实也不从属于科学的真理要求的真理要求吗？"⑤ 艺术乃至人文科学领域的真理，不像自然科学的真理那样，能通过科学和实证主义的方法获得，只能通过"体验"的方法来证明。"这里所涉及的真理（艺术的真理——引者注）

---

① ［德］汉斯-格奥尔格·加达默尔：《真理与方法：哲学诠释学的基本特征》上卷，洪汉鼎译，上海译文出版社 1999 年版，第 379 页。
② ［德］汉斯-格奥尔格·加达默尔：《真理与方法：哲学诠释学的基本特征》上卷，洪汉鼎译，上海译文出版社 1999 年版，第 219 页。
③ ［德］汉斯-格奥尔格·加达默尔：《真理与方法：哲学诠释学的基本特征》上卷，洪汉鼎译，上海译文出版社 1999 年版，第 215—216 页。
④ ［德］汉斯-格奥尔格·加达默尔：《真理与方法：哲学诠释学的基本特征》上卷，洪汉鼎译，上海译文出版社 1999 年版，第 221 页。
⑤ ［德］汉斯-格奥尔格·加达默尔：《真理与方法：哲学诠释学的基本特征》上卷，洪汉鼎译，上海译文出版社 1999 年版，第 125 页。

并不能在一般的陈述或知识中得到证明，而是通过自身体验的直接性以及自身存在的不可替代性而得到证明。"① 然而体验总是在变动不居的历史语境中进行的，因而每一次体验所获得的真理和意义都会不尽相同。因此从这个意义上，加达默尔才说："我们为了理解某位思想家而试图与该思想家的思想进行的每一次对话都是一种自身无限的谈话。一种真正的谈话就是我们在其中力图寻找'我们的'语言——即一种共同的语言——的谈话。"② 任何理解都是一场自身无限的谈话，让自身当前的历史存在向过去的思想开放，在当前和历史语境的相互调节中找到我们共同的语言。因而艺术的真理和意义在无限的谈话和体验中也都是永远敞开的。

加达默尔的语境思维并不限于方法论的层面，因为他赋予现代解释学的任务是本体论层面的。"哲学解释学的任务与其说是方法论的，毋宁说是本体论的。它力图阐明隐藏于各类理解现象（不管是科学的还是非科学的理解）之后，并使理解成为并非最终由进行解释的主体支配的事件的基本条件……只有当我们使自己从充斥于近代思想中的方法主义及其关于人和传统的假定中解放出来，解释学问题的普遍性才能够显现。"③ 现代解释学从本体论的层面彻底改变了人们对于理解的认识，在科学和非科学的理解中发挥着普遍性的指导意义。从语境思维的时空性肯定解释主体的历史语境存在的价值，是加达默尔颠覆传统观念的起点；从语境思维的时空性看到解释主体语境的不断变化，则是他敞开的真理观和意义观的逻辑基础。因此加达默尔的语境思维不仅是一种解释的方法论，也是一种关于理解和真理的本体论。

---

① ［德］汉斯-格奥尔格·加达默尔：《真理与方法：哲学诠释学的基本特征》下卷，洪汉鼎译，上海译文出版社1999年版，第772页。
② ［德］汉斯-格奥尔格·加达默尔：《真理与方法：哲学诠释学的基本特征》下卷，洪汉鼎译，上海译文出版社1999年版，第801页。
③ 编者导言，载［德］汉斯-格奥尔格·加达默尔《哲学解释学》，夏镇平、宋建平译，上海译文出版社2004年版，第1页。

2. 瑞恰兹和新批评的文本细读语境

瑞恰兹是最早将"语境"引入文学研究的，1936年他在《修辞哲学》中系统地阐述了完整的"语境定理"。这一定理成为其后新批评文本细读的重要理论基础和批评方式。瑞恰兹的语境理论主要运用的是语境无限的时空性。他将语境的所指范围从"上下文"扩展到文本出现时"那个时期有关的一切事情"，以及"与我们诠释这个词有关的一切事情"。① 并且由此确定了一个词语的意义与语境的节略形式有关，在语境中，一个词承担了几个角色的职责，因此这些角色就可以不必出现。"当发生节略时，这个符号或者这个词——具有表示特性功能的项目——就表示了语境中没有出现的那些部分。"②

一个词语的意义就是语境中没有出现的那些部分。但因为语境的时空不受限制，无比多变丰富，所以词语的意义自然出现复义现象。"意义的语境理论将使我们有充分的思想准备在最大的范围里遇到复义现象；那些精妙复杂的复义现象比比皆是……如果说旧的修辞学把复义看做语言中的一个错误，希望限制或消除这种现象，那么新的修辞学则把它看成是语言能力的必然结果。"③ 因而文学语体中的语境的功能由日常语体中的确定意义功能变为丰富意义，即复义的功能。

瑞恰兹给语境下了一个较为确切的定义："'语境'是用来表示一组同时再现的事件的名称，这组事件包括我们可以选择作为原因和结果的任何事件以及那些所需要的条件。"④ 运用这一语境定理来分析文本，意味着要找到一系列作为原因和结果的事件及条件来剖析文本

---

① ［英］瑞恰兹：《论述的目的和语境的种类》，载赵毅衡编选《"新批评"文集》，卞之琳等译，百花文艺出版社2001年版，第333页。
② ［英］瑞恰兹：《论述的目的和语境的种类》，载赵毅衡编选《"新批评"文集》，卞之琳等译，百花文艺出版社2001年版，第335页。
③ ［英］瑞恰兹：《论述的目的和语境的种类》，载赵毅衡编选《"新批评"文集》，卞之琳等译，百花文艺出版社2001年版，第339页。
④ ［英］瑞恰兹：《论述的目的和语境的种类》，载赵毅衡编选《"新批评"文集》，卞之琳等译，百花文艺出版社2001年版，第334页。

中的复义现象。比如莎士比亚的一句诗："唱诗坛成了废墟，不久前鸟儿欢唱其上。"这句诗没有双关语，没有双重句法，也没有暧昧的感情，原本意义明了。但是燕卜荪深究其中比喻的意义，即唱诗坛和树林之间、唱诗人与鸟儿之间构成比喻的原因，语境的丰富性和多变性便呈现出来："因为坍塌的唱诗台是唱歌的地方；因为唱诗台上的人要坐成一排；因为它是木制的，且雕成节状；因为它们曾被酷似森林的建筑材料复（应为覆）盖，建筑物的彩色玻璃和里面的绘画就象（像）绿叶和鲜花；因为它的周围再没有善男信女，只有灰色的断壁象（像）冬日的天空；因为唱诗男童的严肃而可爱的神情跟莎翁对十四行诗的感受非常合拍。还有许多其他社会、历史原因（如新教徒摧毁寺院、对清教主义的畏惧等）……"① 燕卜荪用来分析比喻的这些原因，既包括文本出现时"那个时期有关的一切事情"，也包括"与我们诠释这个词有关的一切事情"。这些事情在批评家分析诗歌语言时再现，使原本意义清晰的诗句变得意义朦胧。

新批评派其他成员的诗歌理论和批评也借鉴瑞恰兹的语境理论。

布鲁克斯这样界定反讽："语境对于一个陈述语的明显的歪曲，我们称之为反讽。"② 而且这种被语境修饰的反讽在诗歌中是具有普遍性的。"诗篇中的任何'陈述语'都得承担语境的压力，它的意义都得受语境的修饰。"③ 他相信"语境赋予特殊的字眼、意象或陈述语以意义。如此充满意义的意象就成为象征；如此充满意义的陈述语就成为戏剧性发言。"④ 因为语境的赋予，所以"不"重复五遍成了《李尔王》中

---

① ［英］威廉·燕卜荪：《朦胧的七种类型》，周邦宪等译，中国美术学院出版社1996年版，第3页。

② ［美］布鲁克斯：《反讽——一种结构原则》，载赵毅衡编选《"新批评"文集》，卞之琳等译，百花文艺出版社2001年版，第379页。

③ ［美］布鲁克斯：《反讽——一种结构原则》，载赵毅衡编选《"新批评"文集》，卞之琳等译，百花文艺出版社2001年版，第380页。

④ ［美］布鲁克斯：《反讽——一种结构原则》，载赵毅衡编选《"新批评"文集》，卞之琳等译，百花文艺出版社2001年版，第379页。

含义最沉痛的一句。维姆萨特则视语境为隐喻的发生结构和活力源泉。隐喻的意义是由独立的喻体与喻旨在新的语境中受到扭曲而产生。"只有当隐喻脱离'语境'被随便地重复滥用时，它们才会容易变得简单化，囿于字面意义，变成陈词滥调。"① 语境思维可以说是贯穿新批评众多概念和批评实践的一根红线，毕竟任何一种修辞都离不开语境的支持。

语境无限的时空性，在瑞恰兹的文学语义学和新批评的文本细读实践中被发挥得淋漓尽致。如果说加达默尔是运用语境思维的时空性来确立一种新的解释观和方法论，那么瑞恰兹和新批评则是将语境无限的时空性切实地运用于文本细读实践，并形成一种行之有效的文学批评方法。

（三）文学文体层面的语境化研究倾向

文体学从20世纪六七十年代开始就呈现出从文本主义到语境主义的发展趋势。卢森堡大学的雅各布·韦伯在《文体学读者：从雅各布森到现在》中直接言明这一语境化倾向："这一时期文体学的另一个重要发展就是语境化倾向。在主流语言学中受到相似潮流的影响，一种新的发展势头也在积聚，随着语用学、话语分析等分支学科的发展，语境的重要性被越来越多的人认识到。"② 语境化的文体研究关注的不是文本内部，也不是读者的意见，而是文本和读者相互作用的效果。而且意义和文体效果不再是确定的、稳定的，它们作为一种潜在的可能性实现于读者的阅读中，被视为作者和作者创作的语境、文本的语境、读者和读者接受的语境之间相互对话的结果。

韦伯进一步提出可以把文体分析的这种语境化运动看作文本的语境

---

① ［美］维姆萨特：《象征与隐喻》，载赵毅衡编选《"新批评"文集》，卞之琳等译，百花文艺出版物社2001年版，第405页。

② Jean Jacques Weber, "Towards contextualized stylistics: An overview", in Jean Jacques Weber, ed., *The Stylistics Reader: From Roman Jakobson to the Present*, London and New York: Arnold, 1996, p.3.

逐渐扩大的过程，就像围绕文本的一系列同心圆的扩展轨迹。他列举了扩展这个语境同心圆的诸多文体学家及其理论，如以玛丽·路易·普拉特（Mary Louise Pratt）为代表的言语行为文体学（speech-act stylistcs），以米克·肖特（Mick Short）为代表的语言语用学[①]（Linguistic pragmatics），以罗杰·福勒（Roger Fowler）为代表的批评文体学（Critical-stylistic），以萨拉·米尔斯（Sara Mills）为代表的女性文体学（Feminist stylistcs），以丹·斯珀伯（Dan Sperber）和迪尔德丽·威尔逊（Deirdre Wilson）的关联理论，乔治·莱可夫（George Lakoff）的认知语言学为代表的认知语用学（Cognitive pragmatics）等。

众多文体学流派均表现出文体研究的语境化倾向，因此很多文体学家，如布拉福德和萨拉·米尔斯，赋予这些流派一个统称——语境（主义）文体学。

布拉福德（Richard Bradford）在《文体学》中将20世纪的众多现代批评理论分为文本主义文体学和语境主义文体学两种。语境主义文体学的流派众多，研究方法甚至彼此迥异，但它们都共同强调文学文体的形成受其语境的影响。布拉福德对语境所涉及的要素提出自己的看法："（1）读者的能力和性格；（2）主宰语篇（包括文学语篇）的主要社会文化力量；（3）我们借以解释一切现象（包括语言和非语言、文学和非文学）的符号指称系统。"[②] 基于这个标准，布拉福德将罗兰·巴尔特的符号学理论、费什的读者反应批评、福勒的批评语言学、巴赫金的对话理论、米尔斯的女性主义文体学以及功能文体学等，都归入语境主义文体学的范畴。

他详细介绍了罗兰·巴尔特的颠覆性的文体观念。从修辞学到文本主义文体学，西方学者对"文体"尤其是文学文体一直抱有一个固定的看法：它能把语言从其实用和功能性角色中脱离出来，引向自我指涉

[①] 语言语用学在20世纪70年代末80年代初分裂为社会语用学和认知语用学。
[②] Richard Bradford, *Stylistics*, New York：Routledge, 1997, p.73.

的领域。因此我们一直将文体和语言相区别，认为文体就是修辞，就是自我指涉的文学装备，而语言就是一种发挥实用性用于交流的符号手段。而罗兰·巴尔特则质疑这种传统的文体观念，他将这种任意的自我指涉系统视为所有话语类型的条件。他的主要目标就是推翻这种将文体和语言相区别的传统观念。在《写作的零度》中他尤为关注同时代后现代主义文学的文体。这些后现代作家在做两种截然相反的行为：既使用文学文体去消除创作中外界的语境因素，也从非文学话语的语境中提取同时代世界的广泛的新奇的文体。巴尔特断定这种现代的创作方式是一种零度的写作，一种纯粹的文学，在这样的文学中语言的文体的和功能的两种状态是不断变化的。

不仅后现代作家表现出两种相反的创作方式，布拉福德认为所有的文学文体都表现出这样的双重特征，因而提出"双重模式"（the double pattern）的概念。这一概念关注的是诗的两种相异的特征，一种是独属于诗歌写作的特征；另一种是诗分享其他话语的特征。相似的，小说的文体也是一方面彰显着独特的虚拟叙事风格；另一方面也表现出非文学风格，这两者的张力关系也构成一种双重模式。文本主义文体学和语境主义文体学都意识到了双重模式的张力，但他们各自选择了双重模式的两极。文本主义者关注文学不同于普通话语的自我风格，而语境主义者则在更广阔的句法、词汇、政治、历史、性别、文学等语境中审视文学的构成特征。正是根据这一标准，布拉福德把罗兰·巴尔特、费什、福勒等人列为语境主义者，而把燕卜荪、布鲁克斯、雅各布森视为文本主义者。

从布拉福德对语境主义文体学的界定来看，语境主义在文体学中意味着一种区别于封闭的文本主义的开放的文体研究方法——结合更广阔的社会文化语境研究文学文体，不再强调文学文体区别于普通话语文体的独特性，而是试图寻找文学文体与普通话语文体的共同性。文体学研究这种对社会文化语境的关注，是20世纪现代批评理论发展的整体走向——西方马克思主义、新历史主义、女性主义等流派替代沉寂的俄国形式主义和新批评成为主流理论——在文体研究领域的表现。

英国文体学家萨拉·米尔斯尝试界定一种马克思主义的女性主义的"语境文体学"（contextualized stylistics），她认为马克思主义、女性主义和文体学的结合能够克服在传统文体学分析和马克思主义分析中遇到的一些难题。"语境文体学彻底脱离了传统文体学——从文本内部批评转移到更为关注决定文本内部要素的文本外部因素。这并不是对传统文学批评的社会历史语境的重新发现，语境文体学对语境的关注采用的是一种更有趣的理论研究方法。它强调词汇及其与语境相互作用的方式，这能够帮助读者避免传统文学批评中某些过于笼统的因果假设。"①

米尔斯将传统语篇文体学和语境文体学中的两种语境模式加以对比。传统语篇文体学中的语境模式较为单一：

社会历史背景—作者—文本—读者

而语境文体学中的语境模式更为复杂：

相比传统的语境模式，米尔斯指出语境文体学的语境模式具有两大优势：第一，文本的创作和接受都被纳入语境的一部分，而不像传统语境模式那样仅仅强调文本的创作。第二，读者的作用被凸显出来，读者不仅受文本言说的影响，也是文本意义生成的积极参与者。这个模式比传统模式更复杂，因为考虑到文本与其语境间的互动，即文本受到创作和接受时诸多力量的影响。因而想要像传统文体批评那样得到一个明确

---

① Sara Mills, "Knowing Your Place: a Marxist Feminist Stylistic Analysis", in Michael Toolan, ed., *Language, Text and Context: Essays in Stylistics*, London and New York: Routledge, 1992, p. 182.

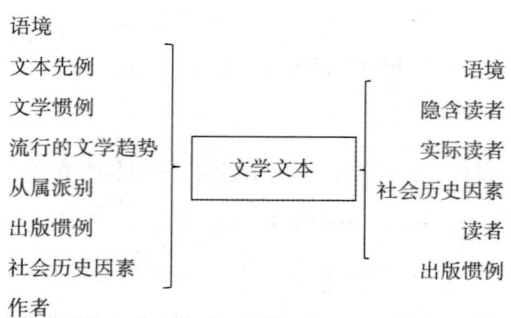

图1 语境文体学的语境模式①

的说法将更为困难。相反，这个模式将推导出一个更适中的说法，例如文本向读者言说的方式以及读者对抗这种言说的限度。虽然米尔斯的语境文体学针对女性主义文体研究而发声，但显然她对语境的理解比布拉福德更为广泛。

从各个语境主义文体学流派来看，他们引入文本之外广阔的社会文化语境信息，将文学话语与一般话语的文体研究打通，借助语境的开放性彻底打破了局限于文本内部的文本主义研究模式。

（四）文学历史批评层面的语境怀疑论

20世纪末，新历史主义的理论对文学研究产生了较大影响，它的代表人物格林布拉特驳斥某些文学理论家抛开特定的历史条件研究文学作品的方法，强调必须将作家的意识或文本融入它的历史语境中进行研究。另一个代表人物海登·怀特更进一步地探讨文本和语境的关系问题。文本和语境的关系是自黑格尔以来思想史的核心问题之一。怀特对这两者的客观性均提出质疑：历史文本的权威和物质性消失了，稳固于言辞的历史语境也消失了，文本和语境的关系曾经是历史研究无须审视的前提，如今却变得不可判定、晦涩难懂和不可信。这两者关系的变化

---

① Sara Mills, "Knowing Your Place: a Marxist Feminist Stylistic Analysis", in Michael Toolan, ed., *Language, Text and Context: Essays in Stylistics*, London and New York: Routledge, 1992, p. 184.

为思想史家开拓了一番新的思维景象,让他们对历史档案的态度不再是武断的分析,而转变为谨慎的审视和对话。

在文学理论家的眼中,历史一直是现实主义再现的不容置疑的原型,其语境也具有一种抽象性和不可接近性,但怀特却截然相反地向我们指出历史经典具有本质上的文学性。"西方史学公认的经典作品往往还增添了别的东西,我认为那就是'文学性',对此,近代小说大师比有关社会的伪科学家提供了更好的典范。"① 因此,稳固于这些文本中的历史语境也成为虚构的产物。"历史语境的这种假定的具体性和可接近性,即文学学者所研究的文本的这些语境,本身就是研究语境的历史学家们的虚构能力的产物。"② 那么,用于研究文学作品的历史语境本身也成了需要识别的对象。

想要识别文本和历史语境中的虚构尤其是意识形态的成分,怀特认为我们首先要纠正的是一种错觉——历史文本直接指涉事物。因受到意识形态的歪曲,历史文本并不直接指涉事物,需要我们借用符号学的方法来揭示其中客观的部分。作为一位结构主义者,怀特推崇巴尔特的方法,建议仿照《S/Z》一书的方式,从书的题目、编者前言开始对文本成分的修辞性进行描述,然后进一步解释代码转换的特征,最后再详细剖析特殊段落的元语言学成分。客观的历史语境只有通过这样的文本分析才能够被阐明。

除了历史语境,怀特还在历史分析的范式研究中概括出一种语境论(也译为情境论)的论证形式。在《元史学》中文版的导言中,怀特把历史著述理论区分为五种模式:编年史、故事、情节化模式、形式论证模式、意识形态蕴涵模式。每种模式都各有侧重,其中形式论证模式关注解释的外在形式,怀特又根据斯蒂芬·佩珀在《世界的构想》中的

---

① 中译本前言,载[美]海登·怀特《元史学:十九世纪欧洲的历史想像》,陈新译,译林出版社2004年版,第4页。

② [美]海登·怀特:《后现代历史叙事学》,陈永国、张万娟译,中国社会科学出版社2003年版,第170—171页。

分析将形式论证模式区分出四种范式——形式论的、有机论的、机械论的和语境论的形式。语境论是对其他三者的调和，它避免了形式论的极端分散的倾向，也避免了有机论和机械论的抽象倾向。在《后现代历史叙事学》中，怀特这样描述："语境论模式则通过把事件置于它们所发生的'环境'当中来解释事件。这涉及事件与周围历史空间的关系，与这个空间内其他事件的关系，以及在这个时间和空间的特定环境里，历史动作者与动因之间的互动关系。"① 但怀特对这种语境论的范式也持有怀疑态度。"情境论者探索历史解释问题，可以看成是两种冲动的结合，一种是形式论背后的分散性冲动，另一种是有机论背后的整合性冲动。但事实上，一个有关真理、解释和确证的情境论概念，在它对史学家的要求和读者的需求中，似乎都过于平庸了。"②

无论在传统的历史语境还是语境论解释范式上，怀特都报以怀疑和批判的态度。这源于他将历史文本视为具有"文学性"的基本观点。他引领历史学家和文学理论家反思历史文本及其语境的客观性，揭示出历史文本和语境的虚构性、主观性，并从符号学的角度提出一种解决方法。所以从这个角度来说，怀特是一个语境客观性的怀疑论者，他注重的是语境的主观性和虚构性。

（五）文学本质层面的语境决定论

在文学的本质层面上，语境也越来越被重视，在乔纳森·卡勒和伊格尔顿的文学观念中，语境是决定什么是文学、决定文学意义的关键要素。

在寻求文学本质的道路上，我们历来采用一种在文学内部寻找共同特征的方式。卡勒总结理论界从这种视角出发已得出的结论：文学是语言的突出、语言的综合、虚构、审美对象、互文性的或者自反性的建

---

① ［美］海登·怀特：《后现代历史叙事学》，陈永国、张万娟译，中国社会科学出版社2003年版，第5页。
② ［美］海登·怀特：《元史学：十九世纪欧洲的历史想像》，陈新译，译林出版社2004年版，第21页。

构。然而,"这每一个被认定的文学的重要特点都不是界定特征,因为在其他类型的语言运用中也可以发现同样的特征。"① 这是因为文学有自己独特的表现特征:"文学作品的形式和篇幅各有不同,而且大多数作品似乎与通常被认为不属于文学作品的东西有更多相同之处,而与那些公认的文学作品的相同之处反倒不多。"②

卡勒、伊格尔顿都援引"杂草"来说明这种方法的弊端。文学就像杂草一样,很难找到所谓的"杂草状态"——所有杂草共有的那些特征。因为杂草并不是某种特定的植物,而是园林主人不愿在其周围出现的任何一种植物。因此卡勒建议我们与其寻找杂草状态,不如做些历史的、社会的或者心理方面的研究,看一看不同的地方和不同的人会把什么样的植物判定为不受欢迎的植物。换句话说,卡勒在这种传统内部视角之外辟出另外一种回答"文学是什么"的视角和方式。"我们可以把文学作品理解成为具有某种属性或者某种特点的语言。我们也可以把文学看作程式的产物,或者某种关注的结果。"③ 把文学看作程式的产物或某种关注的结果,而并非将其理解为具有某种属性或者特点的语言,这是另一种探寻什么是文学的外部视角。那么从外部视角来思考是什么让一段文本引起我们的关注?答案就是语境。

卡勒认为有时研读对象具有成为文学作品的特点,但也有时是文学语境使我们把它看作文学作品。比如在什么地方读到一段文本。"大多数情况下是那种可以把一些文字定义为文学的语境使读者把这些文字看作文学的,比如他们在一本诗集、一份杂志的某一部分,或者图书馆和书店里看到的那些东西。"④ 卡勒甚至给出了这样一种文学的定义:"文学就是一个特定的社会认为是文学的任何作品,也就是由文化权威们认

---

① [美]乔纳森·卡勒:《文学理论入门》,李平译,译林出版社2008年版,第38页。
② [美]乔纳森·卡勒:《文学理论入门》,李平译,译林出版社2008年版,第21页。
③ [美]乔纳森·卡勒:《文学理论入门》,李平译,译林出版社2008年版,第30页。
④ [美]乔纳森·卡勒:《文学理论入门》,李平译,译林出版社2008年版,第29页。

定可以算作文学作品的任何文本。"①

而且卡勒在内部视角中也引入语境理论,他提出文学属性的确定,与其从其他话语语境中分离出来有关,一旦分离它就构成了文学自身独特的语境,能够引发关注。"当语言脱离了其他语境,超越了其他目的时,它就可以被解读成文学。如果文学是一种脱离了语境,脱离了其他功能和目的的语言,那么它本身就构成了语境,这种语境能够促使或者引发独特的关注。"② 这些语境使读者相信文学作品与其他文本不同,相信这段文本一定具有某种特殊的意义,因为"文学作品经过了选择过程,也就是说,经过了出版、评论和再版的过程。读者是因为确信别人已经发现这些作品构思巧妙、'值得一读'才去阅读它的"③。

伊格尔顿除了将文学喻为杂草,也将之比作游戏。他认为从文学文本中分离出其内在特征的传统做法,就像试图确定所有游戏都具有同一特征一样是不可能的。因而他提出根本就不存在所谓文学的本质。"要从所有形形色色成为'文学'的文本中,将某些内在的特征分离出来,并非易事。事实上,这就象试图确定所有的游戏都共同具有某一特征一样,是不可能的。根本就不存在文学的'本质'这回事。"④ 伊格尔顿进一步提出:"某些文本生来就是文学的,某些文本是后天获得文学性的,还有一些文本是将文学性强加于自己的。从这一点讲,后天远比先天更为重要。重要的可能不是你来自何处,而是人们如何看待你。假如人们断定你是文学,那么,你似乎就是文学,根本不考虑你认为自己是什么。"⑤

所以卡勒和伊格尔顿对于"文学是什么"这一问题的回答,同样都是主张语境决定论的。他们把文本隶属的书籍属性(诗集、杂志)、

---

① [美] 乔纳森·卡勒:《文学理论入门》,李平译,译林出版社2008年版,第23页。
② [美] 乔纳森·卡勒:《文学理论入门》,李平译,译林出版社2008年版,第26页。
③ [美] 乔纳森·卡勒:《文学理论入门》,李平译,译林出版社2008年版,第27页。
④ [英] 特里·伊格尔顿:《文学原理引论》,刘峰译,文化艺术出版社1987年版,第11页。
⑤ [英] 特里·伊格尔顿:《文学原理引论》,刘峰译,文化艺术出版社1987年版,第11页。

地理位置（图书馆、书店）、出版、文化权威的评价等外部因素都视为可以决定文学的因素。而且伊格尔顿在文学本质问题上比卡勒表现出更强烈的反本质主义倾向，换句话说，他否定文学的本质，且在两种视角上极力推崇后者，即语境的力量，即便他没有直接运用语境一词。而卡勒并不绝对否定文学本质的传统内部视角。虽然他认为我们过去从传统视角所提出的文学特点并不是界定特征，但他也明确表示内部的传统视角和外部的语境视角截然不同，不论哪种视角都不能包容另一种而成为一个综合全面的观点。

语境决定论的文学观自然会带来意义的语境决定论。卡勒明确表示："如果我们一定要一个总的原则或者公式的话，或许可以说，意义是由语境决定的。因为语境包括语言规则、作者和读者的背景，以及任何其他能想象得出的相关的东西。"① 然而卡勒给这个公式加上一个条件，即"意义由语境限定，但语境没有限定"②。

卡勒的这个公式充分运用了语境的无限性。在他看来文本的意义解读是没有限定的，可能会与各种各样的东西有关，而只有不加限定的语境才能囊括所有的相关因素。从这个角度，卡勒认为："可以把理论话语引起的关于文学解读的主要变迁理解为语境的扩大，或者叫语境的再描述的结果。"③ 并且在理论话语的压力下，意义将永远变化不定。

伊格尔顿对于文学作品意义和价值评定的阐述，就像是从接受美学角度对卡勒意义公式的详解。尽管人们可能觉得自己是在评价同一部作品，但事实上他们根本不是在评价"同一部"作品。"'我们的'荷马并非中世纪的荷马，同样，'我们的'莎士比亚也不是他同时代人心目中的莎士比亚：说得恰当些，不同的历史时期根据不同的目的塑造

---

① ［美］乔纳森·卡勒：《文学理论入门》，李平译，译林出版社2008年版，第70页。
② ［美］乔纳森·卡勒：《文学理论入门》，李平译，译林出版社2008年版，第71页。
③ ［美］乔纳森·卡勒：《文学理论入门》，李平译，译林出版社2008年版，第71页。

'不同的'荷马与莎士比亚……所有文学作品都是由阅读它们的社会'再创造'的。事实上，没有一部作品在阅读时不是被'再创造'的。"①文学的意义、价值随着历史的变化而变化，并且与社会意识形态有着极为密切的关系。伊格尔顿也如卡勒那样认为文学作品的意义是永远变化不定的，不同的是卡勒没有限定决定意义的因素，而他强调的是读者接受的语境。

综上所述，文学的话语、阐释、文体、历史批评和本质层面，都因为引入语境理论而引起研究观念和方法的变革。诸位学者虽然对语境思维特性的运用各有侧重，但大多都是某种程度上的语境决定论者。维特根斯坦认为语言的意义即在语境中的具体用法，加达默尔提出解释主体语境的决定性，新批评将语境视为文本复义、隐喻、张力的基础，语境主义文体学认为文体的形成与其语境有关，卡勒和伊格尔顿更是明确地主张语境决定了什么是文学、决定了文学的意义。

---

① ［英］特里·伊格尔顿：《文学原理引论》，刘峰译，文化艺术出版社1987年版，第15页。

第一章 "语境"与"文学语境"的新内涵

第一节 语境是什么

在探讨文学语境时,我们首先面对的一个问题就是:语境是什么?

语境在语言学中的定义莫衷一是,但一些通行的概念大致可以说明语言学中语境的所指。语言学家张志公认为:"所谓语言环境,从比较小的范围来说,对语义的影响最直接的,是现实的语言环境,也就是说话和听话时的场合以及话的前言后语。此外,大至一个时代,社会的性质和特点,小至交际双方个人的情况,如文化教养、知识水平、生活经验、语言风格和方言基础等,也是一种语言环境,与现实的语言环境相对,这两种语言环境可以称为广义的语言环境。"① 语言学家王德春给出的定义也是众所周知:"语境就是时间、地点、场合、对象等客观因素和使用语言的人的身份、思想、性格、职业、修养、处境、心情等主观因素所构成的使用语言的环境。"② 两位语言学家的语境定义虽有明显不同,但都是针对言语交际这一对象而言,所指也都包括场合、时间,以及交际者的各种因素等。

---

① 张志公:《语义和语言环境》,载〔日〕西槙光正编《语境研究论文集》,北京语言学院出版社1992年版,第239页。
② 王德春:《语境学是修辞学的基础》,《学术研究》1964年第5期。

《辞海》对"语境"的界定也是建立在语言学的基础之上:"说话的现实情景,即运用语言进行交际的具体场合,一般包括社会环境、自然环境、时间地点、听读对象、作(或说)者心境、词句的上下文等项因素。广义的语境还包括文化背景。为人们理解和解释话语意义的依据。专指某个语言成素(主要是句子)出现的'上下文。'"①

我们在文学研究中经常会遇到这种意义的语境,尤其在研究文本个案时,不可避免地如此看待语境。例如许多学者喜欢分析《红楼梦》中的对话,因为这些对话常常饱含着更深层的含义,即潜台词。琢磨《红楼梦》那些耐人寻味的话语时,语言学意义上的语境就会出场,如宋常立专门对《红楼梦》进行的语境分析。他认为红楼梦中的人物话语的潜在含义,不是由叙述人直接提示的,而是由"其他要素"构成的语境显现的。十七回"大观园试才题对额"中,贾政、宝玉与众清客游至"蘅芷清芬",贾政征求众人题对。众客题联始终不妥,宝玉题一联后,众人纷纷称妙,而"贾政笑说:'岂有此理'"。"岂有此理"是表示否定,"笑说"却是赞赏的态度,否定与赞赏并置,"岂有此理"在"笑"的神态中暗示给读者的是贾政言不由衷的心态。这里,作者传达人物语言的潜在心理,是通过人物的神态描写来加以显现的。此时,贾政的语言"岂有此理"与围绕它的语境要素"笑说"的神态是同时发生的,宋常立将其称为共时态语境,正是这种人物语言与神态的共时态组合,提供了理解人物语言潜台词的途径。②

在这里,语境对于文学话语和日常交际话语是一样的意义。语境即是游客所到"蘅芷清芬"之址,贾政、宝玉与众清客的角色身份及其微妙心理,众人称赞宝玉的神态,以及贾政那句"岂有此理"伴随的笑态……抽象地看待此处的语境,其实就是时间、地点、对象以及使用

---

① 《辞海》(缩印本),上海辞书出版社1999年版,第480页。
② 宋常立:《〈红楼梦〉的语境分析——对〈红楼梦〉叙事方法的解读》,《红楼梦学刊》2006年第5期。

语言的人的身份、性格、修养、心理等使用语言的环境。

语境除了表示文学对话的语言环境外，其含义在文学研究中还被稍加扩展，用来表示文学创作行为的时间、地点、心境、身份、修养等主客观因素。如《两篇〈桨声灯影里的秦淮河〉散文文本的多重语境分析》所分析的语境就不是人物对话的语境，而是朱自清、俞平伯两位先生同时同地抒写秦淮河时的各自不同的语境因素，也就包含着其各自不同的经历、阅历、文化修养、思想观念等。①

那么语境是不是就是语言学和《辞海》所说的含义了呢？

在以上所举的例子中语境的意义确实如语言学家所说，但我们看到更多的是超出语言学定义的语境形象。就文学研究来说，很多学者对文学语境的理解已经不再是语言学所说的使用语言的环境，而是对语境进行了文学化的理解，即把文学的独特性体现出来。如熊国华分析诗歌具有一种独特的"瞬间语境"，这种语境指的是"在诗歌文本中呈现出来的瞬间定格的语言环境，包括与诗歌文本或其中某个词在语义上有关系的、发生影响的所有内部因素与外部因素"。② 它既指涉诗人写作的时空、地点、人物、事件，也表现为诗歌语言营造出的用以抒情的时空场景，还包括读者的诗歌接受的瞬间语境。另外，文学研究中还有"接受语境"这种常用的说法。所谓"接受语境"是指文学作品在阅读和流传过程中所处的时空、文化、审美趣味等接受环境。除此之外，有的学者还有意识地将语境引入语言学之外的其他领域，如李国华探讨语境问题在美学研究中的可行性。在美学中，语境表征着"存在论""发生学"意义上的含义。李国华认为"广义的语境是指由人的实际活动所产生的特定精神文化产物所植根于其中的组织系统或结构环境"。③ 可

---

① 王丕承：《两篇〈桨声灯影里的秦淮河〉散文文本的多重语境分析》，《北京科技大学学报》（社会科学版）2005 年第 1 期。
② 熊国华：《论诗歌的瞬间语境——以唐诗为例》，《文艺理论研究》2004 年第 2 期。
③ 李国华：《"语境"的介入——略论将语境问题引入美学研究中的可行性》，《天府新论》2004 年第 4 期。

见语境仅在文学研究中就有多种形象，它所指涉的内容依据使用者的意图具有相当的灵活性。

语境究竟指的是什么，在文学研究中就已形态各异，进一步审视艺术设计、音乐、绘画等其他领域，我们将看到更为纷繁芜杂的景象。

在艺术设计领域，语境概念广为熟稔，具有不同于文学研究的所指。朱瑜珠认为语境"一般指的是围绕某一个特定艺术事件，并决定其意义的部分"，这一概念"要求我们在研究具体的艺术问题时，既要重视横向的共时联系，又不能忽视纵向的历史联系。这个语境既包含着雇主的要求、对受众接受效果的考虑、流行的设计样式与消费心理，同时也包括设计的历史传统、设计的民族语言、设计师所接受过的设计教育等"。① 语境所提出的种种要求非常契合设计的现代理念，在艺术界很快兴起了一种"语境艺术"（Context Art）。例如对于现代家居设计而言，语境艺术表达的是使环境成为设计的有机成分，将背景从幕后挪到台前，实现背景的挪移，产生一种文本间性式的影响。②

在音乐理论领域，如同文学研究领域一样，也存在着多种"音乐语境"形象。有的学者将它分为音乐的形态语境和音乐的语义语境两个基本层面。"音乐形态语境的范畴比较好理解。即'文本内部结构之间的关系'，当我们说特定音乐文本处于特定的形态语境之中，我们的指向是特定音乐文本所处的——或特定音乐作品，或特定音乐形态，或特定思维范式；而当我们说特定音乐文本表现特定的语义语境时，这一语境则包含了'实践主体及其历史背景之间的（双重）关系'。"③ 有的学者则认为音乐艺术的语境特指"在音乐艺术活动中，由艺术家和接受者借助艺术符号而构成的一种关系"，对艺术家和接受者来说，不同的历史、时代、社会风貌，不同的世界观、价值观、知识结构、文化

---

① 朱瑜珠：《论当代设计的"语境"与创造》，《装饰》2005年第2期。
② 鹿少君：《民艺文化在现代家居设计中的语境功能》，《装饰》2006年第7期。
③ 谢嘉幸：《音乐的语境——一种音乐解释学视域》，《中国音乐》2005年第1期。

素养构成了"大语境";在艺术活动中,不同的场合环境、不同层面的接受者又构成了"小语境"。①

在绘画理论中语境又被赋予不同的理解。如施江城在其所说的绘画艺术的三境——"心境""语境""画境"中是这么理解"语境"的:

> 近年来,文章中常出现"语境"这个说法,不同的语境A,艺术语言不同,文化价值观不同,对作品的解读方式也不同。往往对作品的评价南辕北辙,甚至争得面红耳赤。其实只是在各说各话而已。……有相互尊重相互理解的心境,就自然会找到共同的语境B,语境C不通心境通,艺术作品恰是人类不同语境D的人们相互理解与沟通的桥梁,是人类共同的"语境"E。这是一个人类相互沟通的平台。艺术语言的单一和贫乏如架独木桥,只有丰富多彩的艺术语境F,才是人类文化的康庄大道。②(英文字母为引者加)

仅此短短的一段话就使用了六个含义不尽相同的"语境"。这六个"语境"的内涵基本可归纳为两种:第一,语境是辅助交流双方相互沟通的语言环境,语境B和E均是这一意义;第二,语境是指人们所处的不同的时空、经历、修养、价值观、审美趣味等环境,语境A、C、D应是此意义。而艺术语境F则是多义的,既含有艺术是人类能够相互沟通的语境之意,又含有观赏艺术者所处的环境之意,还可以被理解为艺术所处的不同时代、社会心理、审美倾向等丰富多彩的语境。

语境在各个领域都被赋予了不同的内涵,即使在同一段话中也表现出多种意义。以上所举的只不过是语境泛化中的沧海一粟。这些纷繁芜杂的语境形象叠加在一起,已经不是语言学和《辞海》的语境定义所

---

① 郭俊:《柴柯夫斯基、托尔斯泰和一名普通流行歌手——看音乐艺术中的语境意义》,《中小学音乐教育》2006年第8期。
② 施江城:《心境·语境·画境》,《艺术界》2005年第3期。

能够涵盖的了。因为语境早已越过了语言学的边界，向各个领域泛化开来，被赋予了生成无限意义的可能性。

那么，这个泛化的语境究竟是什么呢？

一 本质：寄生于对象的外在的关联域

经常有学者喜欢用语境所包括的各种因素来界定它。这种定义的方式对语境来说是一种吃力不讨好的方法。如张旭春所说的，"许多事实证明，语境的确定性是相对的，语境的边界不可能是明晰的；任何企图穷尽所有语境因素的努力都是徒劳的"①。在泛化之前语言学界就曾为语境所包含的因素大伤脑筋，所给出的任何定论都轻易地被鲜活的语境所颠覆，对于泛化的语境，尽数它所包含的因素更是不可能的了。这是语境研究的最大困难。

其实我们大可不必这么吃力地去尽数语境所包含的各种因素，不妨给它一个充满弹性的界定，这样才能应对它的千变万化。为给出这样一个界定，我们先举两例来剖析众多生动具体的语境中所蕴含的共同机理。

首先是对话的语境。

"你回来了？"

"我回来了。"

这两句简单的对话可能是丈夫下班回家和妻子的相互问候；也可能是统帅对战士的关切及战士的回答；甚至可能是电影《天下无双》中长公主返回客栈和小霸王兄妹的幽默寒暄……这两句对话具有无限种可能的语境，语境在每一次可能中所指都发生着变化。如果是丈夫和妻子的问候，那么对话的语境就包括丈夫和妻子的职业、性格、经历以及心理活动；如果是统帅和战士的问答，语境就要转变为战争、军营、发生

---

① 张旭春：《德里达对奥斯汀言语行为理论的解构》，《国外文学》1998年第3期。

在战士和统帅身上的事件等；如果是《天下无双》的电影对白，语境的内涵则又成为电影所营造的时空、主人公的经历和神情心态了。

再来看一座建筑的语境。从广义上理解，一座建筑的语境最直接地包括它周边的建筑群体、地理环境，进一步延伸还有地区文化、人类生活习惯等。而建筑设计的语境又有些不同，指的是"设计作品所处的物质和精神环境"，包括环境历史文脉、地域氛围，人们的风俗习惯、生活状态等。① 虽只加"设计"二字，但语境的所指已有偏差。

由此看来，语境总是处于流动之中，它的所指之物随着叙说对象而变动不居。这就是泛化语境的存在方式——寄生。语境所叙说的对象以及审视的视角决定着它的内涵和外延。例如，同是"中国语境"，对钢琴曲来说它指的是"中国意境""民间情趣""地域风情"；对哲学来说它指的则可能是"儒释道文化""思维方式""社会体制"；而对于教育，中国语境指的却又是"中国教育体制""高考改革""社会主义制度"。这些也仅是笔者从某一角度做出的推测，不同的人面对同一对象，会看到不同的语境内涵。

语境所指的内容虽然广泛，既有时空等客观因素，也有与对象有关的人的心理、身份、修养，或者社会的文化风貌、历史文脉等主观要素，但它们有一个点是相同的，那就是都与对象相"关联"。"关联"实则为语境成就自身的方式，是其优越性的表现、对其"寄生"的依赖性的一种弥补，但又是造成它寄生于对象而泛化的根源。语境以它与外在的关联性确立自身在学术各个领域中的地位和价值，因此得以在各个学科中备受重用，从而被灵活地运用于几乎任何一种言说对象，形成一种变动不居的寄生的存在方式。语境的这种存在形态其实已表明了它在本质上是一种功能性的方法或思维范式。

所以关于"语境是什么"这个问题我们给出的第一个回答是：语

---

① 王牧：《景观建筑设计中的形式语言与语境——对地域性形式语言的探究》，《四川建筑》2006年第4期。

境是寄生于对象的外在的关联域。语境的指涉范围能容纳对象外在时空中的与之有关的一切因素。对于一个对象来说，它的语境各要素原本以隐性的方式存在，当我们确定好谈论的角度，语境中的某些要素便从隐性中凸显出来。例如对于一部文学作品来说，整个文明史都有可能成为它的语境，在我们具体谈论这一作品的语境之前，文明史本身以隐性的方式等待着。当我们确定好自己要谈的角度、具体对象时，文明史的某些部分便从隐性中显现出来。语境一直以这种从隐性到显性的呈现方式而存在并构筑自身。

二 性质：本体性、动态性和开放性

语境自身带有三大突出的本质特征：本体性、动态性和开放性。这是"环境""整体"等其他概念所不具备的，也是语境能够迅速在各个学科领域中泛化的重要原因。

首先，语境的本体性。语境在当代被视为决定对象的生成、发展和消亡的本体范畴。这种本体性具有三个基本含义：一是语境决定着对象的生成和发展，也决定着对象的性质；二是语境是对象的存在方式，对象无法脱离语境而存在；三是对象是语境的组成部分之一，语境不再是外在于对象，而是彼此构成一个有机的整体。

语境和对象之间的关系，我们以前曾以"环境"和对象的关系讨论过，但却有本质的不同。东西方很早就认识到环境对于对象的影响，但这种影响并不被认为是本体性的，所以我们在研究一个对象时更多地关注对象自身而非它的环境。语境与对象的关系是我们对环境和对象关系的反省，以及对固有思维方式的变革。语境对于对象的影响不再是边缘性的，而是决定性的。这种变革在各个方面表现出来。如今天我们不再崇尚改变自然，而是提倡人类与自然和谐相处；如语言学不再将索绪尔的"语言"作为人类语言活动的本体，而更加关注日常言语及其千变万化的语境；如文学研究不再固守文学本体论，而是更关注文学的历史、父权、殖民等语境因素。环境和语境的区别还在于两者依循不同的构建原则。环境是邻近原则，而语境是相关原则，并不是所有邻近的环境要素都被纳入语境，也并不是所有相关的语境要素都是邻近对象的。

其次，语境的动态性。在语言学中，语境研究之所以被放在非常重要的位置，很大程度上是因为它将语言学从静态的语言研究引向动态的话语研究。自索绪尔以来，语言研究把重点放在语言结构和使用规则上，使语言研究与鲜活的日常话语相剥离。语境的出现就是要扭转这种静态研究的偏颇。

语境是语言使用的环境，变化无穷。动态性是它最为本质的特征。但语言学同时也存在并需要静态的语境。如何看待语境的动态和静态两种性质，语言学界众说纷纭。赛夫顿（P. M. Sefton）关于语境的相对动静观非常有借鉴价值。他认为语境是由多种参数构成，这些参数中有些是相对静态的，有些是相对动态的，另一些则可能介于两者之间。如图 1.1 所示。

图 1.1　赛夫顿的语境动静观说明图

对于行进的自行车手来说，远方的山脉是相对静止的，距离最近的栅栏是活动的，而介于山脉和栅栏之间的房屋则处于中间状态。但这也只是相对的概念。如果自行车手骑行很长一段路程，远方的山脉也会逐渐变小直至完全消失。① 由此我们看到语境在本质上是动态的，但由于参照物或视野的不同，某个语境参数或要素究竟是静态还是动态并不绝对，而是相对而言。

泛化的语境也是如此，既有静态的分析，也有动态的审视。如我们分析文学交流活动的语境，将之视为作者与读者的交流对话，分别分析作者的语境和读者的语境是什么，这都是静态的。但每个读者与作者的对话又各有不同，而且每次阅读过程中双方的语境也总是不断变化着的，这又是动态的。总之，静态的语境是一种理想化的观审，而动态的语境才是最真实的状态。

最后，语境的开放性。语境的开放性与言语有着深层的渊源。根据洪堡（Wilhelm von Humboldt）的观点，语言是一种有限的工具，包括封闭的音素表、词汇表和语法规则表；而言语是对这一有限工具的无限运用，包括语言共同体的成员在他们共同的语言习惯用法内已经说出或将要说出的所有句子和所有言论构成的开放系列。② 那么语境则是这无限运用的具体场合、时间和人物等，因此语境也随着言语的无限运用而有着无限开放性。

德里达说过，语境是无边无际的。因为任何给定的语境均为进一步描述敞开着大门；也因为任何把语境代码化的企图总是能被植入它意欲描绘的语境之内，产生一个遁出原初模式的新的语境。③

但开放性也是相对的，正如相对的语境动静观一样，语境在具有开放性的同时也具有封闭性。从语境的整体来看，貌似是无边无际的，但对某个具体语境来说，语境一旦出现，边界也随之划分。语境的相对的

---

① 朱永生：《语境动态研究》，北京大学出版社2005年版，第42—43页。
② ［法］保罗·利科尔：《言语的力量：科学与诗歌》，载朱立元主编，李钧编《二十世纪西方美学经典文本》第三卷，复旦大学出版社2001年版，第639页。
③ ［美］乔纳森·卡勒：《论解构》，陆扬译，中国社会科学出版社1998年版，第107—108页。

封闭性也是非常重要的,语境某些功能及用法需要借助这一特性来完成。

其实,语境除了具有上述三种基本特征外,还具有其他的一些特征,如多层次性、整体性、时空性、主观性、虚构性和无限性等。语境的多层次性是显而易见的,在语言学中就有所谓"大语境""小语境"的说法。在其他学科中各个语境之间也存在着包含与被包含的关系。因为这些特征在语言学中已被充分阐述,所以这里不再赘述。

因此关于"语境是什么"这个问题我们给出的第二个答案是:语境是本体性、动态性和开放性的范畴。

三 结构:编织的网状关联域

我们认为语境是寄生于对象的外在的关联域。那么这一"关联域"是怎样的结构或者语境是怎样的关联呢?

语境的英文"context"源自拉丁语"contextus",原意为"编织在一起"。西方学者认为"语境"和"文本"(text)一样是一种来自编织的隐喻。在拉丁文中,"contextus"的编织含义与意为关联的"connection"紧密联系在一起。虽然在语境现在的意义中"编织"的含义已经渐渐隐退,但这种原初的隐喻却悄然隐含在语境关联的方式之中。编织的关联方式决定了语境一直处于动态,也决定了语境将最终编织出一张无边无际的网。

所以语境的"关联域"是一种编织而成的网状结构。"网状"恰好能说明语境的关联不是锁链式的直线关联,而是错综复杂的网状式关联,A 连接 B,B 连接 C,C 又连接 D,而 A 和 C、B 和 D、A 和 D 又彼此连接在一起。拿唐诗的语境来说,唐诗(A)的繁盛与唐代科举制度(以诗取士)(B)有着密切的关联。唐代科举制度极大地促进了唐诗的发展,是唐诗生存和发展的语境中的一个重要因素;诗人(C)也是唐诗的语境中的重要因素,诗人的生活方式、经历和情感都是唐诗创作的重要源泉,而诗人的经历、情感和命运往往又与科举(B)紧密地联系在一起，科举是唐代文人生活中极其重要的一部分。科举（B）和诗人（C）改变着整个社会生活（D），如科举制度所形成的"行卷之风"，众举子在考试之前纷纷向达官贵人递献诗文，这又成为推动唐诗（A）发展的巨大力量。将这种种彼此纠缠的关联推广开去，行卷之风（属于D）又促进了唐代传奇小说（E）的发展，皇帝的兴趣爱好、朝廷的取士倾向（F）又与科举（B）、诗人（C）的生活联系在一起……在唐诗的语境中，我们看到的是这样一种错综复杂的关联方式。如图1.2所示。

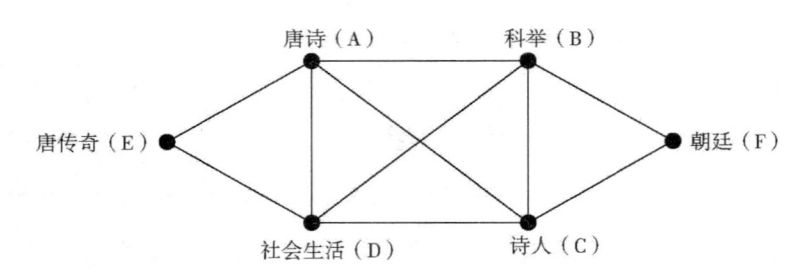

图1.2 语境关联域的网状结构

唐诗、科举、社会生活、诗人构成了一个最基本的网状关联。在这个基本的关联之外还有唐传奇、朝廷等众多因素可以伸展开去，从而编织成关于唐诗的一个庞大的关联网络。而这只是关于唐诗的一种关联的结果，还有其他很多关联的可能。

通过以上分析我们可以给出"语境是什么"这个问题的第三个回答：语境是编织的网状关联域。

四 功能：本体功能、释义功能和叙事功能

语境在语言学中具有很多功能，如西槙光正所总结的语境的八大功能：绝对功能、制约功能、解释功能、设计功能、滤补功能、生成功能、转化功能和习得功能。随着语境在其他学科中的泛化，其语言的内涵被抽离，这些功能也发生了一些变化。从众多的使用实践中，我们总结出泛化的语境至少具有三种基本功能。

第一，本体功能。

这与语境的本体特性相一致。语境是对象产生、发展直至消亡的"母体语境"，因此对对象发挥着本体功能。举一个大家耳熟能详的例子——禅宗。禅宗是印度佛教中国化的产物。佛教自东汉便已传入我国，但未能兴盛，直到经历了魏晋时期的动荡、经学的衰微，才最终在老庄哲学和玄学中找到适宜的土壤。道家借助佛教重整黄老之学，以庄子的词汇翻译佛学，六朝名僧援引庄子、老子入佛，赋予佛学以道家思想。由此形成了以反观内省、见性成佛为特征的禅宗。佛教本是在印度文化语境中所诞生的宗教，但进入中国的语境，无法不受到后者的影响和重整，这正是中国语境的本体功能的体现。对于禅宗来说，中国文化就是它的"母体语境"，承载着它日后的兴衰荣辱。这个文化传播的例子说明了即使不是原初的语境也具有本体作用，比局限于中国文化自身的例子更能说明语境的这一功能。

第二，释义功能。

释义功能是语境自诞生以来就具备的功能，或者说是被赋予的重要使命。马林诺夫斯基曾说过语境是决定语义的唯一因素，舍此则无意义可言。可见语境对于意义的重要性。现代语义学尤其重视语境，关注语言使用的各种因素对于意义的影响。语境化是语义学用于消除由于一词多义或同形异义所引起的歧义现象的重要手段。

在泛化过程中语境的释义功能对于其他学科也非常有价值，首先泛化语境释义功能的就是解释学。解释学将文本放置在作者的创作语境、文本的历史语境以及读者的阅读语境中来审视文本的解读行为，这就把原本解释词语意义的语境泛化为解释文本意义的语境。继而泛化开去，语境对于任何一个研究对象都具有释义功能，我们无法脱离语境解读对象。

例如在解读王维的山水诗时，我们不可规避王维的禅学修养及当时整个时代所推崇的禅理。王维的山水诗既然是在这样的语境中创作出来的，那么当然需要借助此语境来释读。《终南别业》是其中禅宗理趣较为浓郁的一首。

> 中岁颇好道，晚家南山陲。
> 兴来每独往，胜事空自知。
> 行到水穷处，坐看云起时。
> 偶然值林叟，谈笑无还期。

这首诗自述了诗人中年以后颇好佛教，隐居南山，享受任性自然的生活情趣。要解读这首诗首先就要了解诗人对佛教的偏好，对仕途艰险的清醒认识，及其中年后就开始的亦官亦隐的人生经历。诗人这方面只是解读诗歌的语境要素之一，欣赏此诗还需要将其与禅宗思想相联系。这首诗所表现的"行到水穷处，坐看云起时"的纯任自然，包含了禅宗的"放舍身心，全会自在""心无所行，心地若空，慧日自现"等种种禅理。整首诗所营造的意境也是一种禅宗的空境。在王维这首诗的解读中，作者及时代的语境所发挥的就是它们的释义功能。这种"释义功能"不仅可以运用于语言（语言学和文学研究运用语境进行语言的释义），还可用于各种文化符号，譬如音乐、绘画、雕塑、影视、建筑、广告等各种文化作品的释义。

第三，叙事功能，确切地说应是"有效叙事的功能"。

语境的这一功能是语境的相对封闭性所赋予的，保证了话语叙事的局部的有效性。叙事不再追求普遍的有效性，而致力于局部的有效性，这是后现代文化的一个重要特征。语境的这一功能恰好符合局部叙事的需要，因而在后现代文化中得到普遍运用。

利奥塔（Jean-Francois Lyotard）认为各种语言游戏之间并不存在共同的游戏规则、规范和价值，绝不可能被统一于同一元叙事之下，所以对有效的元叙事或总体性叙事表示怀疑。语言游戏虽然不可通约，却以零碎的方式建立制度,这就是语言游戏的局部决定论或者说局部有效性。因而小叙事取代元叙事在后现代文化中盛行。小叙事其实就是语境叙事,它总是在一定的语境中进行,借助语境的封闭保证叙事的合法性。后现代的学术研究在运用语境时也总是在强调这样的观念:某个观点只在某个语境下成立、有效;某个流派的思想只在某个语境下能够达成共识;某个学科知识只在这个学科内部通约。任何一种观点或思想,都不是普遍有效的真理,它的成立是具有一定范围的。因而在观点或思想的表述中,界定和强调言说的"语境",不仅没有降低其真理性,反而是对其真理性的有效保证。如利奥塔所说的:"我们陷入这种或那种特殊知识的实证主义,学者变成科学家,高产出的研究任务变成无人能全面控制的分散任务。"①

语境的三个基本功能之间并不是彼此孤立的,它们各自功能的发挥都需要借助其他两者。释义功能是有效叙事的手段,叙事功能是阐发意义的保证,而本体功能则是两者成立的基础,也需要在前两者中才能彰显自己。在很多情况下,本体、释义和叙事功能其实是从不同角度看待的同一问题,只是各有侧重而已——本体功能侧重于对象的存在,释义功能侧重于意义的阐释,叙事功能则侧重于叙事的范围和有效性。

五 语境的四种运用方式

为了更好地认识语境,我们还有必要简单总结一下语境的几种运用方式,也就是我们通常是怎样使用语境的。纵观人文社会科学,众多学者要么使用单一的语境,要么使用两种或多种语境,这是语境单数和复数的用法。具体来说,在单数用法中语境的用法分为两种"本体"用法和"界"的用法;在复数用法中又分为"异质"用法和"对话"用法。所以语境的用法归纳起来基本有四种。

---

① [法]让-弗朗索瓦·利奥塔:《后现代状态——关于知识的报告》,车槿山译,生活·读书·新知三联书店1997年版,第85页。

首先是"本体"用法。这样使用语境的学者以本体性的视角看待对象与语境的关系，认为语境决定着对象的生成、发展和种种特性。这样运用语境的例子不胜枚举，例如"后现代文化语境中的女权主义批评""后现代语境与新潮文论""后殖民语境中的中国文学言说""文学与文化语境"等。学者们在讨论这些语境时都不再仅仅将之作为言说对象的外在环境，而是认为这些语境与言说对象之间具有不可分割的本体关系。如《后现代文化语境中的女权主义批评》，这是王岳川1993年引介女权主义批评的文章。文中强调在介绍女权主义批评时，是不能脱离它的后现代文化语境的。国内接受和认识某一批评流派时绝不能忽略它的生存语境，这是这篇引介文章最有价值的申述之一。南帆也曾提出过这一思想，他认为当西方文化观念进入中国当代文学领域时，脱离了它们原有的时序，脱离了原有的历史背景，"许多观点、概念、思想的历史针对性减弱了"，成为一种"描述性"的事实："现代主义多半被看成一批叙述技巧，……现代主义对中产阶级庸众趣味的攻击、现代主义背叛正统艺术秩序所产生的革命激情被忽视了；结构主义被看成一种新的批评方法，一种新的批评视野，结构主义对存在主义的否弃、语言学对文学批评史未来方向的意义被淡忘了。"①

当然，在这样的用法中有时也会出现不止一个语境，但这些语境多为言说对象的整体语境的一种因素的划分，总体来说还是单数用法。如我们谈到文学作品的语境时，会将这一语境划分为作者的语境、文本的语境和读者的语境分别加以阐述，其实这里所谈的还是文学作品的一个整体的生成语境而已。

其次是"界"的用法。这里所说的"界"，类同于"艺术界"中"界"的含义，意为"边界"和"特定世界"。语境的这类用法与语境的封闭性和叙事功能有密切关系。语境一出现，便划定了一个言说的"界"，这个自成体系的"界"不仅是为了使叙事有效进行，更是为了

---

① 南帆：《冲突：文化史与当代文学》，《文艺理论研究》1991年第4期。

突出它自身不同于他者的特定规约。语境所形成的"界"类似于拥有自己游戏规则的"语言游戏",对象在一个语境的"界"里,就要遵守这个语境的规约,或者被这个语境赋予不同的含义和韵味。如艺术的各个门类(包括文学、绘画、音乐、建筑等)便各自形成了自己的语境。每个艺术的语境都有自己独特的韵味、情趣、意境、词汇和规则等。一张复制的照片在现代艺术的语境中就不再表达照片的内容,而更多的是表现现代复制技术与传统绘画技巧的冲突;一段变调的音乐在音乐的语境里就可能不再是初学者的失手,而是音乐大师的巧思妙想之作;一句平淡无奇的问候"你也在这里吗",在文学的语境中也可能不再是普通的街头巷语,而是蕴含着缠绵情感的独特话语。这就是语境的"界"的用法。

再次是"异质"的用法。这种用法就是把两种或多种异质的语境联系起来,共同审视一个对象,多见于文化传播或比较研究等领域。在这众多异质语境中往往涉及研究对象的母体语境,涉及对象从母体语境进入其他语境所发生的变异和扭曲。在20世纪80年代末、90年代初西方文化思想大量引入的这段时期,语境的此种用法最为常见。中西语境的比较,以及某一西方观点进入中国语境的变形等研究,所运用的就是语境的"异质"用法。例如上文所引南帆的评述——众多西方思想在中国变成了描述性的现实,这里就牵涉到这些思想在西方和中国两种异质语境中的传播问题。还有诸如《文化语境与文学接受——试论当代美国诗歌对中国传统文化的接受》《不同文化语境中的埃及女王形象》《跨文化语境中的"牧人"意象》等比较文学研究中所说的语境都是两个或多个异质的文化语境,也是比较典型而常见的语境的"异质"用法。

最后是"对话"的用法。对话一直与语言学中的"情景语境"紧密相连,在20世纪众多词语泛化的大潮中,"对话"也被泛化成一种隐喻,不再仅仅是人类直接的话语交际,也可用来指文化、国家、民族之间的各种交流。"情景语境"的含义随着"对话"一词的泛化也被一定程度地泛化了。对于话语交际而言，"情景语境"是指对话的时间、地点、说话者和听话者的身份、修养、心理活动等因素；对于泛化的"对话"而言，"情景语境"就是和这个对话有关的各种情景要素。比如中西文化对话、古今历史对话等就涉及语境的这种"对话"用法。中西文化对话的情景语境包括中国和西方各自不同的文化传统，以及在文化交流中各自所采取的态度和策略，还有对话的时代、地点、方式，等等。古今历史对话的情景语境则不可避免地涉及历史发生的来龙去脉、今天历史的发展状态、古人和今人的不同时代、生活方式，以及历史如何影响着今天的发展、今人又如何看待古代的历史，等等。语境的这种用法因为"对话"的频繁使用也是极为常见的。

六　语境化和语境主义

在语境术语满天飞的今天，我们经常还会看到各种各样的与语境相关的术语，其中最为重要的就是"语境化"和"语境主义"。可以说这两个术语也像"语境"一样形成了基本范畴，在不同的学科中被赋予不同的含义，有必要在此加以甄别。

"语境化"（contextualization）的基本含义是指把词、句、文本乃至任何研究对象放置在一定语境中，是语境发挥其本体、释义和叙事功能的重要体现。这个普遍意义源自语音学、语言学的"语境化"含义——将音素、单词等置于上下文中研究。"语境化"泛化的意义经常得到学者们的灵活运用。在这些运用中已基本形成惯例的是语义学和后现代理论的"语境化"概念。

语义学的"语境化"，是消除由于一词多义和同形异义所引起的歧义现象的手段。也就是一个词在其词典意义中具有多种含义，在其运用中引起了歧义现象，要消除歧义，就必须根据它的语境排除不正确的意义，选择这个词在这次运用中的正确意义，或者阐发出这个词的新的语境意义。例如，"我想起来了"。孤立地看这句话是具有歧义的：一是我想到了某人或某事；二是我不想再躺着或坐着，要起来活动一下。如果将这句话语境化，我们就可以确定这句话的真实含义了。如果这句话是在聚会聊天的场合说的，那应该是第一种含义；如果这句话是在休息场所说的，那就是第二种含义。

再来看后现代理论的"语境化"。后现代理论，尤其是文学批评和文化研究中经常会出现"语境化"一词。这里的"语境化"不仅具有语境化的普遍意义——把对象放置在语境中审视，更表征着叙事从元叙事向小叙事的转变。后现代的所有理论不是放之四海皆准的真理，都只在一定语境中才能成立。

"语境主义"（contextualism）的情况则比较复杂，不像"语境化"那样还存在一个共同的普遍意义，在文体学、叙事学、哲学、文学研究以及自然科学中，"语境主义"均表达着不同的内涵。例如文体学中的语境主义指的是与文本主义相对立的一种文体学研究方式，它不像文本主义那样只关注文本，而是着眼于文本与语境的关系，在更广阔的社会文化、作者和读者等语境中研究作品的文体。

与文体学类似，叙事学中的"语境主义"也有一个对立的派别——形式叙事学。语境主义叙事学批评形式叙事学，认为脱离语境、自足的文本概念是无效的，有必要对作者和读者意图、动机、兴趣和社会环境进行探讨。可见在叙事学的理解中，语境主义实则就是对作者和读者意图、动机、兴趣以及社会环境的关注。

哲学中也有"语境主义"，但与文体学和叙事学中的略有不同。最为著名的是当代哲学家麦金太尔（Alasdair Macintyre）的语境主义的正义探究模式，"语境主义"在这里意味着从历史传统出发研究正义问题。他出于对启蒙运动以来关于正义研究问题的失望，反对罗尔斯的建构主义，提出了这一研究模式。[①] 语境主义与基础主义、一致主义一起

---

① 参见赵祥禄《麦金太尔的语境主义解读》，《韶关学院学报》（社会科学版）2006年第11期。

构成了当代知识论中最为主要的三种确证理论。①

　　文学研究中也存在语境主义与文本主义之说，这两个概念用得较为随意。文本主义约指文学研究中以文本研究为中心的俄国形式主义、新批评、结构主义等形式主义流派。语境主义指兴起于文本主义之后的研究文本的社会、历史、文化等语境因素的文化研究派别，鲜有人为这两个概念下过准确的定义。

　　还要说明的是自然科学中的"语境主义"概念。虽然和人文社会科学有一定距离，但对语境主义的理解也是异曲同工的。语境主义是知识论中一种反怀疑主义的理论。它对怀疑主义的批判建立在把不同的语境、不同的知识标准以及不同的知识加以区分的基础上，主张不同的语境预设了不同的知识标准，不同的知识标准决定了不同的知识归因。这基本还是语境泛化的基本含义，是对语境的封闭性和局部叙事功能的强调。自然科学中的语境主义的流派众多，有基思·德娄斯（Keith DeRose）的虚拟条件的语境主义，德雷兹克（Fred Dretske）和赫纳（Mark Heller）的拒斥闭合论的相关选择的语境主义，柯亨（Stewart Cohen）和刘易斯（David Lewis）的接受闭合论的相关选择的语境主义等。②

第二节　文学语境是什么

　　上一节我们探讨了"语境是什么"这一问题，下面我们就来审视一种具体的语境形态——"文学语境"，探讨它究竟是一种怎样的语境，以及它具有哪些功能和特性？

　　语境的基本定义是寄生于对象的外在的关联域。但在语境的使用

---

　　①　参见吕旭龙《确证的困境与超越的可能》，《山西师范大学学报》（社会科学版）2005年第2期。

　　②　参见曹剑波《怀疑主义难题的语境主义解答——基思·德娄斯的虚拟条件的语境主义评价》，《自然辩证法研究》2005年第6期。

中，我们往往看到的不是"语境"自身，而是"χ语境"的形态。一旦在"语境"前加上限定，这一语境的内涵就会发生巨大的变化，寄生于对象的外在的关联域就有了较为具体的所指。文学语境就是这样一种"χ语境"的形态，它的具体所指自然就是文学外在的关联域。但这只是一个笼统的概括，因为针对文学的不同对象，文学语境的具体所指也是不同的。语境的寄生性决定了文学语境的所指是流动的——文学语境的所指随着它所言说的文学对象而变动不居。

一 文学语境流动的所指

文学研究界所说的"文学语境"不是一个统一的术语，我们用它来探讨的对象有很多，较为常见的有文学语言、文学生产、文学整体、文学的虚构世界等，针对每个言说对象，文学语境具有不同的所指。

对象1：文学语言

如果我们言说的对象是文学语言，那么文学语境首先指的就是文本层面的上下文，这是语境最基本的含义，即文学语言的每个词、句、段的语言环境。如果我们侧重于对文学语言的修辞和文体方面的研究，那么文学语境的所指在很大程度上是指这种文学文本整体的上下文。但如果我们侧重于对文学语言的意义的研究，那么文学语境除了上下文的所指之外，还具有瑞恰兹所拓展的语境内涵，表示与文本中的词语有关的"一组同时再现的事件",① 这种文学语境可以扩展到整个文明史（燕卜荪语）。

对象2：文学生产

文学语境经常言说的对象除了文学语言，还有文学作品的生产。

我国学者在谈及文学生产时，经常对文学语境进行语言学的类比，

---

① ［英］瑞恰兹：《修辞哲学》（节选），载赵毅衡编选《"新批评"文集》，卞之琳等译，百花文艺出版社2001年版，第332页。

也就是以话语交际的情景语境的模式来看待文学语境，这样文学语境就成了包括作者、读者以及创作和阅读环境、心理等与作品生产有关的一切要素。这是一种语境的"本体"和"对话"用法的综合表现。外国学者在看待文学作品生产的语境时和我国学者略有不同。如赖·约翰认为作者的文本写作至少在四种语境下进行：第一，美学的语境，包含总体的艺术，艺术的文化功能，文本媒介，文本体裁，作家选择和继承的艺术传统，作者之前的写作风格等众多元素；第二，文本生产和接受的文化经济语境，艺术世界如何对社会言说，一件作品如何被生产、被界定又如何被分类，哪些人成为读者，他们怎么购买作品等都在这一语境中悄然发生；第三，作家的个人经历，这些经历的文化解读，以及这些经历对于作家的意义；第四，最具本质性的，文本更大的文化意义和媒介——各种各样的亚文化、阶级、种族和区域性群体。这个语境包括世界怎样被观察和谈论，权力怎样被定义和分配，什么东西被视为本质的并富有价值的，等等。[1] 他看待文学语境的视野更为恢宏，而我国学者更专注于作品的生产中作者、读者间的对话。同是考察文学作品生产，审视角度的不同，文学语境也具有不同的所指。

对象3：文学整体

在面对文学整体时，文学语境的所指一般又可分为向外的和向内的两类。前者指向外部的人类生活，后者则指向文学内部的独特世界。

对于文学整体而言，向外的文学语境无疑要涉及政治、经济、宗教、道德、哲学、文化、阶级、种族等文学的外部世界。这些因素共同构筑了文学生存的语境。自文学诞生之初我们就开始谈论这种文学语境，至今仍络绎不绝。我们通常以双向的方式看待这种语境与文学之间的关系，探讨诸如文学与政治、经济、宗教、道德、文化等的相互影响等问题。这里的文学语境其实就是人类的社会生活，是文学得以生存的

---

[1] John Lye, "Contemporary Literary Theory", *Brock Review*, Vol. 2, No. 1, 1993, pp. 90–106.

源泉和土壤，文学以形象性的方式来反映人类社会，构筑出另一个文学的世界。

对于文学整体而言，向内的文学语境近似于上文中我们曾提到语境的一种封闭的用法——"界"的用法，就是用语境把文学整体隔离起来构筑一个独立的文学世界。我们借助"文学语境"来表达文学自身的独特性，这个语境里有文学自己的辞藻和游戏规则。如"故园、青史、芳香、晶莹、荡漾、奔腾、静谧、苍茫"等词语，我们通常只有在文学中才能见到，丰富而富于变化的句式、描绘形象和情感的各种修辞手法也是文学不同于他者的显著特征。

对象4：文学虚构世界

在文学研究中语境的用法非常复杂，既有泛化的各种用法，也有狭义的语言学用法。

以上三种文学语境都是泛化的语境，在文学研究、修辞学、文体学中一直还存在着语言学意义上的文学语境。这种文学语境指的是文学用语言所创造出来的可能世界。陈宗明在《语言与逻辑表达》中提出一部小说、戏剧等文学作品都可以被看作一个可能世界，这个世界构筑出一种"虚构语境"。利科尔又将之称为"文学的准语境"或"想象的语境"。这种语境具有自己的时空场景、人物对话，虽然它是虚构的，但在文学中却具有一定的实指。在语言学、修辞学和文体学援引文学作品的各种对话片段为例时，文学语境所指的都是这样一个自我独立的虚构世界。如果单独来看这种文学语境，它与日常对话的情景语境无甚区别，但如果将它与以上几种文学语境结合起来看，文学虚构的语境之外，还有真实的文学语境存在，这样就呈现出了多层次的语境景观。

从以上四种文学对象来看，语境的寄生性在文学语境身上表现得相当明显：文学语境的所指随着它所言说的文学对象的变化而流动。语境的寄生性不仅决定了文学语境所指的流动，也决定了每个语境的特性与它的对象的特性之间难以割舍的关系。对于文学语境而言，文学语境的特性就是文学的特性与语境的特性相互交融的产物。①

二 文学语境交融的特性

文学语境的特性不同于语境的特性，它来源于文学的特性与语境的特性之间的相互交融。语境的本体性、动态性和开放性等在文学语境中也有所体现，但这些是所有语境类型的共有特征，并不能凸显文学语境的独特性。因为语境本身所具有的寄生性，文学语境的特性更多地侧重于文学的特性，而非语境的特性。所以我们以下所总结的四种特征——复义性、距离性、文本间性和多重性——可以说是文学的特性在文学语境上的反映。

第一，复义性。这是文学的复义性与语境的释义功能的交融特性。

复义是文学研究界对话语歧义的称谓，复义性是文学话语的本质特征。在语义学中，语境肩负着消除话语歧义的使命，而在文学中它的这一功能却相反地转变为保留复义的功能。这主要是由文学语言和日常语言的差异所决定的。日常语言是人类表达思想和情感的工具，是为"交流"而服务的；而文学语言却并不以此为目的。穆卡洛夫斯基认为诗的语言的功能在于最大限度地把言辞"突出"，从而诗的语言的使用本身就是目的。巴赫金也曾说过文学的一个基本特点就是语言不仅仅是交际手段和描写表达手段，还是描写的对象。雅各布逊也研究过诗歌语言与日常语言的不同，其著名的结论"诗歌功用就是把对等原则从选择轴心反射到组合轴心"②，细致入微地探寻了诗歌语言不同于日常语言的内在机制。文学语言与日常语言的不同功能使两者采取了不同的歧义

---

① 这里所说的"文学的特性"不是文学性问题，而是指文学语境的言说对象的特性。文学性是西方俄国形式主义、布拉格学派、新批评和结构主义等学派所探讨的文学成为其自身的特性问题，有其特定的所指，即文学的形式、文学语言、陌生化、结构等。语境因其开放性和关联，在某些方面与形式主义的文学性是相对立的。

② ［俄］罗曼·雅各布逊：《语言学与诗学》，载［俄］波利亚科夫编《结构—符号学文艺学——方法论体系和论争》，佟景韩译，文化艺术出版社1994年版，第182页。

策略：前者竭力保护，借此产生丰富朦胧的意义；后者则极力消除，以保证交流的顺利进行。

因此，语境针对这两种不同的语言形式，具有了不同的释义功能。对于日常语言来说，许多词语本身是一词多义的，具体的语境辅助说话者在多义中排除歧义，选择正确的词语意义。但对文学语言，语境则反其道而行之，它的加入往往使意义呈现出复义。李白的《早发白帝城》："朝辞白帝彩云间，千里江陵一日还。两岸猿声啼不住，轻舟已过万重山。"这首诗从文学语言的字面之意来看只是叙事和写景而已，但结合作者李白写作此诗的背景（语境）来理解，诗中就不仅仅是单纯的叙事和写景，更重要的是传达出作者在流放途中遇赦的欢快心情。可见诗歌创作的语境给诗歌赋予了更深层的含义。又如李商隐的《锦瑟》一诗，这首诗的意义历来众说纷纭，有人认为它是诗人晚年对自己一生的总结；有人认为它是悼亡诗，怀念其妻王氏；或怀念其青年时所爱恋的一位女道士；也有人认为它是在追悼已故宰相李德裕。诗歌中"庄生晓梦迷蝴蝶，望帝春心托杜鹃。沧海月明珠有泪，蓝田日暖玉生烟"等众多典故和民间传说的运用，是造成这首诗复义的重要原因之一。每个典故和传说背后都有自己的语境和含义，这给《锦瑟》提供了多种释义的可能性。

第二，距离性。这是文学对话的特性与情景语境的交融特性。

文学的对话不同于日常话语的对话，它具有自己的独特性：首先，变动的说者和听者。文学对话的说者和听者是作者、出版界及读者等，其中除作者是固定的外，读者和出版界都一直处于变化状态；而日常话语的说者和听者则是相对固定的。其次，媒介的单一。文学对话采用的媒介是文字语言，曲折委婉，且较为单一，不如日常对话的口语直白明了，不如其表情和肢体动作等表达手段丰富。再次，对话的无即时性。文学对话由于读者和作者相距遥远，所以不似日常对话那样说者和听者能够即时对话，作者的隐匿使文学对话从"作者—读者"变为"文本—读者"的对话。最后，对话的永久性。文学对话是一场永不休止的对话。因为读者是一个超时空的无限广大的群体，所以有关一部文学作品的对话是永久性的。

文学对话的这些独特性无不表明它的语境不同于日常话语的语境。根据语言学对情景语境的理解，对话双方、对话方式、时间、地点等都属于情景语境的因素。以上所说的四种不同其实也就是文学语境所表现出的不同特征。这些不同特征可以综合归纳为一点——文学语境的距离性。距离性最主要表现为作者和读者之间的距离。这种距离不仅是时空的距离，也是文字语言或者文学文本等交流方式所造成的交流的距离，更是作者和读者无法即时直接对话，具有各自的文化修养、审美趣味以及不同生活阅历、记忆等方面的距离。

第三，文本间性。文本间性是文学文本的特性与语境的交融特性。

文本间性是克里斯蒂娃（Julia Kristeva）对文本特性的描述。它所表达的最基本思想就是"任何文本都是对另一文本的吸收和改编"。①作为一个独立的概念，文本间性具有自己的理论内涵。但将它与其他文本理论综合起来看，文本间性其实是文本的语境问题。文本间性讲述的是文本之间的关系，语境表达的是文本之内的上下文，以及文本的外部关联。文本间性本就是文本的一种非常重要的外部关联，它本身构筑了文本的一种特殊语境——文本间性语境。文本间性语境可以说是文学语境所特有的一种语境类型。这并不是说其他语境不具有文本间性，泛化地来看文本间性是普遍存在的。但从狭义上来看，文学文本所表现出的文本间性最为突出，乃至成为文学文本的存在方式，从这个意义上我们说文本间性语境是文学语境所特有的。

第四，多重性。多重性是文学的特性与语境多层次性的交融特性。

语境的多层次性是与生俱来的，不仅因为语境这一术语可以被灵活运用，还因为世界的关联本来就是一环套一环的。语言学家们很早就看到了语境的多层次性，"每一个语境（除最小的语境外）包含一个或多

---

① 王瑾：《互文性》，广西师范大学出版社2005年版，第28页。

个更小的语境；每一个语境（除最大的语境外）包含在一个或多个更大的语境中。"① 多层次性是语境的一个基本特征。

文学语境将文学自身的特性与语境的多层次性融合起来，无论言说对象是文学语言、文学整体还是文学的虚构世界，都表现出它的语境所指的多重性。对于文学语言而言，语境的多重性见于文本的上下文、与字词有关的一切事件之间的层次。对于文学整体来说，语境的多重性体现于各类艺术、各种意识形态、文化、经济、政治等由小到大，由直接关系到间接关系的体系。而文学虚构世界的语境所表现的多重性则更加显而易见，在文学的虚构世界里有一个独立的语境，例如小说人物都生活在自己的语境中，而在文学的虚构世界之外还存在着作者和读者的语境。值得注意的是多重语境之间的关系复杂，并不是单纯的包含与被包含的关系，语境之间还存在着巨大的张力。

通过以上分析，我们对文学语境已经有了一个大概的认知。文学语境的内涵是流动的。针对不同的言说对象，它的所指各不相同，即使言说同一对象，不同的研究者从不同的角度也会得出不同的结论。但我们并不能因此就说文学语境是虚无的，它的内涵根据言说对象和言说者的不同视角而确定，这正印证了我们对语境作为思维范式的判断。

综上所述，我们将"文学语境"界定为寄生于文学的外在的关联域，这个关联域的所指随着言说对象和言说者的视角变化而流动不居。文学语境具有复义性、距离性、文本间性和多重性等独特性，这些特性来源于文学的特性和语境的特性间的相互交融。

第三节　文本视角下文学语境的四种类型

面对文学语境的变动不居，我们在探讨它的多元意义和意义生成机

---

① 陈治安、文旭：《试论语境的特征与功能》，《外国语》（上海外国语大学学报）1997 年第 4 期。

制之时，就要确定审视视角，才能保证研究的有效性。从语境的英文"context"的词源来看，它由前缀"con-"和"text"两部分构成。"con-"意为共同、完全、一起，从其字面含义来看应是指"与文本联合为整体之物"，所以上下文的含义由此而来。但我们一般都将语境自然理解为"语言的环境"。这是因为语境首先是语言学的概念，所以我们自然将它翻译为"语言的环境"。但如果在文学研究中以此来理解语境却有些隔阂。在文学中"上下文"的内涵比"语言的环境"更为适合。但上下文的内涵随着语境的泛化使用又变得过于狭窄，因而遵从语境在词源上与"文本"的亲缘关系，我们认为将之理解为"文本的语境"比"语言的环境"、"上下文"更为贴切。所以我们选择以文本的视角来考察文学语境。

一　文本视角的价值

在文学研究领域，文学语境通常是被用来言说文学语言、文学活动的环境。这种惯例在一定程度上阻碍了文学语境研究的深入。采用文本的视角避开文学语境、文学活动这两种惯常的视角，能够深化文学语境研究，是凸显文本视角的独特价值之处。

第一，避开文学语言视角的惯例，突出文学语境的独特性。

因为语境源于语言学，所以在文学研究中，语境通常被用于文学语篇的分析，且往往采用的是语言学的研究方法，文学作品只是作为语言学的一个示例而被研究。比如把文学作品中的人物对话作为话语的例子，分析其语境对于对话的作用。所运用的语境理论也多是出自语言学家的观点。如果文学语境研究继续这种语言学的研究模式，无疑将屏蔽文学的独特性，没有把文学语境与日常话语的语境相区分。

文本的视角，虽然也会关注文学语言问题，但出发点却与语言视角大相径庭。它不会在文学作品中寻找例子来印证语言学的理论。而且，文学语言只是文本视角所关注的一个内部层面，文学结构、叙事、修辞等与文学语境息息相关的层面，都是文本视角所关注的重点。甚至超出文本内部的文本间性、符号间性、社会文化背景等层面也都围绕文本的中心被纳入文学语境的研究视野。在这样广阔的研究视野下，文学语境才能凸显出与语言学中语境的与众不同。

第二，避开文学活动视角的惯例，融合文学语境的微观研究和宏观研究。

从文学语言视角所进行的语境研究是一种微观的研究，文学研究中还存在另一种文学语境的宏观研究——从文学活动的整体对文学语境的观照。这一视角所使用的语境概念不再与其"语言环境"的原初意义有关，而是仅运用其泛化的"环境"之意，比如文学活动的"全球化语境""文化语境""市场语境""作者语境""读者语境"等，它们大部分所讨论的重点实际只是文学活动与这些因素之间的关系，语境在此只是被用于替代"环境"的一个时髦概念。

文本的视角同样避开了文学活动视角的惯例，既囊括了这一视角的研究内容，也能够将其与文学语言的视角融合起来。从文本内部可以对文学语境进行微观研究，也可以在文本外部对之加以宏观的审视。而且文本外部的宏观研究也因为始终紧紧围绕文本的中心而避免了大而化之的泛泛之谈。如在探讨"文化语境"之时，便能抓住文本的内部线索来谈具体的相关文化信息，将宏观的问题纳入微观的领域去言说和探讨。对于深化文学语境的研究而言，这种微观和宏观相结合的视角比泛泛而谈的文学活动的宏观视角更有价值。

第三，消解文本主义和语境主义的对立，整合两种研究模式。

有鉴于文本主义和语境主义在文学研究、文体学、叙事学等领域历来的龃龉，也许有人会质疑从文本的视角考察文学语境的可能性。但文本的视角并不等同于文本主义，同样文学语境也并不等于语境主义。所谓文本的视角，是以文本为中心来审视语境，并不拘囿于文本。文学语境也并非排斥文本的语境主义，文学语境既可以囊括文学活动的各种社会文化语境信息，也可以深入文本内部，直指文本的上下文。从文本的视角考查文学语境不仅不会影响我们的研究，相反还有利于消解文本主义和语境主义的对立，借助语境从文本内到文本外的广泛的有效性，整合文本主义和语境主义，避免其各自狭隘的弊端，获得一种更为综合的文学研究方法。

值得一提的是，虽然我们从文本的视角考察语境，但并不排斥作者和读者等文学的主体视角，因为语境本身就具有不可避免的主体色彩和具体性。过去的文学研究和语言学研究往往把语境视为客观的，但其实语境也是主体间性的。主体间性和文本间性对于语境来说是同样重要的特征。换句话说，虽然我们选择从文本视角考察语境，但这并不意味着它没有主体间性。一段话语的语境究竟是什么，除了和语篇本身有关系，同样也包括没有在语篇中出现的说话者和受话者的背景信息。一句话究竟是指什么，要放在它具体所使用的语境中结合说话者和受话者的意图、背景等众多信息才能明了，这也就是维特根斯坦所说的"意义即用法"的含义。如果语境完全排斥主体，仅仅关注话语、语篇或文本自身，那么它就不能体现语境概念真正的价值，而只是狭隘的上下文了。实际上从新批评的意图谬见和感受谬见的理论假设中，我们也已经看到纯粹的文本视角是过于理想化的，作者和读者的主体身份是文学研究不可避免的。我们在解读一段话语时，无论所涉及的是社会文化信息还是相关的其他文学文本，都很难脱离作者和读者的视角。这些社会文化信息有可能是作者创作时代的信息，是作者在创作时所赋予文本的，其他相关文学文本的引入也要依据于读者的知识结构和文化背景。所以我们在采用文本视角的同时也会辅之以作者、读者等主体的视角，这样才能避免文本视角的狭隘，更为全面地研究文学语境。

二　文学语境的四种类型

在文本的视角下，与文学文本联合为整体的语境有哪些呢？大体上我们可以从文本内部和外部两方面来考察。

（一）文本内语境

从文本内部来看，针对具体的字、句、段而言，上下文首先是文学语境的第一种类型。但这种内涵过于狭窄，所以西方文论界曾经在多个层面上拓展了上下文的所指。比如瑞恰兹从语义层面将之拓展为与文本中的词语有关的"一组同时再现的事件"，明显突破了文本内部的拘囿。在整个文明史中，凡是与此有关的事件都在语境的所指范围。巴赫金从话语层面将文本中的上下文理解为"对话的语境"，一段话语既有自我言说的独立语境，同时又处于其他话语的包围的语境之中，与其他话语进行对话。罗兰·巴尔特则从叙事层面将文本的上下文视为"叙事作品的语境"——"即叙事作品赖以完成的全部规定"①。

无论是瑞恰兹、巴赫金还是罗兰·巴尔特对上下文含义的拓展，都打破了文本的自我封闭，将文本的关联引向文本外部，打开文本通向外界的大门。这种文本内部的语境，如果再以上下文来称谓就有些不妥，所以我们直接称之为"文本内语境"。

值得注意的是，虽然文本内语境聚焦于文本内部，但它始终发散着与外界的关联，甚至可以说它有一种聚合的机制，可以通过每个词句的发散性把外部世界中任何一种与之相关的事件或信息聚合在一篇简短的文本之中。

（二）文本间性语境

一个文本一旦越过其内部边界，在外部首先所遭遇的便是其他文本，因而"文本间性语境"是文学语境的第二种重要类型，也可以说是文学文本外部的第一种类型。有鉴于文本的意义较为泛化，这里我们仅以与文学文本联系最为直接的语言文本为探讨对象。

在上文中我们提到文学语境的特性之一是其文本间性。文本间性是

---

① ［法］罗朗·巴尔特：《叙事作品结构分析导论》，张裕禾译，载伍蠡甫、胡经之主编《西方文艺理论名著选编》下卷，北京大学出版社1987年版，第499页。

文学文本的存在方式，"文本间性语境"是文学文本存在的本体环境。任何文本的生成都是对其他文本的吸收和改编。任何文本在文学中的生存都维系于它与其他文本的关系，及其在文学整个文本间性语境中的位置。所以文本间性语境对任何文本都是一个不可规避的核心语境。

文本间性语境不仅是文本的本体环境，还是文本意义的重要源泉。文本的意义并不仅仅存在于文本内部，还分散在文本之间。最为简单的例证如诗歌的典故。上文所举李商隐的《锦瑟》引用庄生梦蝶的典故，这一典故与《锦瑟》诗之间就构成了文本间性关系。典故的修辞手法使庄生梦蝶本身所讲述的故事、含有的意义以及表达的感情，也被纳入《锦瑟》的意义体系。所以读者在把握诗的意义时就不仅仅局限于诗歌的内部，而要到此诗与其引用的典故、传说之间的关系中寻求。

文本间的这片语境是一个非常广阔的网络，并不局限于文学传统，还可以扩展到一切文化传统。如某个文学意象的文本间性语境不仅包括它在文学传统中的使用，还包含这一意象的文化阐释，以及人类对它的情感积淀等。

（三）符号间性语境

与文本间性语境相并列的，是文学语境的第三种类型——"符号间性语境"。文本在面对其他文字文本的同时，它自身的语言符号也在面对其他符号，从而构成符号间性语境。皮尔斯将符号分为图像符号、指示符号、象征符号三种类型。图像符号通过写实或模仿的方式表达对象，在三种符号类型中，它与文学的语言符号联系最为紧密。图像符号往往通过相似性，即对语言符号的再现来表达信息。在艺术史的悠久长河中，图像与语言符号的相互唱和从来就没有停止过。在人们用诗和画共同言说某一事物的时候，在人们用画来表达文学作品的形象和场景，或者用语言来描述一幅绘画或雕塑的时候，图像符号和语言符号的意义就在符号间性语境中建构了。尤其是后来文学的插图本、图文本、影视改编、图像诗、网络文学、超文本等众多新型的艺术形式相继诞生，语言与图像的符号间性语境是我们理解两者意义不可忽视的共享语境。

值得注意的是，符号间性语境与符号学所说的"符号语境"不同。在符号学中，语境意味着符号的使用环境，一般分为符号内部语境和符号外部语境①。有的符号学家将之视为"情景""脚本"，即使在符号本身不完整时，人们也会在一定的语境中准确地重构意义。而符号间性语境立足于文学语言符号和其他符号之间的关系，语言符号的内部语境属于文本内语境的讨论范畴，语言符号的外部语境则在文本间性语境、符号间性语境以及社会文化语境中分类讨论。所以我们这里所说的符号间性语境，与符号语境不同，特指文学语言符号使用的其他符号环境。

（四）社会文化语境

在文本间性、符号间性语境之外，一个文本还要面对更为广阔的社会文化语境。社会文化语境，是整个文学活动的社会环境，囊括了经济、政治、哲学、宗教、道德等社会文化生活的各个方面。

根据索绪尔的建议，任何科学研究为了更严密地对研究对象进行考察，都应该区分同时轴线和连续轴线两条轴线。同时轴线，"它涉及同时存在的事物间的关系，一切时间的干予都要从这里排除出去"②；而连续轴线，"人们一次只能考虑一样事物，但是第一轴线的一切事物及其变化都位于这条轴线上"③。索绪尔据此将语言学区分为共时语言学和历时语言学。他的轴线理论同样也可以运用到社会文化语境的研究上。每个文本不仅有自己所生成时的社会文化语境，在传播、翻译的过

---

① 赵毅衡曾将符号内部语境和符号外部语境分别称为"伴随文本""语义场"。伴随文本指符号传达的方式，例如商品的豪华包装、书籍的精美装帧等。符号外部语境直接影响到符号的解释，其中包括"场合语境"，即解释者处于何种场合、何种社会范畴，如在酒吧和外交场合中，虽然使用同样的符号，但意义可以完全不同。（参见赵毅衡《符号学原理与推演》，南京大学出版社2011年版，第180—182页）

② ［瑞士］费尔迪南·德·索绪尔：《普通语言学教程》，高名凯译，商务印书馆1999年版，第118页。

③ ［瑞士］费尔迪南·德·索绪尔：《普通语言学教程》，高名凯译，商务印书馆1999年版，第118页。

程中也会不断面对新的社会文化语境。两种社会文化语境之间的变迁，必然对文本意义的生成产生较大的影响。将文本放在两个轴线的交叉点上，从其生成的语境到新的语境，我们也可以从同时轴线和连续轴线两方面去考量。

  在连续轴线上，社会文化语境在时间脉络上绵延发展。古代的经典文本流传至今，无论经济、政治，还是人们的思想观念都发生了翻天覆地的变化，那么这一文本在新的社会文化语境所生成的意义肯定是有别于其原初语境的。福柯在《话语的秩序》中谈到话语的评论原则，在某种程度上更深层地指出了文本在社会文化语境中的意义变异问题。福柯认为几乎每一个社会都有不被说明、重复和变换的主要叙述，这些话语是宗教和法律文本，也包括文学文本，它们"还被无限评说，现在仍被评说，将来亦有待再被评说。"① 在这种不断评说的过程中，原初文本和评论文本之间的"这种区分自然不是稳定、恒常或绝对的。并不存在一边是永久性的基本或创造性的话语，一边是大量复述、诠释和评论的话语这种情况。大量的主要文本逐渐模糊和消失，有时是评论占据了主要的地位。"② 文学经典文本是典型的被不断重复和说明的话语对象，新的社会文化语境对它的不断评论甚至会超越经典文本自身而占据文化的主要地位，以至于文本自身的形象被模糊和遗忘。较为典型的如人们对莎士比亚《哈姆雷特》的评论，哈姆雷特在不同的世纪表现为不同的形象：17世纪的复仇者、18世纪延宕的人、19世纪的孤胆英雄、20世纪的恋母情结者……这一形象显然还将被评论下去，哈姆雷特人物形象原初的内涵，反倒被这些不断叠加的意义所覆盖。

  在同时轴线上，社会文化语境在空间上迁徙延展。《晏子春秋》中言："橘生淮南则为橘，生于淮北则为枳，叶徒相似，其实味不同。所以

---

  ① [法] 米歇尔·福柯：《话语的秩序》，载谢立中编《西方社会学经典读本》（下），北京大学出版社2008年版，第793页。
  ② [法] 米歇尔·福柯：《话语的秩序》，载谢立中编《西方社会学经典读本》（下），北京大学出版社2008年版，第793页。

然者何？水土异也。"① 艺术如橘，社会文化语境犹如其水土，水土异则文本之实味必然不同。中西方社会文化的分歧，中国东西南北各方的差异，都会影响艺术的形态和价值。同样为园林，在欧洲表现为穹顶浮雕、喷泉、雕塑，华丽宏伟，典雅尊贵；在澳洲则化为水景、沙滩、棕榈植物，自在随性、浪漫热情；在中国北方，则讲究中轴对称，大门、宫殿、甬道、湖景，规矩中正，气势雄浑；在中国南方则遇山造亭，遇水造桥，化作小桥流水、亭台楼榭，移步易景，玲珑剔透。同时轴线上的社会文化语境所呈现出的园林艺术如此千差万别，对文学文本的影响自然也是如此。同一文学文本在中西方的社会文化语境中会产生不同的价值判断和意义解读。比如西方的社会文化语境曾使西方人对《红楼梦》的翻译和评价出现过很多异变。在早期的英文译本中，宝玉甚至被误以为是女人，黛玉被译为"Black Jade"（黑色的玉），但 Jade 却含有放荡之意，丫鬟鸳鸯的名字被译为"Faithful Goose"（忠诚的鹅），这样的误译很多。即使是备受赞誉的大卫·霍克斯的译本也难以避免这种现象。较为典型的，《红楼梦》中本有的佛教或道教的词汇，如"天""菩萨"在霍克斯的译文中都被翻译为基督教的词汇，如"God"。更有甚者，19 世纪一位名叫艾约瑟的英国传教士在英文报刊《中国评论》（*The China Review*）上发表一篇关于《红楼梦》的书评，其中如此写道："就中国的宗教和道德而言，《红楼梦》如此的全然不符合儒家之道，如此的虚无，怎么却是中国阅读面最广的一部小说呢？原因非常简单。中国人阅读《红楼梦》是因为它的堕落。这部中国小说的名气主要归功于其中的不正当行为，它们像调味品一样撒在该作对于傲慢贵族闺房生活的撩拨人心的描述中；同时归功于其文字上的聪明，作者对下流的东西心知肚明，却还去应和人们病态的欲望。一言以蔽之，《红楼梦》是左拉主义的最邪恶的发展。"② 这位英国传

---

① 李新城、陈婷珠译注：《晏子春秋译注》，上海三联书店 2014 年版，第 279 页。
② 王燕：《十九世纪西方人眼中的"淫书"——以艾约瑟〈红楼梦〉书评为中心》，《红楼梦学刊》2016 年第 4 期。

教士对《红楼梦》的价值判断，显然与我国的评价有天壤之别。

四种文学语境类型以文本为中心，覆盖了与文本相关的一切关联域。文本内语境覆盖的是上下文字句、段群之间的关联，并通过字句和话语使文本保持着与社会外界的关联；文本间性语境囊括的是文本与其他文本（主要是语言文本）的关联；符号间性语境从符号的视角审视语言符号与其他符号（主要是图像符号）的关联；社会文化语境则从文学活动更恢宏的视角辐射文本所面对的社会文化各种信息的关联。这四种语境之间并不是彼此孤立的，它们类似于以文本为中心的同心圆，如图 1.3 所示。

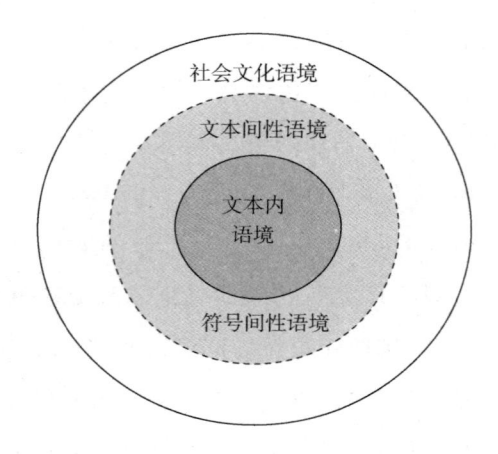

图 1.3　文学语境的四种类型

每种语境之间并非泾渭分明，而是相互渗透、彼此影响。

四种语境中文本内语境是最基本的语境，其他语境对文本意义的作用都要通过它的关联性才能发挥作用。比如某一文本与其他文本构成互文，那么其互文的痕迹和线索都存在于文本内语境之中，某一文本的语言符号是否与图像符号之间构成互译的关系，也都要从文本内语境的上下文中去寻求，同样的，文本的每一段话语也都彰显着社会文化语境的信息。

如同心圆所示，社会文化语境是整个文学活动的语境，从语境的本体性来看它也可以说是整个文学生存、发展乃至消亡的母体语境。因此从广义上来看，社会文化语境囊括了其他三种语境，并层层深入地对它们产生影响。文本间性和符号间性语境中都渗透着社会文化语境的信息，无论语言文本还是符号，都是社会文化的一部分，之所以把它们划拨出来，是为了更好地说明它们与其他语境要素在意义生成机制上的不同。

因为每种语境类型中的要素都有所区别，且与文本的距离亲疏远近各不相同，所以他们对文本意义的作用机制也都有所差别。本书的后四章将分别以这四种文学语境为对象，探讨它们的意义生成机制问题。

第四节　文学语境的复义功能

词语的多义性是每种语言的自然现象。如何在多义性基础上确立当下意义，实现畅通无阻的沟通交往，语境在其中功不可没。语言学着重探讨的就是语境这种消除歧义的意义功能。然而，在文学研究领域中，人们对语境的意义功能有无独特性这一问题却鲜有关注。20世纪以来，文学研究的一个重要成果就是确立了文学意义的复义性，如果再说语境在文学作品中也发挥的是消除歧义的功能显然不科学。文学意义无法脱离语境而生成，自然文学的复义也离不开语境的助力。那么文学语境的意义功能是否具有特殊之处，或者说文学语境是否具有复义功能，就是亟待我们探讨的一个重要问题。

出于不同的用途，各种话语对待语言的多义性的态度截然不同。日常话语一般要排除歧义以保障准确的交流，但并不决然反对语言的多义性，在一些双关的用法中还要借用这种多义性。相比之下，科学话语在对待多义性上的态度比较决绝。多义性会阻碍科学所追求的准确和精密，所以科学界采用了多种手段，比如通过数学符号替代日常词语、建构自己的公理系统等方式来消除歧义。但是文学话语对待多义性的态度则与科学话语相反，它不但不会消除反而要去竭力保护和创造这种语言的多义性。正如保罗·利科尔在《言语的力量：科学与诗歌》中所说："诗是这样一种语言策略，其目的在于保护我们的语词的一词多义，而不在于筛去或消除它，在于保留歧义，而不在于排斥或禁止它。"①

　　无论是消除还是保护语言的多义性，各种话语都离不开语境。日常话语意义的选择离不开语境的补充，离不开对话双方对语境的敏感性和选择。科学话语和文学话语都要试图解除语境与外部世界的关联，科学话语通过建立自己的符号体系营构自身语境以防止多义性，而文学在解除语境关联之后，还要通过重新建立与读者语境的关联来创造多义性。保罗·利科尔曾指出从日常话语到文学话语的语境质变，日常话语这种问答游戏所表现出的"问—答"关系在文学话语中转变为"写—读"关系，文学书写的完成依循两个顺序：第一个顺序是"解除语境关联"（decontextualise），即解除文本与外部世界的关联；第二个顺序是"重建语境关联"（recontextualise）②，重建的是文学的想象语境与读者的语境之间的关联。虽然利科尔主要是从读者的语境化角度来谈文学语境的意义功能，忽略了文本自身语境的作用，但文学话语在保护意义的多义性上离不开语境这一点却是毋庸置疑的。

　　语言的这种多义性现象曾被称为"歧义""含混""朦胧"等。但我们并不打算使用这些称谓，因为"歧义""含混"带有贬义色彩、"朦胧"比较侧重于审美效果。最为合适的莫过于赵毅衡所命名的"复义"，复义一词来自《文心雕龙》，它不仅能够发扬中国古典文论的特色，同时也能够中立地描述文学语言的多义现象。赵毅衡这样来定义"复义"："文学作品中同一陈述语在它所处的具体环境允许下具有几种意义，这些意义不是分立的歧解，而是能够互相复合互相补充，组成一个意义复杂的整体。这种现象就称为文学语言之复义。"③

---

　　① ［法］保罗·利科尔：《言语的力量：科学与诗歌》，载李钧主编《二十世纪西方美学经典文本》第三卷，复旦大学出版社2001年版，第647页。
　　② ［法］保罗·利科尔：《解释学与人文科学》，陶远华等译，河北人民出版社1987年版，第142页。
　　③ 赵毅衡：《说复义——中西诗学比较举隅》，《学习与思考》（中国社会科学院研究生院学报）1981年第2期。

关于文学的复义，无论中西，皆自古有之。早有陆机的"文外曲致"和刘勰的隐秀说等观点，后有皎然所言之"两重意已上，皆文外之旨。若遇高手如康乐公览而察之，但见性情，不睹文字，盖诣道之极也"①，以及梅尧臣的"状难写之景，如在目前；含不尽之意，见于言外"，这些都是对文学复义的描述。其中说得最为细致和清楚的当属刘勰的隐秀说。

> 是以文之英蕤，有秀有隐。隐也者，文外之重旨者也；秀也者，篇中之独拔者也。隐以复意为工，秀以卓绝为巧，斯乃旧章之懿绩，才情之嘉会也。夫隐之为体，义主文外，秘响傍通，伏采潜发，譬爻象之变互体，川渎之韫珠玉也。故互体变爻，而化成四象；珠玉潜水，而澜表方圆。始正而末奇，内明而外润，使玩之者无穷，味之者不厌矣。②

刘勰此段文字详细地阐述了文章之"隐"。隐秀乃文章的英华或精彩之处。所谓隐，指的是文章之外还有言外之意，隐以此复意为工巧，这是前人文章的成就，也是作者才情的体现。隐的主要特点在于文外之意的含蓄，犹如隐秘的声响、潜伏的文采，就像一卦的爻象含有别卦，川流之下蕴藏珠玉。所以互体变爻而化为四象，珠玉蕴藏于水下而使水起波澜。文章以雅正始，以新奇终，内蕴明珠而外表光润，使人玩味无穷、品咂不厌。由此段可见刘勰所注重的是文学意义的言外之意、文外之旨，且指出隐语的特点在于含蓄，这也是文章最令读者品鉴不厌之处。

西方文艺复兴时期也有关于文学复义的思想，比较著名的有但丁关于诗的四种意义说："一切作品可以而且应该用四种意义来解释。第一是字面意义，就是说，它不超过文字所表达的意思；第二是讽喻意义，它

---

① （唐）皎然著，李壮鹰校注：《诗式校注》，齐鲁书社1986年版，第32页。
② （南朝梁）刘勰著，范文澜注：《文心雕龙注》卷八，人民文学出版社1958年版，第632页。

披上故事的外衣遮掩着自己，它是在美丽的虚构下藏着的真理。……第三种叫做道德意义，那是教师们在讲课时所发挥的意义，为了他自己也为了学生的利益。……第四种叫做神秘意义，就是说'高于原意'，一篇经典作品要从其精神来解释，甚至就其字面而论，它所表示的东西也暗示着一些永恒光辉的神圣事物。"[①] 但丁所说的字面意义、讽喻意义、道德意义和神秘意义，已经看到复义作为文学意义的普遍性。遗憾的是，但丁的这种观点，以及中世纪就被公认的意义观——文学语言具有自由的象征意义，到了古典主义时期却被不恰当地审查否定。所以西方学界之后并没有把诗的复义视为文学语言的普遍现象，甚至相反地认为语义的含混是一种需要克服的弊病。文学语言复义性的确立还是20世纪之后的事。

20世纪从雅各布森、瑞恰兹、燕卜荪，到罗兰·巴尔特、耶鲁学派，文学语言的复义性最终得以确立，其中一些文论家也谈到了文学语境所发挥的复义功能。

雅各布森在《语言学与诗学》中虽然指出了诗的复义性，但并没有将语境和诗的复义性联系在一起。他提出语言传达可分为不可或缺的六个因素。这六个因素分别形成语言的六种功能，如下面二幅相互对应的图例（图1.4）所示。

```
                语境（context）
                信息（message）
发送者（addreser）  接触（contact）     接收者（addressee）
                信码（code）

                指称的（referential）
                诗的（poetic）
情绪的（emotive）  交际的（phatic）     意动的（conative）
                元语言的（metalingual）
```

图1.4　语言的六个因素及其功能

---

① 转引自缪朗山《西方文艺理论史纲》，中国人民大学出版社1985年版，第295—296页。

如这两幅图所示，语言的六个因素对应六种语言功能，其中语境对应的是指称功能，信息对应的是诗的功能。可见雅各布森并没有从语境的角度来阐述文学性。需指出的是，他所说的语境是指日常话语的语境，而非文学语境。那么雅各布森认为是什么决定了诗的功能？

他以索绪尔的现代语言学理论为基础来解释这一问题。索绪尔提出语言行为具有两个基本结构：选择和组合。选择的标准为相似性，组合的标准为毗连性。雅各布森从这一观点出发认为诗在选择和组合上的标准的变异导致了它的复义。"诗的功能则进一步把'相当'性选择从那种以选择为轴心的构造活动，投射（或扩大）到以组合为轴心的构造活动中。"① 换言之，诗在组合上运用的是一般语言行为的相似性，而非毗连性。诗歌以相似性原则作为支配一切的原则，如诗句的对偶和押韵等，这些对应关系引起了诗歌语义的相似性和相悖性的问题。在诗歌中"相似性附着于毗连性上，其结果是使象征性、复杂性和多义性成为诗歌的实质。"②

人们对于雅各布森文学观的认知更关注他对文学性的阐述，因而相对忽略他对文学复义的认定。让人们真正注意到文学复义的普遍性的是新批评的两个人物——瑞恰兹和燕卜荪，而且他们也较为详细地诠释了语境对于文学复义的作用。

瑞恰兹在《文学批评原理》中将语言的用法分为两类——科学用法和情感用法。前者是为了文字引起的联想而运用文字，后者是为了态度与情感而运用文字。在科学用法中，语言更倚重其字面义，而在情感用法中，则倚重它的情感意义。因为人们内心的情感复杂而丰富，自然呈现出多种情感意义。瑞恰兹的语境定理众所周知，在论述这一定理时他也同时打破了西方对一个符号只有一个实在意义的"迷信"，他将复

---

① ［俄］罗曼·雅各布森：《语言学与诗学》，滕守尧译，载赵毅衡编选《符号学文学论文集》，百花文艺出版社2004年版，第182页。

② ［俄］罗曼·雅各布逊：《语言学与诗学》，载波利亚科夫编《结构—符号学文艺学——方法论体系和论争》，佟景韩译，文化艺术出版社1994年版，第198页。

义视为语言能力的必然结果，是我们表达思想，尤其在诗歌和宗教中表达思想的重要手段。瑞恰兹一方面认为文学的复义和文本的语境（他所扩展的语境范畴）有很大关系；另一方面也尝试通过对语境加以约束和规范来对文学的复义进行更好的细读。

瑞恰兹的语义批评的影响力，让人们开始关注文学的复义现象，他的语境定理、复义观和细读法为燕卜荪真正扭转人们的意义观做好了铺垫。在瑞恰兹的启发下，他的学生燕卜荪撰写《朦胧的七种类型》（又译为《含混七型》），专门挑选出二百多篇古典文学作品的片段进行语义分析，这些原本被认为语义明晰的古典文学作品在燕卜荪的剖析下，呈现出多种或相互联系或毫无关联，甚至相悖的意义。通过这些例证，燕卜荪彻底扭转了人们清晰透明的意义观。这本书的影响力很大，令兰色姆盛赞："没有一个批评家读了此书后还依然故我。"此书问世后，含混不再被视为文学的弊病，复义被作为文学语言的普遍特征渐渐为人们所接受。在燕卜荪的复义细读中，他其实运用了很多瑞恰兹后来所扩展的语境概念。瑞恰兹在《修辞哲学》中将语境定义为"用来表示一组同时再现的事件的名称，这组事件包括我们可以选择作为原因和结果的任何事件以及那些所需要的条件"。① 燕卜荪的复义细读，甚至可以说没有一个复义的得来不是源于语境信息的引入。关于新批评的语境理论，包括语境的复义功能和机制，我们将在第二章中详述。

由于自身文学观的偏颇，新批评在复义理论和语境理论上也有其先天的局限性，即把复义的范围拘囿于文本之中，忽略作者和读者主体的参与。这与他们的意图谬见和感受谬见的文学观念相一致。文学复义不仅仅是文本内语境所生成的，它与作者、读者主体的语境也有密切关系。

罗兰·巴尔特和耶鲁学派也是主张文学的复义观点，他们的学说

---

① ［英］瑞恰兹：《修辞哲学》（节选），载赵毅衡编选《"新批评"文集》，卞之琳等译，百花文艺出版社2001年版，第334页。

是对新批评的复义观和语境理论的补充,虽然他们排斥作者,但读者的语境及其复义功能却被充分地关注。他们不仅看到了读者语境对于复义的影响,也注意到文本间性语境是造成复义的重要原因。不过他们的复义观和新批评所说的还是有所不同,解构主义所侧重的是意义的不确定性,且突破了文学的范围,要将其论证为所有语言的普遍特性。

罗兰·巴尔特首先论述了文学意义的开放性。文学作品因为是一种象征型的语言,所以具有象征的自由,意义是开放的。在《批评与真实》一书中,巴尔特谈道:"作品同时包含多种意义,这是结构本身使然,并不是因为读者阅读能力的不足,因此它是象征性的:象征并不等于形象,它就是意义的多元性本身。"① 因为作品的象征,为人们提示了多元的意义,由人所随意支配,所以文学作品虽然永远说着同一的象征型语言,但这种象征会超越社会、超越历史,显示出多元的意义。

巴尔特不仅在理论上论证了文学意义的多元性,而且还在批评的实践上加以验证。他的《S/Z》是解构主义文学批评的代表作。在对巴尔扎克小说《萨拉辛》的批评中,他以五种代码(行动代码、阐释代码、能指代码、象征代码和文化代码)重新组织小说文本。这五种代码系统相互交织,构成解构文本意义的力量。"在这理想之文内,网络系统触目皆是,且交互作用,每一系统,均无等级;这类文乃是能指的银河系,而非所指的结构;无始;可逆;门道纵横,随处可入,无一能昂然而言:此处大门;流通的种种符码蔓衍繁生,幽远恍惚,无以确定;诸意义系统可接收此类绝对复数的文,然其数目,永无结算之时,这是因为它所依据的群体语言无穷尽的缘故。"② 在巴尔特的解构批评下,《萨

---

① [法]罗兰·巴尔特:《批评与真实》,温晋仪译,上海人民出版社1999年版,第49—50页。
② [法]罗兰·巴尔特:《S/Z》,屠友祥译,上海人民出版社2000年版,第62页。

拉辛》的意义显示出多义性和不确定性。

　　罗兰·巴尔特还区分了两种语言，第一种语言专指语词的字面意义，第二种语言指人们由第一种语言所引发出的梦想，并且他提出："假如第二种语言没有扰乱或解放'语言的确定性'，那就没有文学了"。① 由此可见他把意义的不确定性作为文学的本质特征来看待。第一种语言和第二种语言分别是语文学和语言学研究的对象，它们的任务也截然不同。在《批评与真实》中他区分语文学和语言学的任务，前者为确定字面意义不会兼顾次要意义，而"语言学并非为了减少语言的模糊性，它只为了理解它，或者可以说是为了建立这种模糊性，使这种模糊性变得有章可循。"② 所以文学阅读的规例不是语文学的，而是语言学的。

　　巴尔特还进一步探寻了文学意义多元性产生的原因，主要涉及三点：结构、语境（尤其是读者语境）、含蓄意指（或文本间性）。

　　第一，巴尔特在《批评与真实》中明确地将意义多元性产生的原因归结为作品的结构。"文学著作所依附的象征语言在结构上来说是一种多元的语言。其符码的构成致使由它产生的整个言语（整个作品）都具有多元意义。"③

　　第二，在《批评与真实》一书中巴尔特还提到了文学语言的情景语境的特殊性也是使文学意义模糊的原因。文学语言不受任何固定的语境所环绕、操纵或保护，它的情景语境④是模糊的、预言性的、不固定的，不似实际话语有那么明确的情景信息，这也产生了文学意义的模糊性。既然没有了固定的情景信息，那么作品的语境就变成预言性的，可供读者去探索。在作者与读者面前作品成为一个语言问题，成了"广

---

① ［法］罗兰·巴尔特：《批评与真实》，温晋仪译，上海人民出版社 1999 年版，第 51 页。
② ［法］罗兰·巴尔特：《批评与真实》，温晋仪译，上海人民出版社 1999 年版，第 51—52 页。
③ ［法］罗兰·巴尔特：《批评与真实》，温晋仪译，上海人民出版社 1999 年版，第 52 页。
④ 中英文为 situation，非 context，所以译为"情景语境"更为合适。

泛的无休止的词语调查的信托者"。①

在语境的复义功能上，巴尔特不仅指出情景语境的模糊性、预言性是造成文学意义多元性的原因，也特别注重读者语境对于文学意义的影响。巴尔特宣布作者主体的死亡——作者既不是作品的源头，也不是其终结，但也同时宣布了读者的诞生。他非常重视读者对文本的书写，并且认为读者对文本的书写是无止境的。因此文本的意义就变得无限而不确定。在《S/Z》中巴尔特提出了两种文本的类型：可读文本和可写文本。可读文本的所指和能指具有明晰的对应关系，古典之文便是这种文本，可写文本是巴尔特的理想文本，以现代之文为代表，读者面对此文本时不再是被动的消费者，而是通过"文本互涉"主动参与文本的写作。一篇作品，即使是可读文本也可以被读者无限地转写，可写文本更是如此。根本没有什么"基本的""自然的""全民的""本源的"批评语言，因为一篇作品具有无限的结构，所以它被创作出来时就是多种语言的，不存在入口的语言和出口的语言。

第三，巴尔特把多义性的原因还归结为含蓄意指。"意义单元（含蓄意指），按每一阅读单元逐粒摘落，疏疏离离散布开来，将不复重聚，不复获致一种元意义，此元意义将是我们赋予意义单元的终极构造。"② 在含蓄意指的思想中就包含着文本间性的思想。所谓含蓄意指，"从特性来说，它是种确定，关涉，指代，特征，有力量将自身与往昔、日后或外来的叙述相连，与此文（或彼文）的另外轨迹相交。……含蓄意指为两大空间所规定：一曰连续空间，乃是一系列级序，空间内句子接续性居于一尊，意义藉此层层推叠套嵌而增生；一曰聚集空间，文的某些轨迹与实体的文之外的其他意义互涉，由此形成某类所指的'溟濛云雾'。"③ 其中所谓往昔、日后或外来的叙述就是来自文本间性

---

① ［法］罗兰·巴尔特：《批评与真实》，温晋仪译，上海人民出版社1999年版，第53页。
② ［法］罗兰·巴尔特：《S/Z》，屠友祥译，上海人民出版社2000年版，第75页。
③ ［法］罗兰·巴尔特：《S/Z》，屠友祥译，上海人民出版社2000年版，第67页。

的语境。这一空间,巴尔特称之为含蓄意指所处的聚集空间,在这一空间中,文本的意义与其他文本相互关涉,每个文本都被这一空间所包围,每一个文本中充满了其他文本的碎片,某个段落、片段或语词都曾在这一空间的其他文本中出现过。萨莫瓦约在《互文性研究》中曾言:"尽管文本本身可能已经有很多解读,但除此之外,我们还可能在别处找到文本的其他解读,而且永远不可能穷尽所有可能的解读。"① 因此在文本间性语境中,文本表现出"复数"的特征,文本的意义也在文本间的播撒和游移中而变得不确定。

解构主义在文学复义问题上的主张,在巴尔特这里基本都已表现出来。耶鲁学派作为法国解构主义成功应用于文学研究的代表,其四位代表人物——保罗·德·曼、布鲁姆、J. 希利斯·米勒、哈特曼——在这一问题上的观点可以说是对巴尔特观点的进一步阐发。比如德·曼在《盲目与洞见》中认为文学文本不再被理所当然地认为具有一个明确或一整套的意义,并且把阅读行为看作"一个真理与谬误无法摆脱地纠缠在一起的无止境过程"。② 他主要从文学语言的修辞性来谈文本意义的不确定,由于这种语言的修辞性,文学内部充满了语法与修辞、字面意义与比喻意义之间的矛盾,因此导致文本意义的自我解构。

J. 希利斯·米勒也认为文学语言的多种意义都保持着各自的异质性,彼此矛盾,无法相容,既无法构成一个逻辑的或辩证的结构,也无法在词源上追溯到同一词根,因此文本便永远是无中心、无确定性的。为了证实这种文学意义观,米勒列举了包括自己在内的十五位批评家对《呼啸山庄》的批评观点和方法。每一种批评都极力证实自己对于作品整体解释的合理性,但它们彼此之间存在激烈的矛盾冲突。通过把这些批评放在一起进行比较,米勒也最终得出结论:文本是异质性的(herterogeneity),并不存在单一的、统一的意义,且呈现出逻辑上没有一致

---

① [法] 蒂费纳·萨莫瓦约:《互文性研究》,邵炜译,天津人民出版社2003年版,第93页。
② Paul de Man, *Blindness and Insight*, Minneapolis: Minnesota University Press, 1983, p. vii.

性、连贯性的多元意义。

　　本节对于文学语境的复义功能的探讨只是初步性的,结合20世纪几位确立文学复义的文论家的思想,也只谈到了文本内语境、读者的语境和文本间性语境的复义功能。文学复义的生成并非仅与这些语境有关,本书后续的四章将针对文本内语境、文本间性语境、符号间性语境和社会文化语境等四种文学语境,详细阐述文学语境究竟是怎样生成文学复义的,这也是后续四章乃至本书所要探讨的主题。

第一章 『语境』与『文学语境』的新内涵

第二章　文本内语境与发散—聚合机制

本章所讨论的对象是文本内语境及其意义生成机制。最为我们所熟知的文本内语境应该就是上下文了。虽然我们今天运用"语境"这个概念涵盖了上下文，但它依然是文本内语境最基础最重要的组成部分。因为文本意义的生成离不开上下文的作用，甚至可以说，我们永远无法离开上下文来谈论一段话的意义。但除了上下文之外，文本内语境还包括更多层面的内涵。在文学研究的历史上，文本内语境曾经被多次拓展，比如瑞恰兹和新批评在语义层面上的拓展、巴赫金和文学语用学在话语层面上的拓展、叙事学在叙事层面上的拓展等。本章首先从这几个层面探讨文本内语境的多种内涵，再结合具体的文本例证来讨论文本内语境的意义生成机制。

第一节　语义层面的文本内语境：瑞恰兹和新批评的语境定理

文本内语境在语义层面上的拓展，离不开瑞恰兹和新批评派的努力。新批评派是典型的形式主义学派。在文学研究中，语境主义与形式主义是相对立的一对范畴。因为20世纪上半叶诸多流派（如俄国形式主义、新批评、结构主义等）专注于对文本的语言和结构的分析，将心理、历史、社会和文化等方面排除在文学研究之外，到了20世纪下半叶，这种研究模式被更多的语境主义研究方法所取代，西方马克思主义、女性主义、新历史主义等各个学派开始把心理、历史、社会、文化等这些曾被视为文学之外的东西，重新纳入文学研究的视野。这些语境主义学派的回归倾向并不意味着不再关注诗歌和小说的语言和结构，而是透过各种各样的语境获得对文学文本的多样性解读。但因在语境主义学派那里，语境意味着社会历史语境，作为与形式主义相区别的标志，所以才有语境主义和形式主义相对立之说。

然而文学语境的存在形态并不限于这股语境主义思潮。可以说，语境是贯穿20世纪所有文学流派的范畴。即使是形式主义学派，他们专注于文学文本，也不得不重视上下文。而且形式主义流派中有一个流派被用"语境"来冠名也很合适，那就是新批评。新批评派一直试图给自己换一个正确的名字，其中便有"语境批评"（contextual criticism）、"语境主义"（contextualism）的提议，尤其是克里格坚持把新批评改称为"语境主义"。语境理论是新批评最重要的理论之一，这一学派将语境限定在文本内部，作为其众多理论思想（如比喻、象征、反讽等）和细读法的基础。

一 瑞恰兹对语境的语义拓展

瑞恰兹是语义学研究的先驱，他的《意义之意义》被普通语义学哲学流派奉为语义学史上里程碑式的著作。在另一部著作《修辞哲学》中，瑞恰兹系统地把语义学应用于文学批评。这便为后来新批评的细读实践奠定了基础，新批评的语义学思想几乎完全来自瑞恰兹，他们之所以接受语义学而拒绝其他学科，是因为只有语义学纯粹地将研究视野限定在文学作品内部，其他的学科都会在整个社会生活中，或在作者和读者的创作阅读实践中研究文学。除了不认同瑞恰兹的心理学研究之外，新批评派几乎全面接受了瑞恰兹的其他语义批评思想，这其中就包括他的文学意义观和语境定理。

在上一章中我们已经提到,瑞恰兹对文学意义的研究推进了我们对文学复义性的认识。在瑞恰兹看来,我们所有的意义都可以追溯到遥远的过去,现在的意义和过去的意义像有机物一样滋生发展,不可分割。这其实已不仅仅是词汇意义的问题,而是语境的问题了。瑞恰兹的语境理论与文学的意义解读紧密相关。他提出词汇的意义像其他符号的功能一样,是充当一种替代物,只是它采取了更为复杂的方式——通过它们所在的语境来体现。瑞恰兹所说的语境远比上下文或整部书的范围更为宏阔:"语境这种熟悉的意义可以进一步扩大到包括任何写出的或说出的话所处的环境;还可以进一步扩大到包括该单词用来描述那个时期的为人们所知的其他用法,例如莎士比亚剧本中的词;最后还可以扩大到包括那个时期有关的一切事情,或者与我们诠释这个词有关的一切事情。"① 在学理上,瑞恰兹无限拓展了我们对于语境的理解。只要是和这个词相关的一切事情,它在那个时期的所有用法,那个时期发生的一切事情,以及我们诠释这个词的各个时代所发生的一切事情,都在语境的范围里。换句话说,词语意义的确定受纵横两种语境的影响:一种是这个词使用的全部历史痕迹;另一种是现在的使用环境。

不过在文本细读时,为防止武断的解读行为,瑞恰兹还是谨慎地限制了这种拓展。他引入因果定理对语境作出限定:"'语境'是用来表示一组同时再现的事件的名称,这组事件包括我们可以选择作为原因和结果的任何事件以及那些所需要的条件。"② 而且瑞恰兹指出意义的再现形式非常特别——语境的节略形式,即一个词承担几个角色,那么在语境中这些角色就可以不必再现。"当发生节略时,这个符号或者这个词——具有表示特性功能的项目——就表示了语境中没有出现的那

---

① [英]瑞恰兹:《修辞哲学》(节选),载赵毅衡编选《"新批评"文集》,卞之琳等译,百花文艺出版社2001年版,第333页。

② [英]瑞恰兹:《修辞哲学》(节选),载赵毅衡编选《"新批评"文集》,卞之琳等译,百花文艺出版社2001年版,第334页。

些部分。"① 相应地，瑞恰兹想借助语境定理发挥的主要是它的否定功能，即"警察作用"（警察不是要我们做任何事，而是防止别人不适当地妨碍我们的合法行为）。在他看来，意义的语境定理可以防止我们数百次对意义做的毫无根据的设想。

但是实际上语境定理在新批评的细读实践中发挥更多的功能，并不是它的否定功能，而是另一种功能——复义功能。瑞恰兹在《修辞哲学》也有提及这一功能，但并未如此命名。他认为语境定理成功地纠正了我们关于意义的错误观念。正如弗洛伊德启示我们一个梦可以指十几件事情一样，一段文章、一些符号也可以同时指称许多意义。"意义的语境理论将使我们有充分的思想准备在最大范围里遇到复义现象。"②

虽然瑞恰兹对语境做了很大的拓展，但新批评在运用其语境定理时并没有忽略语境作为上下文的原始含义，相反这种整体的语境观是新批评进行文本解读的基础。例如布鲁克斯在评论叶芝的《在学童中间》③时明确指出我们在细读时不应该把某一节的陈述孤立开来，也不应该把几个意象孤立开来。在批评实践中他也确实注意上下文的有机统一，剖析出诗歌《在学童中间》最后一节开头的概括，是该诗隐喻纤维的延伸，以出生、成长和老朽为主体的众多隐喻贯穿全诗，一些隐喻连绵延续至结尾一节。

瑞恰兹在语义层面对语境所做的拓展，奠定了新批评派文本细读的理论基础。相反地，新批评的文本细读实践也将语境的意义功能充分地加以发挥和利用。燕卜荪的《朦胧的七种类型》就是这样一部实践性的作品，它在继承和发展老师瑞恰兹的文学复义观的过程中大量借助语

---

① ［英］瑞恰兹：《修辞哲学》（节选），载赵毅衡编选《"新批评"文集》，卞之琳等译，百花文艺出版社2001年版，第335页。
② ［英］瑞恰兹：《修辞哲学》（节选），载赵毅衡编选《"新批评"文集》，卞之琳等译，百花文艺出版社2001年版，第339页。
③ ［美］布鲁克斯：《叶芝的根深花茂之树》，载赵毅衡编选《"新批评"文集》，卞之琳等译，百花文艺出版社2001年版，第499页。

境来完成对作品多义性的解读。

二 燕卜荪对语境定理的运用

燕卜荪受其老师瑞恰兹的影响，撰写了《朦胧的七种类型》。这部著作运用大量的文学实例（其中包括大量的古典文学作品）向人们证明：任何一部文学作品都存在意义含混的现象，换句话说，复义是文学语言的基本特征。这部著作的影响力很大，人们对它的评价也是毁誉参半。它既有兰色姆的盛赞，也备受很多学者的指责。相比较来看，韦勒克对燕卜荪的评价较为中立公允："燕卜荪是一个武断的、固执的、古怪的诗歌分析者，他不愿意或者不能够把诗作一个整体来分析，而是追求各种各样的推测和联想。"虽然燕卜荪很容易被指责解释有误，但人们也一定会为他辩护。因为"迄今为止几乎没有任何人对那首诗做过详尽的评论，尽管燕卜荪的方法过于细琐，过多联想，甚至有些武断，可它至少是一次去掌握意义的率直的努力。"①

燕卜荪借助瑞恰兹的语境定理对众多文本进行意义剖析。在下面二段文本的分析中，可见语境定理所发挥的作用。

例一：

唱诗坛成了废墟，不久前鸟儿欢唱其上。

（选自莎士比亚《十四行诗集》第七十三首）

这个例子在上文中已经列举过，燕卜荪借助此例来说明一个基本的语言事实——"一个词或语法结构同时有几方面的作用"。② 十四行诗的语法结构比其他体裁松散，因此给这个简单的比喻带来多义的效果。

---

① ［美］韦莱克：《文学理论、文学批评与文学史》（节选），载赵毅衡编选《"新批评"文集》，卞之琳等译，百花文艺出版社2001年版，第553页。

② ［英］威廉·燕卜荪：《朦胧的七种类型》，周邦宪等译，中国美术学院出版社1996年版，第3页。

诗歌通过树林和唱诗坛之间的相似性建立起比喻，但并未就其相似点加以详细说明。因此在广阔的语境中，树林和唱诗坛之间众多的相似点就浮现出来：因为唱诗坛是唱歌的地方，因为唱诗坛上的人是排成一排唱歌，因为唱诗坛是木制的，因为唱诗坛的教堂就像森林、玻璃上的彩绘就像森林中的鲜花和绿叶，因为它灰色的断壁就像冬日的天空，因为唱诗的少年的神情和十四行诗的受赠者相似，因为新教徒摧毁寺院或者对清教主义的畏惧等其他社会、历史原因。燕卜荪细腻的分析使这个普通比喻的意义变得朦胧起来。这些相似点都是诗中未曾写到的，均来自这句话的语境。借瑞恰兹的语境定义来说，这些信息都是燕卜荪在阅读这句诗歌的同时所联想到的一组相关事件，而且这些事件所发生的时间几乎没有限制。

例二：

Our Natures do pursue
Like Rats that ravyn downe their proper Bane
A thirsty evil, and when we drinke we die

（*Measure for Measure*, I. ii.）

正象饥不择食的饿鼠吞食毒饵一样，
人为了满足他天性中的欲念，
也会饮鸩止渴，送了自己性命。①

（莎士比亚《量罪记》第一幕第二场，朱生豪译）

燕卜荪在讨论由作者思想不清所引起的朦胧时，举了莎士比亚《量罪记》中的例子。这段话最鲜明的意义是"淫欲本身就是毒"。但燕卜荪抓住 proper 这个词展开了许多联想，从而让我们看到了这段话的

---

① ［英］威廉·燕卜荪：《朦胧的七种类型》，周邦宪等译，中国美术学院出版社1996年版，第242—243页。

模糊不清。在此片段中 proper 是用来形容老鼠的毒饵的，有"适宜于老鼠的"含义，这让我们更清楚地记起人类为老鼠设计的各种毒药。但同时它也有"正当的、自然的"含义，所以就为这个隐喻带来了奇异的效果。一方面，吞食是维持生命不可或缺的正当行为；另一方面吞食毒饵又会带来死亡的危险。同样的，人类的饮水也是健康的人体自然功能，但饮用行为也会带来死亡。这样 Proper Bane 的意义就变得不清楚了，既是水又是毒。燕卜荪对这段话的复义的解读，既借助了文本内语境展开丰富的联想，也借助上下文的有机统一，将各种意象揉捏在了一起。

通过以上两个例子，我们看到燕卜荪对瑞恰兹的语境定理的运用方式。如果没有瑞恰兹对语境的语义拓展，燕卜荪是无法在上下文里剖析出这么多复义来的。但因为《朦胧的七种类型》写就之时，瑞恰兹还未系统地阐述语境定理，所以燕卜荪对这一定理的运用并不充分。

三　语境定理在各类修辞研究中的发展

瑞恰兹和新批评的主要代表人物也将语境定理运用于讨论各种文学语言问题，如比喻、象征、反讽、悖论等，这些从语言学和修辞学中借鉴而来的术语，多被新批评派阐发为诗歌或文学的基本结构，而且几乎都与语境息息相关，语境定理在这些批评术语的研究中也得以进一步发展，以下分而述之。

在传统的比喻研究中，喻体和喻旨之间的相似性是研究的焦点。但瑞恰兹和新批评却注重两者的相异性。甚至瑞恰兹在《修辞哲学》中直接将比喻定义为"不同语境间的交易"。① 一个比喻只有把两个迥然相异的语境联系在一起时，才能体现蓬勃的生命力。因为他认为比喻的力量不在于被比的双方，"当我们用突然的、惊人的方式把两个完全不同的东西放在一起时……最重要的东西是意识努力把这两者结合起来，

---

① 转引自赵毅衡编选《"新批评"文集》，卞之琳等译，百花文艺出版社 2001 年版，第 94 页。

正因为缺乏清晰陈述的中间环节，我们解读时就必须放进关系，这就是诗的力量之主要来源。"①

在瑞恰兹的基础上，维姆萨特和布鲁克斯对比喻的生成、种类、效果和死亡等方面进行了细致的研究。维姆萨特根据喻体和喻旨之间的语境距离将比喻分为距异质和距类质两类，玄学派的比喻多属距异质，而浪漫派的则接近距类质。距异质比喻的喻体和喻旨之间语境跨度大，相反距类质比喻的语境跨度小。在新批评派的观念中自然是前者的比喻效果更好。布鲁克斯甚至指出有的比喻因为喻指和喻体的语境太接近，生下来就是死胎。喻体和喻旨的语境越是相异，两者的张力性矛盾关系才使比喻越富有力量。因为在他们看来，比喻的效果不在于考虑喻体如何说明喻旨，而在于"当两者被放在一起并且相互对照、相互说明时能产生什么意义"。② 相应地，喻体和喻旨自然也不是融为一体为好，它们虽然联合了起来，却仍需清晰可辨，保持着各自的独立性。

新批评派不仅以语境间距说明比喻的成立和效果，还从语境的视角审视比喻的老化和死亡。布鲁克斯提出如果过于频繁地把喻体和喻旨压入同一语境，它们的意义就会固定，宣告死亡。维姆萨特更将语境视为比喻的力量之源，那些脱离了其特定语境的比喻，意义囿于字面意义，就像被抛上岸来的鱼最容易老化，如此随意地重复滥用，就会变为陈词滥调。

然而死亡或老化的比喻也能够复活，依靠的依然是语境的力量。布鲁克斯对华兹华斯《西敏寺桥上作》的著名评论中就阐述了这一点。③如《西敏寺桥上作》中的最后两句"上帝！屋舍重重似沉睡貌，博大的心全然静卧着"运用了两个陈旧的比喻，屋舍的沉睡、伦敦为国家

---

① 转引自赵毅衡编选《"新批评"文集》，卞之琳等译，百花文艺出版社2001年版，第95页。
② ［美］维姆萨特：《象征与隐喻》，载赵毅衡编选《"新批评"文集》，卞之琳等译，百花文艺出版社2001年版，第403页。
③ ［美］布鲁克斯：《精致的瓮：诗歌结构研究》，郭乙瑶等译，上海人民出版社2008年版，第9页。

的心脏，这两个本已毫无生机的比喻却在整首诗的悖论语境中被复活。因为肮脏腌臜的伦敦本是死亡的，但说它沉睡、说它的心脏却表明它还是活生生的。

  布鲁克斯非常看重语境的力量，认为语境不仅在比喻的机制中起到关键性的作用，在象征、悖论和反讽的机制中也是如此。比如他对象征的说法："象征由语境压力形成，象征又指引着全文的解读。语境的压力造成象征。"①"语境赋予特殊的字眼、意象或陈述语以意义。如此充满意义的意象就成为象征；如此充满意义的陈述语就成为戏剧性发言。"②在和沃伦合著的《坛的故事》里，他举了一个非常生动的例子："我在田纳西州放了一只坛。"坛之所以成为象征，是因为田纳西州太大，而坛太小，语境压力太大，所以提示我们它是一个象征。

  反讽和悖论的区别在布鲁克斯那里并不鲜明，他认为存在两种悖论：其一便是反讽（Irony），另一种是奇异（Wonder，也有译为"奇妙"）。在《反讽——一种结构原则》一文中，他反复强调了语境对于文本意义的作用，及其对于反讽的重要性。譬如，"诗篇中的任何'陈述语'都得承受语境的压力，它的意义都得受语境的修饰……他们的关联，它们的合适性，它们的修辞力量，甚至它们的意义都离不开它们所植基的语境。"③由此，他将反讽定义为"语境对于一个陈述语的明显的歪曲"。④反讽就是一句话呈现出与它的字面意义相反的意义，这正是由于语境巧妙的安排。语境与反讽话语的关系是一种弓形结构，一方面语境对反讽话语施加推力；另一方面反讽话语也对语境产生反推力，两股力量相互对峙，保持着平衡和稳定。在《精致的瓮：诗歌结

---

  ① 转引自赵毅衡编选《"新批评"文集》，卞之琳等译，百花文艺出版社2001年版，第100页。
  ② ［美］布鲁克斯：《反讽——一种结构原则》，载赵毅衡主编《"新批评"文集》，卞之琳等译，百花文艺出版社2001年版，第379页。
  ③ ［美］布鲁克斯：《反讽——一种结构原则》，载赵毅衡主编《"新批评"文集》，卞之琳等译，百花文艺出版社2001年版，第380—381页。
  ④ ［美］布鲁克斯：《反讽——一种结构原则》，载赵毅衡主编《"新批评"文集》，卞之琳等译，百花文艺出版社2001年版，第379页。

构研究》中布鲁克斯讨论了悖论的语言，其中一个著名的例子就是他对华兹华斯的十四行诗《西敏寺桥上作》的细读。此书的语言平淡无奇，所用的比喻也多是陈词滥调，却成为一首脍炙人口的诗歌。此诗的力量何在？布鲁克斯的回答是在于此诗的悖论情景。伦敦肮脏腌臜、动荡不安，竟然也能显示出美！诗中有这种近乎震惊的感叹。柯勒律治早已言及华兹华斯善于使用此种悖论语言："华兹华斯先生……打算把精神注意力从习惯的昏睡中唤醒，使其看到眼前世界的美好和奇妙，以此作为自己的目标，并赋予日常事物以奇妙的魔力，激发一种类似超自然的感觉……"[①] 布鲁克斯称这种浪漫主义诗歌的效果为"奇异"，也是悖论的一种。

综上所述，文本内语境中上下文的含义被瑞恰兹拓展为隐藏在文明史中与文本相关的一切事情，燕卜荪、维姆萨特、布鲁克斯等新批评派的代表人物借助这种文本内语境进行文本的细读，同时也以语境定理来阐发比喻、象征、反讽和悖论等文学语言研究。瑞恰兹和新批评所讨论的语境主要是语义层面的，除此外，还有巴赫金和语用学从话语层面、结构主义和新叙事学从叙事层面所拓展的文本内语境。

第二节 话语层面的文本内语境：巴赫金和文学语用学的语境研究

文本的语言问题，不仅可以研究其意义，也可以研究其作为话语的沟通交流情况。在日常话语的交际过程中，语境是保障其顺利交流的核心要素。但文学话语的交际因为语境的复杂而呈现出多元性。从文本外部来看，文学话语是作者和读者在特定的社会文化语境中借助文本而展开的交际活动。这一话语层面的语境，我们将在社会文化语境专章中加

---

① ［美］布鲁克斯：《精致的瓮：诗歌结构研究》，郭乙瑶等译，上海人民出版社2008年版，第9页。

以探讨。从文本内部来看，文学话语则是指文本内部所涉及的话语交际过程，最为典型的是人物间的话语交际。但因研究视角之差异，文本内部的话语研究呈现出多样性的特征。如巴赫金的话语研究，他不仅关注人物间的对话，甚至关注各个话语间的对话、语境之间的对话。再如文学语用学借助一系列语用学理论对作者和读者的话语交际、文本内人物的话语交际展开研究。可以说有多少种语用学理论，就有多少种文学话语的研究视角。在本节中，我们就来梳理文本内部话语层面上的文本内语境研究。

一 从巴赫金看文本话语的对话语境

在绪论中，我们曾提及巴赫金的对话型语境思维。一方面他与形式主义反其道而行之，将整个社会生活融入作品中，引导我们去发掘每个词语所带有的社会生活的语境气味；另一方面，他还反对独白型的语境，要我们关注对话的语境，即一段话语不仅有自身的语境，还充满了他人的声音，话语之间、语境之间也在对话。巴赫金认为文本话语的对话语境，既有指向对象的"自己的语境"，又有与他者对话的"半他人语境"，是一种"三维语境"。① 从巴赫金的思路，我们可以推测出语境的多重结构：话语自身的语境、与其他话语对话的语境、与作者对话的语境、社会语境。前三种语境都在文本内语境的讨论范围内。

巴赫金没有孤立地分析文本话语，而是将其放在作品的统一的整体背景中去审视。在现实的话语交际中，说话人的话语是相对独立的，而且语境也较为稳定。但在作品里，人物的话语所面临的语境就复杂起来。它不仅有自己的语境，而且还会被其他话语、作者的话语包围。"在与其他言语、与作者言语的对比中，它获得了附加意义，在它那直

---

① 巴赫金曾在《文学作品中的语言》中近乎提纲式地写道："自己的语境（指向对象的）和半他人语境，对言语成分的不同影响。三维语境。"（见钱中文主编《巴赫金全集》第四卷，河北教育出版社1998年版，第284页）但对这几个语境概念没有再进一步阐述。

接指物的因素上增加了新的、作者的声音（嘲讽、愤怒等），就像周围语境的影子落在它的身上。"① 比如在《复活》中有一段商人尸体的解剖记录在法庭上被宣读，虽然这段记录不夸张、不渲染，但在多重文本内语境的折射下变得十分荒谬，完全不同于它在现实法庭中的样子。用巴赫金的话来说："在一部完整作品的统一体中，一个言语受其他言语框定，这一事实本身就赋予了言语以附加的因素，使它凝聚为言语的形象，为它确定了不同于该领域实际生存条件的新边界。"② 换句话说，这段记录因为其他话语和作者话语的包围而演变成了"记录的形象"，它的语体也变成了"语体的形象"，因此显现出不同于现实领域的色彩。

像这样特殊的话语和语体，在文学作品中比比皆是。借助巴赫金的理论，我们再来审视它们，就会看到文本内语境对这些话语和语体所产生的变形作用。虽然作者有时也会渲染或淡化语体，产生一定影响，但"主要的是语境作用。语境中多少较为独立的部分，都会伸展出一条条对话的脉络，最后汇集到组织中心来"。③

巴赫金从话语层面对文本内语境的分析独树一帜，颠覆了封闭的文本观，极大拓展了文本研究的视角。

二　从范戴克看文学语用学对文本内语境的探索

荷兰语言学家范戴克（Teun A. van Dijk）一直致力于话语和语境理论的研究，《语篇与语境》（1977）、《话语与语境》（2008）、《社会与话语》（2009）都是这方面的代表作。他的语境研究是跨学科式的，从

---

① ［苏］巴赫金：《文学作品中的语言》，载钱中文主编《巴赫金全集》第四卷，河北教育出版社1998年版，第283页。
② ［苏］巴赫金：《文学作品中的语言》，载钱中文主编《巴赫金全集》第四卷，河北教育出版社1998年版，第283页。
③ ［苏］巴赫金：《文学作品中的语言》，载钱中文主编《巴赫金全集》第四卷，河北教育出版社1998年版，第283页。

年龄、性别、职业、权力、阶级、种族、意识形态等多个方面探讨语境。在文学研究上，范戴克也是跨学科的视野。他建议诗学在设立目标上应具有一种更广阔的跨学科视野。传统的文学研究目标只是对一个文本进行解释，并给予价值的评价，换句话说，就是解释为什么一篇文学文本是好的文本。虽然这个诗学的目标依然存在，但已经被许多其他不同目标取代了。例如，结构诗学强调文学性的问题。在范戴克看来，结构诗学的研究当然是诗学的一种进步，但仍然不够充分。他提出诗学最重要的目标，应该是注重文学文本的本质属性的研究。我们对文学的理解并不仅仅是关于一个个文本的解释。我们需要的是对一般原则、规律、现象或问题的深刻洞察。我们对文本的理解建立在结构描述的基础之上。这种结构描述可以在语法学、语义学和语用学等方面进行。形式主义和结构主义也进行过这样的研究，但所做的还远远不够，对于文学文本的结构描述进行得还不够充分。①

再比如范戴克将文学理论分为文学文本理论（theory of literary texts）和文学交流理论（theory of literary communication）两种，前者是关于文本的能力理论，后者是文本属性理论的一部分。范戴克比较重视文学交流理论，认为其表达的是文本和它的文本语境、社会语境、心理语境之间的关系的规律，因为他认为促使一个文本被称为"文学"的因素并不仅限于文本的内容。② 在《话语与语境》中，他也运用语境模式来解释文体：文体是对各种话语结构有意识进行选择的结果，只有被语境控制的语言变异才能叫作文体。此定义的提出源于他的语境理论——话语受到两种语境的控制，一种是固定的跨语境因素；另一种是随情境而不断建构的语境因素。在话语的认知过程中，语境模式通过对变异的控制来控制话语。范戴克也从语境视角来界定体裁，将之定义为"行动类

---

① Teun A. van Dijk, "Advice on the theoretical poetics", *Poetics*, Vol. 8, Issue 6, December 1979, p. 595.

② Teun A. van Dijk, "Some Problems of Generative Poetics", *Poetics*, Vol. 1, Issue 2, January 1971, p. 26.

型"或"社会实践",强调体裁的语境属性。① 范戴克的研究彰显了文学研究的一种新形态——文学语用学的研究思路。

文学语用学是一门文学研究与语用学相结合的新兴学科。涂靖对这一学科如此解释:文学语用学"既不是把文学文本作为例证的语用学研究,也不是借助语用理论的文学研究,而是把两种学科理论结合,研究文学语言系统,文学语言使用的社会意义,文本产出与理解的心理过程和心理机制,文学语言结构与社会结构的共性条件等问题"。并且他还提出文学语用学"将语境视为文学交际的终极参照,关注文本的语言结构与文本产出和理解的语境之间的关系,文本使用者与语境之间的关系,以及文本与使用者的关系,认为对文学的研究如没有对其通常可获得的交际资源的运用的阐释是不完整的"。②

从语境在文学语用学中举足轻重的地位,便可以推知这一学科的研究对于文学语境的发展起到了巨大的推动作用。这种推动作用主要表现在文本内语境和社会文化语境两种语境类型的研究上。因为文学语用学的研究方法主要分为两种:内观法(inward-looking)和外观法(outward-looking)。瓦茨(R. J. Watts)提出内观法研究的是作品中的各种语用现象,而外观法则是研究作者和读者之间以文学作品为媒介所展开的社会文化交往。③ 前者的微观研究注重的是文本内语境与文本之间不可割舍的联系,后者的宏观研究则关注的是作者与读者双向互动时所关联的社会文化语境。本节着重讨论内观法研究对于文本内语境的贡献,偶尔也会对社会文化语境有所涉及。文学语用学家尝试运用言语行为、会话含义、预设、指示等各种语用理论分析文学语篇,这种研究思路是

---

① Teun A. van Dijk, *Discourse and Context: A Sociocognitive Approach*, Cambridge: Cambridge University Press, 2008, p. 149.
② 涂靖:《文学语用学——一门新兴的边缘学科》,《外国语》(上海外国语大学学报)2004年第3期.
③ Richard J. Watts, "Cross-cultural problems in the perception of literature", in Roger D. Sell, ed., *Literary Pragmatics*, London: Routledge, 1991, p. 27.

审视文本内语境的新视角。那么接下来我们就分别介绍文学语用学是如何研究文学作品和活动中的各种语用现象，并且是如何丰富语境理论的。

三　言语行为理论观照下的双层语境

言语行为理论认为任何话语都是在"以言行事"，即奥斯汀在《如何以言行事》所言"说某事即是做某事，或通过说某事来做某事"。① 一个完整的言语行为可分为三类：言内行为、言外行为和言后行为。当我们说"请把窗户打开"时，首先是一种说话人表达自己请求的言内行为，但同时也隐含着命令听话人去把窗户打开的言外行为，最后听话人打开了窗户，便是言后行为。

文学是否也是一种言语行为呢？对此问题的回答莫衷一是。因为文学的虚构性，奥斯汀判定它的言外行为是无效的。如其所说，一句文学中的祈使句"去抓住一颗流星"，并不传达着言外行为的要求。作者如果能够遇到言外行为的实现条件，他可能就不会写诗，而是去写自传了。从虚构的角度来看，奥斯汀确实注意到了文学话语不同于日常话语的独特性，但并未对文学话语的独特性进行深入的分析，而是依据日常话语的言语行为方式衡量文学话语，忽视对文学言语行为的研究，并将之归入不恰当的言语行为之列。他的这一观点遭到德里达、希利斯·米勒、范戴克、保罗·德曼、乔纳森·卡勒、理查德·奥曼等众多文学理论家的强烈反对。他们将文学话语视为语用学不可或缺的研究对象。如果缺失了文学及其语境的研究，那么语用学的研究将不完善。文学话语与其他话语一样，也是一种言语行为。范戴克指出文学的言语行为具有自身的适宜性条件，是一种独特的宏观言语行为。文学行为体现为读者通过阅读潜移默化地改变着自己的知识、信仰、愿望和情感等各个方面。②

---

① J. L. Austin, *How to Do Things with Words*, London: Oxford University Press, 1962, p. 6.
② van Dijk, *Pragmatics of Language and Literature*, Amsterdam: North-Holland Publishing Company, 1976, p. 36.

不过，文学这种言语行为显然比日常话语更为复杂。伊瑟尔指出文学模仿言外行为，但所说的话并不会产生言外行为。奥曼也承认文学言外行为的悬置，使读者的注意力转移到言内行为和言后行为上。换句话说，文学的言外行为并不会像日常会话的言外行为那样带来通常的结果。即使是一个小孩在阅读文学作品时，也能立刻领会和遵守作者和读者之间的契约。这种契约往往以"从前"这样的话语方式开始，随即带领读者脱离现实世界进入虚构世界。作家不用一个"真实"的字眼却伪装成真实，读者对此也心领神会，不会像日常生活中那样，对作品中的话语采取后续行为。如果说文学也是一种言语行为的话，那么它是一种怎样的言语行为，学者们纷纷给出了自己的解答。在解答这一问题时还涉及其他相关问题的探讨，比如什么是虚构，什么是文学（即文学话语与非文学话语的区分）等。

大部分学者将文学言语行为分别放置在两个话语活动层面上审视：文学作品内部人物和叙述者的话语活动、作者与读者之间以作品为中介的外部话语活动。米勒曾说："文学言语行为可以指文学作品中表达的言语行为，譬如许诺、撒谎、借口、声明、祈求、原谅以及小说中由人物或叙述者所说的、所写的其他言语行为。也可以指作为整体的文学作品的可能的述行性维度。写小说也许就是一种以言行事的方式。"[①] 卡勒也同样认为："一首诗既是一个由文字组成的结构（文本），又是一个事件（诗人的一个行为、读者的一次经验，以及文学史上的一个事件）。"[②] 简而言之，在整个文学活动中，言语行为不仅表现在文学作品里人物之间的对话，还表现在作者通过创作向读者表达的言语行为。前者是虚构的，而后者是真实的。

我国学者的观点与米勒、卡勒的观点一脉相承。在《文学评论》

---

① J. Hillis Miller, *Speech Act in Literature*, Stanford, California：Stanford University Press, 2001, p. 1.

② ［美］乔纳森·卡勒：《文学理论入门》，李平译，译林出版社2008年版，第78页。

上马大康和王汶成相继发表文章探讨文学话语的言语行为问题。马大康提出文学具有双层话语活动，在文学内部的虚构世界中，各人物的对话是第二层次的话语行为。"这些话语行为在虚构世界内部同样具有施行能力，它们有力推动作品世界中人物的行动，组织起各式各样的交往，促成了冲突的激化和故事情节的进展，并且共同参与了第一层次的话语建构活动，从而把话语行为交织为一个整体，把文学作品编织为一个有声有色的缤纷世界。"① 王汶成将文学言语行为分为微观言语行为和宏观言语行为，对这两个层面的阐释更为详细。"文学话语的言语行为可区分为两种言语行为：一种是作者在作品内他虚构的语境中让假定的叙述人和人物表达的言语行为，一种是作者在作品外现实的创作语境中通过他所创作的整个作品向假想的或实际的读者表达的言语行为。"② 前一种文学话语是微观言语行为，后一种文学话语是宏观言语行为。

以上种种二分法其实都是瓦茨所说的内观法和外观法的区分。两种言语行为分别在两种语境中进行：一个是文本内语境或文本内的虚构语境；另一个是社会文化语境或创作的语境。虽然学界对这些语境各有不同的称呼，但文学言语行为的双层性无疑赋予了语境同样的双层性。前一种文本内语境是虚构的。如费什所说："指称符号并不指称它在空间中存在的物体，而是指称它在语境中存在的物体。事实是语境中的特定的事实，并非孤立的被识别的物体。"③ 奥斯汀仅仅看到的是前一种语境中虚构的言语行为，而没有看到文学其实还存在后一种语境中真实的言语行为。即使是文本内语境中那些虚构的言语行为，也起到了塑造人物形象和推动情节发展的重要作用，后一种语境中作者对读者的言外、言后行为虽然是延缓的，但从文学的社会功用上来看，我们不能否定文学言语行为的力量。

---

① 马大康：《言语行为理论：探索文学奥秘的新范式》，《文学评论》2015 年第 5 期。
② 王汶成：《作为言语行为的文学话语》，《文学评论》2016 年第 2 期。
③ Stanley E. Fish, "How to Do Things with Austin and Searle: Speech Act Theory and Literary Criticism", *Centennial Issue: Responsibilities of the Critic*, *MLN*, Vol. 91, No. 5, October 1976, p. 1021.

值得一提的是，理查德·奥曼的言语行为理论，国内对其引介不多，这里稍加介绍。

奥曼分别从作者和读者的角度谈文学的言外行为。首先作者的创作行为在奥曼看来是这样的：当一位诗人在作品中表述一句话时，他并不是在真实地陈述它。那么诗人在做什么？他所做的就是把这些话传到别人的嘴里。而这些别人——人物角色、说话者或叙述者——实际上都是不存在的。更准确地说，作者给出的是一种模仿的言语行为，好像它们是被别人做的。奥曼又依次分析了不同体裁的情况，比如在戏剧里，作者遵循这样的公式——他创造了人物，并给他们言语行为去交替执行。这些被分配的台词是塑造人物性格的一种手段。在抒情诗里也同样如此，例如叶芝的《驶向拜占庭》给出了一系列的言语行为，只不过这些言语行为都被一个人物执行，因此塑造出一个从这个国家航行到另一个国家的人物形象。除此之外，奥曼还分析了全知全能叙述的小说，在这样的体裁中，叙述者自身及其对故事的讲述比较特殊。"叙述就是一种虚构的言外行为。"① 叙述者也许并不会变成一个鲜活的人物角色，但他明显不同于作者，一旦我们请求言外行为时，他与作者的差异就被揭示出来。那么他的讲述自然也是故事的一部分。②

其次，奥曼又着重从读者的角度谈文学的言外行为。他认为言外行为的重点仍然是读者。读者在阅读中会推理许多问题："这个说话人是谁，他起什么作用，他生活在什么社会，他是不是可以信赖的，他试图在他和读者之间建立怎样一种关系，他可能被卷入什么样的非语言行为中等等。"③ 读者再通过自己言外行为的隐性知识对这些问题做出判断。

---

① Richard Ohmann, "Speech Acts and the Definition of Literature", *Philosophy and Rhetoric*, No. 4, 1971, p. 14.
② 奥曼对作者的分析参见 Richard Ohmann, "Speech, Literature, and the Space Between", *New Literary History*, Vol. 4, No. 1, *The Language of Literature*, Autumn, 1972, p. 54。
③ Richard Ohmann, "Speech, Literature, and the Space Between", *New Literary History*, Vol. 4, No. 1, *The Language of Literature*, Autumn, 1972, pp. 54–55.

这是文学言外行为力量的一种体现。另外，在小说中所陈述的"事实"，作为虚构世界中的事实被读者记住，也是文学言外行为力量的体现。在奥曼看来，读者依据文学的陈述进行虚构世界的建构，就是文学言外行为的发生方式。"读者只有在判断这个表述是恰当的时候，只有在判断这个说话人实际上有一个正派的信仰时才开始去建构文学中的世界。我们可以说伴随小说、戏剧、诗歌或其他虚构体裁进行虚构世界的建构是一种作者和读者之间通过言外行为进行的交易。实际上，文学中所模仿的事实只能以这种方式发生。"①

麦克卢汉在《理解媒介——论人的延伸》中将言语归入冷媒介："言语是一种低清晰度的冷媒介，因为它提供的信息少得可怜，大量的信息还得由听话人自己去填补。"② 据此说法，奥曼推论如果日常话语是一种冷媒介的话，文学话语也是，而且是更冷的媒介，因为说话人或叙事人的缺席，使文学的"会话"缺失了姿态、语调、面部表情、肢体动作之类的辅助，所给予的信息更少。这些信息，再加上还要去构造社会环境、历史时期、地理环境等，都需要读者自己去填补。因此奥曼认为阅读文学比阅读一篇新闻故事要难。文学阅读充分激发读者解码言语行为的能力，只是他参与的言语行为是模拟的。

奥曼进一步指出这种模拟的言语行为也具有重要的行为力量。文学读者虽然明显减少了日常言语式的参与行为。但他与家庭、朋友、同事等人的关系都被文学的言外行为改变了。文学话语所导致的结果是：文学为读者甩掉了这些负担，给他一种新的愉悦。他进入了一个完全不同的世界中。他的参与完全是认知和想象的，一种心和脑的行为。因此文学的反对者才将读者称为"逃避现实者"。文学的阅读虽是一种游戏，但我们在这个游戏中所建构的虚拟世界构成了我们对现实世界的

---

① Richard Ohmann, "Speech, Literature, and the Space Between", *New Literary History*, Vol. 4, No. 1, *The Language of Literature*, Autumn, 1972, pp. 54–55.
② ［加］马歇尔·麦克卢汉：《理解媒介——论人的延伸》，何道宽译，商务印书馆2000年版，第51页。

判断。①

　　奥曼从作者和读者角度对文学言外行为的论述，不仅涉及文本内语境，也涉及了社会文化语境的部分。他没有明显地运用二分法，而是在更为综合的语境中论述作者、文本和读者。他还看到文学话语和非文学话语在言语行为理论和语境方面的区分，尝试从这个视角对文学加以界定。在《言语行为和文学的定义》这篇文章中，奥曼从文学内部（或自身属性）探讨文学的本质，用维特根斯坦的"家族相似"概念来形容文学与那些近似文学作品的关系，并一一驳斥从指涉、真实、意义、感情和结构等方面界定文学的观点，主张以奥斯汀的言语行为理论来区分文学和非文学话语。他如此界定文学："文学作品是一种依赖言外行为但又缺少言外行为力量的话语。它的言外行为力量是模仿的。……文学不仅模仿一个行动（亚里士多德语），而且也为其准言语行为（或类言语行为 quasi-speech-act）模仿大致的语境。"② 无独有偶的是，斯林也从言语行为的角度对文学话语进行界定：对社会行为进行"再语境化"的文学行为。③

　　言语行为理论在文学话语层面的运用，不仅对文学本质的研究具有重要的价值，也给文学意义的研究提供了新的角度，且这两类研究都以语境范畴为基础，因此这些研究也是对文学语境理论的发展。涂靖在《语用理论与文学批评——文学语用学探索之三》中对此说明得很详细："从 LP（文学语用学——引者注）研究视角而言，SAT（言语行为理论——引者注）为读者提供了在一定语境下把握、阐释文本意义的机制。运用 SAT 可分析何种情形下作者可描述什么样的言语活动和言语事件，与实际文本中的内容有何异同；其表达方式和手段是什么；对

---

① 奥曼对读者的分析参见 Richard Ohmann, "Speech, Literature, and the Space Between", *New Literary History*, Vol. 4, No. 1, *The Language of Literature*, Autumn, 1972, p. 56。
② Richard Ohmann, "Speech Acts and the Definition of Literature", *Philosophy and Rhetoric*, No. 4, 1971, p. 14.
③ J. Mey, *When Voices Clash: Astudyin Literary Pragmatics*, Berlin: Moutonde Gruyter, 1999.

突出作品的主题和人物形象塑造有何意义；对读者的期待视野变化有何影响。SAT 框架下，文本意义的产生和交流是一种语境制约下的动态行为。对作者所实施的宏观 SA（言语行为——引者注）和文本人物的微观 SA 进行分析可使作者/读者之间的互动更具实效。某种意义上，文本解读就是对语境化的 SA 的分析过程。"①

四 会话含意理论观照下的文本内语境

会话含意理论是由美国哲学家格赖斯（Grice）提出的。此理论与他的另一理论——合作原则有关（Cooperation Principle，一般简称 CP）。会话中交谈双方要遵循四个基本原则：质量原则（Quality）、数量原则（Quantity）、相关性原则（Relation）和方式原则（Manner）。但有时会话中人们并不遵循合作原则，而依赖语境产生会话含意。

范戴克在《语用学与诗学》一文中将会话含意和合作原则理论运用于文学话语的分析中。他认为与其他话语交际不同的是，文学话语交际总是或多或少地违背合作原则。所以他从合作原则的四个方面分别剖析了文学话语的违背情况：

第一，在质量原则上，文学的作者经常说一些在现实世界中不真实的事。

第二，在数量原则上，作者经常会给出远远超过解释文本所需要的大量信息，例如一个故事；或者作者所给的信息太少，例如那些不是很符合语法的诗歌。

第三，在相关性原则上，尽管部分话语好像与其他部分完全无关，但多数情况下文学话语从整体上并不直接与作者或读者的真实世界相联系。

---

① 涂靖：《语用理论与文学批评——文学语用学探索之三》，《四川外语学院学报》2005 年第 6 期。

第四，在方式原则上，文学话语常常表现出朦胧、含混、多义、重复等特征。①

范戴克对于文学话语违反合作原则的分析，实际上就是对文学话语在文本内语境中会话含意的认可。在他对文学话语违反合作原则的详述中，我们可以一窥文本内语境的讯息。在质量原则方面，范戴克借用亚里士多德的"可然性""必然性"原则来阐述文学真实与否。"文学话语在真实的世界中也许是假的，但在与真实世界相似的世界里它一定是真实的。有趣的是，在这方面，文学话语交流的语义功能恰恰是对真实世界的探究。有这样一句箴言：'科学是描述已经存在的世界，而文学是描述世界本来的样子（可能的世界）'。"②

在数量原则方面，文学话语有两种截然相反的情况：文学可能会提供大量的不相关信息，比如小说中大量的细节描写，但也会删除许多多余的语言要素来编码超大量的信息，比如现代诗所做的那样。这种文本内语境的构造方式，所带来的结果就是感知和阐释上的困难，但范戴克提出这恰恰是文学匠心独运的表达效果，因为只有这样才能把读者的注意力吸引到言语自身的结构上来。这种对数量原则的违反，以及方法原则上的朦胧多义，都增加了解释的难度，因此文本内语境的信息分配发生变化，语义信息必须分享给结构信息。而相关性原则方面的违反，使文学话语形成表述上的"孤立"。这其实也是文本内语境之于现实语境的孤立。

范戴克进一步分析作者和读者之间的合作。他们的合作不同于日常话语。作者并没有打算从实际上影响读者，而且看起来相当自由，可以自由地决定其表达方式。他的任务就是构造一个语言的对象，一个可能

---

① Teun A. van Dijk, "Pragmatics and Poetics", in van Dijk, ed., *Pragmatics of Language and Literature*, Amsterdam: North-Holland Publishing Company, 1976, p. 46.

② Teun A. van Dijk, "Pragmatics and Poetics", in van Dijk, ed., *Pragmatics of Language and Literature*, Amsterdam: North-Holland Publishing Company, 1976, pp. 47–48.

的世界。而读者则被要求最大限度的配合，去"重现"这个可能世界。所以范戴克又提出文学一个不言自明的独特原则——构造原则（Construction Principle）。这个构造原则既是指作者的构造，也是指读者的重现。上文所说的文学违反合作原则的四原则都是由构造原则派生而来。范戴克认为他所提出的构造原则和文学四原则是文学不同于其他话语类型的独特之处，从这个语用层面上可以探寻到文学本质的核心。①

结合范戴克的分析，我们可以推论文学活动中作者与读者的会话，在违反合作原则的程度上远远超过了日常会话，由此文学会话产生的便是一种会话含意，结合文本内语境来确立文学话语的会话含意就显得格外重要。在质量原则方面，因为文学所说的不是现实世界中真实的事，所以读者需要在文本内语境中确立话语的所指。在数量原则方面，当文学话语提供过多信息时，这冗长的上下文里一定隐藏着某些意义，而当文学话语过少时，则需要读者大胆自由地去补足含意。在相关性原则方面，文学话语所呈现的世界与作者、读者的现实世界并不直接相连，作品各部分有时也看似没有太多关联，这就要读者发挥构造作用，在文本内语境中将它们联系起来，得出含意。在方式原则上，文学话语不似日常话语那么清晰明了，朦胧含混的意义在文本内语境中生成，有待读者用心地品读。

除了作者与读者的会话，文学语用学还研究文本中人物的会话。这种研究采用的是类似于语用学的研究方法，把人物会话当作一种日常会话的类似物进行研究。文学作品的会话中常常会出现违反合作原则，生成会话含意的现象，而这些现象恰恰是作家塑造人物的一种常用手法。譬如于波对于《傲慢与偏见》的会话含意的研究②就是如此。他选取班纳特先生和太太之间的一段对话，重点分析其中违反质量原则的部

---

① 范戴克的观点参见 Teun A. van Dijk, "Pragmatics and Poetics", in van Dijk, ed., *Pragmatics of Language and Literature*, Amsterdam: North-Holland Publishing Company, 1976, p.49。

② 于波：《试从语用学角度赏析文学作品——〈傲慢与偏见〉的会话含意》，《语文学刊》（外语教育教学）2015 年第 5 期。

分——班纳特先生将班纳特太太的神经比作自己的老朋友。因为班纳特太太每次被惹怒时,都会用自己的神经作借口让人们听从于她。对此班纳特先生心里其实是报以嘲讽的,但他嘴上却说把班纳特太太的神经比作老朋友。朋友是受人们喜欢和爱护的,显然班纳特先生并不喜欢和爱护太太的这种小伎俩,所以这段话违反了会话的质量原则。那么其会话含意是什么呢?借助这句话的语境,我们可以解读出班纳特先生其实是在嘲讽太太,通过一句幽默来缓解紧张的气氛。

五 预设理论观照下的文本内语境

预设理论也是文学语用学关注的重点,且与文本内语境关系密切。如"我后悔今天做了这件事。"这句话所预设的前提是我今天做了这件事。"国王是英俊高大的"的预设则是有这么一位国王。德国哲学家弗雷格在1892年《含义和所指》中界定:"预设(Presupposition)概念是指发话人说出一句话时预先假设成立的命题,其特点是在句子被否定后仍然保留。"[1] 20世纪70年代,预设理论的研究范围从语义学扩展到语用学。斯托内克尔(Robert C. Stalnaker)提出"语用预设"的概念,认为预设应该被给予语用学的分析。"根据语用学的观念,预设是一种命题态度,而不是一种语义关系。从这个意义上来说,是人而不是句子或命题去进行预设。更普遍地,语境中的任何一个参与者(一个人、一个群体、一个机构、一个机器)也许都是预设的主题。"[2] 在分析语用预设时,斯托内克尔认为语境是至关重要的。他将语境作为分辨断言和预设的依据:"不是根据所表达的内容而是根据表达的语境——说者和听者的态度和意图。因此预设是类似于说者所相信的背景——他在表述时认为理所当然或看起来理所当然的事实。"[3] 他进一步指出:"参与者之间的共

---

[1] G. Frege, "On Sense and Reference", 1892, in P. Geach and M. Black, eds., *Translations from the Philosophical Writings of Gottlob Frege*, Oxford: Blackwell, 1970, pp. 56–78.

[2] Robert C. Stalnaker, *Context and Content*, Oxford University Press, 1999, p. 38.

[3] Robert C. Stalnaker, *Context and Content*, Oxford University Press, 1999, p. 48.

享的预设是语境中最重要的部分。"预设的共享性比事实更为重要，如在文学的语境里事实是无关紧要的，而作者和读者之间一起预设不真实的事情才重要。斯托内克尔非常重视语境，甚至将之视为语言研究的一种策略，即解释语言现象一定要和它们严格而又直观自然的语境联系在一起。

从20世纪80年代开始，语用学家们又运用预设理论进行文学语篇的分析。预设理论为文本内语境和意义的研究提供了新的视角和方法。从文学的宏观整体来看，预设理论可以用来解释文学虚构的问题。作者向读者表述一个虚拟的世界、各种虚拟的人和事物，往往都是一种预设的语用现象。读者在解读时，也是通过作品的预设来假设这个虚构世界的存在，来理解各种虚拟的事物和情节。从文学的微观文本来看，预设理论也可以被用来分析人物对话中的预设现象。譬如屠克在《文学语篇中的预设与接受》中对戏剧《雷雨》的会话分析。

周朴园：我听人说你现在做了一件很对不起自己的事情。

周萍：（惊）什——什么？

周朴园：（走到周萍的面前）你知道你现在做的事情是对不起你的父亲么？并且（停）——对不起你的母亲么？

周萍：（失措）爸爸。

周朴园：（仁慈地）你是我的长子，我不愿意当着人谈这件事。（稍停，严厉地）我听说我在外边的时候，你这两年来在家里很不规矩。

周萍：（更惊恐）爸，没有的事，没有。

周朴园：一个人敢做，就要敢当。

周萍：（失色）爸！

周朴园：公司的人说你总是在跳舞场里鬼混，尤其是这两三个月，喝酒，赌钱，整夜地不回家。

周萍：哦，（放下心）您说的是——

周朴园：这些事是真的么？（半晌）说实话！

周萍：真的，爸爸。（红了脸）①

周朴园指责周萍这两年来在家很不规矩，其预设的信息是周萍总是在跳舞场里鬼混，但周萍并不理解这个预设信息，误以为父亲说话的预设信息是自己与继母繁漪之间的乱伦关系。所以在周朴园询问周萍是不是对不起他和他的母亲时，周萍非常惊慌。背景语境的差异导致了周萍的误解，从而产生了预设冲突。随着预设信息的点明，周萍才理解父亲的真实含义，放下心来。

按照斯托内克尔所说，"从语用学来理解，预设一个命题就是把它的事实当作理所当然，并设想在这个语境中的其他人也是如此。"② 换言之，交流一般是说者和听者共享背景信息，并且在双方都认为对方共享这些背景的情况下发生。但预设冲突也时有发生，一般在说者和听者无法理解对方的预设信息，并且预设信息与作品中的事理相矛盾时。在戏剧中这种冲突就是推动情节的有效手段，使人物对话具有较强的动作性和戏剧性。

除了言语行为、会话含意、预设理论之外，指示现象的语用研究也对文本内语境研究起到重要的促进作用。因为语境是语用学的研究基石，在指示现象的语用研究中亦是如此。如果缺失了特定的语境，那么指示信息既无法被编码也无法被解码。指示（deixis）有人称指示、地点指示、时间指示、社会指示等多种类型。在文本内语境中，指示语可以成为刻画人物心理、塑造人物形象的重要手法，对于指示的转换、移情等现象的剖析，也能为解读文学另辟蹊径。比如张缨从空间指示的转

---

① 此段原文和会话分析参见屠克《文学语篇中的预设与接受》，《河南大学学报》（社会科学版）2007 年第 6 期。

② Robert C. Stalnaker, *Context and Content*, Oxford University Press, 1999, p. 38.

换角度分析李白的《静夜思》。①"床前明月光,疑是地上霜,举头望明月,低头思故乡。"作者从天上的月光写到地上的霜色,再到心中的故乡,虽然表达的只是常见的思乡之情,但通过空间指示的转换,使思乡之情凸显,更显得悠远绵长。

从上文所论述的各类话语研究来看,文本内语境在话语层面也有丰富的积累和广阔的研究前景。文学话语是多重性的,既有作者和读者的话语交际,又有人物的话语、叙述者的话语,这造就了文学语境的多重性,从外观之,有作者和读者进行话语交际的社会文化语境,从内观之,也有人物角色之间展开话语交际的文本内语境。巴赫金的对话语境、范戴克的跨学科的语境研究为我们开启了语境研究的新思路。文学语用学则运用各种语用学理论,如言语行为、会话含意、预设、指示等理论,为文学语境研究积累了丰富的成果。

第三节 叙事层面的文本内语境:从结构主义叙事学到新叙事学的语境研究

除了语义、话语层面的文本内语境理论,叙事学在文本内语境研究方面也颇有建树。但语境并非一直在叙事学中备受关注。20世纪经典的结构主义叙事学对语境是相对忽视的,这种状况在90年代末的新叙事学那里被彻底扭转。从结构主义叙事学到新叙事学的发展历程来看,叙述层面的语境明显有文本内语境和文本外的社会历史语境之分。结构主义叙事学运用的是一种形式主义研究方式,注重的是前者,而新叙事学融合其他注重社会历史语境的文学批评学派的方法和视角,更加注重后者。因为同为叙事层面的语境问题,所以我们把新叙事学的社会历史语境也归入文本内语境中来讨论。

---

① 张缨:《指示的转换与文学作品中意义的维度》,《西安外国语学院学报》2005年第3期。

一　结构主义叙事学的"叙事作品的语境"

在结构主义经典叙事学中，巴尔特在《叙事作品结构分析导论》中专门论述过"叙事作品的语境"概念。在阐述这一概念之前，他先将叙事作品的描述层分为三种：功能层、行动层、叙述层。① 这三个层次之间是环环相扣的关系。从语境和这三个层次之间的关系，我们可以看到巴尔特对于语境的理解。

> 叙述层就具有一种模棱两可的作用：与叙事作品语境相连（有时甚至把作品语境包含在内）的叙述层打开了通向外界的大门，叙事作品展现（消费）的外界的大门，但同时，使以前的层次封顶的叙述层封上了叙事作品的大门，终于使之成为一种语言的言语，这种语言规定着和包含着自己的原语言。②

在这段话中，巴尔特论及叙述层的两个方面的作用：一方面它打开了通往外界的大门，与叙事作品的语境相连；另一方面它也封闭了叙事作品的大门，使作品成为一种语言的言语。由此可知巴尔特所提到的两种语境——"叙事作品的语境""作品语境"——的区别。两者的区分主要在于前者是作品外部的语境，后者是作品内部的语境。借鉴哈里迪和普里托对语境的界定，③ 巴尔特提出"叙事作品的语境"是"叙事作品赖以完成的全部规定"。④ 在《叙事作品结构分析导论》中他着重阐

---

① 罗兰·巴尔特指出"功能"一词用普罗普和布雷蒙所指的含义，"行动"一词用格雷马斯所指的含义，"叙述层"大体相当于托多罗夫所说的"话语层"。
② ［法］罗朗·巴尔特：《叙事作品结构分析导论》，载伍蠡甫、胡经之主编《西方文艺理论名著选编》下卷，北京大学出版社1987年版，第499页。
③ 哈里迪把所有无联系的语言事实称为"语境"，普里托把"信息接收人在信号显示的时候所知道的与信号显示无关的全部语言事实"称为"语境"。
④ ［法］罗朗·巴尔特：《叙事作品结构分析导论》，载伍蠡甫、胡经之主编《西方文艺理论名著选编》下卷，北京大学出版社1987年版，第499页。

述的也是这种语境。叙事作品的完成虽然要完全依赖于这种语境，但巴尔特也指出我们的社会对于这种语境一般是严严实实地掩盖起来的。之所以要掩盖是为了使叙事作品虚构出一个合情合理的情景，达到逼真的效果。掩盖的叙述手法有很多种，比如运用书信体、发现所谓的手稿、作者与叙述者萍水相逢等。以至于今日，我们简单的一个行为，比如打开一本小说或一架电视机，就能一下子把叙事作品的语境的编码都安到读者或观者的身上。

除了明确提出"叙事作品的语境"这个概念之外，巴尔特的叙事理论也具有鲜明的语境思维，这主要表现在其叙事结构的整体观上。在作品的内部语境中，巴尔特很重视这三层之间的整体关系："这三层是按逐步结合的方式互相连接起来的：一种功能只有当它在一个行动者的全部行动中占有地位才具有意义，行动者的全部行动也由于被叙述并成为话语的一部分才获得最后的意义，而话语则有自己的代码。"① 在每论述完某一层时都要反复地强调这一点，而且在论述每个层面的过程中，巴尔特也非常注重将最小的叙事单位与上下文的整体联系起来，语境思维非常鲜明。譬如，巴尔特在论述功能层时指出体现功能的单位，有时会大于句子，比如句组，有时也会小于句子，比如一个单词。但即便是后一种情况，它的功能也要联系整部作品才能体现出来。巴尔特举了一个作品的例子："当作者告诉我们，庞德在情报处的办公室里值班，电话铃响了，'他拿起四只听筒中的一只'，四这个符素单独构成一个功能单位，因为该符素使人想到整个故事所不可缺少的一个概念（先进的官僚技术的概念）。"② "四"这个单词在作品中是最小的单位了，但因其让读者联想到故事中重要的"先进的官僚技术"的概念，所以也被确定为功能单位。所以巴尔特认为分析者在确定作品功能单位

---

① ［法］罗朗·巴尔特：《叙事作品结构分析导论》，载伍蠡甫、胡经之主编《西方文艺理论名著选编》下卷，北京大学出版社1987年版，第479—480页。

② ［法］罗朗·巴尔特：《叙事作品结构分析导论》，载伍蠡甫、胡经之主编《西方文艺理论名著选编》下卷，北京大学出版社1987年版，第481—482页。

的时候，哪怕是一个单词，也要结合整个故事来考虑，因为它的功能只有联系整部作品才能体现出来。

巴尔特的叙事理论中关于语境的阐述并不多，实则是结构主义叙事学先天局限性的一种反映。它的理论基础是索绪尔的语言学理论。根据索绪尔的观点，语言比言语更重要，言语行为的意义是语言系统所赋予的。所以叙事学也以叙事语言而非叙事言语为研究对象，自然忽视语境问题。结构主义叙事学的诞生，扭转了传统批评的外部研究的倾向，将研究的注意力转向文本内部，拒绝将文本研究与社会、文化语境联系起来。所以巴尔特对于他自己所说的"叙事作品的语境"并没有过多的关注。

二　结构主义之后的多元叙事语境

叙事学真正注重语境问题，是从20世纪90年代新叙事学兴起后才开始的。在结构主义叙事学沉寂之后，新叙事学再度对叙事研究产生兴趣，但它与结构主义叙事学的一个明显区别就是在分析作品的叙事时，非常注重作者生产语境、读者阐释语境和社会历史语境对于叙事的影响。新叙事学并不反对对叙事文本进行形式分析，但排斥唯形式是求的做法，而是主张"只有将形式置于文本和语境因素的星河之中，才能作出严谨的描述，因此分析者无须捐弃故事形式的含义，相反应该研究形式如何在一定程度上成为注重语境的阅读策略的结果。"① 换言之，叙事形式在不同的语境中具有新的内涵，因而必须将形式作为语境中的形式来研究。

戴卫·赫尔曼在《新叙事学》的引言中用"narratology"的复数形式"narratologies"称呼这个新兴的流派，以表示新叙事理论借鉴了众多流派的思想，比如女性主义、巴赫金对话理论、解构主义、读者—反应批评、精神分析学、历史主义、修辞学、电影理论、计算机科学、语篇分析等。由此当今叙事学研究呈现出新的格局："最根本的转变是从

---

① ［美］戴卫·赫尔曼主编：《新叙事学》，马海良译，北京大学出版社2002年版，第12页。

文本中心模式或形式模式移到形式与功能并重的模式，即既重视故事的文本，也重视故事的语境。笼统地说，叙事理论家们的重点越来越集中在这一点上，即故事之所以是故事，并不单由其形式决定，而是由叙事形式与叙事阐释语境之间复杂的相互作用所决定的。"①

戴卫·洛奇曾指出叙事学有三个主要的研究项目：叙事语法、叙事诗学和叙事修辞。赫尔曼在新叙事学的视野下看到这三个研究项目已从分离的状态演化为一个多维互动的项目，它们的共同点就在于都与语境相关联。具体来说，"用认知方法解决叙事语法问题，离不开整合性的与语境相关联的模式；分析故事的结构，还需要分析话语层面的特征及其连带的处理策略。与此同时，修辞分析法和女性主义的叙事分析方法已经展示出将技巧与语境相联系的新方法。"② 下面我们分别选取一些颇有代表性的新叙事学家、汉学家的叙事语境观念来看看结构主义之后叙事层面的文本内语境研究状况。

（一）赫尔曼和查特曼的叙事交流论

经典叙事学因过度依赖索绪尔的语言学理论，而忽视了对英美研究在语用学、（互动）社会语言学等方面研究成果的吸收，这导致了经典叙事学的裹足不前。面对这一状态，赫尔曼以拉波夫和瓦尔茨基的社会语言学和叙事学方法为基础，提出了一种分析语言叙事的新方法——社会叙事学，探讨讲故事行为如何在特定语境中发挥话语策略的功能。他认为故事不是先存于所有交际语境之前的代码显现，而是一种互动的结果，是话语过程中参与者协商的结果。赫尔曼研究的是结构主义叙事学所忽略的叙事信息的互动情况。他分析的数据来自对罗伯逊县的一位81岁的女性居民的采访，在采访中这位女性讲述了两个神鬼故事。

赫尔曼主要运用会话分析和互动社会语言学的方法对这两个神鬼故

---

① ［美］戴卫·赫尔曼主编：《新叙事学》，马海良译，北京大学出版社2002年版，第8页。
② ［美］戴卫·赫尔曼主编：《新叙事学》，马海良译，北京大学出版社2002年版，第9页。

事的话语语境进行分析。如对叙事话语中语境化标记（赫尔曼又称之为"元信息"）的研究。语境化标记是话语交流成功与否的关键。如果语境化标记不能如说话人所预想的，引起受话人会话推断所需的背景知识，那么交际失败。而且语境化标记能够使对话者将互动活动转化为一种特定的活动类型，标记本身并不决定意义，只是通过引发推断来限制阐释，突出某些方面关联背景的知识而同时弱化其他方面的知识，保障整个会话的顺利进行。语境化标记在话语中有很多，会话双方正是通过这些标记才能从一种言语事件转移到另一种言语事件，比如从谈论天气到谈论一场官场腐败，或者是赫尔曼所分析的讲起一两个神鬼故事。在这些语境化标记中，最关键的是抓住边界标记，即非叙事的言语事件的终点和故事的起点。"总体上说，叙事只有在讲故事人与对话者协商的基础上，才能达到特定的交流目的。这种协商是在语境化标记、尤其是不同类型言语事件之间的边界标记的基础上进行的。"①

赫尔曼最后提出对社会叙事学方法特别重要的是——"不仅要从形式和认知结构的角度研究叙述类型和叙事推断方式，而且必须把它们看作具有丰富的语境化标记且处于可变环境中的言语事件的一部分。"②社会叙事学的首要研究任务是对故事在不同文化和群体中所发挥的不同作用予以分类、描述和比较，探讨叙事能力在各种文化背景下的语境、语言和认知基础。

与赫尔曼一样把叙事看作对话双方交流互动的结果的，还有提出"语境主义叙事学"说法的西摩·查特曼，不过他研究的对象是文学作品，而非赫尔曼的一般话语叙事。查特曼将作品的叙事视为作者和读者之间的交流。"叙事是一种交流，所以它可假定为发送者和接受者两部分。每个部分都承担着三种角色。在发送一端是真实的作者、隐含的作

---

① ［美］戴卫·赫尔曼：《社会叙事学：分析自然语言叙事的新方法》，载［美］戴卫·赫尔曼主编《新叙事学》，马海良译，北京大学出版社2002年版，第169页。
② ［美］戴卫·赫尔曼：《社会叙事学：分析自然语言叙事的新方法》，载［美］戴卫·赫尔曼主编《新叙事学》，马海良译，北京大学出版社2002年版，第170—171页。

者和叙述者；在接受的一端则是真实的读者、隐含的读者和受述者。"①查特曼严格地区分真实的和隐含的作者、读者。他认为在叙事中作者和读者的交流必须通过他们对应的隐含的作者和读者的交流才能发挥作用。只有隐含的作者和读者才是叙事文本结构所固有的。真实作者和读者的话语交流，只能通过隐含的作者和读者才能进行。根据他的观点，我们可以用下图来表示他对叙事的理解。

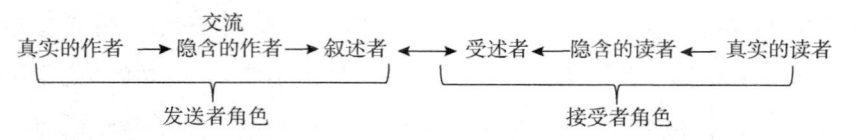

```
                    交流
真实的作者 → 隐含的作者 → 叙述者 ←→ 受述者 ← 隐含的读者 ← 真实的读者
         发送者角色                       接受者角色
```

图2.1　西摩·查特曼的叙事交流观

查特曼没有静止地研究叙事作品的形式，而是着重探讨叙事话语的语境化生成过程。这个交流过程也并非从作者到读者单向度的，读者在叙事中发挥着主动的功能。"无论一个叙事是通过表演还是文本被体验，观众（读者）都必须去解释回应：他们不可避免地参与到叙事中来。一些必要的或可能的事件、人物性格和物体由于各种各样的原因在叙事中没有被提及，他们必须自己填补这些空白。"②

（二）女性主义叙事学的"社会历史语境"

除了以上两位代表性人物之外，女性主义叙事学家也是"语境主义叙事学"研究的先锋人物，她们因为注重文学所处的社会历史语境，而有别于经典的结构主义叙事学家。苏珊·S. 兰瑟和罗宾·R. 沃霍尔被视为女性主义叙事学的创始人。她们二人的语境思想代表了女性主义叙事学的语境观。苏珊·S. 兰瑟的叙事研究表现出与结构主义叙事学大相径庭的研究倾向。她主张对话语生产语境做出更丰富的描述，坚持

---

① Seymour Chatman, *Story and Discourse*: *Narrative Structure in Fiction and Film*, Ithaca: Cornell University Press, 1978, p. 28.

② Seymour Chatman, *Story and Discourse*: *Narrative Structure in Fiction and Film*, Ithaca: Cornell University Press, 1978, p. 28.

把故事置于特定的生产和接受语境中来审视。同时她还非常注重结构主义所屏蔽的社会常规和社会权利。在《虚构的权威》一书中，兰瑟指出决定叙事结构和女性写作的，不是其内在的某种本质属性或孤立的某个美学规则，而是由社会权利生产出来的不断变化的社会常规。"在西方现代社会所谓'印刷文化'的几个世纪中，构成这种权利关系的因素至少还应包括在一定的历史社会中互相作用的种族、性别、阶级、民族、教育、性态以及婚姻状况。"① 作者和读者，以及我们对文学作品的解读无不受之影响。

罗宾·R. 沃霍尔对于女性主义叙事学的界定与兰瑟非常相似。在《歉疚的追求：女性主义叙事学对文化研究的贡献》中她这样总结："女性主义叙事学是批评领域的一场后现代主义运动，它试图把文本置于历史语境的考虑之中，认为叙事形式与其生产者和读者所处的时代、阶级、性别、性取向以及种族和民族环境有着必然的联系。"② 并且沃霍尔还演示了一种女性主义叙事学的细读法，这种细读法不是通过分析文本内部的形式属性来阐释叙事文本的既定意义，而是要理解大众文化文本由于读者接受语境的不同而呈现出各种矛盾复杂的意义。

沃霍尔试图通过这种细读来整合文化研究和形式主义。她指出文化研究嫌恶形式主义忽视语境，继而回避形式主义的细读是不够科学的，但她也不是要回到形式主义的细读法上，她所做的细读不是要在语言的修辞中找出什么悖论和歧义，不是在文本内部寻找意义，更不是将文本当作一个远离语境的人工制品，而是在文本与读者、观看者的互动中，或对读者和观看者采取的行动中探求意义。作为一种典型的女性主义叙事学分析，读者和观看者的阐释语境被发掘。比如她对哥伦比亚广播公司播出的肥皂剧《旋转的世界》进行的细读，从不同的读者语境来审

---

① [美] 苏珊·S. 兰瑟：《虚构的权威——女性作家与叙述声音》，黄必康译，北京大学出版社 2002 年版，第 5 页。
② [美] 罗宾·R. 沃霍尔：《歉疚的追求：女性主义叙事学对文化研究的贡献》，载 [美] 戴卫·赫尔曼主编《新叙事学》，马海良译，北京大学出版社 2002 年版，第 231 页。

113

视《旋转的世界》的第 32 集,同样的叙事文本在看了三天、三年和三十年这一肥皂剧的观众面前呈现出不同的意义。

(三) 卡恩斯的语境决定论

关于叙事层面的语境研究,不得不提的还有一位学者,那就是米歇尔·卡恩斯。上文所提到的诸位新叙事学的代表人物虽然重视作者、读者的语境和社会历史语境,但并不反对叙事的形式研究,他们认为将两者结合起来才是更为科学的做法。但卡恩斯比他们都要走得更远,他的叙事语境观可以说是一种语境决定论。他在《修辞性叙事学》中这样谈道:"恰当的语境几乎可以让读者将任何文本都视为叙事文,而任何语言成分都无法保证读者这样接受文本。"① "一段话语被视为叙事的最典型的特征是语境、原有的惯例和读者的声音,而不是文本的形式。"② 从这些话语中,我们看到他非常明确地指出是语境,而非文本的形式决定一段话语或文本是否是叙事,或者说任何文本只要在恰当的语境中都可以被视为叙事文。这与卡勒、伊格尔顿在什么是文学这一问题上的语境决定论如出一辙。

卡恩斯对自己如此强烈的语境观给出了两方面的解释:一方面是他希望通过这种研究能够表明:"如果一个文本具有某些种类或某种密度的'叙事'特征,那就能保证读者将其视为叙事文",以此激发进一步的调查研究;另一方面的原因是他相信"作者式阅读——即读者与作者共同认为叙事文存在的目的就是以某种方式打动读者——决定叙事文与读者之间的相互作用"。③

卡恩斯的语境观强烈到无法接纳经典叙事学的形式研究,他认为叙

---

① Michael Kearns, *Rhetorical Narratology*, Lincoln and London: University of Nebraska Press, 1999, p. 2.
② Michael Kearns, *Rhetorical Narratology*, Lincoln and London: University of Nebraska Press, 1999, p. 3.
③ Michael Kearns, *Rhetorical Narratology*, Lincoln and London: University of Nebraska Press, 1999, p. 3.

事学研究要么运用经典叙事学的方法去分析文本，要么为了理解读者对叙事的体验而运用修辞学的方法分析文本和语境之间的相互作用，没有一个理论是融合这两种研究的。为了填补这个空白他尝试建立一种以普拉特（Pratt）和格赖斯（Grice）等人的言语行为理论为基础的修辞叙事学。因为这种修辞叙事学的基础为言语行为理论，所以它更加注重文本和读者之间的相互作用，更加注重叙事的话语因素。

卡恩斯认为言语行为理论激发了语境主义叙事学的研究兴趣，且非常适合语境主义叙事学研究，这在很多近期重要的叙事学著作中可以看到，如詹姆斯·费伦《作为修辞的叙事》、凯西·梅泽伊《语境主义女性主义叙事学》和莫妮卡·弗鲁德尼克《即将到来的自然叙事学》等。比如费伦强调叙事是一种行为，它是某人在一些场合中为某种目的而向其他人讲的故事。梅泽伊则在著作中指出女性主义叙事学的本质是故事如何讲述、谁来讲述、为谁讲述的语境。梅泽伊也强调近年来的叙事学伴随着对文本中心主义的不安情绪而在研究方法上日渐多样化，这一特征在近几年的女性主义理论中凸显出来。从这些新近叙事学的研究著述中，卡恩斯看到了它们已走出经典叙事学的文本研究，在叙事分析中注重作者、读者语境与文本的互动已成为新的研究趋势。作者、读者、文本和各种各样语境之间的相互作用，是语境主义文体学、修辞文体学的研究重心。

总结叙事学三十多年来的研究现状，卡恩斯认为叙事学已经开始走向成熟，一些基本原则可以被给定。第一个也是最重要的能够被广泛接受的原则是区分故事和话语，即区分叙述的是什么和怎样叙述。第二个原则是由语境确立起来的虚构。卡恩斯直言："虚构就是一种语境。"① 第三个原则就是叙事性，就像虚构性一样，是语境的一种功能。

从卡恩斯的语境观来看，他在叙事的形式研究和语境研究之间采取

---

① Michael Kearns, *Rhetorical Narratology*, Lincoln and London: University of Nebraska Press, 1999, p. 41.

了非此即彼的态度，虽然将叙事语境的重要程度提升到无以复加的地步是他的贡献，但也不免有些绝对化。申丹在介绍卡恩斯的修辞性叙事学时也对此提出批评："我们应避免像结构主义叙事学家那样单方面注重文本，也应避免像 Kearns（这类语境批评家）这样单方面注重语境。"① 比较中肯的，还是赫尔曼、沃霍尔等人的新叙事学理论，他们通过语境研究来扭转结构主义叙事学的形式主义的偏颇，试图找到一条融合叙事形式研究和语境研究的新路。

（四）韩南和浦安迪的"虚拟的说书语境"

西方学者从语境的角度研究文学叙事的，还有著名的汉学家韩南（Patrick hanan）和浦安迪（Andrew H. Plaks）。他们的研究主要针对中国古典小说而展开。中国古典小说有一个奇特的叙事特征——模仿说书艺术的叙事，比较典型的话语如"欲知后事如何，请听下回分解""话分两头""看官听说"等。韩南称之为"虚拟的说书语境"（simulated context）。

韩南曾专门研究中国本土小说的这种特殊模式，他认为所有中国本土的小说多少都借鉴了专业口头说书艺术的叙事模式。这种口头模式在叙事和模式两个层面上特征最为鲜明。首先在叙事方面，它虚构了一位讲故事的人向读者进行叙述。"这种叙事语境的影响随处可见：讲述故事中，虚构读者提出问题，和读者之间虚构的对话，各个叙述部分的鲜明划分，甚至是保持作品和作品之间风格的相对一致。"② 这是一种在本土文学早期阶段的普遍手法，且在中国小说历史上，这种口头模式最引人注目的特征就是这种虚构的持久性。其次在模式方面，"这种口头模式表现为明显的一些与正文并列的评论和模式的段落"。③

浦安迪将这种虚拟的说书语境视为中国奇书的一个重要的修辞特色，也对如何理解这种修辞惯例提出自己的看法。"与其说此举是为了让读者

---

① 申丹：《语境、规约、话语——评卡恩斯的修辞性叙事学》，《外语与外语教学》2003 年第 1 期。
② Patrick Hanan, *The Chinese Vernacular Story*, Harvard University Press, 1981, p. 20.
③ Patrick Hanan, *The Chinese Vernacular Story*, Harvard University Press, 1981, p. 20.

确信小说的来源是变文和话本，倒不如说是为了营造一种艺术的幻觉，使人感到听众正在注视舞台上故事的发展，从而把读者的注意力从栩栩如生的逼真细节模仿上引开，而进入对人生意义的更为广阔的思考。"①

这种虚拟的说书语境在读者和故事之间添加了一位讲故事的人。这种叙述的距离感在浦安迪看来恰恰是文人小说修辞的关键要点——通过一套特定的修辞手段赋予书中描画的人物和事件一种突出的反讽（irony）效果。具体来说，"中国明清长篇章回小说的作者一方面模仿说书人的口吻，讲述一个引人入胜的故事以吸引观众，另一方面又谨守文人作'文'的文化规范，二者形成鲜明的对照，后者也对前者构成一种'反讽'"②。

纵观20世纪以来叙事层面的文本研究，结构主义叙事学对语境的阐述仅限于巴尔特的叙事作品的语境，但到了新叙事学则呈现出多元化的叙事语境思想。赫尔曼和查特曼把叙事视为对话双方交流互动的结果，并借助话语语境来分析这一叙事过程。女性主义叙事学家兰瑟和沃霍尔重视叙事的社会历史语境，把故事置于特定的社会历史语境中来审视，注重叙事形式和时代、种族、阶级、性别、性取向、婚姻等语境因素的联系。卡恩斯甚至认为是语境，而非文本的形式决定一段话语或文本是否是叙事，并在言语行为理论的基础上尝试建立修辞叙事学。西方汉学中韩南和浦安迪在研究中国古典小说的叙事时，也总结出一种特殊的叙事语境"虚拟的说书语境"，它普遍存在于中国本土小说中，并发挥着修辞性的叙事效果。

第四节 文本内语境的话语场和发散—聚合机制

文本内语境是文学复义生成的最基本的场所，这个场所是由各种话

---

① ［美］浦安迪（讲演）：《中国叙事学》，北京大学出版社1996年版，第99页。
② ［美］浦安迪（讲演）：《中国叙事学》，北京大学出版社1996年版，第102页。

语汇聚而成的话语场。话语场内词语间意义的交融碰撞,是意义生成的常态。布鲁克斯曾将这种意义的相互影响作为诗区别于科学的重要特征:"科学的趋势必须是使其用语稳定,把它们冻结在严格的外延之中;诗人的趋势恰好相反,是破坏性的,他用的词不断地在互相修饰,从而互相破坏彼此的词典意义。"①

这个话语场的最表层的显现形态是文本内部的上下文。一个文本内词语和词语、段落和段落编织在一起。每个词语和段落所独立表达的含义,必然要受到话语场内前后其他语词和段落的语义影响,从而展现出不同于字典意义的诸多引申之义。所以文本的复义首先来自"上下文"这一话语场中的语义交感。由众多词语构成的"上下文"是一个能使词语改变意义、增殖意义的话语场。每个词语都有其自身的概念意义,但当它与另一个词放在一起时,它们的概念意义必然相互碰撞交融——语义上的交感赋予它们一种新的整体意义。利科尔举过一个有趣的例子,"时间是个乞丐"。在这个隐喻里,"时间"不再只是对两个时刻的间隔的度量,而"乞丐"也不只是纠缠不休的流浪者,它们并置在一起就表达出时间无时无刻不在向我们紧逼索求生命的意义(当然这不是唯一的意义)。在上下文中,"每个词都发现了一种附加的含义,这使得词能与它的对方一道构成意义"。② 推而广之,当一个词被放置在众多词语所构成的话语场中,它将发生更复杂的语义交感,并衍生出新意。

语义批评和新批评的细读法剖析过很多这样的例子。布拉克墨尔被誉为新批评细读法最出色的实践者,他格外重视文本内语境作为话语场的重要价值。在《沃莱斯·史蒂文斯诗歌举隅》一文中,布拉克墨尔认为史蒂文斯的诗写出了复义,并且复义中还存在着一种"更加精确的精确性","因为它非常紧密地依附于那诗的原料,倘若把它与

---

① [美]布鲁克斯:《悖论语言》,载赵毅衡编选《"新批评"文集》,卞之琳等译,百花文艺出版社2001年版,第361页。

② [法]保罗·利科尔:《言语的力量:科学与诗歌》,载李钧主编《二十世纪西方美学经典文本》第3卷,复旦大学出版社2001年版,第646页。

原料分开，便失去了任何意义"。① 诗的原料，即原诗的语境，布拉克墨尔在强调词语的复义无法离开它的文本内语境而存在。他还提到："单一诗行的涵义不可能从语境中抽象出来而有所补益，字面分析只能妨碍理解。"② 换句话说，任何诗行都应该在它的语境中来理解。

　　文本内语境对于复义的生成也是至关重要的。布拉克墨尔谈到读者的阅读"并不局限于这些词汇中已知的东西；还理解到一种前所未知的东西，由这些词汇的结合而产生的新东西。"③ 词汇的结合不仅告诉读者每个词汇自身的意义，还给予读者一种它们因结合而生的新意义。因此读者能在阅读中感到一种领悟般的震惊。布拉克墨尔还进一步指出史蒂文斯在词汇的结合上有一个重要特点——把这些词同其他不同类型的词一起使用，不同类型的词语糅合在一起，使它们在语境中显得不同寻常。史蒂文斯在运用辞藻方面的高超技巧，其实质就是发挥了文本内语境话语场的意义功能。每一个词在自己的语境中都有其确定的意义和性质，但当不同类型的词汇糅合在一起时，它们的意义的交融、语境的碰撞就会显现出不同寻常的特色。就这一意义机制，布拉克墨尔也曾详细阐述过："当每一个词都有确定的性质时，糅合在一起便不能不独具特色。即使一段全是引文的文字，那引用的条件本身，就改变了文字，使它相应的独具特色。因而，艾略特援引的马伏尔的诗文，就有一种多少不同于马伏尔写这段诗文时的力量。"④ 所谓"引用的条件"，就是文本内语境，即使是原封不动的引文在新的文本内语境中也会显现出不同于原文中的特色和力量，这无疑是布拉克墨尔对文本内语境的语义力量的肯定。

----

　　① ［美］布拉克墨尔：《沃莱斯·史蒂文斯诗歌举隅》，载赵毅衡编选《"新批评"文集》，卞之琳等译，百花文艺出版社 2001 年版，第 427 页。
　　② ［美］布拉克墨尔：《沃莱斯·史蒂文斯诗歌举隅》，载赵毅衡编选《"新批评"文集》，卞之琳等译，百花文艺出版社 2001 年版，第 440 页。
　　③ ［美］布拉克墨尔：《沃莱斯·史蒂文斯诗歌举隅》，载赵毅衡编选《"新批评"文集》，卞之琳等译，百花文艺出版社 2001 年版，第 426 页。
　　④ ［美］布拉克墨尔：《沃莱斯·史蒂文斯诗歌举隅》，载赵毅衡编选《"新批评"文集》，卞之琳等译，百花文艺出版社 2001 年版，第 426 页。

除了布拉克墨尔，燕卜荪也深谙文本内语境的话语场机制，在《朦胧的七种类型》中曾言："两种语言成分几乎处于同一行时便会产生出一种意义上方向完全不同的细微的微生物。"① 他也借助话语场的这种多义机制来剖析文本的意义。比如莎士比亚的《终成眷属》中有这样一段话：

When I consider
What great creation, and what dole of honour
Files where you bid it...

(All's Well, Ⅱ.Ⅰii. 170.)

当我一想到多少恩荣富贵
都可随着陛下
一言而定夺……

(《终成眷属》, Ⅱ.Ⅰii. 170.)

就 What creation of honour（意为尊贵的恩荣）自身而言，creation 显得殷勤而持重，但在原文里这个短语被 what 间隔开，所以 creation 可被独立起来看待，它便显得更颓丧，意义变为"你随意撮合人和拆散人"。另外，dole 本身可以被理解成 doling out（发放），但它和 great creation 连用时，我们就不会这样理解，而会将它理解为 doleful（令人悲伤的）。所以在此段话里，creation 和 dole 都在它们的话语场中被其他话语改变了意义，使此句的意义变为"你给予人们的荣光多么可怕地将他们压倒"。②

在文本内语境的话语场中，词汇的"位置"很重要，因为这决定了它将与哪些上文、下文发生交感，"位置"的变动势必引起意义的变

---

① ［英］威廉·燕卜荪：《朦胧的七种类型》，周邦宪等译，中国美术学院出版社1996年版，第146页。
② ［英］威廉·燕卜荪：《朦胧的七种类型》，周邦宪等译，中国美术学院出版社1996年版，第153页。

化，即使意义相近，韵味也会有所改变。中国的回文诗，运用的正是此规律，通过词语在整个诗歌中位置的变换来增殖意义。广东高州县观山寺壁上所刻回文诗中有一句"悠悠绿水傍林偎，日落观山四望回"，反之亦可读作"回望四山观落日，偎林傍水绿悠悠"。同一诗句反过来读，其中每个字的位置都颠倒了，它们所传达的意义和勾勒出的山水图景也大相径庭。语词每一次的排列组合都可以生出新意，这便是语言游戏的极大魅力。所以词在上下文中的"位置"不仅仅是顺序的排列，更是决定意义的重要因素。上下文这个巨大的话语场并不似表面般平静，语词之间在语义上碰撞、撕裂、交融、整合，聚变、增殖出多重意义，它们原本的模样已在这场"战争"中面目全非，我们看到的是众多语词组合的整体及其所蕴含的含混一体的意义。

  以上是我们从文本内语境的内部看它在复义生成过程中的话语场机制。如果把文本内语境放在更广阔的视野中，我们还应该考虑文本内语境与文本间性语境、符号间性语境、社会文化语境之间的联系，是否会对复义的生成造成影响。

  其实从前三节语义层面、话语层面和叙事层面的语境理论中，我们已经发现在谈论复义时无法将文本内语境和其他语境类型相剥离，甚至在文本解读时常常要考虑文本间性、符号间性或各种社会文化因素。这启迪我们在文本的复义生成机制上，还存在着更深层的表现形态和意义机制：一方面文本间性语境、符号间性语境、社会文化语境是如何通过文本内语境发挥作用的；另一方面文本内语境是如何引入这些语境来生成复义的。

  这两方面的过程其实就是一种发散—聚合的意义生成机制。文本内语境同时具有发散和聚合的两种功能，这两种功能总是同步进行。语境之间的关联，使文本内语境向文本间性、符号间性语境和社会文化语境发散，连接有效的解读信息。发散所摄取的各种信息聚合在文本内语境中，整个语境保持着充满张力的平衡，使文本话语呈现出或相谐或相斥的多种意义。这种发散—聚合的意义生成机制在语义层面、话语层面和叙事层面的文本内语境中无不如此。

从语义层面来看,语境是解释某一个词句时由因果关系同时再现的一组事件。这一组事件属于文本之外文本间性语境、符号间性语境或社会文化语境的范畴,由文中的词句发散关联,并由因果联系而聚合到文本内语境中来。发散关联的这些事件往往数量众多,聚合在词句身上自然便产生诸多意义。日常话语的语境较为纯粹,所以意义间往往是非此即彼,但在文学话语中,文本内语境始终保持着与其他语境之间的发散—聚合关系,所以这些意义也保持着亦此亦彼的共存。

文本内语境从其他语境中发散—聚合的触角可以延伸至所有的历史文化事件,这些新信息的介入必然增殖新的意义。燕卜荪曾借此对纳什的《夏天的遗嘱》进行复义的剖析①:

> Beauty is but a flower
> Which wrinkles will devour.
> Brightness falls from the air.
> Queens have died young and fair.
> Dust hath closed Helen's eye.
> I am sick, I must die.
> Lord, have mercy upon us.
>
> (Nash, *Summer's Last Will and Testament*)
>
> 美不过是一朵鲜花,
> 皱纹会将它吞噬,
> 光明的东西从天上落下,
> 美貌的女王也会早逝,

---

① [英]威廉·燕卜荪:《朦胧的七种类型》,周邦宪等译,中国美术学院出版社1996年版,第31—32页。

尘土复盖了海伦的眼睛。

我病了，我必死，

上帝啊，怜恤我们吧。

（选自 Thomas Nash《夏天的遗嘱》）①

在这一选段中，燕卜荪着重分析了几处生动的细节。首先，"皱纹会将它吞噬"。"吞噬"（devour）这个词语隐含着一种"淡化暗喻"（subdued metaphor）。燕卜荪认为读者很可能会忽略这个明显的暗喻的效果。但如果领会了这一暗喻，大量的语境信息就会涌现。比如时间是贪婪的野兽，使皱纹成为时间的齿痕；脸上弯曲的皱纹就像被咬伤所形成的溃烂；花萼上的毛毛虫或者坟墓里的蛆虫等。燕卜荪又想到伊丽莎白时代的人不放过任何想象蛆虫的机会，所以在这些语境的联想中视"蛆虫"为这一暗喻的主旨。其次，"光明从天上落下"。究竟是什么光明之物从天上落下？在生活的语境里，我们可以就这个问题展开丰富的联想：太阳或月亮的下落、星星的下坠、伊卡洛斯精疲力竭而下落、建筑物上的旋转饰品也可能下落。或者想得再抽象些，天空的光明落下是雷鸣降临前的警告，或人身上某种高贵品质的消逝。燕卜荪还做了一个玩世不恭的假设——天空（air）也许是头发（hair）的误写。那么从头发上落下的就是热情和青春活力。因为伊丽莎白时期的发音，燕卜荪猜想纳什是想让天空和头发这两个词同时发生作用。最后，"尘土复盖了海伦的眼睛"。海伦可能是一具永不腐烂的尸体，也可能是一尊雕像。尘土可能来自海伦的身旁，也可能是她的尸体腐化而成。燕卜荪不仅注重诗歌以外的语境信息，也同时不忘上下文的有机联系。他把这句关于坟墓和死亡的表达，与"光明"那句的隐喻联系起来，从而呈现出鲜明的对比：一方面，明亮的尘埃在阳光中飘舞，渐渐落下；另一方面，

---

① ［英］威廉·燕卜荪：《朦胧的七种类型》，周邦宪等译，中国美术学院出版社1996年版，第31—32页。

人类的光明、欢乐也终将在坟墓中化作尘土。

燕卜荪所剖析的这些复义，都不是纳什的诗歌本身所能够自我呈现的，而是被与这些诗句"同时再现的事件"所引入。这些事件包括日常生活、希腊神话以及历史的一些记忆，也包括过去人们所分析的字词的用法，这些正是瑞恰兹所拓展的文本内语境的内涵。从解释者的角度来说，这种语义层面的文本内语境与文本间性语境、符号间性语境、社会文化语境间的事件联系是他们剖析文学复义的重要手段和基础；换言之，文学之所以能够表现出这些复义，正是语义层面的文本内语境所发挥的发散—聚合功能。

比喻、反讽、悖论、张力和象征等修辞意义也往往来自发散—聚合而来的语境之间的对比效果。文本内语境自身保持整体性的平衡，但它向其他语境的发散，使各种信息及意义都聚合在一起，那么语境间、意义间、各种信息间就必然产生矛盾对抗，而这种在充满张力的平衡下的矛盾对抗就是各种修辞意义生成的重要机制。维姆萨特关于比喻远距离取譬的思想就是这样的意义机制。他认为本体和喻体的语境距离越远比喻效果就越好。"狗像野兽般咆哮""人像野兽般咆哮""大海像野兽般咆哮"，这三个比喻中第二个比喻胜过第一个，第三个比喻又比第二个更胜一筹。因为狗和野兽的语境最近，人和野兽的语境稍远，而大海与野兽的语境更远。本体和喻体的语境的对比效果越强烈，比喻的效果就越生动。再譬如布鲁克斯和沃伦所举的那个著名的象征的例子"我在田纳西州放了一只坛"。坛之所以成为象征，是因为田纳西州和坛这两个词语的语境反差太大，坛因为受到了田纳西州的语境的巨大压力而成为一种象征。

从话语层面来看，巴赫金从来不把语境视为孤立的存在，某一话语除了自身的语境，总是会受到其他言语的框定，处于其他语境的包围之中。在其他言语的框定之下，言语不再是它在现实中的意义，而是凝聚成言语的形象，在多重语境中显现出不同的意义。在《文学作品中的语言》中巴赫金详细地阐述了他的这一思想：

> 作品作为统一整体的背景。在这个背景上，人物的言语听起来完全不同于在现实的言语交际条件下独立存在的情形：在与其他言语、与作者言语的对比中，它获得了附加意义，在它那直接指物的因素上增加了新的、作者的声音（嘲讽、愤怒等等），就像周围语境的影子落在它的身上。例如，在法庭上宣读商人尸体的解剖记录（《复活》），它有速记式的准确，不夸张、不渲染、不事铺张，但却变得十分荒谬，听上去完全不同于现实的法庭上与其他法庭文书和记录一起宣读的那样。这不是在法庭上，而是在小说中；在这里，这些记录和整个法庭都处在其他言语（主人公的内心独白等）的包围之中，与它们相呼应，其中包括与托尔斯泰的作者语言的呼应。在各种声音、言语、语体的背景上，法庭验尸记录变成了记录的形象，它的特殊语体，也成了语体的形象。在一部完整作品的统一体中，一个言语受其他言语框定，这一事实本身就赋予了言语以附加的因素，使它凝聚为言语的形象，为它确定了不同于该领域实际生存条件的新边界。
>
> 除此之外，作者会渲染语体，强调它的某些因素而加以夸张，有时则相反是加以淡化（例如，阿·托尔斯泰笔下的彼得大帝时代的语言因素）。但主要的是语境作用。语境中多少较为独立的部分，都会伸展出一条条对话的脉络，最后汇集到组织中心来。①

这段话是巴赫金对于语境和意义最集中的一段论述。作品中人物的言语，如《复活》中的法庭验尸记录，与现实法庭的记录并无二致，为什么"听"起来却十分荒谬，传达出与现实生活中不同的意味？这

---

① ［苏］巴赫金：《文学作品中的语言》，载钱中文主编《巴赫金全集》第四卷，河北教育出版社1998年版，第283页。引文中的着重号为引者所加。

是因为人物的言语不是像现实生活中那样独立存在，在文学作品统一的整体背景下，它还被作者的言语、其他言语所框定，这些他者的言语使人物的言语凝聚为言语的形象，为它附加上新的意义，就像"周围语境的影子落在它的身上"。尤其在此段最后，巴赫金所说的"语境中多少较为独立的部分，都会伸展出一条条对话的脉络，最后汇集到组织中心来"，这种对话脉络的伸展、汇集，就是发散、聚合的别称。《复活》中的法庭验尸记录首先置身于文本内语境中，在被其他言语的框定下凝聚为言语的形象，同时又向社会历史语境中现实的法庭记录发散着关联，聚合了两种记录言语，形成对比，这才传递出某种荒谬的意味。

  话语层面的文学语用学和叙事层面的新叙事学，在研究方法和观念上有诸多相似。它们都尝试融合文本内外，也都注重研究作者和读者之间的互动交流。文学语用学的内观法研究文本内对话的语用意义，外观法则审视作者、文本、读者的语用交流过程。赫尔曼、查特曼、沃霍尔、卡恩斯等新叙事学的代表，也同样把社会文化语境与文本内语境相结合，并倾向于把叙事视为作者和读者交流互动的结果。在这一点上，文学语用学和新叙事的研究不谋而合。卡恩斯借助语用学的言语行为理论建立修辞叙事学就是最好的证明。

  在话语层面的文本内语境一节中，我们曾论及文学的话语交际主要分为两个层面：文本内人物间的对话，文本外作者和读者间的交流。前者隶属于文本内语境的范畴，而后者则超出文本内语境的范围。人物对话的语境虽然是最基本和直接的语境，但我们还应遵循巴赫金的教导，不能把这个语境视为独白的语境，而应看到语境之间的交流。人物对话的第一层语境还向更广阔的第二层语境——作者的语境和读者的语境发散，作者和读者的交流也要通过第一层语境的聚合才能够进行。在创作时，文本内语境聚合作者语境的信息；在解读时，文本内语境则向作者语境和读者语境发散，发散的过程也是提取有效信息聚合的过程。多义性的产生，源自语境的多重性的赋予，作者和读者语境的层层框定，使一段话语呈现出不同的意义。尤其文本内语境从作者和读者语境等社会文化语境发散聚合而来的信息丰富多变，时代、阶级、性别、文化等皆营造出众多子类语境，在不同语境的框定中，一段话语会显示出不同的意义，造成了多种意义并存的状态。我们以《傲慢与偏见》中的一段叙事为例分析语境间的发散—聚合如何影响复义的生成。

《傲慢与偏见》中有一段以伊丽莎白的口吻来叙述的舞会见闻。班纳特夫妇、妹妹曼丽和柯林斯牧师等人在舞会上丑态百出，其不得体的言行通过伊丽莎白的观看变得更加不得体了，使读者也产生了与她一样的强烈的羞愧感。这段描写之所以能收到这样的阅读效果就在于其采用了伊丽莎白的叙述视角，从而使语境呈现多重性，其意义也随之复杂。班纳特夫妇、妹妹曼丽和柯林斯牧师等人的言行大致可归于同一话语层面，这是文本的第一层语境。伊丽莎白的所感所想在故事中本来也应发生在这一层语境中，但作者将它抽离出来，形成第二层语境，包围在第一层语境之外。因而我们在阅读班纳特夫妇等人的言行时必然经过了伊丽莎白这一层语境的折射，透过伊丽莎白的劝阻、焦急、羞愧以及她对达西、彬格莱姐妹内心嘲笑他们的揣测，那些不得体的言行像是被放到了显微镜下，放大了再给读者看。在伊丽莎白这层语境之外还始终附着第三层作者的语境，伊丽莎白既是审视各个人物的观察者，又是被作者和读者审视的对象。作者的这一层语境使伊丽莎白这个人物的形象意义呈现出来，透过她的一系列举止和内心世界，我们读出她的教养、敏锐以及小说一直强调的她的"聪明"。如果再往外看一层，作者的语境之外还有第四层读者的语境，在读者语境的观照下，这场舞会、上流社会得体聪明的举止，以及班纳特一家不得体的言行又显露出资产阶级上流社会的种种交际、礼仪的虚伪及其对人类天性的束缚。从班纳特夫妇等人言行的语境，到伊丽莎白叙述者的语境，再到作者的语境、读者的语境，每层语境都为这段描写附加上自己的意义。由此可见，作者、读者语境借助文本内语境的发散—聚合，使一段话语处于多重语境的包围中，也是能够给文本话语带来复义的。

综上所述，文本内语境不仅是瑞恰兹所拓展的语境、新批评细读法所借助的语境，也是巴赫金所揭示的对话的语境，文学语用学所探讨的人物对话的语境，亦是巴尔特所说的叙事作品的语境。众多文学理论家在语义层面、话语层面和叙事层面上对文本内语境的拓展，让我们看到了它的众多面孔，也启迪我们注重它与其他语境（尤其是作者语境、读者语境）不可割舍的联系，应在动态的语境关联中把握文本意义的生成过程。由此，我们看到文本内语境所生成的复义，不仅来自上下文话语场内的语义交感，也来自文本内语境与其他语境的发散—聚合的机制。从更广阔的视野来看，文学复义生成的话语场，虽始于文本内语境，却涵盖了文本间性语境、符号间性语境、社会文化语境。所以话语场机制和发散—聚合机制是文学复义生成的两个基本机制，其他语境对文学意义的影响都要通过文本内语境进行，都以这两种意义机制进行。然而文本间性语境、符号间性语境和社会文化语境又具有各自的复义机制的特点。

第三章 文本间性语境与识别—激活机制

巴赫金曾经说：一个文本"只是在与其他文本（语境）的相互关联中才有生命。只有在诸文本间的这个接触点上，才能迸出火花，它会烛照过去和未来，使该文本进入对话中"。[①] 所以文本的存在从来就不是局限于其自身的，它的生命活力源于与其他文本的相互关联和对话。我们对文本的解读无法规避这个由其他文本所编织的网络，这个文本相互交织、碰撞、讽刺、渗透的网络就是文本间性语境。

第一节 文本间性语境概述

文本间性，又称为互文性，这一概念源于语言学转向所带来的文本的广义泛化。既然语言是存在的基础，那么一切事物都可以被视为文本。尤其在结构主义中，万事万物都可以成为文本，构筑文本间性的语境。不过在本章，我们并不这样来运用文本间性概念，依然还是将文本限定在语言文本的所指范围，不过也并不像热奈特那样把文本间性限定于一个文本在另一文本中的忠实存在（如引语）。我们所说的文本间性语境，指的是与一个文本相关联的由其他独立语言文本所构成的创作和

[①] ［苏］巴赫金：《人文科学方法论》，载钱中文主编《巴赫金全集》第四卷，河北教育出版社1998年版，第380页。

解读环境，这种文本间的相互关联方式和类型各种各样，较为常见的有引用、用典、戏仿、拼贴、反讽、模仿、剽窃、评论等。

　　文本间性语境，无论从作者、文本还是读者的角度，都是无法规避的母体语境。它对于创作和解读文学作品的意义至关重要。布鲁姆在《影响的焦虑》中从作者主体间性的角度提出："不管诗人中的最强者可能达到多么高的唯我主义程度，我们不应该再把任何诗人看作一个自主的自我。每一个诗人的存在都陷入了与另一个或另几个诗人的辩证关系（转让，重复，谬误，交往）。"① 里法特尔则从读者的角度将文本间性视为读者对一部作品与其他作品间关系的领会，认为它是文学阅读的特有机制，文学文本如果仅采用非文学文本的直线型阅读方式，那么它只能生成意思本身。只有依靠文本间性，文学阅读才能生产文学意义。② 热奈特也强调文本间无法剥离的关系："没有任何文学作品不唤起其他作品的影子，只是阅读的深度不同唤起的程度亦不同罢了。"③ 艾略特说得更夸张一些，他说优秀的诗人不露声色地剽窃，而蹩脚诗人则暴露出他所借用的声音。这种文本间性语境不仅是我们解读文本的必要语境，同时也是评价一部艺术作品价值的必要背景。艺术的价值总是在比较中获得评价，每一部经典作品都需要在这个文本间性语境中与其他经典相互比较对照，才能找到自己的位置。

一　文本间性理论中的语境思想

　　在描绘文本间性语境的地图之前，我们有必要对文本间性理论加以简要梳理。文本间性或互文性这一概念源于克里斯蒂娃对巴赫金思想的

---

　　① ［美］哈罗德·布鲁姆：《影响的焦虑》，徐文博译，生活·读书·新知三联书店1989年版，第94页。
　　② 参见［法］热拉尔·热奈特《隐迹稿本》（节译），载《热奈特论文集》，史忠义译，百花文艺出版社2001年版，第70页。
　　③ 参见［法］热拉尔·热奈特《隐迹稿本》（节译），载《热奈特论文集》，史忠义译，百花文艺出版社2001年版，第79页。

继承,她将之界定为"任何文本都是对另一文本的吸收和改编"。① 此概念自诞生之日起就引起了各方学者的热烈关注和阐述。人们从各自的角度丰富和发展文本间性理论,大体上分出两类研究方式:一类是广义的研究方式,罗兰·巴尔特、德里达、耶鲁学派从解构主义和文化批判的视角,将文本间性扩展为"任何文本与赋予该文本意义的知识、代码和表意实践之总和的关系"②;另一类是狭义的研究方式,热奈特、布鲁姆、孔帕尼翁、里法特尔等人将之限定在诗学和文体学的领域展开研究。如上文所说,我们不主张采取泛化的文本观,所以这里着重讨论第二类的文本间性思想。

热奈特接过克里斯蒂娃的文本间性概念加以改造,用更大的"跨文本性"来涵盖"文本间性",以之指称"所有使文本与其他文本发生明显或潜在关系的因素",③而把"文本间性"限定在一个文本在另一文本中如引语一样的忠实存在。在《广义文本之导论》中,他追溯跨文本性现象并不是20世纪才有的,至少在18世纪就已经存在了。比如学者们纷纷表现出将体裁的三分法(抒情诗、史诗和戏剧)归于亚里士多德甚至柏拉图的幻觉,就是一种跨文本性现象。尽管有学者严肃地澄清,但包括奥斯丁·沃伦、兹万唐·托多罗夫、巴赫金等众多学者依然固守这一谬误。这种跨文本性,不仅包含如引语那样如实存在的文本间性,还包括联结评论文章与其所评论的文本的元文本性,模仿和改造关系的副文本性,以及广义文本性。热奈特认为诗学的研究对象不是文本,而是广义文本。所谓广义文本性指"联结每个文本与该文本脱颖而出的各种言语类型的包含关系",各种文学体裁以及题材、方式、形式等各种决定因素,都是广义文本。"广义文本无处不在,存在于文本之上、之下、周围,文本只有从这里或那里把自己的经纬与广义文本的

---

① 转引自王瑾《互文性》,广西师范大学出版社2005年版,第28页。
② 程锡麟:《互文性理论概述》,《外国文学》1996年第1期。
③ [法]热拉尔·热奈特:《广义文本之导论》(全译),载《热奈特论文集》,史忠义译,百花文艺出版社2001年版,第64页。

网络联结在一起，才能编织它。"① 在《隐迹稿本》中热奈特将诗学的研究对象从广义文本性扩展到跨文本性，并深入阐述了跨文本性的五种类型：文本间性、副文本性、元文本性、承文本性和广义文本性。这五种类型在抽象程度、蕴涵和概括程度上是层层递增的关系。第一种类型文本间性，被热奈特狭义化，指"两个或若干个文本之间的互现关系，从本相上最经常地表现为一文本在另一文本中的实际出现"②。引语是最明显的形式，还有不太明显的剽窃，以及更隐蔽一些的寓意形式。第二种类型副文本性，指正文与标题、前言、插图等副文本之间的关系，它们为文本提供了一种官方或半官方的评论氛围。第三种类型元文本性，指的是一部文本与它的评论文本的关系。第四种类型承文本性，热奈特"把任何通过简单改造（今后简称'改造'）或间接改造（今后称做'模仿'）而从先前某部文本中诞生的派生文本叫做承文本"③，"以此表示任何联结文本B（我称之为承文本）与先前的另一文本A（我当然把它称做蓝本了）的非评论性攀附关系"④。承文本是在前代文本的基础上嫁接或派生出来的。第五种类型广义文本性指文本之间在文学体裁、题材、形式等方面最抽象和暗含的联系，因为文学作品对自身的体裁总是秘而不宣的态度，最多在标题上如《诗集》《评论集》之类的稍有提示。跨文本性的这五种类型之间不是封闭的，而是存在众多的交流。比如一个体裁的广义文本性总是通过承文本的方式形成，文本的广义文本性要通过副文本来宣示，副文本中又会包含承文本的形式，而且热奈特强调承文本性本身就是一种"跨体裁"

---

① ［法］热拉尔·热奈特：《广义文本之导论》（全译），载《热奈特论文集》，史忠义译，百花文艺出版社2001年版，第65页。
② ［法］热拉尔·热奈特：《广义文本之导论》（全译），载《热奈特论文集》，史忠义译，百花文艺出版社2001年版，第69页。
③ ［法］热拉尔·热奈特：《隐迹稿本》（节译），载《热奈特论文集》，史忠义译，百花文艺出版社2001年版，第77页。
④ ［法］热拉尔·热奈特：《隐迹稿本》（节译），载《热奈特论文集》，史忠义译，百花文艺出版社2001年版，第74页。

的广义文本。① 热奈特关于文本关系的分类和阐述，极大地丰富了文本间性理论的内涵，也拓展了我们对文本间性语境的认识。文本间性语境就是我们在确立目标文本后，所形成的与它相关联的其他文本环境。热奈特的五种文本关系和类型为我们提供了关联文本的五种方式。

布鲁姆从影响焦虑的角度讨论文本间性问题。在审视文本的视角上，布鲁姆呼吁我们放弃那种把一首诗作为独立自在实体的理解方式，而应追求另一种整体的视角，学会把每一首诗看作诗人"对另一首前驱诗或对诗歌整体作出的有意的误释"。② 我们以文本间性语境审视文本，正是布鲁姆在文本观上所倡导的整体性观念的体现。

在他看来，诗的历史离不开诗的影响，因为"一部诗的历史就是诗人中的强者为了廓清自己的想象空间而相互'误读'对方的诗的历史"。③ 在《影响的焦虑》一书中，布鲁姆所谓的焦虑是前代那些声名显赫的诗坛巨擘施加给后代诗人的，后代诗人汲取前人诗歌的营养，自然会产生负债之焦虑。布鲁姆认为这种焦虑是任何诗人和诗歌都避免不了的。很显然，布鲁姆是从作者的视角来看待文本间性，对于后代诗人的创作来说，前代诗坛巨擘的作品是他在创作时不得不面对的语境，他会对这些光辉的作品进行自己的修正，汲取它们的长处，进行"诗的有意误读"（misprision）。

布鲁姆谈到当涉及两位强者诗人时，诗的影响总是以对前一位诗人的误读而进行。这种误读是一种创造性的校正，如果没有所有后代强者诗人的焦虑和自我拯救，对前代诗歌的歪曲、误解和修正，现代诗歌根本不可能生存。那么依循这一线索，后代任何一首诗、一部小说或其他

---

① ［法］热拉尔·热奈特：《隐迹稿本》（节译），载《热奈特论文集》，史忠义译，百花文艺出版社 2001 年版，第 77—78 页。
② ［美］哈罗德·布鲁姆：《影响的焦虑》，徐文博译，生活·读书·新知三联书店 1989 年版，第 44—45 页。
③ ［美］哈罗德·布鲁姆：《影响的焦虑》，徐文博译，生活·读书·新知三联书店 1989 年版，第 3 页。

作品都处于前代文本所构织的语境之中，无论创作还是解读都离不开这一文本间性语境。布鲁姆并不将这种影响视作消极的，相反，他认为这种影响往往更能增强诗人的独创精神。

布鲁姆归纳出后代强者诗人面对前驱者的六种修正比：克里纳门（有意误读前驱诗篇）、苔瑟拉（以对偶的方式续完前驱诗篇）、克诺西斯（打碎与前驱的连续，但这种衰退之诗也与某位前驱的衰退之诗相类似）、魔鬼化（对前驱的崇高的反动）、阿斯克西斯（为与前驱相分离而缩削自己的天赋）、阿波弗里达斯（创作彻底向前驱作品敞开，仿佛前驱诗作的呈现）。面对一个由幻象的连续体形成的语境，后代诗人会给前驱诗人定下各种位置，而他创作的诗篇又会融入这一语境，继续往后延续。

布鲁姆对诗人修正前驱诗篇的行为进行了更深入的辩证反思。前驱的影响为什么会由健康的因素变成焦虑呢？强者诗人为逃避这一影响所做的斗争，那些各式各样的修正，究竟是使诗人获得个性成就自我，还是歪曲了自我呢？布鲁姆借鉴弗洛伊德的《有限性和无限性分析》中的辩证思想，用新人代入他文章中的自我，用前驱代替他文章中的"伊底"（本我）来描绘了新人所处的两难境地："自我的自卫机制注定会去歪曲内在的知觉。这样，它就只会传达给我们一个不完整的被滑稽式模仿歪曲了的我们的'伊底'的图象。在与'伊底'的关系中，自我由于受到其限制而瘫痪——或由于其谬误而变得盲目。"① 其实从布鲁姆的设喻中，隐含着一个信息——前驱是像"伊底"一样不可控制，不可规避，甚至发挥着决定性的力量。但新人为了克服这影响的焦虑对前驱诗作进行各种修正，因此付出了过高的代价，他们所呈现出的只是一种不完整的、被歪曲的、滑稽式模仿的关于前驱的图像。诗人与前驱之间的关系，要么是受其限制而无法创作，要么是为了逃避而盲目地修

---

① ［美］哈罗德·布鲁姆：《影响的焦虑》，徐文博译，生活·读书·新知三联书店1989年版，第91—92页。

正。从这些辩证的反思来看，布鲁姆肯定了前驱的影响是一种避无可避的、健康的存在，但后代诗人在面对这种主体间性、文本间性的庞大的语境时会产生焦虑，他们企图努力去抗争和逃避这种影响，因而做出了一系列的修正式的创作，这种逃避和抗争所带来的结果显然是不理想的，布鲁姆认为后代诗人为了摆脱焦虑付出了更高的代价。

布鲁姆强调后代诗人无法逃避已逝诗人的影响。"死了的强者诗人还会回归——在诗歌里，也在我们的生活里——而他们的回归必然会给健在者投下阴影。"① 越是成熟的诗人，越是希望用自己的作品证明自己是独有天赋的诗人，他们在修正和摆脱已逝强者诗人的语境影响时，越处于被动地位。"前驱者象洪水一样向我们压来，我们的想象力可能被淹没，但是，新诗人如果完全回避前驱者的淹没，那么他就永远无法获得自己的想象力的生命。"②

布鲁姆从诗人的角度，呈现给我们与热奈特不同的文本间性理论。在他们的思想中，我们都可以看到语境与文本间性不可分割的联系，即我们要在其他文本的语境中谈论某一文本，要在其他诗人作品的语境中进行创作。可以说，文本间性本身就是一种语境思维的产物。

罗兰·巴尔特从共时性的角度讨论文本间性，与布鲁姆注重前代文坛巨擘对后代强者诗人的历时性影响不同，他认为文本间性概念不同于文本的起源，文本的源头和影响会陷入父子关系的神话，而组成每个文本的引文却是无名的，不可追溯的，是已经被读过，却没有引号的引语。"一篇文可以渐渐与其他任何系统关联起来：这种文际关系无任何法则可循，惟有无限重复而已。"③

---

① ［美］哈罗德·布鲁姆：《影响的焦虑》，徐文博译，生活·读书·新知三联书店 1989 年版，第 151 页。
② ［美］哈罗德·布鲁姆：《影响的焦虑》，徐文博译，生活·读书·新知三联书店 1989 年版，第 169 页。
③ 参见 ［英］玛格丽特·A. 罗斯《戏仿：古代、现代与后现代》，王海萌译，南京大学出版社 2013 年版，第 184—185 页。

巴尔特的文本间性思想建立在作者之死的思想之上。在《S/Z》中他这样形容作者："作者本人，这位旧批评的颇有点儿老朽了的神，于某一天，能够或本来就能够构织成为一篇文，就像其他文一样：只需不使其个人成为主体、根基、起源、权威和上帝，就可以了，从这点出发，经由某种表达途径，他的作品便衍生出去，只需将他自身看作纸面之存在，将他的生命看作传记，看作无所指的写作，看作相互关涉而非源流关系的东西。"① 在消解了作者与文本之间的本源与影响、父与子式的关系之后，文本与文本的交织就是相互关涉而非源流式的平等关系。

保罗·利科尔对于文本间性提出自己的语境观点——"本文或文学的准语境"或"想象的语境"。建立这种语境的第一个步骤在于话语首先割断与日常生活语境的关联，"因为消灭了与语境的关系，每一篇本文都可以自由地进入到和其它本文（它们终于取代了生动的谈话所指的环境实在）的关系中。这种本文对于本文的关系，由于我们所说的语境的消除，产生了本文或文学的准语境。"② 所以在日常生活的语境被消除之后才能够展开第二步骤，即重新建立文本的准语境或想象的语境。被延缓的话语指称功能将在读者的阅读中被实现。利科尔将语境加以两类区分，一是现实生活的语境，二是文本或文学的准语境。话语从日常生活进入文本，割断前一语境的关联，并重建后一语境的关联，文本间性的关系才开始。换句话说，由现实生活的语境转变为文本间性语境。德里达有与之相似的观点，他提出脱离语境（decontextualizing）/再语境化（recontextualizing operations）是文本把其他话语融入自身的手段之一。③

赵毅衡对文本间性进行了独特的扩展，提出"伴随文本"的说法，对我们理解文本间性语境也是很有启发。在我们理解符号文本时，有大

---

① ［法］罗兰·巴尔特：《S/Z》，屠友祥译，上海人民出版社2000年版，第332页。
② ［法］保罗·利科尔：《解释学与人文科学》，陶远华等译，河北人民出版社1987年版，第152页。
③ J. Derrida, *Writing and Difference*, London: Routledge and Kegan Paul, 1978.

量的处于文本边缘之外或表达层之下的因素,这些因素严重影响着符号的生产与解释。按符号表意的阶段,他把这些表层伴随文本分为六种:类文本(框架因素)、型文本(类型因素)、前文本(引用因素)、元文本(评论因素)、超文本(链接因素)、次文本(续写因素)。同时文本间性因素在他看来至少应当按符号表意的阶段归为三大类:"文本产生之前已经加入的'生产伴随文本'(前文本),与文本同时产生的'显性伴随文本'(副文本,型文本),与文本被接受解释时加入的'解释伴随文本'(元文本,超文本),先/后文本则既可以是'生产性'的,也可以是'解释性'的。"①

在显性伴随文本中,赵毅衡的副文本与热奈特的界定内涵一致,不过他是从符号学的角度来讨论文本,因此比热奈特的副文本所涵盖的范围更加广泛,美术的装裱、印鉴,装置的容器,电影的片头片尾,唱片的装潢,商品的价格标签等都是这种副文本的表现。型文本,是伴随文本中最重要的部分,它指明了文本所从属的集群,如一批文本同属于同一作者或演出者、同一时代、派别、题材、风格或媒介等。这个概念显然与热奈特的广义文本性指向相同。

在生成伴随文本中,前文本"是一个文化中先前的文本对此文本生成产生的影响",甚至再扩大一点,可以说是"产生文本时全部文化条件的总称"。②

在解释伴随文本中,超文本是可以被"链接"起来一同接受的各种其他文本,在当代主要表现为用网络"超文本链接"方式所完成的自我搭配式的"宜家家具小说"。先/后文本与热奈特的承文本意义相近,指向的是如仿作、续集之类的特殊的文本关系。改编的电影与小说之间也是此种先/后文本的关系。

---

① 赵毅衡:《论"伴随文本"——扩展"文本间性"的一种方式》,《文艺理论研究》2010年第2期。
② 赵毅衡:《论"伴随文本"——扩展"文本间性"的一种方式》,《文艺理论研究》2010年第2期。

对于语境与文本的联系，赵毅衡在《论"伴随文本"——扩展"文本间性"的一种方式》一文中也略有论及。他认为瑞恰兹的语境论非常接近伴随文本的问题，但他又强调语境与文本是有区别的，语境不从属于文本，在谈到斯蒂芬·格林布拉特的"联合文本"时，他又再次强调联合文本不同于语境，它强调的是作为文本的存在。如果将文本与语境这两个概念相比较来看，确实语境不能等同于文本，但之所以瑞恰兹的语境论已接近文本问题，之所以强调格林布拉特的"联合文本"与语境的区别，其实也恰恰反映了一个事实：联合文本、伴随文本都是语境的一个组成部分。语境虽然不是文本形式的存在，但它却可以由文本来构成，而且其范围远远超过文本。

二 文本间性语境的地图

借鉴热奈特、布鲁姆、赵毅衡的跨文本、伴随文本等理论，我们展开文本间性语境的地图。

文本首先面对的文本间性语境，就是某些副文本所构成的显性语境。热奈特对"副文本"的认定是比较宽泛的："标题、副标题、互联型标题；前言、跋、告读者、前边的话等；插图；请予刊登插页、磁带、护封以及其他许多附属标志，包括作者亲笔留下的还是他人留下的标志"，[①] 但我们只把前言、跋、告读者、前边的话、后记等副文本视为文本间性语境的一部分，标题、副标题、互联型标题等，一般被视为文本自身的一个组成部分，并非独立文本，因而也不在我们的讨论范围，而插图和其他标志归入符号间性语境的范畴。不过，各类标题具有引出文本间性语境的功能。如乔伊斯对希腊神话的戏拟、巴塞尔姆对格林兄弟童话的戏仿，从《尤利西斯》《白雪公主》的标题就已开始。再如我国当代文学作品须兰的《石头记》、格非的《锦瑟》，这些与中国

---

① [法] 热拉尔·热奈特：《隐迹稿本》（节译），载《热奈特论文集》，史忠义译，百花文艺出版社 2001 年版，第 71 页。

古典文学作品重名的标题直接引入《红楼梦》、李商隐的《锦瑟》所构织的文本间性语境。这些多义的同名标题或副标题，自身的辨识功能已弱化，在读者还未进入正文阅读时，已铺开了文本间性语境之网，明示读者要在这一语境中来阅读。

当我们打开一部文学作品时，有的读者习惯于先读前言、跋或后记，有的读者则对这些周边文本不感兴趣。对于后一种读者来说，副文本的文本间性语境对他们的解读是没有效力的。而对于前一种读者而言，先入为主的前言、跋，尤其是那些带有评论性质的，会影响他们对文学文本的理解，而前言和后记也往往会带入更多的关于作者的讯息，使读者在解读文本时努力去贴近作者的创作意图。

其次是由前文本所构成的文本间性语境。在这一层次语境中，由文中引用、用典所产生的关联语境，其显性程度会有所不同。其中以引号为标识的，一目了然，而那些间接引用、暗引的用典则相对隐蔽。不过引号并不是决定其显隐的绝对标准，还要以读者的记忆为圭臬，有的引语即使是用引号直接引出，但如果读者从来没有阅读过被引文本，那么它也是不能对文本意义发挥作用的。赵毅衡的"伴随文本"理论中包含"前文本"，引用、典故、剽窃、戏仿等都被作为前文本中比较明显的类型。前文本的时间可以非常久远，如果再以泛化的文本观念观之，那么前文本可以大到一个文本产生之前的全部历史。"前文本是文本生成时受到的全部文化语境的压力，是文本组成无法躲避的所有文化文本组成的网络。"①

再次是由承文本所构成的文本间性语境。热奈特把任何通过简单改造或模仿，而从先前某部文本中诞生的派生文本称作承文本。这一类文本包括反讽、戏仿、仿作等。热奈特甚至认为所有的文本都会不同程度地唤醒其他文本，从这个意义上说，所有作品都具有承文本性。承文本的语境一旦形成，就不仅仅是源文本影响承文本，承文本虽然是后来者

---

① 赵毅衡：《论"伴随文本"——扩展"文本间性"的一种方式》，《文艺理论研究》2010年第2期。

但也会影响源文本的解读，对其意义产生影响。值得说明的是戏仿涉及前文本和承文本两种文本间性语境。后代的文本 B 戏仿前代的文本 A，那么 A 对于 B 来说构成了前文本的文本间性语境，反过来 B 是 A 的承文本的文本间性语境。

复次是由元文本所构成的文本间性语境。元文本性是热奈特所说的"跨文本性"的第三种类型，又叫作"评论"关系，被描述为"联结评论文章与其所评论的文本的跨越关系"①。这种文本与原文的关系不一定通过直接的标识显示，即不一定引用该文，甚至都不必提及该文的名称，如黑格尔《精神的现象学》与《拉摩的侄儿》的关系那样。但中国古典文学的评点却是一个例外，它直接评论在原文本的周围，是最为显性的文本间性语境。

最后，还有一类特殊的文本间性语境，由网络媒介的超文本链接关联而成。某些网络文学作品中的超文本链接也是一种较为特殊的文本间性语境。不过它不同于其他文本间性语境之处，在于它更多地依赖网络的超文本链接手段，而非读者的记忆。读者通过点击链接可以直接看到这些文本，获取语境信息。

总而言之，文本间性语境至少具有副文本、前文本、承文本、元文本、超文本所构成的五种类型。这些文本间性语境都是一个文本背后的文本，它们的痕迹如"羊皮纸稿本"②那样隐藏在新文本的背后，无法完全消除，被作为阅读新文本时的底色和背景。

文本间性语境是影响文本意义生成的重要语境类型。其意义生成机制总体上来说呈现出双重/双声，或者多重/多声的结构，至少也是两个文本内语境参与对话所形成的。巴赫金曾探讨这种双声的对话："双声话语总是内部对话的。这类例子包括滑稽、反讽或戏仿性的话语、叙述

---

① ［法］热拉尔·热奈特：《广义文本之导论》（全译），载《热奈特论文集》，史忠义译，百花文艺出版社 2001 年版，第 64 页。

② 西方古代僧侣在昂贵的羊皮纸上刮掉原有文字再重写一层，原有文本的痕迹就隐藏在新文本的下面。

者曲折的话语、人物语言的曲折表达、整个被组合后的文类话语——所有这些话语都是双声、内部对话的。它们中嵌入了潜在的对话，一旦被揭示出来，就会发现是两个声音、两种世界观、两种语言的集中对话。"①

为了更细致地探讨这些文本声音之间的对话，即文本间性语境的意义生成机制，我们将选取三类情况分别加以考察：引用、戏仿和拼贴、反讽。文本间性语境中两个文本及其语境的关系呈现各异的形态，有时是共生的关系，如引用；有时是派生的关系，如戏仿。共生是彼此独立的双方在对话，派生则是一方寄生于另一方，无法独立解读。拼贴介于这两种关系之间，是引用手法的一种扩大形态，但引用的量变引起质变，使文本的独立性消解，由共生转变为派生的关系。反讽的语境识别—激活机制是说明文本间性语境意义机制的较好例证，但它所激活的不仅是文本间性语境，所以在以后的章节中我们还会继续讨论它的语境机制。

需要警惕的是，我们在审视语境时需要避免文本间性理论存在的两个极端倾向：一个是对社会文化语境的规避和警惕，德里达"文本之外空无一物"的思想多少反映出这一倾向；另一个是对作者权威乃至作者本身的消解，尤其是巴尔特在作者之死的基础上宣告读者的诞生，文本的诞生不再被视为出自作者的主体性创作，而是文本与文本的交织，为剽窃和抄袭合理化。为此，我们要限定文本间性语境的有效范围，并辅之以作者和读者的主体性视角、社会文化语境的视角探讨意义生成机制。读者的视角尤为值得关注，因为文本间性语境首先需要读者记忆的激活，然后才能在文本间的比较衡量中生成意义。

第二节 共生形态的文本间性语境：以引用为例

引用是文本间性关系最直接的表现。孔帕尼翁在《二手资料、引

---

① 转引自［英］玛格丽特·A. 罗斯《戏仿：古代、现代与后现代》，王海萌译，南京大学出版社2013年版，第133页。

文的工作》中对引用现象的文本间性影响展开深入的研究。他认为所有的写作都是拼贴加注解、引用加评论，引用和拼贴是构成一切写作的基本方式。引用时即使一字不差，也会在新的语境中产生不同的效果。新批评的布拉克墨尔也曾表达过相同的观点："当每一个词都有确定的性质时，糅合在一起便不能不独具特色。即使一段全是引文的文字，那引用的条件本身，就改变了文字，使它相应的独具特色。因而，艾略特援引的马伏尔的诗文，就有一种多少不同于马伏尔写这段诗文时的力量。"①遵循这一思路来思考，文本内语境发挥着改造的效力，引用的文字从源文本的语境中被抽离，放在新的文本内语境中，必然会被改变，产生不同于源文本中的意义。但这只是引用现象所表现的语境力量的一个方面。"引语总是有两个不同的语境，因此每段引语都意味着旧语境和新语境之间的冲突。"②引用所涉及的语境至少是双重的，即源文本的语境和新文本的语境，引语的解读虽然是在新语境中进行，但我们无法回避旧语境的影响，所以这两种语境在引语的意义机制中共同发挥作用。新旧语境相互交织碰撞，形成文本间性语境，其实最终帮助读者解读引语意义的还是这种双声、双重的文本间性语境。

一 各种引用类型的文本间性语境

在引用所涉及的文本间性语境中，源文本与目标文本的关系是一种共生和再生的关系，它们作为各自独立的文本因为引用手法而被联系到一起，引语的意义在新的文本间性语境中再生。如果对引用的手法再做深入细致的区分，我们会发现源文本与目标文本之间的共生关系还是很复杂的，有明引和暗引的表现区别，也有正引和反引的意向区别，所以两种相对情况的文本间性语境在生成意义上所发挥的作用和方式也略有

---

① ［美］布拉克墨尔：《沃莱斯·史蒂文斯诗歌举隅》，载赵毅衡编选《"新批评"文集》，卞之琳等译，百花文艺出版社2001年版，第426页。

② 朱永生等：《功能语言学导论》，上海外语教育出版社2004年版，第34页。

差异。比如明引和暗引在其各自的文本间性语境中也相应地表现出显性和隐性的区别。明引，又称直接或显性引用，一般用引号标出，是最忠实的引用类型。被引的源文本通过引号介入目标文本中，让读者很容易辨识这种文本间性。有时作者还会通过注解或评论直接告诉读者详细的源文本信息，这样可以加速文本间性语境的建立，从而加深对引语意义的理解。而暗引，又称间接或隐性引用，作者并不明确指出，也缺少明显的引号标记。用典就是暗引的一种常见形式。这类引用因为缺少明显的标识，目标文本和源文本的链接表现为一种记忆链接，即需要借助读者的记忆来保证文本关系。如果读者识别不出这种引用的话，源文本的语境就不会显现出来，也不会在意义生成中发挥作用。正引，指作者对引语持肯定态度，目标文本与源文本的意思和立场基本一致。反引，则是作者对引语持否定态度，目标文本与源文本间的意思和立场截然相反，作者通过引用往往表达反讽的意味。这两种引用的文本间性语境必然也会发挥不同的意义机制。在正引中，两个文本是和谐一致的，彼此交融、引证、相互烘托是其关系的主要表现，而在反引中，两个文本是相互对立的，彼此碰撞、对比、反衬就成为主导关系，与反讽的意义机制有类似之处，话语的言内之意和言外之意形成对立。

　　引用从标题就已开始，而且标题的引用比正文的引用具有更强烈的语境效果。譬如杨绛的小说《洗澡》分别从春秋时期的《诗经·邶风·谷风》、《诗经·邶风·柏舟》和民歌《孺子歌》选取文字作为标题——"采葑采菲"、"如匪浣衣"和"沧浪之水清兮"。因文言文标题与自身白话文的高度反差，形成了强烈的辨识标志，即便是不知晓出处的读者也能迅速感受到此处在引用古典诗句。古奥幽远的文本间性语境与当前白话的文本内语境之间形成了强烈的反差，陌生化效果显著。语境的陌生化，引导读者深度阅读，去探究这三个标题在古典文本中的原义，并在文本间穿行，寻求它们对小说人物或情节的隐喻之意。

　　在作品正文的引用中，引用同类文体的话语是最常见的，但也有不同文体之间的引用。同类文体之间本身就具有热奈特所说的广义文本性的跨文本关系，但这种关系一般是隐性存在的。在同类文体之间进行引用，隐性的广义文本性因为关联文本的具体化而变成显性的关系，在体裁、题材、语义等方面文本间性语境都会成为影响引语的力量。不同体裁的文学作品之间虽然在文体上有所差异，但在题材、主题等方面也会彼此构成广义文本性的关系。中国古典小说是这种不同文体间引用的典型例证。

二　古典小说的"有诗为证"和引用式评点

我国古典小说具有"文备众体"的特点，文中常夹杂诗、词、曲、赋等韵文文体。如古典小说常常证以诗歌，大量以"有诗为证""有诗道"等标记为始，又以诗结，总是一段一段地征引后人或自拟的赞叹之诗。鲁迅在《中国小说的历史的变迁》中分析其原因有二：一是以诗起，以诗结，在结构上有引入、铺陈、总结和升华的作用；二是主要"受了唐人底影响：因为唐时很重诗，能诗者就是清品；而说话人想仰攀他们，所以话本中每多诗词，而且一直到现在许多人所做的小说中也还没有改"①。鲁迅说这和"不知后事如何？且听下回分解"一样，都是说书表演的遗迹，章回小说还来模仿它们，也只是遗迹罢了，如我们腹中盲肠，毫无用处。然而，以读者阅读来看"有诗为证"是如引号一样的鲜明标识，引导读者激活关于文本间性语境的联想，未必没有丝毫用处。至于诗本身在小说中被引用的作用就更大一些。谭真明曾在《小说中的"有诗为证"》《论古代小说中的"有诗为证"——兼评四大名著中的诗词韵文》② 等文中多方面地探讨过这一问题。总结起来诗歌的文本间性语境至少发挥着崇高化、真实化和满足读者审美需求等三

---

① 鲁迅：《中国小说的历史的变迁》，载《鲁迅全集》第 9 卷，人民文学出版社 1981 年版，第 320 页。
② 参见谭真明《论古代小说中的"有诗为证"——兼评四大名著中的诗词韵文》，《齐鲁学刊》2006 年第 3 期；《小说中的"有诗为证"》，《博览群书》1996 年第 2 期。

种功能。小说在我国文学中地位低下，可以说几乎是位于最底层，而诗歌却备受历代君主推崇，连科举考试中也以诗取士，可谓处于文学的最顶层。因此就不难理解小说为何频频以诗为证，恰如鲁迅所说，确有"仰攀"诗歌，抬高自身之意。所以诗歌的文本间性语境对于卑微的小说来说具有崇高化的功能。除此功能外，还有一种真实化的功能。诗歌是生活中酬唱应和之作，从文体到语言都极具生活的真实感，因此陈寅恪才倡导以诗证史的诠释之法。古典小说的时代崇尚故事的真实性，也借诗歌这层语境来营造真实感，努力让读者相信它所说的确有其人其事。另外值得一提的是，这层文本间性语境与创作、阅读的主体也是有关的。一方面小说的创作者多为诗人，作诗乃是生活的常态，所以在作文之时，从骨子里自发的诗文交融；另一方面读者也是善于品读诗歌的，热衷欣赏韵文之美，有诗为证也可满足读者的审美需求。

中国古典小说的阅读离不开小说评点的文本间性语境。评点是我国文学批评的独有样式，其自身就是一种元文本，与所批评的文本之间构成一种文本间性的关系，是小说阅读的文本间性语境的组成部分。而且评点者还会引用其他文本来与评点文本进行对比、参照，引导读者在文本间性语境中欣赏作品，如此一来解读意义的文本间性语境又变得更大一些。不过在本节中讨论评点的文本间性语境似乎也有不恰当之处，因为评点文本与所评文本之间是一种派生的关系，但它所引用的其他文本与所评文本间却是共生的状态。

毛宗岗评点《三国演义》惯用的方式，就是通过引用前人作品与之相比较，以此显示《三国演义》（以下简称《三国》）所用艺术手法之精妙。所涉诗文不限朝代，为数众多，如《史记》《西游记》《水浒传》以及各类诗文等。以第四十一回的评点为例，本回叙述刘备携民渡江，各方战事危急，将士家眷死伤惨烈，场面十分悲壮，毛宗岗在本回总批中写道：

凡叙事之难，不难在聚处，而难在散处。如当阳、长坂一篇，玄德与众将及二夫人并阿斗，东三西四，七断八续，详则不能加详，略亦不可偏略，庸笔至此，几于束手；今作者将糜芳中箭在玄德眼中叙出，简雍著枪、糜竺被缚在赵云眼中叙出，二夫人弃车步行在简雍口中叙出，简雍报信在翼德口中叙出，甘夫人下落则借军士口中详之，糜夫人及阿斗下落则借百姓口中详之，历落参差，一笔不忙，一笔不漏。又有旁笔：写秋风，写秋夜，写旷野哭声，将数千兵及数万百姓无不点缀描画。子尝读《史记》，至项羽垓下一战，写项羽，写虞姬，写楚歌，写九里山，写八千子弟，写韩信调兵，写众将十面埋伏，写乌江自刎，以为文章纪事之妙莫有奇于此者，及见《三国》当阳、长坂之文，不觉叹龙门之复生也。①

从评点中可见，毛宗岗盛赞《三国》将如此复杂的场面叙述得"历落参差，一笔不忙，一笔不漏"，各类重要事件又从不同的视角述出，还以秋风、秋叶、哭声的旁笔兼顾数千将士和数万百姓，不由得回想自己对读《史记》"垓下之战"时的深刻感受，本以为天下没有比这更好的纪事之文了，但今读《三国》不由心生赞叹。毛宗岗如果单独称赞《三国》的叙事水平，只能给读者留下一个模糊的印象，并不知道这叙事水平有多高。但毛宗岗拿来《史记》作为参照，这是给《三国》找了一个很高的参照物，让读者感受到原来《三国》的叙事技巧高明到如此程度。这也就是我们上文所说的，文本间性语境不仅能够发挥意义功能，也是评价文学作品的艺术水平和价值的重要背景。

毛宗岗评点不仅引证《史记》作为参照，而且也多引证其他诗文来加深阅读的体验。在《三国》第四十一回中，小说正文描述当时情景："时秋末冬初，凉风透骨；黄昏将近，哭声遍野。"毛宗岗在夹批

---

① （元末明初）罗贯中：《全图绣像三国演义》，毛宗岗评，内蒙古人民出版社1981年版，第406页。

处引入李陵的《答苏武书》、李华的《吊古战场文》等诗文与之相比较："尝读李陵书曰：'凉风九月，时闻萧飒之声'，又读李华《吊古战场文》曰：'往往鬼哭，天阴则闻'，未尝不愀然悲也。今此处兼彼二语，倍觉凄凉。"①

李陵在《答苏武书》中以"胡地玄冰，边土惨裂，但闻悲风萧条之声。凉秋九月，塞外草衰"之景，诉说自己远离故土、身处匈奴的悲伤。孤立无援、属下出卖、兵败被俘、株连全家的种种遭遇都蕴含在这份悲伤里。胡地的坚冰冻土、牧马的哀伤嘶鸣、胡笳声的此起彼伏，连同风声、凉秋，都烘托着无法回归故里的悲伤无奈。这些情景、这份心境与刘备此时率领数千将士艰难卓绝地战斗、数万百姓渡江的胸怀壮举交织在一起，悲情相近，兵败之遭遇相同。将两个或多个文本的情景加以对比，情感相互参照，读者对《三国》的理解才更加深刻。

此类阅读法虽然不受时空的局囿，把不同时期和地域的作品拉到一个平面上来，但在文本的对照过程中，时空感依然会进入阅读体验中化作一种历史感，丰蕴着原文本的阅读。可以说是以时空感形式上的消弭来获得历史感的进入。好比文人画的欣赏，并不在于此画本身，而在于读懂笔墨的承继和发展，看透这种画法在绘画史上是由谁而来，如何发展和变革的。失去了这种历史感的衬托，画作上的不过就是一个个单薄的线条和形状，文学话语的孤立表达也比历史感的和声效果逊色很多。

对于这种评点之法至少可以从两个层面来理解：一方面评点者其实也是读者，他的评点是其阅读体验的描述。毛宗岗在阅读时援引这么多作品来与《三国》进行比较，其实是没有将阅读局限在作品本身，而是放在了文本间性语境中来展现《三国》的独特魅力。另一方面，评点也是引导其他阅读的一个线索，对于文学修养不强的读者来说，可能

---

① （元末明初）罗贯中：《全图绣像三国演义》，毛宗岗评，内蒙古人民出版社1981年版，第411页。

自己并不会引发文本间性的联想,但阅读评点却可以进入文本间性的语境中品鉴《三国》,使阅读的过程变得更为厚重有趣,意义的解读过程也更为复杂和深刻。这也是评点备受读者喜爱的重要原因。

　　毛宗岗这种引证的评点方法,在其他的评点中也有存在,如金圣叹也将《水浒传》与《史记》相比较,看到"《水浒传》方法,都从《史记》出来,却有许多胜似《史记》处。若《史记》妙处,《水浒》已是件件有之"。① 脂砚斋评点宝玉的《芙蓉女儿诔》时亦以《离骚》《诗经》《尔雅》中的相同意象来解读祭文的寓意:

　　噫!女儿曩生之昔,其为质,则金玉不足喻其贵;其为性,则冰雪不足喻其洁;其为神,则星日不足喻其精;其为貌,则花月不足喻其色。姊妹悉慕媖娴,姬媪咸仰惠德。孰料鸠鸠恶其高,鹰鸷翻遭罦罬;<u>《离骚》:"鸷鸟之不群兮。"又"吾令鸩为媒兮,鸩告余以不好。雄鸠之鸣逝兮,余犹恶其佻巧"。[注]:鸷特立不群,故不群,故不于。鸩羽毒杀人,雄多声,有如人之多言不实。罦罬音孚拙,翻毕绸。《诗经》:"雉离于罦。"《尔雅》:"罬谓之罦。"</u>蒋葹妒其臭,茝兰竟被芟鉏!<u>《离骚》:蒋葹皆恶草,以便邪佞。茝兰芳草,以别君子。</u>花原自怯,岂奈狂飙;柳本多愁,何禁骤雨!偶遭蛊虿之谗,遂抱膏肓之疚。故尔樱唇红褪,韵吐呻吟;杏脸香枯,色陈顑颔。<u>《离骚》"长顑颔亦何伤",面黄色。</u>诼谣謑诟,出自屏帏;荆棘蓬榛,蔓延户牖。岂招尤则替,实攘诟而终。<u>《离骚》:"朝谇夕替",废也。"忍尤而攘诟";诟,同韵。攘,取也。</u>既忳幽沉于不尽,复含罔屈于无穷。高标见嫉,闺帏恨比长沙;<u>汲黯辈嫉贾谊之才,谪贬长沙。</u>直烈遭危,巾帼惨于羽野。<u>鲧刚直自命,舜殛于羽山。《离骚》曰:"鲧婞直以亡身兮,终然夭乎羽野。"</u>(划

---

① (明末清初)金圣叹:《贯华堂第五才子书水浒传·读第五才子书法》,载《金圣叹全集》(一),江苏古籍出版社1985年版,第18页。

线部分为脂砚斋评语)①

  《芙蓉女儿诔》为宝玉祭奠丫鬟晴雯所作，文中不仅热情地赞美晴雯的美貌和珍贵的德行，也痛斥了那些将她迫死的谄媚奴才。不过对这一遭遇，宝玉并没有直写，而是引花鸟之物隐喻。"孰料鸠鸩恶其高，鹰鸷翻遭罦罬；薋葹妒其臭，茝兰竟被芟鉏！"鸠鸩记恨鹰鸷的高翔，鹰鸷反遭网获，薋葹嫉妒茝兰的芬芳，茝兰竟被剪除。以花鸟隐喻的写法在《离骚》中尤为显著，所以脂砚斋拿《离骚》中关于这些物象的描写来解释宝玉的说法。《离骚》中"鸷鸟之不群兮"更加衬托鹰鸷卓尔不群，反遭捕获的冤屈。"吾令鸩为媒兮，鸩告余以不好。雄鸠之鸣逝兮，余犹恶其佻巧。"脂砚斋对之注解："鸩羽毒杀人，雄多声，有如人之多言不实。"以示宝玉在指责那些嫉妒晴雯之人似鸠鸩，所说污蔑之语多有不实。待写晴雯日渐衰弱"杏脸香枯，色陈颓颔"。脂砚斋也辅之以《离骚》"长颓颔亦何伤"来说明这一人物的状貌。同样在祭文的最后，宝玉写晴雯之死也没有直写，而是引用两个典故。他以"高标见嫉，闺帏恨比长沙"写晴雯被驱逐的遭遇，此处借用了贾谊被贬的典故。"直烈遭危，巾帼惨于羽野"写晴雯之死，借用了鲧舜的典故。脂砚斋在批语中同样将之挑明，以指引读者阅读。

  引用是文本间性最古老、最常见、最稳定的表现形态。原本独立的源文本与目标文本借助引用在文本间性语境中共生——一段话语从源文本进入目标文本，目标文本会重新改造它的意义，同时也会引发源文本语境与目标文本语境之间的冲突和对话——任何引语的文本间性语境都是这样的双声双重结构。在这个总体特征之下，文本间性语境又会因引用的类型、位置等不同而表现出不同的形态。在明引暗引中文本间性语境的显现程度不同，正引反引中，文本间性语境的文本间主导关系有所

---

① （清）曹雪芹：《脂砚斋批评本·红楼梦》，脂砚斋评，王丽文校点，岳麓书社2006年版，第749页。

差异。标题引用比正文引用的语境效果更为强烈，批评引用比之作品引用更进一步拓宽了语境的延展范围。总之，从标题到正文，从小说、诗歌到小说评点、诗歌评点，引用无处不在，文本间性语境以不同的方式显现，不断向外蔓延。如果以孔帕尼翁对引用的认识——引用是一切写作的构成方式，那么引用的文本间性语境能够将所有的文本联结起来，构成一个纵横交错、巨大无比的文本之网，文学解读可以按图索骥地蔓延到整个文学史。

第三节　派生形态的文本间性语境：以戏仿和拼贴为例

　　文本间性语境中的两个文本可以是独立地共生，也可以是一个文本由另一文本派生。在后一种情况下，派生文本与源文本之间就是寄生与寄主的关系，这种关系是非平等的，派生文本的意义无法离开源文本而生成。上一节我们以引用为例，探讨了文本间性语境中共生和再生的文本关系，本节我们依然选取某种典型现象来说明文本间性语境中两个文本间的派生和引出关系。在热奈特的跨文本性理论中，戏仿是承文本的典型代表，是一个先前文本的"派生文本"。所以我们在本节中主要选取戏仿来说明派生形态的文本间性语境。

　　戏仿，这种现象从古希腊时期开始就已被关注。亚里士多德用戏仿专指对史诗的滑稽模仿。文艺复兴时期塞万提斯创作《堂·吉诃德》被誉为现代戏仿的开山之作。20世纪以来，戏仿之作层出不穷，成为现代主义反抗传统、后现代主义反抗现代性的重要手法之一。越来越多的学者也对戏仿产生浓厚兴趣，如什克洛夫斯基、特尼亚诺夫、巴赫金、热奈特、玛格丽特·A. 罗斯、罗兰·巴尔特等人都对其进行过研究。

　　俄国形式主义的戏仿理论标志着戏仿的现代研究阶段的开始。什克洛夫斯基在研究斯特恩的《项狄传》、狄更斯的《小杜丽》和菲尔丁的《汤姆·琼斯》等作品的基础上阐述戏仿，他的戏仿理论是其陌生化理论的一部分,即"戏仿"被其看作达到"陌生化"效果的手法之一。特尼亚诺夫更加深入地提出戏仿是一种双重结构,戏仿的第二个层面越狭窄和越清晰,作品的戏仿特征就越明确。

巴赫金在研究陀思妥耶夫斯基的作品时也对戏仿有所说明:"它可以戏拟别人的语言风格,也可以戏拟他人文本中典型的社会语言或个体语言,戏拟其观察、思考和言谈的风格……它既可以仅仅戏拟表面的语言形式,也可以戏拟他人语言深处的组织原则。"① 戏仿的对象非常自由而多样化,作品的文类、结构、题材、主题、风格、叙事、情节、人物、艺术观念、意识形态、读者等,都可以成为戏仿的对象。注重对话和复调的巴赫金更是倾向于将戏仿话语看作一种"双声"形式,提出戏仿是双重声音、双重文体的交织。而且这两种声音之间存在着对比和不一致。戏仿具有双重指向,它一方面指向话语自身的指涉对象,同时也指向另一个文本的话语。这种文本间性语境对于戏仿的理解来说至关重要,失去了这一层背景,戏仿话语本身将变得非常拙劣。换句话说,戏仿话语如果只借助第一层文本内语境来解读,只能获得最为拙劣的表层意义,只有在第二层文本间性语境中与其他文本相对照,它真正的戏仿之意才能显现出来。巴赫金认为戏仿中存在两种语言、风格和观点,其中只有一种被呈现出来,而另一种作为创作和理解的背景。同时,他还更深入地解读仿文与源文之间的张力,即戏仿话语内部两种不同声音的对抗——被戏仿的他人话语以自身的力量积极地发声,抗拒着戏仿。

巴赫金认为戏仿一般很难被发现,因为文学性的散文很少是粗俗的,所以读者并不那么容易找到它的第二层语境。不过在这一点上,也有不同意见者。玛格丽特·A. 罗斯在将戏仿与反讽相比较时,提出两者虽然都是两套信息或代码,但它往往会滑稽地将被戏仿的文本和戏仿文本进行鲜明的对照,比反讽更容易辨识。在对狂欢文化的研究中,巴

---

① Mikhail Bakhtin, *Problem of Dostoevsky's Poetics*, Carly Emerson ed. and trans., Minneapolis: University Press of Minnesota, 1989, p. 194.

赫金也注意到戏仿的作用，将之与对话、狂欢、众声喧哗、滑稽、笑尤其是嘲笑联系在一起。在现代观念中戏仿常被简化为戏谑，巴赫金也表现出此种倾向，在谈论狂欢时往往将戏仿等同于滑稽模仿，甚至直接用"戏仿——滑稽模仿形式"这样的说法。

玛格丽特·A.罗斯曾总结巴赫金对戏仿研究的十个贡献，比如巴赫金如特尼亚诺夫一样，看到戏仿是一种双重结构的技巧，一种对文学演变有所帮助的技巧。而且巴赫金比特尼亚诺夫走得更远，他进一步阐释了戏仿中对立声音之间的敌意。巴赫金将戏仿和狂欢化联系起来，因为戏仿对目标文本有所破坏或敌视，所以他将戏仿视为民间艺术的一种滑稽模仿或戏谑形式等。①

《戏仿：古代、现代与后现代》是玛格丽特·A.罗斯的代表作，书中系统梳理了戏仿理论从古代到后现代的研究发展，在肯定巴赫金和俄国形式主义者对戏仿理论的贡献的基础上，她也指出巴赫金和俄国形式主义者所忽视的问题："他们都没有清晰地分析戏仿的双重结构如何在自身中保存了被戏仿文本，以及这样做又如何导致了戏仿对后者的含混性，并在被戏仿文本死亡后如何保证对后者的召唤和保存。"②

所以罗斯在这一点上做出了自己的补充，戏仿并不仅仅像特尼亚诺夫所说的那样，被戏仿文本透过戏仿文本"微微发光"，它"首先（通过模仿或部分引用，或通过其他类似手段）建立被戏仿文本，这样读者会对其有所期待，接着给出读者并未想到的另一版本，与原作形成不调和的对照或比较。"③ 罗斯认为在戏仿的"双重编码"中，文本间如何对照和整合常常出自戏仿者的有意规划，戏仿者可以将重新阐释嵌入文

---

① 参见［英］玛格丽特·A.罗斯《戏仿：古代、现代与后现代》，王海萌译，南京大学出版社2013年版，第168—169页。
② 参见［英］玛格丽特·A.罗斯《戏仿：古代、现代与后现代》，王海萌译，南京大学出版社2013年版，第170页。
③ 参见［英］玛格丽特·A.罗斯《戏仿：古代、现代与后现代》，王海萌译，南京大学出版社2013年版，第170页。

本的意义,使它在戏仿作品中浑然一体,也可以通过选择和添加被戏仿文本的符号,将之作为外部文本加以引用。无论哪一种情况下,作品的意义都不可能出自哪一个部分,而是出自各个不同部分所创造的整体。

常有学者(如琳达·哈琴)将戏仿的双重编码等同于查尔斯·詹克斯的后—现代双重编码概念。罗斯对此提出质疑,因为戏仿在古代和现代被使用时也是双重编码的形式,这样的等同反倒使它作为双重编码的滑稽形式这一特点消失了。罗斯否认这些学者的做法,因为戏仿是双重编码,而后现代也是双重编码,就将两者相混淆和等同,她认为双声或双重编码并不能说明戏仿就是后现代的,除非戏仿以元小说或戏谑喜剧的形式,超越了现代的戏仿用法。①

除了双重结构,作者即戏仿者是否重要也是一个值得探讨的问题。巴尔特在《作者之死》中将戏仿与作者之死联系起来。"文本由多重写作构成,来自许多文化,进入会话、模仿、争执等相互关系。这种多重性集中于一个地方,这个地方就是读者,而不是像迄今所说的,是作家。"② 巴尔特以作者之死换来读者的诞生,他认为文本的统一性不在于它的起源,而在于它的目的,读者能够吸取所有的引文。这种绝对的分离作者创作意图的观点,显然与罗斯注重戏仿者的观点有所不同。

不过作者在戏仿或其他一切写作中的意图可以被完全忽视吗?那么是谁将文本与文本之间缝缀起来的呢?换言之,在文本的丛林里面,其穿行者又是谁呢?反过来说,处于主体间性里面的读者或作者,又是如何在文本之间行进的呢?我国学者刘悦笛在追问这些问题时从巴赫金的对话思想中找到答案:我们应将文学作为话语而非孤立的言语来看待。我们所看到的文本与文本之间的语义交织,其实只是整个话语活动的一个层面,文学话语的背后是"真正的或潜在的话语主体,也就是所谈

---

① 参见〔英〕玛格丽特·A.罗斯《戏仿:古代、现代与后现代》,王海萌译,南京大学出版社2013年版,第242—245页。
② 〔法〕罗兰·巴尔特:《作者之死》,载赵毅衡编选《符号学文学论文集》,百花文艺出版社2004年版,第511—512页。

到的话语的发言人"。① 所以从这个角度来说,"只有话语活动的行为者,才能成为连缀'互文性'与'主体间性'的桥梁;换句话说,'主体间性'向本文的平面移动就成为了'本文间性'"。②

由以上众多学者的戏仿理论中,我们看到戏仿的双重结构与引用相似,同样涉及两个文本的语境,但戏仿中的两个文本存在着很强的依附关系或寄生关系,表现在仿文的语境总是依附于源文语境之上,是源文语境的寄生物。但当我们解读戏仿作品时,仿文语境会凸显出来,成为表层的强势语境,将源文语境隐藏为深层的弱势语境。然而仿文语境依然要依赖源文语境而存在。赵宪章曾用格式塔心理学的"图—底"结构来形容两者的关系:"戏仿文本作为一个格式塔(文本结构整体),当下的、现实的文本存在(戏仿文本)就是它的'前景',即'图';历史的、被幻化为记忆的源文本就是它的'远景',即'底'。在这一格式塔结构中,戏仿文本和记忆文本并不共存在同一层面,并非信息学意义上的可以即时置换和组合的并列文本,而是一种'图—底'关系结构。在这一结构中,'图'(戏仿文本)源自'底'(记忆文本),'图'始终保持对于'底'(记忆文本)的戏谑性张力。"③ 文本意义生成于两种文本和语境—图—底间的对比和交锋。如果失去了源文语境这个底,戏仿文本将无法传递出戏仿的意义。

下面我们以艾柯的《乃莉塔》、纳博科夫的《洛丽塔》以及其他文本之间的戏仿来剖析文本间性语境在戏仿派生关系中的意义机制。艾柯的《乃莉塔》是一篇戏仿纳博科夫的《洛丽塔》的短篇小说。作者对此戏仿的创作意图直言不讳。在序言中他说自己常常模仿、嘲弄其他人的作品,爱采用混成模仿体,这篇《乃莉塔》就是在仿讽《洛丽塔》。

---

① [法]托多罗夫:《巴赫金、对话理论及其他》,蒋子华、张萍译,百花文艺出版社2001年版,第259页。
② 刘悦笛:《在"文本间性"与"主体间性"之间——试论文学活动中的"复合间性"》,《文艺理论研究》2005年第4期。
③ 赵宪章:《超文性戏仿文体解读》,《湖南师范大学社会科学学报》2004年第3期。

同时他将主人公的名字取为安伯托·安伯托,将仿讽的背景放在作者出生的皮埃蒙特大区的一些小镇上,也是有意为之的讥讽。戏仿作品一般不会明确标榜它在戏仿,只是通过一些人物或情节的鲜明线索来引导读者连接源文本的语境。艾柯也只是在序言中如此坦诚,在《乃莉塔》的正文里他也是通过精心营造一些线索来构成对《洛丽塔》的戏仿。

第一,在人物上,《乃莉塔》和《洛丽塔》构成两个鲜明的反差——安伯托和亨伯特两位主人公的反差,他们爱恋的对象 80 岁的"小妖婆"和 12 岁的"小妖精"之间的反差。人物之间的反差通过两种截然相反的审美观来构成。安伯托热爱衰老的老奶奶,而亨伯特喜爱含苞待放的少女。

第二,在情节上,艾柯特意设计了与《洛丽塔》相似的事件——在男主人公带走爱人之后,他们同样被跟踪,同样面临爱人被掠走的痛苦而疯狂地寻找,同样占有爱人后的诧异等情节都颇为相似。具体来说,亨伯特和洛丽塔被变态剧作家奎尔蒂跟踪,安伯托和乃莉塔被一个骑着低座小摩托车的童子军跟踪。洛丽塔被剧作家奎尔蒂带走,亨伯特枪杀带走洛丽塔的人。安伯托同样开枪要去杀死带走乃莉塔的童子军。戏谑的是安伯托开了几枪都没打中,自己却因非法持有枪械和在禁猎季节打猎被关进了监狱。安伯托占有乃莉塔之后发现她并非初试云雨,强烈地讽刺了亨伯特占有洛丽塔之后的同样感受。一位 80 岁的女人并非初试云雨是再自然不过的,安伯托对此却大为震惊,他的态度越是震惊,对亨伯特的惊奇就越嘲讽。

安伯托最后又找到了老女人,她刚刚从美容农庄出来,脸上的皱纹一扫而光,头发呈铜棕色,笑容灿烂无比。安伯托对她的爱恋也随着老奶奶容貌的消失而殆尽,正如亨伯特对洛丽塔的爱恋也随着她的成长而消失那样。

第三,在语言风格上,尤其是对爱欲的抒写上,《乃莉塔》仿拟了《洛丽塔》中亨伯特对少女身体部位的欲望描写,安伯托也是沉迷于小妖婆的外表而无法自拔。从下文艾柯对"小妖婆"的两段描写中我们可以一嗅其散发出的浓烈的讽刺意味。

> 那些布满如火山岩浆般沟沟坎坎的老脸，那些因白内障而变得水汪汪的眼睛，那干枯、抽搐的嘴唇因掉光了牙齿而凹陷进去，一副精致的消沉表情，嘴边不时地还有亮晶晶的唾液流淌而显得生气勃勃，那些令人自豪的粗糙的手，局促地、颤巍巍地让人产生欲念，富有挑逗意味，因为它们能很慢地念佛珠！……①
>
> 一个苍老的妇人颤巍巍的哀怨，使聚会骤然陷入沉寂。在门框里，我看见了她，那面孔是我经受出生之冲击时所看到的遥远的娜恩女神的脸，那缕缕白得撩人情欲的头发倾泻着一腔热情，僵硬的身体把身上磨得发白的黑色小裙装弄出许多锐角来，瘦骨伶仃的双腿弯成对应的弓形，在令人肃然起敬的古朴的裙子下，依稀可见纤弱的大腿骨的轮廓。②

第四，在心理刻画上，《乃莉塔》也为这份爱恋安排了心理上的缘由。恋童癖和恋老癖的产生都与生死有关。亨伯特少年时代的恋人在他14岁时死去，造成了他的恋童癖，安伯托在出生时由一位老得牙齿全掉光的接生婆，从母亲子宫里黏稠的牢狱中解救出来，所以再也无法忘记那不朽的容颜。

《乃莉塔》寄生于《洛丽塔》，它的阅读必须在《洛丽塔》的文本间性语境中完成，否则我们读到的只是一个小伙子爱老奶奶的拙劣故事。从标题到人物、情节和语言描写等各方面，《乃莉塔》设置了一系列的线索，让我们在阅读上时时联想到《洛丽塔》。两者强烈的反差和

---

① ［意］安伯托·艾柯：《乃莉塔》，载《误读》，吴燕莛译，新星出版社2006年版，第3—4页。
② ［意］安伯托·艾柯：《乃莉塔》，载《误读》，吴燕莛译，新星出版社2006年版，第6页。

对比，实现了艾柯对《洛丽塔》、社会的道德观、男权思想，以及读者的阅读习惯、审美观等一系列的讽刺。《洛丽塔》的"大叔配萝莉"没有人觉得奇怪，但《乃莉塔》的"小伙配奶奶"却让人感到滑稽和质疑。这是男权社会中女性和男性不平等地位所形成的审美观、爱情观的体现。这也同时讽刺了读者的阅读习惯，讽刺了读者具有与纳博科夫同样的道德观、审美观和男权思想。

J.希利斯·米勒认为前代与后代的文学作品之间、批评文本之间都是一种寄主与寄生的关系。后代文本寄生于前代文本，既肯定和模仿，又否定和破坏。文学及其批评的历史就是由这样的不断寄生破坏发展而来的。这种寄主和寄生的关系存在于一切文本之中。由此再来反观《洛丽塔》。它又是对谁的寄生呢？

其实《洛丽塔》本身就充满了戏仿的元素。曾有学者挖掘《洛丽塔》所戏仿的对象，包括日记、诗歌、书信、证词、广告解说、戏剧、侦探小说等各种文体，指涉爱伦·坡、普鲁斯特、乔伊斯、陀思妥耶夫斯基、弗洛伊德等六十余位作家。① 它的题目"一个白人鳏夫的自白"中有卢梭《忏悔录》的影子，主人公的名字让－雅克·亨伯特和让－雅克·卢梭也是如出一辙。这显然是由副文本所引出的文本间性语境。亨伯特的忏悔和卢梭的忏悔之间相互指涉。亨伯特的双重人格，让读者想到陀思妥耶夫斯基。如文中有一段描写：销毁夏洛特·黑兹写来的求婚信后，亨伯特在房间反复沉思，弄乱头发，理好紫色睡袍，咬紧牙关低声呻吟着。他感到了一种陀思妥耶夫斯基式的露齿大笑。主人公的内心独白在音调和表达方式上仿拟普鲁斯特的《追忆似水年华》和乔伊斯的《尤利西斯》，奎尔蒂的跟踪和亨伯特的搜寻过程又充满了侦探小说的情节。

---

① 有关《洛丽塔》的戏仿参见方舸玮、麦永雄《重复、戏仿与差异的力量——互文理论观照下的〈洛丽塔〉》，《江淮论坛》2011 年第 6 期。肖谊《纳博科夫多元文化接受的体现——〈洛丽塔〉的戏仿与人物塑造》，《西安外国语学院学报》2000 年第 2 期。

所以艾柯的《乃莉塔》对《洛丽塔》的戏仿，是在《洛丽塔》所戏仿的这个庞大的文本间性语境中又增加了一份阅读记忆。当读者读过《乃莉塔》中那些让人震撼的对80岁小妖婆的爱欲描写，感受过艾柯的讥讽之后，再去重读《洛丽塔》，就无法抹杀这些阅读记忆对《洛丽塔》文本的破坏和渗透。这个文本间性语境的内容不断被丰富，中西方当代文学不断地戏仿《洛丽塔》，在长久的文学历史中，我们已经很难分清谁是源头，寄主与寄生物之间相互转换，众多文本的文字相互渗透、交织。如我国李修文的《西门王朝》一开篇就在语言表述上戏仿了《洛丽塔》深情而浪漫的开篇语："潘金莲，我的生命之光，我的欲念之火。我的罪恶，我的灵魂。潘——金——莲：抿住嘴巴，分三步，嘴巴一开一合。潘。金。莲。"① 亨伯特对洛丽塔的情欲被移植到西门庆对潘金莲身上，两个文本之间反差巨大，文化差异的沟壑也增加了文本间性语境的高反差。仿作自身有时也会引入其他大量的相关文本来丰富这个文本间性语境。艾柯的《乃莉塔》作为文集《误读》的开篇之作，把本书中其他插科打诨的戏仿作品也纳入文本间性语境中来。人们可以在《洛丽塔》的文本间性语境中解读《乃莉塔》，也可以在这个语境中增加新的阅读记忆——《新猫的素描》《波河河谷社会的工业和性压抑》《大限将至》《我的夸想》等艾柯的同类作品。艾柯素以博学闻名于世，吴燕莛在翻译他的作品时为此大为苦恼，艾柯为《小记事》杂志所撰写的文章，"主题涉及天文、地理、古希腊神话、哲学、社会学、人类学、大众文化、媒体、甚至拓扑学。艾柯似乎对古今中外之事无所不知……他甚至知道毛的语录、鲁迅、大字报等。"② 而作为博学又爱炫技的作家，艾柯在这些作品中所涉及的一系列人物的文本包括他们的思想、各种学科知识，也都会被拉进阅读的文本间性语境和社会文

---

① 李修文：《西门王朝》，载《浮草传》，新星出版社2012年版。
② 吴燕莛：《译后记》，载［意］安伯托·艾柯《误读》，吴燕莛译，新星出版社2006年版，第168—169页。

化语境中来。具体来说，艾柯在《误读》的序言中坦言《新猫的素描》是指阿兰·罗伯-格里耶（AlainRobbe-Grillet）和"新小说"，《波河河谷社会的工业和性压抑》的灵感来源于益格鲁-撒克逊人类学（玛格丽特·米德，鲁丝·本尼迪克特，克鲁伯，等等）的经典著作，《大限将至》源自阿多诺（Adorno）和法兰克弗学派的社会批评。《我的夸想》复制了关注《为芬尼根守灵》（Finnegan's Wake）的著名论文集中的一个篇章。①

从《乃莉塔》《洛丽塔》及其周边文本的戏仿中，我们看到戏仿的语境为高反差语境，即源文的语境和仿文的语境之间形成强烈的反差，这种反差恰恰是生成戏仿意义的前提和基础。戏仿的戏谑效果依赖于读者对过去文学作品的语境的激活。仿文自身的语境与被激活的语境之间并不是并列的，前者是强势的，后者则是弱势的，始终被前者所解构和嘲讽。但仿文的强势只是表面的，如上文所说，它无法离开源文本而独自深刻地言说。戏仿不是像引用和反讽那样局部的再现和转化，它是将源文本整个作为背景，在语言、风格、道德、审美、情节和人物各个方面形成强烈反差，如果没有这种对比，那么我们将无法读出戏仿的意义，而只是停留在粗劣、荒诞的文字表面。由此，我们看到文学作品的意义在文本间性语境中变成一种多重性的结构：文本自身的意义、相关文本的意义，以及在多个文本的对照中流动的意义相互交织共存。

除了戏仿在文本间性语境中是派生的文本关系之外，拼贴也具有此类特征。不过与戏仿不同的是，拼贴的文本之间的关系经历了一个由共生到派生的量变到质变的过程。拼贴一般通过引用的方式实现，就局部来看这是两个文本的共生关系，但当大量的其他文本被拼贴进新文本时，新文本自身的整体性、独立性就被消解，而变成了一个由众多文本杂糅而成的"拼贴画"，让其无法离开这些拼贴而存在。这类拼贴作品，在文本关系上就变成了一种派生或寄生的关系。新文本是由其他众

---

① 参见［意］安伯托·艾柯《误读·序言》，吴燕莛译，新星出版社2006年版。

多文本派生而来，寄生于其他文本的一种存在。

拼贴文本关系的这种由共生到派生、由量变到质变的转变，发生在文学从现代主义到后现代主义的发展过程中。从现代主义开始，拼贴的绘画手法为越来越多的作家所运用，他们在文学作品中嵌入明显的其他文本，如广告词、菜单、图画、流行歌曲、新闻报道等其他语言文本或符号形式。较之现代主义，后现代主义所拼贴的文本与主文本间的差异更大一些，它们的嵌入会打断主文本的连贯性，其自身的混杂形式也是在反映复杂的现实世界。运用拼贴手法的文学作品的解读，自然离不开这些嵌入文本所构筑的文本间性语境。不过试图去找到这些文本间的共同点，即文本间性语境的共同特征，似乎是很困难的。尤其是到了后现代主义时期，文学作品所拼贴的各类文本之间差异巨大，混杂就是拼贴的形式追求，如此才能表现现实的荒诞和虚无感。所以现代主义和后现代主义的拼贴所带来的文本间性语境，比之传统的典故和引用呈现出去中心化的特征，文本的众多碎片之间相互干扰和打断，似乎才是这种语境存在的目的。后现代主义文学作品中，拼贴文本不需要维护主文本的权威，可以不存在任何联系，可以随意更换位置，这样所交织而成的文本就不再是统一的，而是开放的、多声部的。每一个文本都有自己的语境，每一个文本都可以与其他文本在语境和语义上形成对照甚至对抗。

值得说明的是，有学者将典故和引用也列入拼贴的范畴，但这两种传统的文学表现手法，严格意义上不能算是拼贴的一种，除非作家有意反其道而用之，因为它们在嵌入的方式和追求上与拼贴截然相反。比如说典故，与后现代主义的拼贴具有明显的不同。刘勰《文心雕龙》中曾提出用典的几种原则——"取事贵约""校练务精""自出其口""放置得当"等都与拼贴的方式相左。"自出其口"是要作者在引用他人的言论或典故时犹如从自己口里说出的一样，就是要力求引语和典故与主文本的有机统一性。在讨论"放置得当"时，刘勰说如果把精妙的语言和典故放在无关紧要的位置上，就好比把金银翡翠装饰在腿上，把脂粉涂抹在胸上。"取事贵约""校练务精"所要求的简约、精当，与拼贴就更远了，甚至后现代作家在拼贴时故意反其道而行之，不仅不简约反而冗长，不仅不精当反而罗列堆砌。

　　拼贴、引用、戏仿和反讽往往是纠缠在一起的。拿戴维·洛奇的《小世界》来说，这几种现象和手法是同时存在于作品中的。戴维·洛奇作为一位学者型的作家，他深谙文本间性理论，并对此颇有研究，在其文学创作时也自觉地将这些文本间性的手法加以运用。《小世界》在构思时就意图以现代学者的经历滑稽模仿亚瑟王和圆桌骑士寻找圣杯的故事。古代的英雄们寻找圣杯，学者们也在寻找自己的"圣杯"。虽然学者们光鲜亮丽的外表和令人尊崇的社会地位也像英雄们一样被人敬重，但是他们心目中的圣杯却不再神圣。主人公柏斯虽然如英雄们一样百折不挠地追求，但所追求的却是虚妄微渺的爱情。两种寻找圣杯的经历构成了文本间的戏仿。拼贴的手法一般通过引用来实现。《小世界》中也因大量引用理论话语而表现出拼贴的特征，这一点是作者戴维·洛奇身兼学者和作家双重身份的特长。理论文本与文学文本之间互为文本间性语境，读者在两类文本中穿梭、转换，思维的打断和接续活动频繁发生，不过想在这两个文本间自由转换者，还非同类研究领域的学者型读者莫属，一般读者对《小世界》文本的阅读，很难进入理论话语所带来的文本间性语境，所接受到的只是这个语境的高深莫测又自说自话、冠冕堂皇的形象。

第四节　从反讽看文本间性语境的识别—激活机制

　　只要越出了文本内语境的边界，任何一种文本外语境，包括文本间性语境如果要对意义产生作用，都需要一个前提，那就是被读者所识别。只有激活了读者的记忆文本才能激活文本外语境参与意义的生成。文本间性语境是典型的文本外语境，从最明显指向文本间性的引语到不明确指明仿拟对象的戏仿,都是同样的识别—激活机制。这种机制是一种认知语用学的研究视角,从认知心理学的角度将语境作为动态的不断生成的心理建构体。斯珀伯和威尔逊、约瑟等人所提出的反讽的语境识别—激活机制,不仅适用于反讽,也同样适用于其他关涉文本间性语境的修辞现象和表现手法。所以在本节中我们将从反讽的语境识别—激活机制来说明文本间性语境的意义生成机制。

布鲁克斯将反讽定义为:"语境对于一个陈述语的明显的歪曲。"① 虽然这个定义并不为所有学者认同,但反讽的创设和理解无法离开语境却是不可否认的事实。反讽之所以成立是因为字面意义和实际意义之间构成矛盾对立,对立越强烈,反讽效果越鲜明,话语之所以能够传达不同于字面的意义,依赖的是语境,而读者对反讽的成功识别也离不开语境。布鲁克斯认为诗歌话语孤立时所表达的意义,与它们在语境中所表达的意义有所不同,因此两者的龃龉就形成了反讽。文学话语受到各方语境的压力,或多或少都会被语境所扭曲,且文学话语一般在意义上都有些似是而非,含有言外之意,因此文学话语的任何多义现象都变成了反讽,反讽也自然成为文学话语的普遍特性。米克在《论反讽》中指出布鲁克斯应当为这种广义的反讽论倾向负有责任。②

在反讽研究中,语义学与语用学对语境的态度截然不同。语义学研究反讽,是孤立地观察反讽的语义结构特征,认为反讽是一种不随语境而转移的语义现象。但这种脱离语境的研究方式显然是力不从心的。而重视语境的语用学,尤其是认知语用学,对反讽所做的研究展现出更多的合理要素、更广阔的前景。其中最有影响力的研究者是斯珀伯和威尔逊有关反讽的回声提述论。他们在 20 世纪 80 年代将反讽视为一种回声性提述,即说话人以回声的方式提述一个先前出现的错误或不得体的命

---

① [美]布鲁克斯:《反讽——一种结构原则》,载赵毅衡编选《"新批评"文集》,卞之琳等译,百花文艺出版社 2001 年版,第 379 页。
② 参见[英]D. C. 米克《论反讽》,周发祥译,昆仑出版社 1992 年版,第 47 页。

题,并对这一命题表示出否定或贬抑的态度。从关联理论的认知语境来看,语境是一个话语双方互动过程中所形成的心理建构体。为了寻求关联性,听者需要对最初的语境进行拓展,这种拓展遵循最佳关联原则,即通过最小的努力选择最具可及性的语境假设处理话语,获取最大的语境效果。百科知识的背景语境信息对于反讽理解至关重要。给予的语境信息不同,反讽理解的结果也将截然不同。

琳达·哈琴受斯珀伯和威尔逊的反讽研究影响,同样重视对反讽的语境研究。在《反讽之锋芒:反讽的理论与政见》一书中她总结了各个领域的反讽实例,如歌剧、博物馆、小说、绘画,通过对各种反讽的分析她引申出反讽在言语、视觉和音乐话语中的发生机制。她从意义层面对反讽进行的研究给了我们很多启示。在《反讽之锋芒:反讽的理论与政见》(中译本)的序言中她写道:"反讽言此而意彼,是人们选来表达相反观点的古怪的委婉方式,是语境决定了新意义。"① 所以政客们对反讽的态度总是小心翼翼,因为一旦脱离了语境,他们的本意往往会被误解。

哈琴在解释反讽时运用的是更广阔的社会文化语境的概念。她借用史密斯的话来界定语境:"语境是一个兼容量很大的术语,现实地意味着全部'诸位用来诠释某个言语所要参照的整体背景和各种假定'。"② 不过,她也强调还有一些狭隘的语境,如具体的情景、文本和互文环境。在无边的语境中,哈琴从实际体验中总结反讽诠释至少要考虑三个因素:言说/诠释的情况或情景,言语的完整文本,其他相关的互文本。③ 第一种是情境语境,曾被称为"物理环境"、"交际语境"或者是"陈述之场";第二种是文本内语境;第三种就是文本间性语境,哈琴

---

① [加]琳达·哈琴:《反讽之锋芒:反讽的理论与政见》,徐晓雯译,河南大学出版社2010年版,序言第3页。
② [加]琳达·哈琴:《反讽之锋芒:反讽的理论与政见》,徐晓雯译,河南大学出版社2010年版,第183页。
③ [加]琳达·哈琴:《反讽之锋芒:反讽的理论与政见》,徐晓雯译,河南大学出版社2010年版,第184页。

认为它是由所有能够用来诠释所说言语的其他相关言语所组成的。当其他文本的话语在被诠释的文本上纵横交错时，诠释的语境就会发生变化，即我们所说的语境不再局限于文本内，而是从文本内向文本间的场域游离。因此哈琴认为当一个句子被放在语境中审视时，它的意义"既不是纯粹由句子本身也不是由语境本身而得出的结论"，就发生了斯珀伯和威尔逊所说的诠释的"推论演绎"。

认知语用学斯珀伯和威尔逊关于反讽回声提述的说法对她影响很深，这从她对读者的认知和语境的强调中可见一斑。重复是反讽的标记，每一次重复都像回声一样提到前面的用法。"每一次重复本身都创造了一个直接的文本语境，渐渐积聚出越来越多的意义。"① 情境的、文本的或互文的各类语境由读者诠释的期待逐渐建构而成。各类语境的出现改变了文本的表意功能，使言内之意和言外之意相互糅合。哈琴研究反讽不是从反讽者的角度，而是从诠释者的角度，她强调像重复这样的标记或信号并不表示反讽，有意反讽者能做的只是通过这些标记展示一种语境化了的刺激，希望能借此引导诠释者推论出反讽的意义。从诠释者的角度来说，"反讽不成其为反讽，直到被'感觉'为反讽才成为反讽"。②

韦恩·布斯总结了五种反讽标记，即一些发现和理解反讽的线索，如言语提示、明显错误、不寻常文体、与期待突然偏离等。然而，哈琴对布斯所归纳的反讽标记提出质疑。对于反讽标记，哈琴的态度是有些矛盾的。她认为提示越少的讽刺越好。而且言语的任何一方面，如词汇、句法、发音都可以作为反讽的标记，可以说有多少话语策略就有多少反讽的策略，那么提供一份反讽的清单还有什么意义？但作为反讽的研究者，她又无法抗拒要为反讽列清单，但至少她可以在这个清单上加上"语境"，通过语境来强调一种语用的观点。"不管它们是什么，要

---

① [加] 琳达·哈琴：《反讽之锋芒：反讽的理论与政见》，徐晓雯译，河南大学出版社2010年版，第190页。
② [加] 琳达·哈琴：《反讽之锋芒：反讽的理论与政见》，徐晓雯译，河南大学出版社2010年版，第194页。

称之为反讽标记,诠释者就得要先确定它们在语境中发挥了触发反讽诠释的作用。"① 反讽的标记除了发挥触发读者的反讽诠释的功能之外,另一种功能就是建构更具体的语境,使言内之意与言外之意在这个语境中碰撞摩擦,最终产生反讽的锋芒。发挥这一功能的标记并不能直接重建反讽真正的意义,它们只是建构了一个语境或者说场地,让相关的、相区别的各种意义,以及评判的锋芒共存其间。

哈琴对口头言语反讽中的语言标记态度较为肯定。她承认言语反讽是唯一一种经常伴随辅助语言标记的修辞格。手势、嗤笑、挤眼睛、挑高眉毛、语调或语速的变化等常常伴随在言语反讽中,帮助听者推论反讽。正是这些非言语行为让言语在表达语境方面比视觉和听觉的东西更有优势。不过这些优势在书面反讽中就不太起作用了,所以书面反讽全指望上下文的语境来框定:"引号、撇号、斜体、变音符、惊叹号、问号、连字符、括号","原文如此、所谓的、恕我直言、当然、如他们所言、反讽地说。这些说法及其同类的功能在于,它们公开地请求做反讽的推论。"②

同样受斯珀伯和威尔逊反讽理论影响较深的还有弗朗西斯科·约瑟(Francisco Yus)。在斯珀伯和威尔逊的反讽研究基础上,约瑟进一步从语境的角度来研究反讽。他在讨论反讽时使用最多的一个词就是"不相容性"(incompatibilities),即说者的命题与语境信息之间的不相容。要识别和理解反讽,需要听者通过语境激活来理解这种不相容性,寻找一项或多项与说者表达命题不相容的语境关联。这类与反讽相联系的语境主要有以下七种:③

---

① [加] 琳达·哈琴:《反讽之锋芒:反讽的理论与政见》,徐晓雯译,河南大学出版社2010年版,第199页。
② [加] 琳达·哈琴:《反讽之锋芒:反讽的理论与政见》,徐晓雯译,河南大学出版社2010年版,第201页。
③ Francisco Yus, "On Reaching the Intended Ironic Interpretation", *International Journal of Communication*, No. 10, 2000, pp. 1 – 2.

第一类语境：百科、事实信息（Encyclopedic, factual information）。宏观的社会规范和事实构成了第一种社会文化语境。反讽需要参与者共享社会文化知识。

第二类语境：相互显示的物理环境（场景）[Mutually manifest physical environment（setting）]。对话时的物理环境或场景有助于交际双方相互理解。这种话语的物理环境对于听者辨识说话人分离话语的态度是非常重要的。

第三类语境：说话者的非言语行为（Speaker's nonverbal behaviour）。日常交际时说者的非言语行为，如微笑、皱眉、眨眼等会成为一个明确的反讽标记，可以帮助听者辨识反讽。

第四类语境：听话者关于说话者传记的背景知识（Addressee's background knowledge of addresser's biographical data）。交际双方在世界观、人生观、习惯、趣味、爱好等方面的相互熟悉对反讽的理解是非常必要的。

第五类语境：相互知识或共享信息（Mutual knowledge）。在交流时，谈话双方不得不假设他们共有一些特定的背景信息。这些信息在对话时都是不用说或隐含的。约瑟指出虽然这一种类型的信息可能与其他语境信息（如事实知识、传记……）相重叠，但他依然将它作为独立的一种语境资源。说话者不断地检查他和听话者共享信息的状况。听话者对相互共享信息的感知，是辨识说话者分离话语态度的必要条件。

第六类语境：先前话语在对话中的作用（Role of previous utterances in the conversation）。具体来说，同样的话语在以前对话中所表达的信息与现在对话中的不一致，或者，解释先前话语时所用的假设与当前话语所提供的信息之间不相容。先前话语的最初语境对于解释后续话语是有用的，因为在最初语境中用以解释话语的假设都成为最初语境信息的一部分。尤其在反讽的解释中，先前的话语可以是一个有效的语境来源，因为它们是被逐字逐句重复的，或者说话者对话语所表达的命题表现出不赞同的态度。

第七类语境：语言暗示（Linguistic cues）。许多话语的某些句法结构和词汇选择通常被用于讽刺。因为许多线索并不是反讽专有的，所以把这些线索作为一个适当的语境来源是有争议的。但如果这些线索和其他的语境因素结合起来的话，它们偶尔会帮助听者识别说话人的反讽态度。第七种语境是语义学研究反讽时所倚重的，在约瑟这里只被作为一种辅助性的语境。

约瑟认为在每一次说话者表达反讽的过程中，总有一种语境资源，比其他语境资源更容易获取，且已经足够表明说话者的分离态度，这种资源就是主导语境资源（leading contextual sources）。如果其他语境资源也存在与说话者的话语不相容的情况，它们可以对反讽的辨识和理解发挥辅助作用，被称为辅助语境资源（supportive contextual sources）。

斯珀伯和威尔逊举过一个反讽的例子："当一个人厌倦了伦敦，他就厌倦了生活。"（如 29b 所示："When a man is tired of London, he is tired of life".）他们提出为了理解这句话反讽的意义，听者应将它看作一个引用（回声），意识到说者在表达它时的态度是分离或否定的。约瑟从语境的角度详细地剖析了这个反讽话语的语境激活的情况。

(29) a. ［Cold, wet, windy English spring in London］.

b. ［Smiling, with a distinctive tone of voice］"When a man is tired of London, he is tired of life".

c. I am tired of living in London.

d. ［Sunny day in London, lively atmosphere in the streets, little or no traffic］.

e. Some of the reasons why everybody likes London are its weather, lively atmosphere and little traffic. ①

---

① Francisco Yus, "On Reaching the Intended Ironic Interpretation", *International Journal of Communication*, No. 10, 2000, pp. 1-2.

a. ［伦敦寒冷、潮湿、多风的英格兰的春天］。
b. ［微笑，带着独特的语气］"当一个人厌倦了伦敦，他就厌倦了生活"。
c. 我厌倦了住在伦敦。
d. ［伦敦阳光灿烂，街道热闹，交通不拥挤］。
e. 每个人都喜欢伦敦的一些原因是它的天气，活泼的气氛和很少拥挤的交通。

在辨识这句反讽时，激活物理环境的语境资源所要求的努力是最小并最有效的。"当一个人厌倦了伦敦，他就厌倦了生活"，这句话本身讽刺性地表达了 29d 的命题"伦敦阳光灿烂，街道热闹，交通不拥挤"，或者更强烈的如 29e 的含义："每个人都喜欢伦敦的一些原因是它的天气，活泼的气氛和很少拥挤的交通。"听者很容易发现这些命题和含义与物理环境的不相容。实际的物理环境是与之相反的 29a，"伦敦寒冷、潮湿、多风的英格兰的春天"。激活物理环境的语境，发现语境与话语信息之间的不相容，听者就能很容易辨识出这句话真正的意义为 29c"我厌倦了住在伦敦。"

不过约瑟认为物理环境的语境资源只是一种主导语境资源，其他语境资源与话语信息之间也存在多处不相容，如 29f[①] 所示：

(29) f. SOURCE　　　　　　　INCOMPATIBILITY
　　　Factual information
　　　Physical setting
　　　Nonverbal communication
　　　Biographical data

---

① Francisco Yus, "On Reaching the Intended Ironic Interpretation", *International Journal of Communication*, No.10, 2000, pp. 1–2.

Mutual knowledge

Previous utterances

Linguistic cues

f. 语境资源　不相容情况
   事实信息
   物理环境
   非言语行为的交流
   说话者的自传信息
   共享知识
   先前话语
   语言暗示

  在如上所示的几种语境中，事实信息、物理环境、非言语行为的交流、说话者的自传信息、共享知识、语言暗示等六种语境都与这句话的命题表现出不相容。具体来说，伦敦天气的事实与话语不相容，物理环境的恶劣也让听者感到厌倦，说话者的微笑还有特有的腔调也是反讽的标志，听者事先了解说话者对伦敦的看法，双方共享关于伦敦的知识，以及在非正式会话中使用标准的言语结构等语域明显的变化，都显示出与话语命题本身的不相容。不过物理环境的不相容性是最容易获取的，是最佳语境关联的选择，因而也是主导语境资源。先前话语在这个例子里没有起到作用。像这句反讽，语境资源提供的不相容的信息非常丰富（当然这要取决于听者获取语境信息的能力），所以很容易被识别。通过激活主导和辅助性的语境资源，听话者所觉察到的语境信息与说话者信息之间的不相容越多，他们为解释反讽意义所付出的努力就越少。相反的，如果语境信息的支持不够，或者各种语境资源都没有被激活，那么反讽可能根本不会被认出，或者很容易被误解。从认知语用学的分析来看，动态地而非静态地理解语境更为科学，开放地而非封闭地理解语境更有益。对反讽发挥作用的语境呈现出一种立体结构，局限于言语层面字与字、词与词、句与句、上文与下文的文本内语境关系显然是不够的，文本间性语境、符号间性语境、社会文化语境都参与到反讽的创设和识别中来。

用约瑟所列举的七种语境资源来考察文学中的反讽，文学反讽的辨识和理解不仅需要激活文本内语境、社会文化语境，也需要激活文本间性语境。文学的反讽可以通过与早期文学文本或其他非文学文本的不相容来表达，或者需要读者依赖其他文本的阅读经验来辨别。我们不妨将约瑟的七种语境放在文学语境中加以归类。

第七种语言暗示更多地属于文本内语境的范畴，第一种事实信息和第二种物理环境的语境都是属于社会文化语境，第三种作者的非言语行为在非口语时期的文学时代是不存在的，作者只能通过书面的方式来设立反讽，在文学作品中只存在用文字描述的人物的非言语行为。非言语行为的情景因素对理解反讽很有帮助，作者在书写文学人物的对话时也会提供某些虚拟的情景因素。但作品中一般叙述话语所表达的反讽，所涉及的情景因素就已超出文本的边界，而迈入文本之外的语境领域。第四种语境说话者的传记背景知识和第六种先前话语的作用，均涉及文本间性语境的问题，当然也存在属于社会文化语境的情况。第五种共享知识也是一种混合的语境资源，其中既有事实知识、传记，也有物理环境的信息等。不过文学在这一语境方面有其特殊性，作者与读者之间的共享信息发生偏离的可能性很大。尤其是后来时代或其他民族的读者在阅读作品时，社会文化各方面的差异会干扰反讽的辨识和解读。

反讽与戏仿常常混淆在一起。玛格丽特·A. 罗斯曾将戏仿与反讽加以比较：戏仿与反讽一样，具有双重文本或代码，被戏仿的文本是"文字面具"或"诱饵代码"，隐藏着戏仿者的信息。所以两者常常被混淆在一起。不过罗斯细致地发现，这些双重甚至多重的文本或信息在反讽和戏仿里的组合方式有所不同。反讽通常将表面信息和真实信息隐藏起来,"将混合信息纳入一个单一的代码",等待接受者去解码。① 而戏仿包含至少两套信息或代码,但它往往会滑稽地将被戏仿的文本和戏仿文本进行鲜明的对照,以两者之间的不调和来引发读者欢笑。所以文本间性语境的加入在反讽中是隐藏的,需要读者去努力激活,而戏仿却将被引用的文本或代码直接显现,把文本间性语境直接陈列给读者看。总而言之,反讽通常比戏仿更为隐秘,而戏仿比反讽更具体、更容易理解。

悖论也是与反讽联系最为紧密,也最常被混淆的概念之一。布鲁克斯将反讽视为悖论的一种。赵毅衡则将两者很清楚地区分:"反讽是'口是心非',冲突的意义发生于不同层次——文本说是,实际意义说非;而悖论是'似是而非',文本表达层就列出两个互相冲突的意思,文本的两个部分各有相反的意指对象,但是必须在一个适当的解释意义中统一起来。"② 不过赵毅衡也提到两者的共同点除了都是自相矛盾之外,就是都需要借助语境来矫正实际意义,不过一旦语境加入,一段话究竟是反讽和悖论就说不清了。

语境的识别—激活机制不仅适用于反讽,任何一种文本外语境参与意义的生成,都需要被读者识别和激活。文学话语在文本内语境自我言说,文本中其他文本的痕迹等待着读者的识别,一旦激活了读者的记忆文本,那么文学话语的意义就不再是自我言说,而是由二个或多个文本间的相互对话而生成。文本间对话的状态可能是相互交融,也可能是冲突碰撞,由作者的意图和读者的记忆识别而呈现出多样性的可能。识别—激活机制是文本间性语境最基本的生发机制,在激活之后,其他文本介入文本意义的生成中来,多个文本的对话才被开启,所以可以说识

---

① 参见 [英] 玛格丽特·A. 罗斯《戏仿:古代、现代与后现代》,王海萌译,南京大学出版社2013年版,第86—87页。
② 赵毅衡:《反讽时代:形式论与文化批评》,复旦大学出版社2011年版,第4页。

别—激活机制是文本间性语境开启文本对话的基本方式。

评点者或文学批评者是一类具有丰富记忆文本和鉴赏能力的特殊读者。所以我们以这一群读者的阅读为例来进一步探究文本间性语境的意义机制。上文我们提到中国古典小说的评点有时会引入其他作品，将之与所评作品之间进行对比式的批评。这一行为本身其实就是评点者在阅读评点作品时，识别到了具有某种相似或相反特征的其他文本，从而在解读评点作品时，不再拘囿于作品的言内之意，而是通过文本与文本之间的对比，获得丰富的言外之意。通过在文本间进行比较，评点者也自然评判出各个文本在艺术价值上的高低，并在他所有文本的记忆中给每个文本都找到了相应的位置。这种艺术价值的评判可算是文本间性语境阅读的一个附加产物。

这种自发引入文本间性语境进行阅读的方法，也被用于《诗经》的评点。在《诗经》研究中，这种方法被称为"以诗证诗"。以诗证诗是研究《诗经》一种较为普遍的方法，既可以在《诗经》三百篇之间相互印证，也可以引用后代诗歌来印证，从而合理地诠释诗篇的意义或表达审美感受。明清时期对于《诗经》的评点多用此法。①

有时评点者只是简单地点明引证的诗歌，让读者自由地去联想和比较，并不深入解读。如下文所引的评点：

《长相思》。(《读风臆评·君子于役》第一章眉批)

一曲伊州泪万行。(《读风臆评·扬之水》第一章眉批)

空馆相思夜，孤灯照雨声。(《读风臆评·风雨》第一章眉批)

所谓"有约不来过夜半，闲敲棋子落灯花"。(《批点诗经捷渡·东门之杨》第二章眉批)

两泪落身前。(《批点诗经集传·中谷有蓷》"啜其泣矣"旁批)

---

① 参见龙向洋《以"诗"证〈诗〉：明清〈诗经〉评点方式》，《湖州师范学院学报》2006年第6期。下文所引评点中的文字也转引自此篇文章。

评点者首先自己在阅读《诗经》篇章时联想到了其他诗歌，继而才评点出来给读者看。这个阅读的过程就隐含着识别—激活文本间性语境的过程。一般读者的这一过程我们看不到，但评点者把它们写出来，恰好是文本间性语境被识别和激活的例证。在这些评点中，评点者把一些读者所熟知的诗歌题目或诗句，写在《诗经》文本的边缘，直接引导读者借助文本间性语境来解读《诗经》。因为评点者并未详细解释这些诗歌与《诗经》间的关联，所以我们无从得知在评点者的阅读中这些诗句与《诗经》是怎样进行意义的对话的。读者根据评点者的指引激活其他诗歌的文本间性语境来解释《诗经》，每位读者自行理解这些诗句之间的意义关联，或辅助、或丰富、或质疑、或延展，那么读者最终所获得的意义就是这些诗歌文本相互对话交融之后的重构意义了，这些意义不仅仅由《诗经》文本所彰显，也由其他诗歌共同参与表达。如《东门之杨》"昏以为期，明星晢晢"页眉上，徐奋鹏援引赵师秀的"有约不来过夜半，闲敲棋子落灯花"（《约客》）二句为证。那么《约客》诗句中的意象和意境就被渗透到《东门之杨》中来。过了夜半，约客仍未至，诗人体验到了一个奇妙的独处的夜晚，闲定地敲击着棋子，落下一朵灯花的闲适和散淡之意，也都被糅入"昏以为期，明星晢晢"的解释中。

有时评点者也会在引证之后，将两个文本加以深入对比，一般以其他诗句来衬托《诗经》用语之妙。如在评点《诗经·鄘风·定之方中》时，钟惺、储欣、牛运震等人都引用杜甫的名句"好雨知时节"来解释"灵雨"：

  "灵雨"，雨有灵。杜诗所谓"好雨知时节"也。（钟惺评《定之方中》第三章）

  "灵雨既零"（旁批），杜诗云："好雨知时节。""灵"字更佳。（储欣评《定之方中》）

"灵雨"字幻妙。杜诗"好雨知时节",乃"灵雨"字注脚也。
(牛运震评《定之方中》第三章)

从这些评点中,我们可以看到两种现象:第一,评点者不仅把自己阅读过程中识别—激活其他文本的现象表现出来,而且也将文本间意义的对话呈现得更为细致。《诗经》的"灵雨"一入眼帘,他们就自然联想到杜甫的"好雨知时节",因为杜甫的诗歌最为人所熟知。"灵雨"是一种知时节的"好雨",杜甫的诗句可以作为"灵雨"的注脚。而且"灵"字比"好"字更妙。杜诗被誉为"诗史",杜甫被奉为"诗圣",《诗经》此篇用语比杜诗还妙,自然可见其艺术价值。第二,评点者之间在文本间性语境的识别—激活中也是相互影响的。其实围绕《定之方中》"灵雨既零,命彼倌人,星言夙驾,说于桑田"的文本间性语境,不仅有杜甫的《春夜喜雨》,苏轼在《与孟震同游常州僧舍》之三中也有"待向三茆乞灵雨,半篙流水赠君行"这样的诗句。而且灵雨不仅与诗相关,与元曲也可相指涉。关汉卿《窦娥冤》的第四折中道:"昔于公曾表白东海孝妇,果然是感召得灵雨如泉。"为何几位《诗经》的评点者均以杜诗来解,除了杜诗深入人心之外,他们的评点彼此之间也构成了一种文本间性关系,相互交织和影响。

文本间性语境的引入会对原文的意义产生怎样的影响?多个文本间的对话会给原文的意义带来哪些变化?我们不妨把"灵雨"的文本间性语境再扩大一些来回答这些问题。苏轼所说的和《窦娥冤》中窦天章所说的"灵雨"之"灵",皆有善、好的意思,但引入这些诗句来解释《诗经·定之方中》,灵雨的意义就不仅仅是善如此单薄了,在《定之方中》的灵雨背后,延展着杜甫所喜之好雨、苏轼所祈之灵雨、窦天章所言人意通天之灵雨,这些文本的意义乃至文本的作者和人物都被烘衬在《诗经》"灵雨"的周围,与之对话,可谓援引多少文本,就会有多少对话的脉络。而且除此相同意义之外,还有其他更深的隐喻之义。杨巨源在《春日奉献圣寿无疆词》之一中道："灵雨含双阙，雷霆肃万方。"苏轼在《谢赐恤刑诏书表》之二中有云："凯风养物，散为扇暍之凉；灵雨应时，同沾执热之濯。"此中的"灵雨"既意为善，又在比喻君王的恩泽。以此更广阔的文本间性语境来解读《定之方中》，就把灵雨的意义引向更幽邃的空间去了。

  以诗解诗，这种自觉引入文本间性语境来解读的方法，在现代诗歌教学的课堂上常被运用。语文教师也是一类易于识别和激活文本间性语境的特殊读者，他们在教学中以诗解诗，也是在把诗歌放在文本间性语境中的解读过程呈现给学生看，或者引导学生在文本间性语境中学会鉴赏诗歌。将以诗解诗的方法运用于诗歌教学是很有价值的，因为如果以白话文翻译和讲解诗歌，会丧失原诗的韵味，而以诗解诗，通过引用那些意象相同、意义相近、意境相通，或者同一作者、同一时代的诗句来解释，却能很好地克服这一弊病。比如柳永《雨霖铃》中的"执手相看泪眼，竟无语凝噎"，可以结合白居易《长恨歌》的"此时无声胜有声"来解读。马致远的《天净沙·秋思》"古道西风瘦马"，可以援引李清照《醉花阴》的"莫道不销魂，帘卷西风，人比黄花瘦"。同是"西风"中的"瘦"，两者既有同样的悲情，但在意境上又略有差异。以诗解诗能引导学生这些稚嫩的读者更好地鉴赏诗词。这些诗文间的共赏，加深了对原诗的理解，丰富了阅读的感受，正是文本间性语境带给文本的意义功能。

  文本间性语境是一个无边无际、包罗万象的领域，我们所描绘的五种类型——由副文本、前文本、承文本、元文本、超文本所构成的五种文本间性语境——只是冰山之一角。本章仅选取引用、评点、戏仿、拼贴、反讽等现象来说明文本间性语境的文本关系和意义机制，也只是涉及其中的一部分类型，以管窥豹而已。在文本间性语境中文本与文本之间表现为共生和派生两类关系，引用所涉文本属于前者，而戏仿属于后者，拼贴介于两者之间。文本间性语境的意义机制不能仅限于文本的视角，也应结合作者和读者的主体间性视角才能说得明白。借鉴认知语用学对反讽的语境识别—激活理论，文本间性语境的意义生成过程其实是作者和读者之间在文本之网中的识别和激活。而且任何一种文本外语境对于意义生成过程的介入都需要识别—激活的基本机制。文本间性语境在经过读者的语境识别—激活之后，其文本与文本之间或激烈、或缓和、或交融、或碰撞的对话才开始，文本在文本内语境的言说之意，便在文本间性语境中被延伸和丰富，开启了它在文本外语境中的旅程。

第四章　符号间性语境与语图双重机制

语言是文学传情达意的符号。符号间性语境是考察文学语言符号与其他符号相互关系的一种语境类型。在其他符号中，与文学交集最多的当属图像符号。所以本章讨论的主要是语言与图像的符号间性语境。这一语境在当今的图像时代具有重要的现实意义。今天我们对文学语言的解读往往以图像先行的方式进行（如当代人先通过影视来了解文学作品），文学意义的生成无法规避其语言符号与图像符号间的关系。反之，图像（如诗意画、改编的影视剧）的意义也是在与语言的互文中生成。语言与图像的符号间性语境，可以说是当前理解两者意义不可忽视的"共享语境"。

符号间性语境自人类创造语言和图像符号来传情达意时便已产生，在先贤们把诗画一起谈论比较时就被关注。但古代的诗画关系与当下的语图关系又有很大的不同，所以我们使用"符号间性"一词称谓当下，以示区别。所谓"符号间性"，不仅是艺术创作和解读上的"跨媒介性"，即语言和图像两种符号的并置共存，又是符号间"对等性"[①]的体现，建立在图像取得与语言对等的地位之上的。自古以来，图像符号多附属于语言，地位比语言要低，而在视觉时代的当下却大有与语言分

---

① 胡易容：《符号修辞视域下的"图像化"再现》，《福建师范大学学报》（哲学社会科学版）2013年第1期。

庭抗礼之势。诗画关系、语图关系或文学与图像关系的这一变化，是我们今天来谈论两者符号间性语境的前提，所以这是本章首先要探讨的问题。

第一节 图文之争：文学与图像的历史关系变革

"图文之争"是文学与图像历史关系的一个集中体现。它始于人类文明诞生之初，至今已有几千年的历史。这是人类共同关注的问题，无论在西方还是中国的古代文化史中，我们都可以看到先辈们对这一问题的思考。

一 西方古代文化的图文之争

先从西方说起，在照相术发明之前，图像主要表现为绘画艺术，19世纪中期以前的图文之争可以从诗与画的关系中得到考察。

古希腊时期，柏拉图认为诗迎合情欲，使人不受理性的控制，因而主张把诗人驱逐出"理想国"。但对画以及其他艺术，他也同样否定，因为在他看来只有理念是唯一真实的存在，自然是模仿理念的影子，而模仿自然的艺术只能是影子的影子，因而艺术不过是骗人的影像。柏拉图更深层地怀疑人们的视觉。他认为人类亲眼所见的并不是真实的世界，而是理念透过"火光"折射到"洞穴"墙壁上的影子。因而我们通过视觉获得的图像并不真实，真实只存在于理念之中。亚里士多德对诗与画的态度截然不同。首先他肯定视觉是我们认识真理的开端，在《形而上学》中开篇写道："无论我们将有所作为，或竟是无所作为，较之其他感觉，我们都特爱观看。理由是：能使我们识知事物，并显明事物之间的许多差别，此于五官之中，以得于视觉者为多。"① 但他对诗的关注超过绘画。他认为诗的媒介不同于绘画和音乐，诗"以语言

---

① ［希］亚里士多德：《形而上学》，吴寿彭译，商务印书馆1997年版，第1页。

模仿，所用的是无音乐伴奏的话语或格律文"。① 人是 logos 即语言的动物，因而诗在艺术殿堂中拥有崇高地位。

诗与画的轩轾在古希腊时期尚不明显，但到中世纪它们的关系发生了微妙的变化。延续柏拉图对艺术的否定态度，中世纪宣扬禁欲苦行，满足感官享乐的文艺活动被多次镇压。其中绘画、雕塑等图像艺术比文学遭到更严重的破坏。教会开展大规模的"销毁偶像运动"，禁止一切关于基督、圣徒、神灵的画像。到中世纪后期，教会对文艺的态度转变，开始利用文艺为宗教服务。从中世纪初期和后期的两位神学家——奥古斯丁和托马斯·阿奎那对文艺的不同态度中可以看到这一转变：奥古斯丁在《忏悔录》中极力忏悔年轻时对文艺的酷爱，而托马斯·阿奎那却认为符合理性的情欲能够引人向善，还积极地探讨艺术问题。所以中世纪后期，文学、建筑和音乐等都获得了一定的艺术成就。然而绘画的地位却始终没能得到提升。中世纪的圣像均是"模式化人的面部表情，无肉体感觉的身体，突出的眼睛，神秘符号的巧妙安排"②，无不显示出对视觉图像的有意淡化和轻视，特意引导人们忽略图像本身而注重其背后之物。

文艺复兴时期，文艺迎来了继古希腊之后的又一次辉煌。人文主义者竭力为文艺辩护，抬高文艺的地位，但此过程中诗画关系也日趋紧张。从古希腊罗马至中世纪，绘画一直就被视为机械艺术或手工劳动，诗和音乐则相对被奉为高尚的"自由的艺术"。这一格局在文艺复兴时期被打破，挑起诗画之争的"始作俑者"就是达·芬奇。他在《画论》中将绘画与其他艺术，尤其是诗进行一番比较，最终将绘画奉为最高最有价值的艺术。而且这一时期透视理论的诞生使绘画取得很大成就。与此同时，人文主义者也在旷日持久地为诗辩护，这主要是针对神学对诗的压制。文艺复兴初期，但丁、彼得拉克和薄伽丘等人试图通过"诗

---

① ［希］亚里士多德：《诗学》，陈中梅译注，商务印书馆 2003 年版，第 27 页。
② 高建平：《文学与图像的对立与共生》，《文学评论》2005 年第 6 期。

即神学"的攀附方式抬高诗的地位；后期的人文主义者如锡德尼，彻底摆脱神学对诗的束缚，从诗的本质特征方面重树其地位和价值。

启蒙运动时期，莱辛的诗画理论是诗画关系史上的一座丰碑。他从时空角度探究诗与画的界限，认为画以颜色和线条为媒介，在空间中并列，适合表现空间并列的静止的物体，而诗以语言为媒介，在时间中流动，善于描写时间中先后承接的动作。诗与画分别是时间的艺术与空间的艺术。同时，他也看到了诗与画的交融，只要遵循各自的艺术规律，画可以通过"最富有包孕性的顷刻"表现动作，诗亦可以描写静态的物体。总体而言，莱辛更加推崇诗，他认为诗以真实为最高法则，而画要秉承美的最高标准，所以诗比画更有能力表现广泛全面的人生。在照相术发明之前，诗与画的张力在此达到顶点，莱辛的诗画观影响了我们对诗画的普遍认识。

古典时期，诗画关系大体上和谐发展、共同进退。黑格尔对艺术进行了系统的分类研究，他将艺术划分为三种类型：象征型、古典型和浪漫型艺术。诗、画以及音乐都被归入第三种。以理念感性显现的状况为标准来衡量，绘画层次最低，音乐略胜，而诗这种"绝对真实的精神的艺术"是浪漫型艺术的最高阶段，也是全部艺术门类中的最高形式和它们的总汇。诗歌在运用各门艺术的表现方式方面具有最广泛的可能，因而是"最丰富，最无拘碍的一种艺术"。

二 中国古代文化的图文之争

图文关系在中国古代文化中一直处于水乳交融的和谐状态，两者的矛盾、对立比西方缓和得多。纵观中国文化的发展历程，图文关系体现在"言、象、意"、"文学之象"（意象、兴象、意境等）、"诗画一律"和"书画同源"等众多方面。

"言、象、意"是中国古代哲学的重要命题。"言"和"象"的关系在一定程度上可视为图文关系的一种表征。最早将"象"引入"言、意"关系的是《周易》,其《系辞》中有言:"子曰:'书不尽言,言不尽意。'然则圣人之意其不可见乎?子曰:圣人立象以尽意,设卦以尽情伪,系辞焉以尽其言。"① 这里"言"指卦辞和爻辞,"象"指卦象和爻象,儒家认为通过"象"这一中介"言"可尽"意"。后来玄学家王弼在《周易略例·明象》中进一步阐释:"夫象者,出意者也;言者,明象者也。尽意莫若象,尽象莫若言。言生于象,故可寻言以观象;象生于意,故可寻象以观意。意以象尽,象以言著。故言者,所以明象,得象而忘言;象者,所以存意,得意而忘象。……故立象以尽意,而象可忘也;重画以尽情,而画可忘也。"② 由此更加确立了"象"在"言、意"之间的中介地位,只有"象"才能更好地传达"意",也只有"言"才能更好地表现"象",同时他也阐明了"言、象"之间"寻言以观象"和"象以言著"的彼此依赖关系。"言、象、意"的哲学思想深刻影响了我国古代的诗歌和绘画思想,在诗歌理论中表现为意象、兴象、意境之说,在绘画理论上也同样存在着对诗意、意境的审美诉求。

"象"在中国古代文学理论批评中极为重要。刘勰在探寻人文本源时有言:"人文之元,肇自太极,幽赞神明,易象惟先。"③(《原道》)"太极"即"易象",是人文的起源。"象"在文学中具体表现为"意象"。"玄解之宰,寻声律而定墨;独照之匠,窥意象而运斤。"④(《神思》)原本圣人用以尽意的卦象、爻象在此引申为主体化的意象,即文学主体的心灵之象,成为文学思维的本质规律。作者之"意"需借"象"才能得以寄寓。与"意象"近似的"文学之象"还有"兴象"。殷璠在《河岳英灵集》中首次提出"兴象",并认为诗歌创作应以"兴象"为主。自此之后,"兴象"便成为我国古代诗歌的重要概念和评价

---

① 《易经》,苏勇点校,北京大学出版社1989年版,第85页。
② (魏)王弼著,楼宇烈校释:《王弼集校释》(下),中华书局1980年版,第609页。
③ (南朝梁)刘勰著,周振甫注:《文心雕龙注释》,人民文学出版社2002年版,第1页。
④ (南朝梁)刘勰著,周振甫注:《文心雕龙注释》,人民文学出版社2002年版,第295页。

标准。"兴象"的"兴"本身就含有"象"的意义，朱熹释之为"先言他物以引起所咏之辞"，并指出"兴"与《周易》的"立象以尽意"相似，皆是寄"意"于"象"的手法。王夫之更将"兴"与"不兴"视为诗与非诗的标志："诗言志，歌咏言，非志即为诗，言即为歌也。或可以兴，或不可以兴，其枢机在此。"① "象"对文学的重要性可见一斑。"意象""兴象"的深入发展是"意境"理论。"象"乃是"意境"的重要成分，但"意境"的至高境界却是"象外之象，景外之景"。这种诗歌审美标准是受哲学"贵意论"的影响，同时也是道家"大象无形"的思想体现。老子所崇尚的文艺或美的至高境界是"大音希声，大象无形"。庄子所推崇的绘画是"解衣般礴"式的自然之画，而文学也只有超脱语言限制，出于"言意之表"的才是精妙之作。

其实如庄子对绘画和文学采取同等的审美标准，无论"意象"、"兴象"还是"意境"理论在我国都不仅是诗歌的专利，也是绘画的重要思想。"这个'象'如果落实到纸面上，即'手中之竹'，……以国画的语言来表达，就是由笔墨或者少量的色彩构成的画面。"② 中国绘画之所以重"神"而不重"形"，与"言、象、意"、"意象"和"意境"等理论息息相关。对诗歌和绘画来说，"言"和"象"同样都是尽"意"的工具，只有"忘言""忘象"才能得"意"。中国古代历来就有"诗画一律"的说法。苏轼"诗中有画""画中有诗"的论断是对此命题的高度概括，意为诗有"画境"，而画有"诗意"。前者要求诗的情志要通过生动具体的形色物象来显现；后者要求画不仅要表现形色，更要从中传达出情志意蕴。叶燮说得更详尽："画者形也，形依情则深；诗者情也，情附形则显"，更有"摩诘之诗即画，摩诘之画即诗"的绝对之

---

① （明末清初）王夫之：《唐诗评选·评孟浩然〈鹦鹉洲送王九之江左〉》，《船山全书》第14册，岳麓书社1996年版，第897页。

② 林承琳：《从"言（象）意说"和"能指"、"所指"理论看中西绘画差异》，《山东教育学院学报》2004年第5期。

语。① 王夫之亦有云："家辋川诗中有画，画中有诗，此二者同一风味，故得水乳调和。"② 不过均与苏轼的说法大同小异。

与"诗画一律"相仿，"书画同源"之说也由来已久。自唐人张彦远在《历代名画记》中首次提出"书画异名而同体"之后，这种观点就不断被深化。"书"最初指文字，后多指书法。我国之所以会产生"书画同源"思想，原因有二：其一，中国文字最初是一种象形文字，在造字过程尤其是造字初期借鉴图画的方法，在文字书写方面也借鉴绘画思维，注重观察文字所指的客观事物，尤其注重对其精神意蕴的把握；其二，中国古代绘画运用毛笔和水墨这样特殊的材质，所以中国绘画在一定程度上是以书法为基础的，对书法的点、线的把握在绘画中至关重要。③ 我国图文和谐的文化氛围孕育出"文人画"这种独特的绘画类型。"文人画"将诗、书、画三者融为一体，可以说是我国图文关系的最好体现。

当然，"诗画一律"和"书画同源"只是相对而言。钱钟书曾批判过这一命题，指出"诗画一律"仅在这样的范围内成立：其诗为神韵诗，并非中国古诗的正统，而画是南宗画，却是中国画史的正统派系，我国对诗画的评判标准并非完全一致。王维是"诗画一律"的最好例证，苏轼评价王维的诗画而得出"诗中有画""画中有诗"的结论再恰当不过，但如果将这一结论扩展到全部的诗歌和绘画派别就有问题了。"书画同源"也是如此。象形只是造字的方法之一，并非所有汉字都源于图像。而书法、绘画两种艺术当然各有特色，并不完全同源同体。因而图文关系在我国古代文化中只是在从总体上呈现出和谐交融的倾向，这一倾向是不可以被绝对化的。同理，西方古代文化中也有诸多近似于"诗画一律"的说法，诗画的对立在西方也只是相

---

① 北京大学哲学系美学教研室编：《中国美学史资料选编》下册，中华书局1981年版，第324页。
② （明末清初）王夫之：《姜斋诗集·题芦雁绝句（序）》，《船山全书》第15册，岳麓书社1996年版，第652页。
③ 刘毅青：《书画同源对文人画的影响》，《惠州学院学报》（社会科学版）2003年第2期。

对而言。

三 图文关系的现代变革

纵观中西古代文化，图像与文学既有矛盾对立，也有和谐交融。总体而言，西方文化较多述说二者的矛盾对立，而中国文化则更倾向于二者的和谐统一。沿这两条线索来看，图文关系在古代的发展都非常稳定，且文学的地位略高，但20世纪后半期它们的关系却发生巨大变革。

1994年，美国学者米歇尔和瑞士学者博姆同时分别提出"图像转向"的概念，这宣告着"语言学转向"的终结和"图像转向"的开始。然而"图像转向"并非突如其来，在"语言学转向"内部早已蕴藏端倪。海德格尔早在20世纪30年代预言："世界图像……并非意指一幅关于世界的图像，而是指世界被构想和把握为图像了……世界图像并非从一个以前的中世纪的世界图像演变为一个现代的世界图像；不如说，根本上世界变成图像，这样一回事标志着现代之本质。"① 米歇尔本人也认为："在英美哲学中，这一转向的变体向前可以追溯至查尔斯·皮尔斯的符号学，向后到尼尔森·古德曼的'艺术的语言'。"②

随着"图像转向"的到来，我们今天所处的时代正进入一个如海德格尔所预言的"图像时代"或德波所说的"景象社会"。"景象不是现实世界的补充或额外的装饰，它是现实社会非现实主义的核心。景象以它特有的形式，诸如信息或宣传资料，广告或直接的娱乐消费，成为主导的社会生活的现存模式。"③ "图像时代"的图文关系发生根本性逆转。如巴尔特所说："这是一个历史性的转变，形象不再用来阐述词语，如今是词语成为结构上依附于图像的信息。……过去，图像阐释文

---

① ［德］海德格尔：《世界图像时代》，载孙国兴编《海德格尔选集》，生活·读书·新知三联书店1996年版，第899页。
② W. J. T. Mitchell, *Picture Theory*, Chicago: University of Chicago Press, 1994, pp. 11–12.
③ ［法］居伊·德波：《景象的社会》，载陶东风、金元浦、高丙中主编《文化研究》第3辑，天津社会科学出版社2002年版，第60页。

本（使其变得更明晰）。今天，文本则充实着图像，因而承载着一种文化、道德和想象的重负。过去是从文本到图像的含义递减，今天存在的却是从文本到图像的含义递增。"①

图文关系在今天不再表现为诗画关系，而是集中体现为影视与文学的关系。影视是当代文化的主流。麦克卢汉认为："电影的诞生使我们超越了机械论，转入了发展的有机联系的世界。仅仅靠加快机械的速度，电影把我们带入了创新的外形和结构的世界。"② 布尔迪厄则指出电视对报纸这种传统文字媒介构成了强有力的威胁。"文字记者推出一个主题，如一个事件，一场论战等，一定要被电视采用，重新策划，拥有某种政治效力，才会变得举足轻重，成为中心议题。"③ 文字新闻业在电视媒介的压迫下萎缩，并日益失去其自身的独特性，要依赖电视媒介以求生存。

影视与文学的关系并非古代诗画关系的继续，而是一场全新的变革，这是因为影视是一种有别于绘画的全新的图像类型或艺术类型。如本雅明在其《机械复制时代的艺术作品》中所认为的那样：绘画是传统的手工艺术，具有"即时即地"的"光韵"和膜拜价值，而电影是机械复制时代的产物，"光韵"在复制和修改中消失，艺术的膜拜价值被展示价值取缔；另外画家与对象保持着天然距离，提供的是一个完整的艺术形象，而电影摄影师则要深深沉入对象中去，所展示的是被分解成诸多部分的形象。

影视并非绘画艺术的延续，这种新型艺术向绘画和文学，甚至所有的传统艺术同时发出挑战。古代的图文矛盾化解，而新的图文矛盾产生。"电影实际上不像歌曲或文字那种单一媒介，它是一种集体的艺

---

① Roland Barthes, "The Photographic Message", in Susan Sontag, ed., *A Barthes Reader*, New York: Hill and Wang, 1982, pp. 204–205.
② ［加］麦克卢汉、［加］秦格龙编：《麦克卢汉精粹》，何道宽译，南京大学出版社2000年版，第232页。
③ ［法］布尔迪厄：《关于电视》，许钧译，辽宁教育出版社2000年版，第58页。

术，不同的人分管色彩、灯光、声响、演技和对白。"① 影视作为一种集体艺术不仅表现在影视人的分工合作上，更表现为它可以借用或融合其他各种艺术手法，这其中包括绘画、音乐，也包括文学。上文谈到黑格尔之所以确立诗歌为最高的浪漫型艺术是因为它能够利用其他众多艺术的表现手法，是"最丰富，最无拘碍的一种艺术"。而现在影视在这一方面表现得更为出色，所以毫无疑问地取代文学而登上艺术的至尊宝座。相形之下，文学的处境岌岌可危，越来越多的人迷恋影视剧而抛弃文学作品，文学书籍中充斥着图片，文字沦为图片的附庸，而且作家们也期待通过影视提高知名度，许多人因投身影视制作而无法潜心创作。

在"图像时代"文学与图像的关系发生根本性的转变，从而图像符号也前所未有地获得了与语言符号相对等的地位。正是我们在日常生活中、在艺术中无时无刻不在面对图像，所以图像势不可当地影响了我们的生活状貌，甚至看待世界的方式，这其中自然包括艺术的创作和欣赏。因而图像与语言所构成的符号间性语境，成为文学语境的一个重要类型，它对文学意义的生成具有不可忽视的影响，语图互译的意义生成机制也具有不同于其他语境类型的独特之处。

第二节　语图互译的双重意义机制

作为人类最重要的两种表意符号，语言和图像的关系是一个从古至今、历久弥新的话题。从传统的诗画理论到现代的语图理论，从古代的文人画、绣像小说到今天的连环画、图文本、电影、电视广告，这一关系问题无不贯穿其中。两者的关系无外乎共生和背离两个方面，但我们往往喜爱只取其一。无论从传统的诗画理论还是现代的语图理论来看，中西方在思考这一问题时都存在此种偏重——西方人更关注背离，好谈诗画的区别，中国人更注重共生，爱言诗画一律、诗画相谐。然而语图

---

①　[加] 麦克卢汉：《理解媒介——论人的延伸》，何道宽译，商务印书馆2000年版，第360页。

的共生与背离实则相互依存，不可剥离而论，共生以背离为基础，背离以共生为旨归。尤其在语图共同创造的艺术作品中，这种不可剥离的关系体现得更为突出，语图之间既有共生的意义建构，又无处不在相互背离，解构对方的意义。语图间的共生和背离关系能否被割裂开来看待，在语图综合艺术作品中两方面关系的意义生成是否各行其是？本节将从传统的诗画理论，题画诗、图文本等艺术作品中语言与图像符号意义生成的双重机制来尝试探讨这一问题。

一 中西方诗画（语图）关系的思维传统

诗画关系是语图关系的传统表现形式。中西方在诗画关系问题上因思维差异而呈现出大相径庭的诗画理论。西方诗画理论的核心问题是诗画的区别，而中国的诗画理论则始终围绕着诗画相映相生的主题。

西方诗画理论从柏拉图那里就奠定了诗画有别的基调。柏拉图既否定诗又否定画。他在论述神、工匠和画家制造的三种床的关系时，这样看待画家笔下的床："图画只是外形[①]的模仿……模仿和真实体[②]隔得很远，它在表面上像能制造一切事物，是因为它只取每件事物的一小部分，而那一小部分还只是一种影像"。[③] 柏拉图认为绘画不过是对现实事物的模仿，而现实事物又是对理式的模仿，所以绘画与真理相隔三层。他还从根本上否定人的视觉所见的真实性，所以在《柏拉图文艺对话集》中苏格拉底才以先知的口吻说："眼睛迟钝的人有时反比眼睛尖锐的人见事快。"[④] 对于诗，柏拉图同样也是否定的[⑤]，他那著名的将诗人驱逐出理想国的言论可谓表现至极，但他对诗人的驱逐并不是因为诗的模仿，而是因为诗迎合人的情欲，不利于理想国公民理智的培养。

---

① "外形"指木匠之床的外形。
② "真实体"指真理。
③ ［希］柏拉图：《柏拉图文艺对话集》，朱光潜译，人民文学出版社1963年版，第72页。
④ ［希］柏拉图：《柏拉图文艺对话集》，朱光潜译，人民文学出版社1963年版，第67页。
⑤ 柏拉图的艺术模仿说也适用于诗人的模仿，诗人的模仿也和绘画一样与真理隔了三层。

如果因为模仿，柏拉图理应把画家等其他模仿者也驱逐出去。可见柏拉图在艺术对人的心理影响方面，认为诗与画是不同的。绘画不真实，是模仿的模仿，但诗对于听众的心灵更是一种毒素，会让人们患上感伤和哀怜癖，无法理智地应对生活。柏拉图关于诗画的区分，更体现在他对诗歌独有的灵感说上："诗神就像这块磁石，她首先给人灵感，得到这灵感的人们又把它传递给旁人，让旁人接上他们，悬成一条锁链。凡是高明的诗人，无论在史诗或抒情诗方面，都不是凭技艺来做成他们的优美的诗歌，而是因为他们得到灵感，有神力凭附着。"① 从灵感说上，我们明显看出诗画在柏拉图心中的区别：高明的诗人并不是通过"技艺"的模仿来创作，而是因为诗神的凭附使其获得了创作的灵感。这与他的艺术模仿说存在矛盾之处。而这种矛盾恰恰是柏拉图诗画相异立场的集中体现。柏拉图对诗画的区分，给西方以后的诗画理论奠定了基调。

亚里士多德与柏拉图的态度不同，对诗歌和绘画予以肯定。他肯定视觉是我们认识真理的开端，在《形而上学》中开篇写道："无论我们将有所作为，或竟是无所作为，较之其他感觉，我们都特爱观看。理由是：能使我们识知事物，并显明事物之间的许多差别，此于五官之中，以得于视觉者为多。"② 他专门撰写《诗学》，在其中将今天意义上的诗、画、雕塑、音乐等艺术都归为模仿的艺术，同时又明确提出它们在模仿的媒介、对象和方式上彼此区别。如从模仿的媒介上，绘画"以色彩和形态模仿，展现许多事物的形象"，③ 而诗则用具有格律的语言来模仿。

在西方早期的艺术殿堂里，诗备受推崇，而绘画则被贬为机械技艺。达·芬奇为提高绘画的地位，旗帜鲜明地将诗、画进行对比。首先，他认为诗胜于表现言辞，言辞归耳朵管辖，而画胜于表现事实，事实归眼睛管辖。眼睛是人最高贵的感官，所以画胜过诗。其次，"诗用

---

① ［希］柏拉图：《柏拉图文艺对话集》，朱光潜译，人民文学出版社1963年版，第8页。
② ［希］亚里士多德：《形而上学》，吴寿彭译，商务印书馆1997年版，第1页。
③ ［希］亚里士多德：《诗学》，陈中梅译注，商务印书馆2003年版，第27页。

语言把事物陈列在想象之前，而绘画确实把物象陈列在眼前，使眼睛把物象当成真实的物体接受下来。"① 达·芬奇认为诗的想象所见远及不上肉眼所见的美妙，因而画胜于诗。最后，诗"在表现十全的美时，不得不把构成整个画面谐（协）调的各部分分别叙述"，② 而画能表现整体，美感建立在各部分之间神圣的比例关系上，所以诗因无法展现人体或事物的整体而不能带给人美感。这里姑且不论诗和画孰优孰劣，达·芬奇非常明确地从诗画所运用的媒介、所作用的感觉和产生的艺术效果等方面指出了这两种艺术的本质区别。

　　达·芬奇对诗画的区分虽然明确，但过于厚此薄彼而有失偏颇。莱辛在《拉奥孔》中对诗画的比较更为公允，是诗画比较的集大成者。他将诗画分别界定为时间和空间艺术：一方面，两者表现的媒介不同，"绘画用空间中的形体和颜色而诗却用在时间中发出的声音"。③ 另一方面，因为彼此媒介的区别而导致两者适宜表现的对象不同，"在空间中并列的符号就只宜于表现那些全体或部分本来也是在空间中并列的事物，而在时间中先后承续的符号也就只宜于表现那些全体或部分本来也是在时间中先后承续的事物"。④ 进一步来说，"全体或部分在空间中并列的事物叫做'物体'。因此物体连同它们的可以眼见的属性是绘画所特有的题材。全体或部分在时间中先后承续的事物一般叫做'动作'（或译为'情节'）。因此，动作是诗歌所特有的题材。"⑤ 莱辛的诗画界限之说，虽也受到后世质疑，但至今也是诗画理论的巅峰。

　　从这些思想中我们可以一窥西方在诗画关系问题上的理性思维传统，它们更加注重谈论两者的背离。但不可否认的是，诗画关系的另一面共生之关系也是自古有之。古希腊有句谚语"画是无声诗，诗是有

---

① ［意］达·芬奇：《芬奇论绘画》，戴勉编译，人民美术出版社1979年版，第20页。
② ［意］达·芬奇：《芬奇论绘画》，戴勉编译，人民美术出版社1979年版，第24页。
③ ［德］莱辛：《拉奥孔》，朱光潜译，人民文学出版社1979年版，第82页。
④ ［德］莱辛：《拉奥孔》，朱光潜译，人民文学出版社1979年版，第82页。
⑤ ［德］莱辛：《拉奥孔》，朱光潜译，人民文学出版社1979年版，第82—83页。

声画",亚里士多德将诗画同归于模仿的艺术也是肯定了两者的共生关系,贺拉斯有言"画既如此,诗亦相同"。莱辛也谈论过诗和画如何表现对方擅长的题材。绘画可以通过选择"最富于孕育性的那一顷刻"①来暗示时间性的动作,诗歌也能借助动作暗示空间性的物体,以化静为动的方式描绘空间之美。然而这种对诗画共生关系的关注远远低于对其背离关系的探讨。

所以整体而言,西方学者注意到诗画关系的两面,但他们通常是在共生的基础上深入探讨两者的背离,兴趣点更多在诗画的"同中之异"上。这种对诗画的审视传统延续至今。西方当代学者常借用音乐术语来形容语言与图像的关系,如切赫(J. Cech)的"二重奏"(duet),② 普尔曼(P. Pullman)的"复调"(counterpoint)、"多声部音乐"(counterpoint)。③ 对两者关系的其他说法还有诺德曼(P. Nodelman)的"反讽"(irony)、"重播"(replaying),④ 刘易斯(D. Lewis)的"多体系"(polysystemy)⑤ 等。苏瓦兹(J. Schwarcz)的观点更具综合性,他总结语言与图像的关系既有一致(congruency)又有背离(deviation)。在前一类关系中,语言与图像轮流讲故事,而后一类关系中,图像与语言则在讲述两个不同的故事,他也将之称为"复调",并认为这类作品正因为读者—观赏者同时感知到两个故事而带来阅读的享受。⑥ 从当代西方学者的这些说法来看,他们在语图关系问题上的基本观点都是语言和图像作为不同的声部、曲调、体系,构成一种极具张力的整体关系。

---

① [德] 莱辛:《拉奥孔》,朱光潜译,人民文学出版社1979年版,第83页。
② John Cech, "Remembering Caldecott: The Three Jovial Huntsmenand the Art of the Picture Book", *The Lion and the Unicorn*, 1983–84, 7/8, pp. 110–119.
③ P. Pullman, "Invisible pictures", *Signal*, No. 60, 1989, pp. 160–186.
④ P. Nodelman, *Words about Pictures: The Narrative Art of Children's Picture Books*, Athens: University of Georgia Press, 1988.
⑤ D. Lewis, "Going along with Mr. Gumpy: Polysystemy and play in the modern picture book", *Signal*, No. 80, 1996, pp. 105–119.
⑥ J. Schwarcz, *Ways of the Illustrator: Visual Communication in Children's Literature*, Chicago: American Library Association, 1982.

与西方不同，中国更为注重诗画的共生。此倾向最早可追溯到"言、象、意"的关系上。诗与"言"近，画由"象"生，《周易·系辞》中谈及圣人解决"言不尽意"的方法是"立象以尽意",①"象"以"言""意"之间的桥梁的身份被看待。这种身份的设定即已显示出中国倾向诗画共生关系的端倪。

　　中国古代文人兼工诗画者颇多，诗人与画家也常常笔墨唱和，在创作和理论上自然将两者相互参照借鉴，所谓"诗画一律""书画同源"的思想亦然，"诗中有画，画中有诗"的论断亦然，"文人画"的诗书画一体的独创更是如此。所以中国画论受文论影响而发端，尤其是文人成为画坛主导之后，文论思想对画论的影响更为显著。南朝谢赫著《古画品录》，以"六法"品评画之优劣，即参考刘勰品评诗文的"六观"而来，其六法之首为"气韵生动"，与魏晋文学的气韵说一脉相承。中国古代论画和论诗所使用的也是一套话语，"意境""气韵""道""情""意象""感兴""神思""虚静""虚实""养气""文质""中和"等众多范畴都是画论、文论等艺术理论共同演绎而成。无论在创作还是理论上，中国文人和画家不仅将诗画相提并论，开创了题画诗、诗意画、文人画等特有的艺术形式，而且以"意境""气韵"等为圭臬对之进行等级品评，以笔墨丹青追寻共同的审美境界。

　　可见，注重语图或诗画的相融相生是中国的思维传统。中国现代和当代的诗画关系研究依然在这条轨迹上行进。宗白华在《美学散步》中曾论"诗和画的分界"，虽然也谈到"山路元无雨，空翠湿人衣"是不能直接画出来的"诗中之诗"，但只是以诗画之异为起点，意在引领我们思考诗画的辩证关系，关注两者的互补交融。他借用宋代晁补之的诗"画写物外形，要物形不改，诗传画外意，贵有画中态"，阐发"画外意，待诗来传，才能圆满，诗里具有画所写的形态，才能形象化、具体化，不致于太抽象"。他站在《蒙娜丽莎的微笑》面前，口念着古人

---

① 《周易》，宋祚胤注译，岳麓书社2001年版，第342页。

的诗句,觉得"诗启发了画中的意态,画给予诗以具体形象,诗画交辉,意境丰满,各不相下,各有千秋"。宗白华欲拿诗画的交融来补充莱辛的诗画各异的观点,提出诗画交融的理想境界:"诗和画的圆满结合(诗不压倒画,画也不压倒诗,而是相互交流交浸),就是情和景的圆满结合,也就是所谓'艺术意境'。"① 徐复观也有过"中国画与诗的融合"的学术讲演,② 专门就中国特有的画面题诗的艺术现象,梳理诗画融合的历史。

今日中国的诗画关系研究又何尝不是如此?如陈学广③以扬州八怪的文人画为例探讨诗词对图像的作用,将语图关系归纳为"语—图互补""语—图相映""语—图相融"几种。"互补"、"相映"和"相融"这几种关系鲜明地表明了作者的立场——文人画中的诗词与图像是相互补充、映衬、交融的和谐关系。张玉勤④从相反的视角探讨中国古代戏曲插图本中图像对语言的意义生成作用,分为"图中增文""图外生文""图像证史"三种。其中"图外生文"虽已涉及两者意义的相互解构问题,但遗憾的是因其主旨在于说明插图对语言的意义动力作用,仍然是只注重语图关系中和谐的一面,没有对其深入探讨。无论诗对于画的作用,还是画对于诗的影响,今日的学者依然停留在两者共生的关系层面,相伴随的便是对两者背离关系的忽视,对两者意义间相互解构的漠然。

同样地,西方在诗画关系研究上也存在对诗画交融的相对漠视。中西方的思维差异,使之都能成为对方有益的补足。中国文化素有兼容并蓄的优长,能否在思维方式上兼容并蓄,能否在诗画共生和背离的两面关系上兼容并蓄呢?在诗画(语图)关系问题上,西方的思想深入挖

---

① 宗白华:《美学散步》,上海人民出版社2002年版,第13页。
② 徐复观:《中国艺术精神》,华东师范大学出版社2001年版,第289—295页。
③ 陈学广:《形象文本中的"语—图"互文关系》,《江西社会科学》2007年第9期。
④ 张玉勤:《中国古代戏曲插图本的"语—图"互文现象》,《江西社会科学》2010年第12期。

掘了两者背离的宝藏，如果能够对此一面稍加审视，我们将能够发现这种背离关系所带来的别样意趣。其实无论以中国儒道的思想，还是以西方辩证的思维观之，诗画关系相悖相生的两个方面都是一种相互依存、不可偏废的关系。这种相互依存的悖论关系不仅存在于诗画（语图）艺术的宏观比较，也存在于每一个诗画（语图）艺术作品的微观意义生成中。从诗画（语图）共生和背离的两个方面来解读具体的艺术作品，我们将能够看到更为复杂的意义生成机制。

二 语图共生与背离的双重意义机制

在语图或诗画互融互涉的艺术作品中，意义的生成因为两者之间的悖论关系而变成了一种双向运动：一方面，在语图共生的层面上，意义间共同建构出一个统一的确定主题；另一方面，在语图背离的层面上，意义间则相互解构，消解对方独立完整的意义。由此形成了语图建构和解构的双重意义机制，这两种机制也如同两者共生与背离的关系一样，是一种相互依存的悖论关系。

语言与图像的共生存在于每一个语言或图像艺术的角落。语言艺术总是在以某种内在的图像（心象、形象等）的方式成就自身；图像艺术作品（如绘画、书法、雕塑）的意义也总是需要语言命名或题跋的给定。罗兰·巴尔特曾谈及图像对于语言学讯息的依赖，也剖析过其深层根源："在大众传播的层面，语言学讯息实际上存在于每个形象中，如标题、解说词、附加的新闻稿、电影对白、幽默漫画的对话框。"① 图像之所以处处离不开语言的意义给定，是因为人类创造符号的目的是用以传达明确的意义，符号的不确定、多义往往给人们尤其是表述者，带来深层的恐惧和焦虑。所以，"在每个社会，都有各种各样的技术尝试以反对不确定的符号的恐怖的方式去确定所指的漂浮链条，语言学讯

---

① ［法］罗兰·巴尔特等：《形象的修辞》，载吴琼、杜予编《形象的修辞：广告与当代社会理论》，中国人民大学出版社 2005 年版，第 41 页。

息是这些技术中的一种。"①

　　图像本身是多义的，尤其一幅独立的图像作品，如果抹去其语言文字的部分，只关注图像自身，我们可以读到多种意义。即使是一部古典主义的意义纯粹的图像作品，其图像符号也同样能够生成一条"所指的漂浮链"。因而我们总是在图像中加入各种语言文本，如标题、题画诗、广告标语、新闻导语和解说词等来确定图像所要表达的意义。这些语言文本就是对"它（图像）是什么"这一问题的回答，所以语言对图像的阐释功能是一种在"所指的漂浮链"中进行指引和选择的直接"意指"功能。②

　　反之，图像对于语言的阐释功能也是如此。语言媒介的抽象性给文学带来的意义又何尝不是一条"所指的漂浮链"？一句话究竟描述的是一个什么样的物象、什么样的人物、什么样的故事？每句话的所指都是漂浮不定的，需要读者借助想象和联想，充分调动生活经验，把语言的描述加以图像化，即在所指的漂浮链上把这种形象确定下来。除了这种内在的图像，在插图本、图画书和连环画之类的作品中，我们还可以看到外在的图像，那些穿插在语言文字之间的图像描绘语言所指的某些人物或场景，它们在语言的"所指的漂浮链"上进行了选择，并将其所选择的那种所指表现为视觉形象。绘画者作为一位特殊的读者，他给文学作品配图其实就是将其想象的内在图像变成外在图像的过程。因而图像对于语言的意义阐释方式也是在其所指的漂浮链上进行直接意指。

　　语言与图像的背离与其共生如影随形，甚至可以说两者间意义的建构是以其意义间的解构为前提和基础的。语言和图像相互在其所指的漂浮链上进行直接意指，这一建构过程首先就是一种解构过程，因为选择必须以对其他所指的舍弃为前提。拿语言对图像的意义解构来说，广告的解说词、绘画和雕塑的标题、图画书上的叙述文字无不是引导着观赏

---

① ［法］罗兰·巴尔特等：《形象的修辞》，载吴琼、杜予编《形象的修辞：广告与当代社会理论》，中国人民大学出版社2005年版，第42页。
② ［法］罗兰·巴尔特等：《形象的修辞》，载吴琼、杜予编《形象的修辞：广告与当代社会理论》，中国人民大学出版社2005年版，第42页。

者选择某些意义而避免其他意义,通过给图像设定一个先行的意义来控制观赏者的解读。所以语言和图像对彼此的阐释功能既有选择又有舍弃,发挥的是一种"压抑性的价值"。① 然而这只是语图能够进行明确意指的情况,除此之外还存在另一种可能,即用以阐释对方的语言或图像不能够明确意指,其自身是多义甚至晦涩难懂的,即使被阐释者原本意义完整而明确,但遭遇阐释者的多义和意义不明也会造成意义的撕扯和断裂。

更进一步来看,语言和图像间的意义解构不只发端于意义层面,而是从其阅读方式的对抗到其审美风格、艺术价值等各个层面的差异共同完成的。首先,从阅读方式上,语言是线性的,让我们继续向前保持阅读,而图像却让我们停下来,凝视、观看。只要语言和图像共存于同一部艺术作品,我们对其一方的阅读就会受到另一方阅读的干扰以致中断,因为在交替阅读语图的过程中我们总是不可避免地将两者联系起来,相互阐释,试图推导两者重新组合后的新意。西方学者用"重读"和"重播"来比喻这一阅读过程。如劳伦斯（Lawrence R. Sipe）在谈到图画书的阅读时所说,我们总是要向前和向后翻阅,以便于将前面和后面的图像联系起来;将这一页的文本与其他页的图像联系起来;或者将这一页的语—图组合与其他页的语—图组合相联系而得出新的理解。② 总之,图像要求我们"停驻""观看",忘记时间去建构一个非时间性的结构,而语言要求我们跟随叙述,组建时间的叙述链条,两者不可避免地发生冲突,形成张力,始终是一种相互解构的状态。

其次,语图在审美风格上的龃龉也同样会带来意义的解构,如林白《一个人的战争》的"新视像读本",其中加入了画家李津的 200 多幅绘画。这些画是以男性眼光描绘而成的女性形象,邪媚、妖冶、诡异、色情、神秘,与故事本身所要表达的反叛男性的独立女性形象背道而

---

① ［法］罗兰·巴尔特等:《形象的修辞》,载吴琼、杜予编《形象的修辞:广告与当代社会理论》,中国人民大学出版社 2005 年版,第 43 页。
② Lawrence R. Sipe, "How Picture Books Work", *Children's Literature in Education*, Vol. 29, No. 2, 1998.

驰。另一本"新视像读本"《日本格调》,也将日本名著《枕草子》和"浮世绘"拼凑一体,浓艳的"浮世绘"也大幅度地解构了文本的清新意味。① 再如台湾漫画家蔡志忠的《老子说》《孔子说》《六祖坛经》等系列诸子百家漫画。单就漫画的诙谐外观而言,便已构成了对严肃的诸子著作的戏仿和解构,从蔡志忠对诸子话语的解读上更是如此。

另外,语言和图像的艺术价值能否达到同一高度,也是意义实现建构还是解构的关键。两者艺术价值上的轩轾会给艺术价值较高的一方带来意义的解构,这从大量失败的影视改编、插图本中可窥一斑,不再赘述。

语图间意义建构和解构的双向运动,你中有我,我中有你,普遍见于各种语图综合艺术类型中。下面我们选取中国独特的一种艺术类型——题画诗来分析其与绘画间的共生与背离及其双重意义生成机制。

三 语图双重意义机制的文本分析——以题画诗为例

题画诗,是诗歌与绘画相结合而产生的新诗体,其正式产生约在唐代。据王士禛《蚕尾集》中所言"六朝以来,题画诗绝罕见",到了盛唐诗人始作,其中李白有多首题画诗,但他对其评价不高,极力推崇杜甫的题画诗,赞美"杜子美始创为画松、画马、画鹰、画山水诸大篇,搜奇抉奥,笔补造化……子美创始之功伟矣"。② 沈德潜的《说诗晬语》中也如此记载:"唐以前未见题画诗,开此体者老杜也。"③ 但也有学者考证初唐时上官仪、宋之问、陈子昂等人已有题咏画作的题画诗。④ 唐代的题画诗并没有直接题写在画面上,但与所题之画已形成一种互文的关系,赏画抑或读诗,彼此间意义都会交互影响。

这种因画而起的诗歌,逐渐成为诗人和画家交流互动的方式。至北

---

① 吴昊:《图文本阅读:读图? 抑或读文?》,《湖北社会科学》2007年第6期。
② 徐复观:《中国艺术精神》,华东师范大学出版社2001年版,第290页。
③ (清)沈德潜:《说诗晬语》卷下,载《清诗话》下册,上海古籍出版社1978年版,第551页。
④ 孔寿山:《唐朝题画诗注·前言》,四川美术出版社1988年版,第1页。

宋徽宗时期，题画诗开始被题写在画面上，徐复观认为宋徽宗的《蜡梅山禽图》是较早的尝试，① 孔寿山则认为此举始于李唐。这种画面上题诗的做法，在南宋画作中偶有为之，此风气入元始盛，元代后便成寻常体式，尤其是明清时期的文人画，在有限的艺术空间融诗、书、画于一体，更使诗歌与绘画相得益彰，增强了其艺术欣赏价值。如上文所说，我们在观赏这些带有题诗的画作尤其是文人画时，多注重诗画的相融相映，意义上的共同旨趣。画面上的诗与画果真在意义上共同建构，没有相互解构之处吗？

我们来看清代八大山人的一幅文人画《古梅图》（见图4.1）。朱耷的文人画隐喻意味极强，其题画诗也往往晦涩难懂，他的作品解读是艺术界的一个难题。其画风简约，画外往往只写标题和落款，而《古梅图》却是例外，题了三首诗。

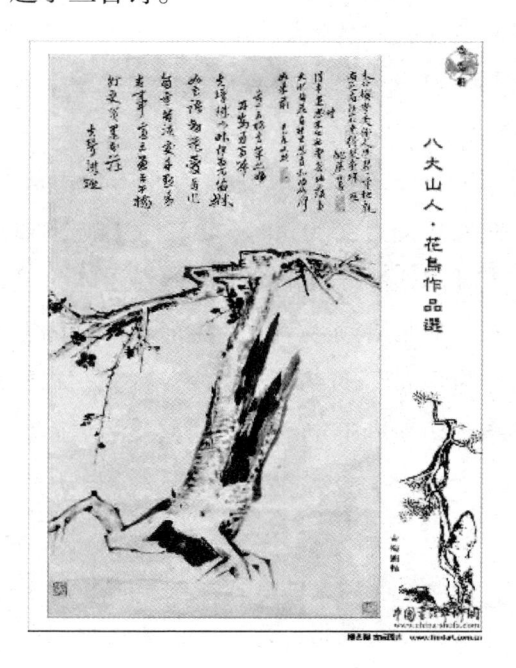

图 4.1　朱耷《古梅图》

---

① 徐复观：《中国艺术精神》，华东师范大学出版社2001年版，第292页。

画中梅花的形象很独特：根部外露、主干朽空，却在顶端生出一枝新梅，它究竟在表达什么呢？我们势必会借助这三首诗来回答这个问题。这些诗极为难解，但其中有一句"梅花画里思思肖，和尚如何如采薇"意义相对明确。此句用了两个典故：一是宋末元初的遗民画家郑思肖，在南宋灭亡之后，所画的兰花根露不着于土，喻国土已失之意，观朱耷的古梅也是如此，似有相同寄寓；二是伯夷、叔齐在商被灭后耻食周粟，采薇为食的故事，表达与前一典故一致的遗民不屈的决心。联系朱耷的自身经历，乃明朝宗室子弟，明亡后出家为僧，国破家亡的沉痛悲愤是其作品的一贯主题。以此线索再来看这株古梅，主干虽被折断，却从旁侧生出新枝，根部虽不着土，却依然顽强生长，似乎在表达着绝不屈服的意志，因而人们通常将这幅《古梅图》视为朱耷用以表明"抗清守明"心迹之作。从《古梅图》的欣赏中，我们看到诗与画似乎能够共同言说，尤其是题画诗对于图像意义的阐释发挥了至关重要的"直接意指"功能。如果没有这些语言文字，所谓"抗清守明"的主题微妙难寻。

但是，我们以上只是在断章取义地理解诗歌，从三首诗的整体来看，诗歌在帮助图像建构意义的同时，其多义和晦涩对图像意义的撕扯也是惊心动魄、无处不在的。画上的古梅本身虽然多义，但仍是浑然一体的完整生命形态，显示着顽强不屈的生命力。但画上的三首题画诗极为晦涩难解，至今鲜有能通读者。当古梅与这三首诗的意义联系起来后，其形象的所指开始模糊不定，甚至朝相反的方向指称。

无题
分付梅花吴道人，幽幽翟翟莫相亲。
南山之南北山北，老得焚鱼扫□尘。
壬小春又题
得本还时末也非，曾无地瘦与天肥。
梅花画里思思肖，和尚如何如采薇。

易马吟

夫婿殊如昨，何为不笛床？
如花语剑器，爱马作商量。
苦泪交千点，青春事适王。
曾云午桥外，更买墨花庄。

第一首诗中，"翟翟"两字尤为难解。有人指出"翟"意为雉鸡的长尾，在古典戏剧的装扮中将帅均头扦两根雉尾，据此猜测诗人借以暗指满清将帅。也有人认为"翟翟"实则"篧篧"，语出《诗经·卫风·竹竿》，指竹竿的光滑光亮。另"焚鱼"也是用典生僻，以至有人揣测其意为烧掉和尚的木鱼，亦有人认为这是佛家语"焚香"的古用法，因周人喜臭而焚鱼祷告的生僻典故，诗人这是在特意卖弄。对"扫口尘"中间被挖去的那个字也有诸多猜测。一般被认为是"虏""胡"，反清之意，因触犯清朝的忌讳而被搜藏者挖去。但也有相反的看法，认为朱耷不可能将生死置之度外，明目张胆地写上"扫虏（或胡）尘"。这极不符合他在众多诗句、印章和款识中所表现出的一躲再躲、藏而又藏的隐晦风格。因而被挖去之语应为佛家语中的"客尘"，意指尘世的烦恼。由此第一首诗就产生了两个截然相反的意义：一是诗人要烧掉木鱼，决意奋起参与反清斗争；二是焚香拜佛，扫除尘世烦恼。

第二首诗中，"得本还时末也非，曾无地瘦与天肥"的解释也是莫衷一是。有的解释为以"本"（树根）和"末"（树冠）来喻文化传统、百姓生活，像树枝凋残，无复昔年繁茂。"地"为树的根本，地瘦了，天（枝叶）就不可能肥了。也有的将"本"与"末"解释为事情的开始和结束，过去了的就不可能再回头，即使回头，结局也不会是原来的样子。"地瘦"与"天肥"指天大地小，因大与小是相对的，也就无所谓天大地小。这两种不同的解释还具有一定的一致性，认为满清异族入主中原，破坏了过去的正统。但还有一种迥然相异的解释：从"梅"是"媒"的谐音，这种婚嫁主题的角度认为这一句是指对于女人的肥瘦并无要求。

第三首诗《易马吟》最令人费解，因为无法与惯常的抗清主题联系起来，说的完全是以伎婢换骏马的典故。萧鸿鸣曾尝试通解这三首诗，认为"梅"为"媒"之意，这幅画是在请媒人做媒，议论娶妻之事。① 这一解释完全颠覆了我们对《古梅图》的惯常理解。梅的隐喻意义，顿时从严肃压抑的家国破亡转变为诙谐幽默的婚嫁主题。然而这种婚嫁主题也无法完全通解全诗，如果是谈婚嫁的话，那么郑思肖和伯夷叔齐的典故又该做何解释呢？含混多义是文学语言的审美特性，当诗歌的多义碰上图像的多义，必然是一地意义的碎片。

由此见之，一幅画上语言与图像的关系并不是片面的，而是共生与背离两面性的，两者间的意义互动也不是单向的，而是建构与解构并行的。

值得一提的是，语言与图像的相互阐释和转译并不是一种静态的结果，而是一个动态的过程。在阅读中，语言改变着图像，图像改变着语言。图像的意义是经由语言文本阐释的意义，语言的意义也是经由图像表现后的新意。劳伦斯曾借用皮尔斯的符号三角形（semiotic triad）来表现图画书中语图相互阐释的意义生成机制，② 如图4.2所示。

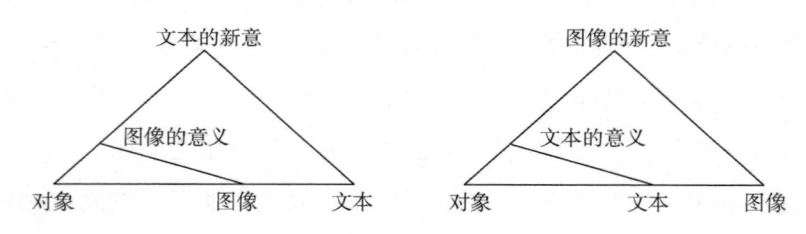

图4.2 图画书的文图意义三角形

当我们在解释一组图片中的语言时，或从图像符号体系转移到语言符号体系时，语言的意义就如左上图所示，是经由图像的意义调整过的

---

① 萧鸿鸣：《大俗则是大雅——八大山人诗偈选注》，《南方文物》1999年第1期。
② Lawrence R. Sipe, "How Picture Books Work", *Children's Literature in Education*, Vol. 29, No. 2, 1998.

意义。相反，当我们解释一组语言文本中的图片时，或者从语言符号体系转移到图像符号体系时，图像的意义就如右上图所示，是经由文本意义调整过的意义。图画书的阅读是在语言和图像两种符号系统间不断"摆动"（oscillation）的过程。我们在语言中调整对图像的解释，在图像中调整对语言的理解，语图符号间的摆动是没有终结的，语图相互阐释出的意义也是无穷无尽的。

这两个图示的有效性，即语言和图像能够建构出明确新意的可能性，只存在于语言或图像意义生成的局部，并且总是以语图意义的解构为前提和基础的。从语图综合艺术的整体来看，语言和图像这两种表意符号的本质差异，以及语言和图像艺术的各自独立性，都使两者始终保持着背离关系，它们的意义交叉关联，又向不同的方向发散，在整体上并不能构成一个明确的最终意义。而且现代哲学阐释学、接受美学和解构主义也让我们认识到所谓的终极意义的虚幻，以及阐释者之间意义解构的普遍存在。从综合艺术的整体上，语图之间复杂的双重意义机制可以用下面的网状图来表示。

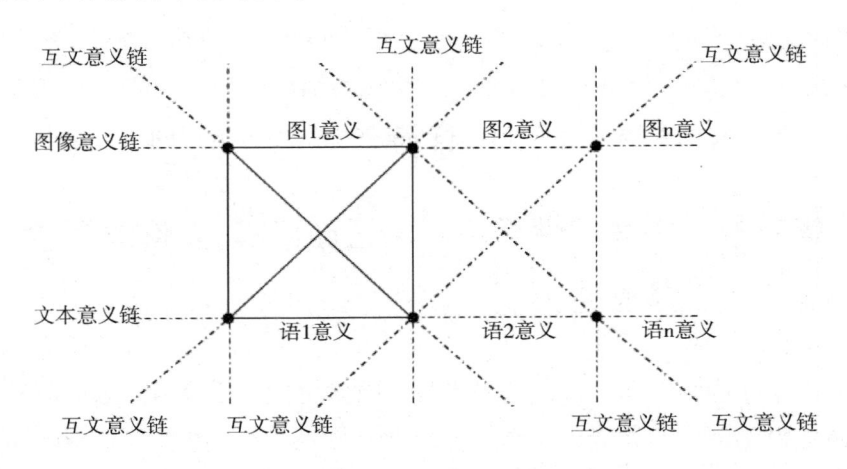

图 4.3 语图艺术作品的双重意义机制图

每个图像（或图像局部）在图像自己的语境中构筑成一条"图像意义链"，语言也在其自己的文本语境中构筑一条"文本意义链"，这

201

两个意义链条似两条平行线，各自独立，无法相交出一个最终的明确意义，但它们之间却通过具体图像（或图像局部）（图1，图2，……，图n）和话语（语1，语2，……，语n）的意义关联而产生联系，从而形成无数语图的"互文意义链"，这些互文意义链之间呈现出网状的交织状态。每条意义链都可以在文化史中无尽地延伸，正如劳伦斯所说："我们永远也不可能完全解读出语言文本或图像的所有的可能意义，或语—图关系所传达的所有可能意义。"①

语图的共生和背离，及其意义的建构和解构就像一枚硬币的两面，共存相依。语言在解构图像的多义，图像也在解构语言的丰富意指，但语图符号间的转译又为它们创造出新的多种意义的可能。语图综合艺术，与单一的语言作品或图像作品相比别具魅力，因为它邀请读者更多地参与意义的创造，更接近巴尔特所说的"可写的文本"。语图互文意义的生成轨迹是由每个读者来创造的，时而停驻观看，时而继续阅读，时而向前回顾，时而向后翻阅，语言与图像间的组合无穷无尽，因人而异。而且对语图综合艺术的阅读也不是一次完成的，它需要不断地"重读"或"重放"，需要读者在两个符号系统中穿行、摆动。用劳伦斯的话来说，"因为符号的转变，这种（在两个符号系统间的）摆动是永远不会停止的。语—图共同阐述的意义也是无穷无尽的。"②

第三节　符号间性语境中的语图修辞：以诗意图和题画诗为例

无论在诗画唱和的古代还是当今的图像时代，语言与图像的符号间性语境都是理解两者意义不可忽视的"共享语境"。语言和图像的相互

---

① Lawrence R. Sipe, "How Picture Books Work", *Children's Literature in Education*, Vol. 29, No. 2, 1998.

② Lawrence R. Sipe, "How Picture Books Work", *Children's Literature in Education*, Vol. 29, No. 2, 1998.

作用在古代的诗意图和题画诗中就已表现明显。至今天的图像时代,图像对于语言的影响越发突出,文学语言的解读往往以图像先行的方式进行,文学意义的生成无法规避与图像的符号间性语境。

语言和图像的相互作用,可以说是两种符号间的互文修辞。所谓修辞,就是提高彼此的审美表达效果,语言是对图像的修辞,图像也是对语言的修辞。本节将以诗意图和题画诗为例来说明两种符号的修辞关系。诗意图和题画诗是我国绘画非常重要的两种艺术类型,从形态上来看多是图上配诗,但从创作过程来看却大相径庭。诗意图是先有诗后有画,而题画诗则是先有画后有诗。两者分别作为图像和语言符号艺术的代表,在中国诗画历史中对彼此产生卓越的修辞效果。

一 畅情:从诗意图看语言对图像的修辞

画家虽然主攻绘画,对诗却极为看重。齐白石自称其诗第一、字第二、画第三,徐悲鸿为不善题画而深感遗憾,汪曾祺认为一个画家首先得是一位诗人。可见诗与画是休戚相关的。中国画家从北宋时期就已认识到这一点,并自觉地从诗中寻找画题,这可以说是诗意图发展成熟的重要表现。苏轼评价王维的诗画"诗中有画""画中有诗"。北宋张舜民在《画墁集》卷一《跋百之诗画》中也提出:"诗是无形画,画是有形诗。"在《林泉高致集》中曾有一段关于北宋画家郭熙这样的记述:

> 余因暇日,阅晋唐古今诗什,其中佳句,有道尽人腹中之事,有装出人目前之景。然不因静居燕坐,明窗净几,一炷炉香,万虑消沉,则佳句好意亦看不出,幽情美趣亦想不成。即画之生意,亦岂易有。[①]

郭熙闲暇时在晋唐诗歌中寻找可以激发作画"幽情美趣"的佳句,其实就是有意从诗歌中寻找画题,他和儿子郭思还将这些诗歌辑录下

[①] (宋)郭思编,杨伯编著:《林泉高致集》,中华书局2010年版,第81页。

来，亲自创作诗意图。

诗意图和纯图像作品不同，因为画题出自诗意，并且诗歌往往被题写在画中的空白之处。在一幅诗意图中诗歌语言究竟对绘画起到了什么作用？或者换句话说，为何画家要从诗歌中寻求画题，并把诗意图发展为一种寻常的绘画格式？

语言和图像符号的表现功能不同，一个主情，一个主形。诗意图之所以兴起，诗歌对图像所起的作用均在于一个"情"字。这和中国绘画理论至宋代从重形似到重神似，从重政教功能到重性情抒发的发展趋势有关。

为反拨院体画追求形似的画风，文人们极力推崇神似。宋代沈括《梦溪笔谈》卷十七曰："书画之妙，当以神会，难可以形器求也。"① 苏轼诗《书鄢陵王主簿所画折枝二首》云："论画以形似，见与儿童邻。赋诗必此诗，定非知诗人。诗画本一律，天工与清新。"苏轼的学生晁以道赋诗和道："画写物外形，要物形不改；诗传画中意，贵有画中态。"文人们的推崇从而形成了文人画重神似的审美追求。元代汤垕《画鉴》云："若看山水、墨竹、梅、兰、枯木、奇石、墨花、墨禽等游艺翰墨，高人胜士寄兴写意者，慎不可以形似求之。"② 明代徐渭更是将文人画引导到一个更高的层次，指出画家创造的世界与自然界不同，不必形似。"葫芦依样不胜揩，能如造化绝安排。不求形似求生韵，根拔皆吾五指栽。"③

轻形似重神似为文人画的"畅神"说、"性情"说奠定基础，而这正是诗意图兴盛的重要原因。在唐代张璪的著名学说"外师造化，中得心源"中已初露畅神的端倪，"外师造化"说的是外在自然在绘画创

---

① （宋）沈括著，王洛印译注：《梦溪笔谈译注》，生活·读书·新知三联书店2014年版，第196页。
② （元）汤垕：《画鉴》，载黄宾虹等《中华美术丛书》第十四册，北京古籍出版社1998年版，第9页。
③ （明）徐渭：《徐文长集》卷五《画百花卷与史甥，题曰漱老谑墨》，载《徐渭集》，中华书局1983年版，第154页。

作中的重要性，即向客观事物学习，忠实于创作对象，"中得心源"则强调画家的情感、想象等主观要素。至宋代更是凸显后者。郭若虚在《图画见闻志》中提出"气韵"说，即画应"得自天机，出于灵府"，"本自心源，想成形迹"。① 米友仁更进一步指出："画之为说，亦心画也。"（《元晖画跋》）郭熙、郭思在《林泉高致》中将山水与人情相并而论："青山烟云绵联人欣欣，夏山嘉木繁阴人坦坦，秋山明净摇落人肃肃，冬山昏霾翳塞人寂寂。"② 郭熙认为画家看待山水应如是：空间的景物因时间变幻呈现出不同的样貌，如与自然相近，人也会因这种变幻而生发多样的情感。只有这样怀揣与自然相亲相近之情，才能更好地感受和表现山水。并且郭熙在《林泉高致》中一语点明山水画的作用，生动全面地总结了宋代画家的畅神说。"然则林泉之志，烟霞之侣，梦寐在焉，耳目断绝。今得妙手，郁然出之，不下堂筵，坐穷泉壑，猿声鸟啼，依约在耳；山光水色，滉漾夺目。斯岂不快人意，实获我心哉！此世之所以贵夫画山水之本意也。"③ 山水画的本意正是要满足人们的"林泉之志""烟霞之侣"。在中国诗意图创造最繁盛的明清时期，也就是文人画最繁盛的时期，绘画不再侧重摹写自然，而以"畅神"为原则。石涛说："我自发我之肺腑"，"笔墨乃性情之事"（《题画跋》）。这与袁枚的"诗者，人之性情"达到了高度的契合。

正是中国绘画从重神似到畅神、性情说的发展，才使诗意图如此繁荣，才使诗歌得以发挥它对图像的修辞功能。具体而言，诗歌语言对图像的修辞，主要在于诗歌能够更自由地畅神抒情，营构和提高整幅绘画的意境。

绘画也讲究呈现意境，而对以造型见长的绘画来说，情的抒写就至关重要，是表现意境的机枢。因此，本是擅长空间写景的绘画也要在时

---

① （宋）郭若虚：《图画见闻志》，人民美术出版社 2003 年版，第 15 页。
② （宋）郭思编，杨伯编著：《林泉高致集》，中华书局 2010 年版，第 39、42 页。
③ （宋）郭思编，杨伯编著：《林泉高致集》，中华书局 2010 年版，第 9 页。

间性的抒情上下功夫，或以诗立画题，或援诗入画，使绘画能够更好地抒情，激发观者的想象，营构意境。

绘画的意境也讲究象外之象，超越有限之象，将观者的想象引向永恒的天地之象，方有意境。不仅如此，绘画的意境也同诗境一般，要由实向虚，生发"韵外之致"，如果太实，不给观者留有想象的余地，则失却意境。宋徽宗用诗题作为画院的考核印证此点。其中有一题为"竹锁桥边卖酒家"，一般画工都实画酒家，只有李唐画一酒帘飘荡在桥头竹林外，拔得头筹，李唐之画胜在画境的象外之象和韵外之致。

诗歌在实境和虚境的营构上比绘画更为自由，虽然中国绘画运用散点透视和长卷等形式比西方绘画在摹写景物上自由，但仍比诗歌稍逊一筹。因为诗歌可以突破时空的限制，"观古今于须臾，抚四海于一瞬"。① 如李白的"吴宫花草埋幽径，晋代衣冠成古丘"，王昌龄的"秦时明月汉时关，万里长征人未还"，许浑的"鸟下绿芜秦苑夕，蝉鸣黄叶汉宫秋"，这些跳跃的时空在诗意图中是无法表现的。而将这些诗句题写在画面上，则可以延展画面的时空，引发象外之象，更有助于抒情和营构意境。正如徐复观所言，"由诗与画的结合，于是画之意境，可不比直接启发于玄学，而可得自诗人之想像与感情。"② 文人画追求在意境上与诗相通，画面之诗是促使诗画融合、营构意境最有效的做法。

在符号间性语境中，语言有没有使图像更具艺术欣赏性，从诗意图中诗歌对图像的修辞就可以得到肯定的答案。唐代诗人许浑的《咸阳城东楼》中有一名句："溪云初起日沉阁，山雨欲来风满楼"，曾被历代众多画家反复绘制，其中项圣谟、张路、袁耀、袁江的《山雨欲来图》都颇为著名。

---

① （晋）陆机：《文赋》，载郭绍虞主编《中国历代文论选》一卷本，上海古籍出版社 2001 年版，第 67 页。

② 徐复观：《中国艺术精神》，华东师范大学出版社 2001 年版，第 155—156 页。

这首诗是晚唐登临佳作。前两句写空间的万里之境，后两句写时间的千古之愁。

一上高城万里愁，蒹葭杨柳似汀洲。溪云初起日沉阁，山雨欲来风满楼。
鸟下绿芜秦苑夕，蝉鸣黄叶汉宫秋。行人莫问当年事，故国东来渭水流。

首联"一上高城万里愁，蒹葭杨柳似汀洲"述思乡之情，高楼处所观之景令诗人忆起江南的故乡。颔联"溪云初起日沉阁，山雨欲来风满楼"进一步细致生动地描绘所见之景，蕴意深厚。当云雾渐渐兴起于水面之时，太阳却即将从寺阁落下，一场狂暴的山雨蓄势待发，风吹山野，呼啸满楼。此句充满动感，云雾与日落的一升一起形成对比，且以满楼之风为山雨造势，引人联想。此句之所以成千古名句，更因其"山雨欲来风满楼"的雄浑悲壮中寄寓了对晚唐时局动荡的忧心忡忡。颈联和尾联"鸟下绿芜秦苑夕，蝉鸣黄叶汉宫秋。行人莫问当年事，故国东来渭水流"更进一步抒写对国家的忧愁。深处秦汉故都咸阳，不禁回想"秦苑""汉宫"早已淹没不存，唯有渭水依然东流，秦汉的兴亡勾起了诗人对唐朝命运的担忧。

后世画家在表现此诗诗意时多选取"溪云初起日沉阁，山雨欲来风满楼"这一名句，如何把动态之势在静态的笔触下表现出来，如何把即将到来的雨和无形的风刻画生动，极为考验画家的功力。项圣谟的《山雨欲来图》扇页（见图4.4），将楼阁、树木、山等景物集中于扇面右侧，左侧仅以淡墨轻染山峦，留白处题写诗歌颔联。画家抓住颔联上句的"云"和下句的"风"着重刻画。整幅画面云雾氤氲，山峦隐现。近处楼阁掩映在树丛中，树枝皆向右弯曲，显出风势的强劲和走向，使人预感到山雨欲来。

图4.4 《山雨欲来图》（明）项圣谟 扇页 纵16.4厘米 横51.3厘米 故宫博物院藏

  清代袁耀的立轴《山雨欲来图》（见图4.5）描绘的是盛夏暴雨来临之前的山水田园景色，没有了许浑诗歌的哀伤，充满了世俗生活的气息——楼台中人物凭栏远眺、木桥上行人踽踽慢行、水面上船家逆风而行，远处农家慌忙收起晾晒的谷物。虽不直取诗意，但画面左上方仍题许浑诗句，通过雨前风作之景间接与图像相合。似原诗所描述一般，风无处不在，树木弓曲，柳枝吹起，河中的小舟也显现出逆风而行的努力，且山雨欲来，远处乌云密布低垂，已蕴蓄着一场暴雨。

  清代袁江也爱画此句，曾以扇面和立轴绘之。其立轴（见图4.6）所画的景致与众不同，为平原景象，题诗也只题"山雨欲来风满楼"一句。雨通过画面上低垂于远方树梢的乌云和狂风来表现。乌云密集于远方，清晰可见，而风则已吹乱了近处楼台旁的柳枝，压弯了众人的背脊。楼台四周的柳枝向右大幅度地摆动，捕鱼归来的老翁扛着渔网弓背走在桥上，船中的艄公、船客也是无不弓背缩颈，从柳枝的摆动和众人的姿态中可见风势的强劲。

  从这些诗意图中我们看到画家往往只针对所题写诗句的景物进行刻画，如果仅就图像中的景致，且抛开画中所题诗句，我们看到的仅仅是一幅普通的山雨欲来的图景，在情感和意境上都比原诗单薄。但诗意图的好处就在于它的欣赏价值很大程度上取决于它的诗画相映、互文赏析。

图 4.5　《山雨欲来图》（清）袁耀　立轴　绢本设色
纵 194.7 厘米　横 116 厘米　故宫博物院藏

  诗意图所选取的往往是千古名句，为观者所熟知，从面对图像的那一刻起，诗歌的情感和意境就已融入图像的欣赏中来。虽然这些诗意图只题写了许浑诗歌的颔联，但观者会自动引发关于整首诗歌的联想，从首联登高思乡，到颔联的晚唐日薄西山的隐喻，再到朝代更迭的兴亡之虑，都一起融入画面的欣赏中。如此画面的风也就不再是纯粹的自然之风，雨也不止于自然之雨，充满兴寄、时空交错、情景交融、蕴蓄无穷，从而把普通的纯粹绘画的欣赏变为品味诗画如何交相呼应的有趣的欣赏过程。

图 4.6 《山雨欲来图》
（清）袁江

二 显景：从题画诗看图像对语言的修辞

一般我们常说的是题画诗对于绘画的作用，强调题画诗的补足之意，能够生发绘画所蕴蓄之情，能够点明象外之意、画外音。但反过来看，绘画有没有提升题画诗的价值呢？单从题画诗而言，它们的地位相当于全唐诗中的中流，但在图像的语境中，题画诗的价值却相当于一流诗歌。这就是图像语境对于题画诗艺术价值的提升。那么这种符号间性语境如何给语言增殖呢？如果说诗意图中诗歌以"畅情"提升图像的价值，那么图像则通过"显景"的方式提高题画诗的地位。

我国诗歌讲究"诗言志""诗缘情"，皆以抒情为主，但同时我们又追求含蓄蕴藉的审美风格，所以直抒胸臆的诗歌往往不如婉约含蓄的诗歌更动人。那么诗歌的任务就不仅仅是抒情，还要善于写景，通过写景来抒情才是通往至境的途径。情乃归宿，但景为路途。如《诗经》《楚辞》中的景物描写，多为比兴，也是为了"起情"，并非单纯的景物描写。然而景却是空间性的，尤其是至魏晋时期山水诗出现后，诗歌更多以空间上的山水之景来抒情。从这一点上来说，山水诗的出现可以说是诗歌向画靠拢的一个体现。正如邓乔彬所说："山水诗的出现和发展，使诗歌在传统的侧重于抒情同时，也向描写上着力。这样，势必使之从侧重于由内至外的情感抒发，转为由外至内的感觉体验，而侧重感觉，则正是绘画的主要特征。"① 所以虽然说诗歌是时间性的艺术，但其对空间的认识和表现却是极其重要的。诗歌的意境是诗人从世界的万千景象中取材熔炼而来，如果不凭借空间的描绘，将无法营造意境。空间的景物描写是诗歌情感的载体和表现手段。明代谢榛《四溟诗话》卷三载："景乃诗之媒，情乃诗之胚，合而为诗。"谢榛在《四溟诗话》卷一中曾评价司空曙、韦应物、白居易的三句诗。韦应物曰："窗里人将老，门前树已秋。"白居易曰："树初黄叶日，人欲白头时。"司空曙曰："雨中黄叶树，灯下白头人。""三诗同一机杼，司空为优，善状目前之景，无限凄感，见乎言表。"② 谢榛评司空曙胜在"善状目前之景"，没有像其他两位诗人那样揭示情感，而是把情感完全寄予景物中，如水中盐、雾中花，无迹可求，仅将空间的景物并置描写到极致，却淋漓尽致地传达出衰老与悲伤。

由此可见空间上的感受和摹写对诗歌来说是多么的重要。因而我们可以推想题画诗之所以在图像语境中大放异彩，很大程度上是空间感受的增强对诗歌价值的帮衬。题画诗的画增强了人们对诗中景物的空间感受，从而更有助于读者去体味诗歌的情感和意境。

如徐渭乃大写意文人画的开山鼻祖，常常在画作上自己题诗，其画作气势纵横奔放，艺术价值颇高。《墨葡萄图》（见图4.7）是其著名的代表作，画中自题："半生落魄已成翁，独立书斋啸晚风。笔底明珠无处卖，闲抛闲掷野藤中。"此诗可谓徐渭的自述，诗中既有命运多舛的苦闷，也有怀才不遇的愤懑，亦有独立狂放的倔强孤傲。被"闲抛闲掷"的墨葡萄正是对其自身无人赏识、才华无处施展的隐喻，"独立书斋啸晚风"的老翁又是一幅极为贴切的自画像。此诗若单独来欣赏，大抵中等价值，但放在《墨葡萄图》中品读，却可给予读者上等诗歌的欣赏感受。

① 邓乔彬：《有声画与无声诗》，上海社会科学院出版社1993年版，第145—146页。
② （明）谢榛：《四溟诗话》，中华书局1985年版，第6页。

墨葡萄的符号间性语境之所以能带来这样的效果，因其在很大程度上将诗歌的意象呈现出来，且象中之意与诗中之情高度契合。徐渭笔下的墨葡萄以泼墨笔法绘成，不拘泥于形似，写意味极浓。老藤低垂错落，葡萄晶莹欲滴，无论哪一意象都有些狂乱泼洒，似信手泼墨而成。墨葡萄的意象与诗歌"笔底明珠"相呼应，而且其狂放不羁、酣畅恣意的风格与诗歌所述之情也契合。墨葡萄的图像不仅让读者真切感受到徐渭所画之物，也传递出画作无人问津而不得不"闲"的创作态度，自然让观者在墨葡萄的狂洒粗放中再次感受自题诗中的愤懑和痛苦。绘画的艺术价值极大地提升了题画诗的艺术欣赏价值。

另有一幅明代唐寅的仕女画《秋风纨扇图》（见图4.8），画家自题："秋来纨扇合收藏，何事佳人重感伤，请把世情详细看，大都谁不逐炎凉。""秋来纨扇"的典故源于班婕妤的《团扇诗》（又名《怨歌行》），字面虽咏扇，却意蕴悠长，借一把秋天被弃的团扇道尽女子失宠的哀愁。自班婕妤之后，团扇、纨扇被作为女子失宠的典故而常吟不衰。唐寅题画诗用此典故有二层义：一方面在叙说女子薄命的忧伤；另一方面也是在叙说自己的不幸际遇。唐寅因科场舞弊案被牵连，蒙冤坐狱，从此仕途落魄，常以酒色解忧。他深感世态炎凉，因而会对弱势的女子充满怜悯，画家画之写之不免有些同病相怜的意思，诗中的安慰也像是对自己的慰藉。

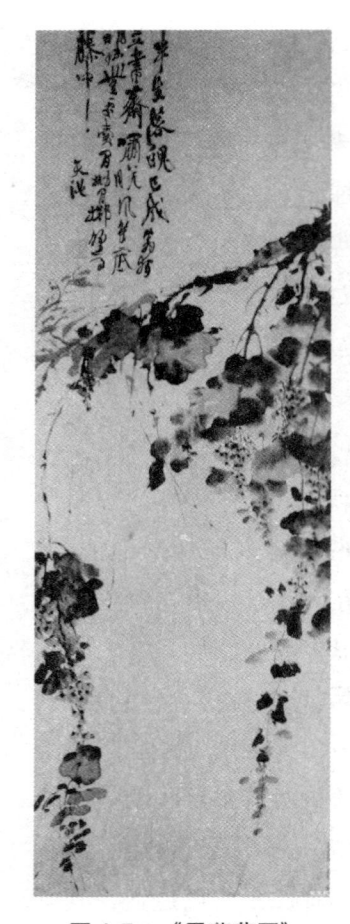

图4.7 《墨葡萄图》
（明）徐渭 纵116.4厘米
横64.3厘米 纸本水墨
北京故宫博物院

图 4.8 《秋风纨扇图》

（明）唐寅　纵 77.1 厘米　横 39.3 厘米　上海博物馆藏

  唐寅的人物画功力深厚，所绘仕女清新秀丽，董其昌曾赞其仕女画："娟秀姿态虽李龙眠复生不能胜此。"（《大观录·卷二十》）此图中以白描手法绘一位仕女侧身立于湖石和丝竹之间，手持纨扇，凝望远处，裙裾在秋风中微微飘动，神色中流露出些许幽怨和惆怅。在这幅画作中，诗歌和绘画形成了很好的呼应。如无哀伤的仕女，诗歌的宽慰似乎就缺少了对象，若无诗歌的宽慰，被弃的仕女就会显得过于孤独和哀伤。唐寅画了这样一位仕女，他诗歌所劝慰的佳人就有了明确的所指，同时画中这位忧伤的仕女似乎也会因为诗的宽慰、诗人的同情和理解，而获得面对恋人薄情的力量。画家和仕女所经历的无情和炎凉既在画作和诗歌中被宽慰，同时又结为一体，双倍地展现在我们面前，使观者对人生无情和世态炎凉多了份认同。

三 意境互补和隐喻修辞：语图修辞的内在机制

无论在诗意图还是题画诗中语言和图像的修辞都是相互的。而且题画诗和诗意图本身也是互相唱和，难以分清的。从广义上来说，诗意图上所题的原诗也可算是题画诗的一种。而题画诗也会生出许多诗意图来。如苏轼的《惠崇春江晚景》，本是苏轼为惠崇的鸭戏图所作的题画诗，可惜惠崇画《春江晚景》今已失传。此诗共有两首，其中"春江水暖鸭先知"更是千古名句，后世有许多画家据此绘制诗意图。

虽然这里只着重阐述了诗意图中诗歌对图像的修辞以及图像对题画诗的修辞，但在诗意图中图像同样也修辞诗歌，题画诗也增添了画作的韵味。比如许多知名诗歌的诗意图往往不止一幅，系列诗意图之间所形成的互文，也增添了诗歌本身的欣赏趣味。题画诗因为抒发了作者的情感或艺术见解，而增添了文人画的审美趣味。总之无论诗意图还是题画诗，诗画之间交相辉映，画不能表现的意境，借诗来传达，诗不能呈现的意象，由画来补足，共同营造丰富幽远的艺术意境。

借用莱辛的诗画理论来看，诗画之间之所以能够形成意境的互补，是因为其不同的本质特征。诗歌语境的构造是在流动的时间链上完成的，所以诗人可以表现拉奥孔或其他英雄人物的哀号而不影响其美感，因为"孤立地看，这行诗也许使听众听起来不顺耳，但是它在上文既有了准备，在下文又将有冲淡或弥补，它就不会发生断章取义的情况，而是与上下文结合在一起，来产生最好的效果。"① 绘画意境的构造则

---

① ［德］莱辛：《拉奥孔》，朱光潜译，人民文学出版社1984年版，第23页。

是通过平面空间中的各个构成要素来完成。它没有上下文的准备、冲淡或弥补，物体的各个组成部分都同时呈现为一个整体，比例构图一目了然，因而只能把拉奥孔的哀号化为微微的呻吟，以获取人物视觉上的美感。

严格说来，诗画是两种不同的艺术。"绘画用空间中的形体和颜色而诗却用在时间中发出的声音……在空间中并列的符号就只宜于表现那些全体或部分本来也是在空间中并列的事物，而在时间中先后承续的符号也就只宜于表现那些全体或部分本来也是在时间中先后承续的事物。"①所以用诗的方式所画的画一定不是最好的画，用画的方式所写的诗也一定不是最好的诗。只有当它们能够依循自己的艺术规律去处理同一个题材的时候，才有可能交相辉映出最美丽的结晶。

莱辛曾经在诗画如何处理同一题材的问题上苦苦思索，最终给出机智的答案，诗画应依循各自的艺术规律去处理它们不擅长的体裁。"绘画也能模仿动作，但是只能通过物体，用暗示的方式去模仿动作。""诗也能描绘物体，但只能通过动作，用暗示的方式去描绘物体。""绘画在它的同时并列的构图里，只能运用动作中的某一顷刻，所以就要选择最富于孕育性的那一顷刻，使得前前后后都可以从这一顷刻中得到最清楚的理解。"②

但这种苦恼在诗意图或题画诗这样的作品中就不复存在。因为不依赖于某种单一的艺术符号，诗歌和绘画就可以分工合作，扬长避短，各自处理自己擅长的题材，以语言更好地表现动作，以图像更好地展现物体，把难以描绘的用语言来表达，把难以形容的用图像来描绘。绘画上的诗，给予绘画以时间上的延展，使静止的物体流动起来。诗旁的绘画则把诗歌在时间链条上一一消散的各个所指找回，呈现在同一空间里，使流动的动作得以真切的视听感知。因此诗意画和题画诗才能达到比单

---

① ［德］莱辛：《拉奥孔》，朱光潜译，人民文学出版社1984年版，第82页。
② ［德］莱辛：《拉奥孔》，朱光潜译，人民文学出版社1984年版，第83页。

独诗画作品更好的审美效果。

　　除了意境构造上的互补，更进一步说，诗歌和绘画的修辞是以隐喻的方式进行的。同一画作中，诗画的联系并不仅仅是空间上的并置，也有其内在的意义关联，而这种关联往往以某种相似性形成隐喻。比如徐渭的"墨葡萄"、唐寅的仕女都是对诗人自身的隐喻。当代兴起的图像诗也是运用图像对语言的隐喻修辞来完成的。图像诗运用语言符号所组成的图像来隐喻语言的所指，在读诗歌的同时看诗歌，使语言获得了一种直观的视觉感受。如台湾诗人杜十三的《十字架的祷文》：

　　　　　　一片黑暗中
　　　　　　从虚无开始
　　　　　　想象一颗心
　　　　　　变成十字架
　　　　　　挂在妳胸口
垂直跳动时可以感知日蚀星光与地壳的位移
水平收缩时可以探触爱情生死与海洋的秘密
在每一次充满信仰的呼吸之后种子立刻开花
在每一回深刻了悟的叹息声中花朵结成果实
因为妳虔诚的祷告灰烬轮回成光悬崖躺成路
因为妳真心的忏悔鹦鹉开口司祭禽兽齐诵经
黑暗的世界逐渐明亮人类看清楚宇宙即是心
心即是一切源头是火焰月光是露水是锁是梯
　　　　　　是梦是希望
　　　　　　是刺是匕首
　　　　　　是一切财富
　　　　　　是一切苦难

垂直跳动时
可以感知到
很高的天堂
很深的地狱
水平收缩时
可以接触到
很远的星球
很快的意念
一片黑暗中
从我执开始
想象一颗心
变成十条蛇
缠在妳胸口

"十字架"是诗歌中重要的意象,"我"想把自己的心变成十字架挂在恋人的胸口,十字架也象征着我对爱情的信仰犹如对宗教的虔诚信念。所以诗人独具匠心地把整首诗歌排列成十字架的图像,以最直观的方式突出我对爱人的依恋、对爱情的忠诚信仰。

再如台湾诗人詹冰的《雨》,采用的是较为间接的图像方式:

雨雨雨雨雨雨……
星星们流的泪珠吗?
雨雨雨雨雨雨……

雨雨雨雨雨雨……
花儿们没有带雨伞。
雨雨雨雨雨雨……

  雨雨雨雨雨雨……
  我的诗心也淋湿了。
  雨雨雨雨雨雨……

  诗人对雨的语言描述不过简单的三句话："星星们流的泪珠吗？""花儿们没有带雨伞。""我的诗心也淋湿了。"但诗人却把这三句话用众多的"雨"字装饰起来。雨字本身就有象形的图像成分，诗人将这一点扩大，用众多的雨字组成雨帘，创造出下雨的情景。读者在阅读时也能够借助这一情景而看到下雨的景象，甚至感受到雨水的湿度。

  诗画之间的相似性是彼此构成隐喻的基础。但这种相似性在每件作品中的表现程度却是不同的。从中国古代诗画融合的历程来看，诗画的相似性经历了由强变弱的变化。"画面题诗"几乎是这种变化的转折点。在宋元之前，无论题画诗还是诗意图，一般诗歌都不题写在画面上，但诗画之间的相似度极高。如顾恺之的《洛神赋图》，画基本是围绕原作进行创作，而杜甫的题画诗，诗也是深刻地描述绘画的效果。但宋元以后，当画面题诗成为惯例后，诗画虽然在空间上接近了，关联度更高，但两者的相似性却有减弱的趋势。

  从更深层面来看，相似性变弱与文人画提倡畅神、提倡抒情，反叛院体画和职业画的形似画法息息相关。明代董其昌的诗意图是较为典型的例子。董其昌创作了不少诗意图，曾写王维"人家在仙掌，云气欲生衣"诗意（《右丞诗意图轴》藏于广东省博物馆）、"闭户著书多岁月，种松皆老作龙鳞"诗意（《写王维诗意》藏于上海博物馆），也曾写杜甫诗意，如《秋兴八景图册》（藏于上海博物馆）、《杜陵诗意图》（藏于美国纳尔逊-艾金斯艺术博物馆），还有《山水诗意》（藏于纽约大都会美术博物馆）八开皆题有唐人诗句。然而这种诗意图只是形式上的装饰，细观他的诗和画几乎没有相似相通之处，似在各说各话。如果要像欣赏一般诗意图那样在诗画间寻找语图互译的踪迹，几乎是不可能的。这种对相似性的拒斥是画家有意而为之，可以看作董其昌对当时泛滥的"诗画合一"画风的有意反抗，也可以看作对当时追随这一画风的苏州绘画的一种谴责。

这种来自文人画的前卫和反抗精神，使文人画上的诗歌不再停留在对所画之物的摹写上，而是超于画像之外去言志和抒情。宋元之后无论诗意图还是题画诗都大量表现出诗画间的相异性。诗画相似性是意义建构的基础，其相似性由强变弱，隐喻意义的生成机制自然也会随之发生变化。诗画的相异性是意义解构的前提。相似性变弱而相异性增强，从而诗意图和题画诗中诗画意义的建构减弱，而意义解构成为意义生成机制的主体。

综上所述，从诗意图和题画诗看符号间性语境中诗画之间的修辞，诗通过"畅情"的方式修饰画，而画通过"显景"的方式修饰诗，两者通过某种相似性的关联互为隐喻，并以各自擅长的方式给对方以补足，共同营造意境。清代叶燮对诗画关系的总结最为辩证统一：

> 吾尝谓凡艺之类多端，而能尽天地万事万物之情状者，莫如画。……凡遇之目，感于心，传之于手而为象，惟画则然，大可笼万有，小可析毫末，而为有形者所不能遁。吾又以谓尽天地万事万物之情状者，又莫如诗。……凡触之于目、入于耳、会于心，宣之于口而为言，惟诗则然，其笼万有，析毫末，而为有情者所不能遁。①

叶燮虽然赞同邵雍《诗画吟》中的观点，以为诗画的区别在于，画"为有形者所不能遁"，而诗"为有情者所不能遁"，却进一步看到诗画都是

---

① （清）叶燮：《已畦文集·赤霞楼诗集序》，载胡经之主编《中国古典美学丛编》上册，中华书局1988年版，第47—49页。

能尽天地万事万物之情状，并无二道，"画者，天地无声之诗；诗者，天地无色之画。"① 因此他以为苏轼对王维的那句"诗中有画""画中有诗"的评价无须道其有无，不如改为"摩诘之诗即画，摩诘之画即诗"。

进而叶燮又用极为精练之语评述诗画间的相互关系。"画者，形也，形依情则深；诗者，情也，情附形则显。"② 此句恰当地指出了"诗情""画意"之间对彼此的衬托补足，精确地总结了语图之间的修辞，可为本节作结。

第四节　符号间性语境中的阅读机制：以图文本为例

在上文中我们从语图的文本层面探讨了语言与图像的意义生成机制。但除文本层面，读者的接受也是意义生成不可或缺的一环。因而本节从接受的层面来看，符号间性语境中读者对语言和图像符号的阅读机制。有鉴于图文本是当代最为典型的语图作品形式，所以我们在此以图文本为例。2004 年林白的《一个人的战争》（以下简称《战争》）出版了第八个版本，即由叶匡政设计的"新视像读本"。③ 这个十年后的版本不同于前七个版本之处在于它添加了画家李津的二百多幅图画，一经出版即反响强烈，堪称图文本的经典之作，且《战争》文本历时十几年也为读者所熟悉，所以我们选取这部作品进行文本分析，从接受的层面来细致剖析符号间性语境中读者的阅读机制。

一　"图文本"新样式

面对包括《战争》在内的众多"图文本"，我们明显感觉到它们散

---

① （清）叶燮：《已畦文集·赤霞楼诗集序》，载胡经之主编《中国古典美学丛编》上册，中华书局 1988 年版，第 47—49 页。
② （清）叶燮：《已畦文集·赤霞楼诗集序》，载胡经之主编《中国古典美学丛编》上册，中华书局 1988 年版，第 47—49 页。
③ 林白：《一个人的战争》，李津插图，北京十月文艺出版社 2004 年版。

发出的完全不同于传统绣像小说的气息。这种独特的气息诉说着图文本与绣像小说的本质区别，这种本质区别究竟在哪里？图片数量上的巨大差异是我们首先感受到的。绣像小说的图片只是重要情节的点缀，而图文本中的图片却遍布全书。从每页的底色图纹，到点缀文字其间的小幅插图，再到占据整页的图画，图像布满图文本的每处、每页。在感受数量差异之时，我们也能体验到图文本带给我们的视觉冲击力远远超过绣像小说，这种冲击力不仅来自数量，也是图片的精美、色泽、质地、篇幅等各方面影响的结果。在美轮美奂的视觉效果之下，众多图文本热衷于追求美艳、性感、怪诞的风格来增强视觉冲击力。《战争》就是这种风格的代表，恰如林白对李津画作的形容："邪魅""诱人""色情""诡异""佻挞""怪诞"。①

然而这种数量和视觉冲击力上的差异并不能构成图文本与绣像小说的本质区别。两者最本质的区别还在于图像与文本关系的重置。图文关系在"图像转向"之后的关系变革，是构筑图文本和绣像小说差异的最本质因素。在传统绣像小说中，图像明显处于依附地位，它的功能就是去阐释文本；而图文本中的图像却与文本并存，不仅获得了独立地位，还大有"以文配图"的反向趋势，图像与文本之间也不再是简单的阐释与被阐释的关系，意义的生成过程变得异常复杂。这种差异宣告了图文本这种新的文学图书样式的诞生。图文本与其他文学书籍还有一个重要区别，那就是其出版者角色的凸显，如"新视像读本"的设计者叶匡政所说，"'新视像'不是单纯的图文说明或装帧设计，而是一种共生状态的再创作。它期望达成文、图、书三者的平等对话，使书独立为一种新的艺术主体，而不仅仅是附载了图文信息的商品。"② 因而图文本既不同于传统的绣像小说，也不同于普通的文学书籍，而是由图像与文本共同创作的新的艺术作品。

---

① 林白：《写在前面的话》，载《一个人的战争》，北京十月文艺出版社 2004 年版，第 1 页。
② 叶匡政：《新视像读本》，载《一个人的战争》，北京十月文艺出版社 2004 年版，第 240 页。

二 "图文本"阅读

"图文本"阅读这一问题的关键在于阅读方式是"读图"还是"读文",现在普遍认为是"读图"方式,但图像与语言的关系在遭遇读者的阅读时远没有学理上分析得这么清晰简单,在复杂的阅读过程中,读者对图文的感受是多样的,不会仅遭遇"读图"即语言依附图像这样一种关系。通过对《战争》这类图文本的阅读个案分析,我们可以大致归纳出图像与语言关系在阅读过程中的三种表现,即图文本的三种阅读方式:图像+语言盲点、语言+图像拼贴/图像+语言拼贴、语言碎片+图像碎片。这三种图文关系也是随着图文本的阅读逐渐展开的,因此也可以说是图文本阅读所经历的三个阶段。

(一) 图像+语言盲点

这种阅读方式多发生在图文本的阅读之初。当我们首次翻阅图文本书籍时,最吸引我们的是它的图像。这是因为对于可视性物体而言,我们通常的第一个感觉就是视觉,而在视觉效果上文本仅是"白纸黑字",当然无法与色彩缤纷的图像相比。图像与语言是两种不同的艺术符号,图像本身就是通过视觉来表达,而语言的表达方式不是视觉,它必须通过文字的阅读发生"心理化"才能传达信息。因而在阅读之初,图像凭借强烈的视觉冲击力遮蔽了语言,此时的阅读是一种纯粹的"读图"。在没有进行文本阅读之前,语言只能是阅读的盲点,随着阅读的深入,语言的被遮蔽将逐渐解除。

"图像+语言盲点"的阅读方式在绣像小说的阅读中不会发生。因为图文本强烈的视觉冲击力是建立在图像的庞大数量基础之上的,图像全方位地占据了图文本的各个角落。如《战争》中的图像大致可分为底色图纹、图标、文字插图、整页图画四种类型,粗略统计共有二百多幅图画(其中有重复),而全书不过二百三十八页的篇幅。

图像对语言的遮蔽不仅表现在数量上,而且更本质地表现在语言已经成为了图像的一部分。图文本的每一页都是一幅完整的图画，语言的颜色、字体被作为视觉成分被精美设计。用叶匡政的话来说，语言与图像是一种"整体的视觉表达"，从这一角度来说，图文本就是以图像的方式存在的。

然而，语言作为一个符号整体，并不是那么容易就能被图像遮蔽的，语言会随着阅读的深入而逐渐深入读者心里。那么图像此时的遮蔽对语言又有何影响呢？这主要表现在图像对读者期待视域的影响上。"期待视域"主要指读者在阅读之前对作品的一个定向性期待。图文本的阅读不同于传统文学作品，因为它是从图像阅读开始的，且图像阅读始终伴随着语言阅读的过程，由此图像阅读便成为语言阅读的期待视域之组成部分。期待视域虽然是阅读理解的基础，但也同时影响读者对作品的理解限度：当作品与读者的期待视域相吻合时，期待视域能立即对象化，理解也能迅速完成；相反，当作品与读者的期待视域相冲突时，期待视域则会被不断打破，形成新的视域。① 图文本的阅读往往属于后一种情况。

如"新视像读本"之一的《日本格调》，将日本名著《枕草子》和"浮世绘"融为一体，"浮世绘"的浓艳与语言的清新构成强烈反差，因而二百多幅"浮世绘"所传达给读者的期待信息必然不能与语言相吻合，必定会发生强烈的冲突。这种情况在《战争》中也同样存在。李津的绘画是"新文人画"的代表，饮食和家庭是其中心主题。《战争》的二百多幅图画也保持着他惯有的主题和画风："深奥的藏传佛教形象，男女之间的亲昵画面"以及"姿态撩人的年轻半裸肖像"等。②尤其是后两者所表现出的邪媚、诡异、色情给读者的期待视域划定了方向。如开篇的三幅图画——女性脸庞的拼贴和藏传佛教图像，给了读者阅读的暗示，传达出邪媚、妖冶、诡异和神秘的信息。以此时的图像阅读所形成的期待视域来阅读，必定将与语言文本发生冲突。因为《战

---

① ［德］姚斯：《文学史作为向文学理论的挑战》，载《接受美学与接受理论》，周宁、金元浦译，辽宁人民出版社1987年版。
② ［美］马芝安：《中国画家李津》，《荣宝斋》2003年第1期。

争》虽然也曾因袒露女性隐私而颇遭非议,但语言文本所表现的是一种反叛男性的女性独立意识,这与以男性眼光描绘而成的邪媚、妖冶的女性绘画形象之间是根本对立的。

(二)"语言+图像拼贴"与"图像+语言拼贴"

当读者从图像阅读进入语言阅读阶段,图文本阅读就进入了"去蔽"与"遮蔽"的过程:语言逐渐去除图像对其的遮蔽,使图像转化为语言的背景,此时是一种"语言+图像拼贴"的阅读方式;而图像的视觉冲击也在不断遮蔽语言,影响语言阅读的深入和继续,当图像的视觉冲击力再度遮蔽语言时,"语言+图像拼贴"的阅读方式就会被"图像+语言拼贴"的方式所代替,而语言又会随着阅读的展开而不断去蔽……这是一个循环的过程,两种阅读方式都无法持久,处于不断更迭交替的状态之中。

这两种阅读方式可通过格式塔心理学的"图—底"关系理论来理解。格式塔心理学认为凡是被封闭的面都容易被看成"图",而封闭这个面的另一个面总是被看成"底";面积较小的面总是被看作"图",而面积较大的面总是被看成"底"。通常情况下,"图—底"关系是固定的,容易辨认。但有些图形的"图—底"关系却会随着观看者视角的转移而产生频繁交替的现象。许多现代艺术家就利用此手法来进行艺术创作。① 图文本的语言与图像之间其实就是这种"图—底"的交替关系。在过去的绣像小说中,语言与图像的"图—底"关系是固定的,而图文本将图像与语言并置,打破了图像与语言之间固定的"图—底"关系,从而使图文本成为一件可以多视角观察的新的艺术作品。语言与图像究竟谁是"图"谁是"底",取决于读者的视角转移。当读者的目光集中于语言时,语言就成了"图",而图像就化为"底",此时的阅读方式就是"语言+图像拼贴"的方式;当读者的目光集聚于图像时,

---

① [美]鲁道夫·阿恩海姆:《艺术与视知觉》,滕守尧、朱疆源译,中国社会科学出版社1984年版,第302—308页。

图像就凸显为"图",而语言就成为"底",此时的阅读方式则转变为"图像+语言拼贴"的方式。

如《战争》的语言与图像分别以自己的方式描绘了一个叫"北诺"的女人,语言文本如此描绘:

> 这个女人肤色黝黑,眼眶深陷,美丽而深邃,她当时是个工人,但她读过普列汉诺夫,写得一手好字,她的字在我认识的女人中无人可比。她有一个奇怪的名字,叫北诺。北诺不是本地人,她说普通话,在一家袜厂当临时工,这使我觉得不可思议。她从不跟人说她的身世,我只知道她没有家,没有固定工作,隐隐感到她可能有一个孩子。她用最平庸的布也能做出美丽而飘逸的衣服。她寄住在N城的一个远亲家里,在过道里铺了一张极小的床,床头是窗台,窗台上晾着她捡来的玉兰花,有些已经干成深褐色了。北诺说,干玉兰花瓣用来泡在水里当茶喝。北诺说我只想活到四十岁太悲观了。第二年暑假我到N城去,北诺已从袜厂消失了,她的亲戚也说不清她的去向。北诺一下就从我的视线中消失了,如此奇异的女人她要到哪里去呢?她要干什么呢?我猜不透。①

语言所描绘的北诺是一个美丽神秘、兰质蕙心的隐匿于平凡人群中的奇女子。在工人身份的背后,我们读到的是北诺的涵养、清丽,以及那揣测不定的悲惨遭遇。

而图像所描绘的北诺截然不同。文字旁的那幅女人图像(见图4.9),她所戴的工人帽暗示着我们这就是北诺。整幅图由几个具有强烈反差的符号构成:象征工人身份的帽子,一张给人印象深刻的横肉扭曲的脸,脖子上系的黑色领结,一件怪异的低胸无吊带小礼服,礼服上诡异的花(书中经常出现的图画),腿上性感的黑色网眼丝袜。工人帽与

---

① 林白:《一个人的战争》,李津插画,北京十月文艺出版社2004年版,第17—18页。

礼服之间构成强烈的视觉反差,黑色的领结似乎像一把手术刀,把硕大的工人头部与一个怪诞妖冶的身体分离,图画的脸部刻画使我们强烈地感受到"丑",身体的种种符号,如低胸礼服、妖冶的花纹、性感的网眼丝袜,都在传递着性感邪媚的信息,但身体的线条处理却竭力阻止这些信息的传达,在不流畅的线条刻画出的块状体型下,我们看到的这个女人绝不是妖冶的,而是丑陋低俗的。整幅图像传达给读者最强烈的信息就是它的反差和怪诞,以及丑的审美效果。

图4.9 北诺形象的插图

在这一页中,语言与图像各以50%的比例并置。两种符号的"北诺"形象构成了一幅"图—底"关系交替的图画,孰为"图"孰为"底"取决于读者的阅读兴趣、阅读图文本的习惯和注意力的转移。当读者将图像的北诺视为"图"时,一个怪诞、丑的北诺形象凸显在眼前，此时语言的北诺则作为"底"，以它的清丽、涵养、神秘散发出一种向上的张力，背离了图像北诺的形象；当读者将语言的北诺视为"底"时，一个兰质蕙心的美丽形象则显现出来，图像的北诺则化为"底"，以它的反差效果和充满信息的符号散发出一种指向肉欲和丑的力，解构着语言北诺的形象。纵观整本《战争》，李津的图画与林白的语言从总体上来看便散发着这样两种方向相反的力：前者是一种向下的，即指向肉欲、邪媚、色情、平凡生活的力，后者是一种向上的，即指向心灵、神秘、精神、拒斥平凡生活的力。因此在两者的"图—底"关系交替过程中，"底"的一方只能以"拼贴"的方式衬托着"图"，并始终以相反的力解构着"图"。从而随着读者阅读视角的转移，图文本的阅读在"语言+图像拼贴"与"图像+语言拼贴"两种方式之间循环交替。

（三）语言碎片＋图像碎片

当阅读进入深层时，图像与语言就不再表现为谁依附谁的单一关系，而是原本独立、完整、连贯的语言和图像整体在同一时空下相互解读，意义不断被增减、延异和解构，完整变成碎片，连贯发生断裂，最终以"语言碎片＋图像碎片"的方式重新组合。这就是叶匡政所说的"文学文本和艺术图像互为主题，双向解读""共生状态的再创作"的最生动、最强烈的表现吧。

图文本的语言与图像具有各自独立的完整意义，交错、穿插的放置使它们之间时刻进行着意义的增减、延异和解构。在《战争》中这类例子俯拾即是，如丽人图①（见图4.10）与"美丽而奇特的女人，总是在我生命的某些阶段不期而至，然后又倏然消失，使我看不清生活的真相"的语言之间意义的相互解构。② 语言叙述中这些女人的"美丽而奇特"与丽人图的所指相去甚远：语言的"美丽而奇特"指向精神层面的高贵、神圣、远离世俗，丽人图所表现的却是肉欲、美艳和慵懒。这

---

① 林白：《一个人的战争》，李津插画，北京十月文艺出版社2004年版，第20页。
② 林白：《一个人的战争》，李津插画，北京十月文艺出版社2004年版，第18页。

图 4.10 丽人图

又是上文所说的向上和向下两种力的相互撕扯。图文本作为一个新的艺术整体，图像与语言"共同创作"出的这些女人究竟是一种怎样的形象，我们难以在两者的解构中找到一个完整的答案。

又如《战争》中有关洗澡的图像多次出现，近二十幅（略有重复，如图 4.11 所示）。洗澡是图像的一个重要主题，贯穿《战争》始终，然而语言却没有对洗澡如此关注，正面描写洗澡之处主要有两次：第一次是一段对洗澡的简单描述，"洗澡被叫做冲凉，从四月到十一月，每天都是三十多度，热且闷，汗水堵住毛孔，浑身发粘，洗澡是一天中很重要的事情"，并批评北方集体洗澡的不文明方式，表达对集体沐浴的恐惧；① 第二次是描写"我"在大学时代一次在集体澡堂触目惊心的经

---

① 林白：《一个人的战争》，李津插画，北京十月文艺出版社 2004 年版，第 40—42 页。

图 4.11 洗澡为主题的插图

历和孤独感受。"只见里面白茫茫一片,黑的毛发和白的肉体在浓稠的蒸汽中飘浮,胳膊和大腿呈现着各种多变的姿势,乳房、臀部以及两腿间隐秘的部位正仰对着喷头奔腾而出的水流,激起一连串亢奋的尖叫声。"[1] 自语言文本这两处描写旁出现洗澡的图画之后,洗澡及与洗澡有关的绘画便不断在以后的语言文本中穿插出现,有时是女性坐在澡盆里的图画,有时仅是一个澡盆。到《战争》的后半部,这种洗澡的主题与语言"河流"的意象相融合,表现为站在河流中露出半身的男人或女人。当语言中的多米思念、怀疑导演 N,与他夜晚相处,想保留私生子时,图像都以洗澡的意象相配,这就使洗澡这个在语言叙述中并不重要的成分,被图像反复渲染成图文本的《战争》的一个重要意象。与洗澡相似的还有画家偏好的饮食家庭等图画,画家本人形象的多次出

---

[1] 林白:《一个人的战争》,李津插画,北京十月文艺出版社 2004 年版,第 50—53 页。

现等。此类图像与语言之间意义增减、延异和解构的例子不胜枚举。

图像与语言的这种碎片化主要是由图文本独特的阅读方式造成的。图文本的阅读方式类似于"超文本"的"非线性"的阅读方式。由此角度来说,图文本实质上就是一种纸质的"超文本"。"超文本"(hypertext)是美国学者纳尔逊在20世纪60年代用text和hyper组合而成的新词,用以指称"一种以非线性为特征的数据系统",其基本构成单位是节点,"节点可以包含文本、图表、音频、视频、动画和图像等。它们通过广泛的链接建立相互联系"。① 图文本的非线性阅读也是通过语言和图像的链接实现的,链接的方式不是超文本的"热链路"(hotlink),而是视觉和图像的注解文字。视觉的链接即读者在图像与语言之间的视觉转移,是图文本最普遍的链接方式。而图像的注解文字,通常是摘取语言中与图像相关的一两句话置于图像旁,表现图像与语言具有某种联系。前一种链接随意自然,能够充分调动读者的参与,后一种链接则生硬刺目,不仅强迫读者去做附会联想和意义组合,还严重影响了图像与语言自身的审美效果,尤其是当图像的独立性越强时,类似于《战争》中的李津绘画那样,这种链接就越失败。

语言和图像原本作为各自独立的整体在相互碰撞中,其意义的完整和连贯性被解构得支离破碎,最后在读者之处重新组合。然而我们不禁要怀疑语言和图像的碎片能否真正地重组。从局部看,有的地方语言和图像经过一番增减、延异和解构之后可以共生出一个新的完整意义,两者甚至可以彼此呼应交融,如"猫"的图像对语言的改写,使"猫"更像一个女人,成为象征女性的符号,如诡异的花朵图案所传达出的危险与多米对安全感的寻求相契合。② 然而语言和图像同时也存在着无法重组之处,最终只能是一种生硬的拼贴,如前文所提到的语言北诺与图

---

① 郑笑兵:《超文本文学的后现代性特征》,《齐齐哈尔大学学报》(哲学社会科学版)2006年第2期。

② 林白:《一个人的战争》,李津插画,北京十月文艺出版社2004年版,第24、25、16、17页。

像北诺，两者各自执拗地保持着自身的独立，空间的并置使它们意义破碎，却无法使它们意义共生。从整体上看，语言与图像虽然在某些局部可以实现意义的共生和双向解读，但整部图文本却无法像传统文本那样产生一个完整而明晰的意义，只能指向意义的碎片、差异、不确定，甚至无意义之意义。

这就是图文本所具有的后现代倾向。根据美国当代文学理论家伊哈布·哈桑制作的现代主义、后现代主义的对比表（见表4.1），图文本的阅读所展现的诸种特征，如碎片化、解构、不确定、无意义等，确实能归入后现代主义一列。

表 4.1　伊哈布·哈桑的现代主义和后现代主义对比表

现代主义	后现代主义
意图	游戏
等级	无序
中心	无中心
主从关系	平行关系
生殖/阳物崇拜	多形的/两性同体
本源/原因	差异/痕迹
确定性	不确定性
……	……
影响	互文性[①]

图文本不同于普通文学文本和绣像小说，语言在其中失去了中心地位，与图像表现为平行共生或互文的关系。图文本的阅读也不再延续语言文本阅读的线性有序，而是一种非线性的无序阅读方式。图文本的意义在图像与语言的相互解构和延异中支离破碎。由此看来图文本的诞生及其消费阅读都表现出了后现代文学的特征。

但是图文本及其阅读真的是一种后现代文学现象吗？

语言的作者传达清晰的意义，画家也表现统一的画风和主题，设计者谋求的是语言和图像的"双向解读，共同构成一种整体的视觉表达"，

---

① 转引自王岳川、尚水《后现代主义文化与美学》，北京大学出版社1992年版，第118页。

读者也欲在阅读中寻求完整的意义，为意义的无法把握而感到愤然。

没有后现代的作者、画家、设计者和读者，怎么能构成一种真正的后现代文学现象呢？如果硬要割裂这些文本的外部联系，仅从文本的本体性来评断的话，也只能说明图文本表现出了后现代文学的成分和因素而已。后现代主义是西方晚期资本主义后工业社会的一种文化现象，在我们这种非后工业社会的文化语境中，这种呈现出后现代文学特征的文学只能是一种"伪后现代文学"。这不仅仅是图文本，也是我国大量当代文学作品表现出来的倾向和特征。

通过以上分析，我们看到图文本的阅读远远不是一个"浅薄"的过程——从阅读之初的"读图"，到语言与图像的彼此拼贴，到最后语言与图像相互解构后的碎片组合，在图文本平静拼贴的背后，图像与语言之间的碰撞波涛汹涌、天崩地裂。这种带有后现代文学特征的图书样式究竟会给文学和阅读带来何种影响，它在我国的土壤中将如何生长，这些还都有待我们继续审视。

语言和图像的符号间性语境，无论在传统的诗画时代还是当今的图像时代都具有重要的意义功能，是理解语言和图像两种符号意义不可忽视的"共享语境"。从古至今语图关系发生一系列变化，图像取得了和语言分庭抗礼的平等地位，是我们讨论符号间性语境的前提。符号间性语境的意义生成机制、语图修辞、阅读机制等问题是我们关注的重点：符号间性语境的意义生成机制因为语言和图像的共生和背离关系而呈现出建构和解构的双重性，并总以后者为前提和基础；语言和图像之间的相互作用，实则也是一种互文修辞，以诗意图和题画诗为例来看，诗画通过某种相似性的关联互为隐喻，并以各自擅长的方式给对方以补足，共同营造意境；符号间性语境中的读者阅读机制也颇为复杂，以图文本来看读者的阅读方式随着阅读过程的展开而发生变化，并表现出"伪后现代文学"的特征。

第五章　社会文化语境与语境化机制

　　传统意义上我们对社会文化语境的运用和理解，只不过是将之作为"社会文化环境"的更时髦的代名词，我们常常诉诸笔端的政治语境、经济语境、时代语境、社会语境、文化语境等，都是社会文化语境的各种变体。然而社会文化语境并不等于社会文化环境。在探讨语境本质的章节中我们已经对这两者加以区分，在此总结来说两者的区别主要表现在三个方面：首先社会文化语境是一种母体语境，当我们运用它时更加强调其对于言说对象的本体作用；其次，环境往往是一种客观性的存在，而语境则是主观性和客观性的结合，甚至更加侧重于主观性；最后，语境依循的是相关性原则，而环境遵守的是邻近原则，所以并不是所有的围绕言说对象的内容都可以被纳入社会文化语境，它们也许会有重合的部分，但一些非邻近而又相关联的事件和信息则只能是社会文化语境的组成部分，相反一些邻近而无关的事件和信息只能纳入社会文化环境的范畴。

　　从社会文化环境的樊笼中解脱出来的社会文化语境，需要我们打破它作为替代品的地位，在跨学科的多元化视野中重新被审视。本章将首先从文学语用学、文学传播学、文学修辞学等与文学相关的学科对社会文化语境进行一次跨学科的扫描，再分别详细地介绍文学语用学和文学传播学中的社会文化语境理论，探讨社会文化语境在主体互动之间以语境化的方式生成意义的过程。最后延伸到艺术领域，探讨艺术本质层面上社会文化语境的意义功能问题。

第一节 社会文化语境的多元化视角

重视语境，在人文社会科学、自然科学中都已成为一种不约而同的研究趋势。尤其是在与文学相关的周边学科中，我们看到它们对文学所进行的跨学科研究，越来越多地关注语境问题。这些跨学科研究使我们看到了有别于传统社会文化环境，专属于社会文化语境自身的全新形象，也拓展了我们审视社会文化语境的多元视野。

一 社会文化语境的文学语用视野

经历了20世纪以来文学研究重心从作者到文本再到读者的转移，我们审视文学活动的视角变得更为全面而圆融。尤其是20世纪后半叶读者在文学活动中地位的提高和备受瞩目，使文学活动的再创造性、动态性和话语交际特征变得更为显著。这反拨了20世纪上半叶形式主义流派的做法——为了维系文本的独立自足性而割裂作者、读者与文本的关联，并且因为读者的加入，使得文学活动显现出话语交际的特征，即文学从创作到阅读是作者和读者通过文本进行话语交流互动的过程。

随着语用学的发展壮大，文学的语用学研究促成了文学语用学的诞生。文学语用学，与形式主义的文学内部研究不同，他们不是突出文学自身的特点，而是对注重文学独特性的内部研究的反省，认为文学交际也是一种话语交际，与日常生活中其他类型的语言交际具有相似性。这是文学语用学运用日常话语的语用理论对文学进行研究的前提和基础。文学语用学区别于形式主义的另一个特征是形式主义将文学脱离于社会文化语境，注重研究其独特性，而文学语用学则相反地将文学放置于社会文化语境中来探寻文学话语与其他话语的相似性和联系，及其在社会文化语境中发挥的功能或社会意义。

这两点区别在任何一篇文学语用学的文献中都显而易见,尤其是语用学家范戴克一篇名为《关于理论诗学的建议》的文章具有高屋建瓴的意义。在此文中,他批判文学研究的排外倾向,即将文学和语言、交流、社会文化现象隔离开来的做法。这种倾向被范戴克视为严重的脱离社会语境的倾向。反观文学研究自身,我们一直对文学性、诗家语更情有独钟,形式主义文论更是滋养了这种多少有点类似于自恋的情结。范戴克在文中对此加以讽刺,认为这是因为许多文学研究学者,因为对其他学科和现象孤陋寡闻,所以将其他话语也具备的一些属性和功能当作文学特有的。"诗语"便是典型的例子。这个在形式主义和结构主义那里耳熟能详的概念,其实在现代语法学里也被研究得很清楚。而且诗语的一些特性在其他话语类型中也同样存在,这是学界已证明的事实。针对文学研究的些许"孤陋寡闻",范戴克专写此文批判,更对理论诗学的发展提出自己的建议,因他长期致力于语境的跨学科研究,对于文学研究或理论诗学,他同样倡导社会语境对于文学的重要性,所以他的批判和建议均建立在文学研究与社会文化语境的关系的基础上。

具体来说,首先他指出将文学脱离于社会语境,使文学在属性和价值研究上忽略了社会语境在文学交流中的基本功能,以及特定社会情境中文学对话的功能、学校里文学教育的功能、文学批评的功能和文学教材的功能等。无论在经验还是理论上,文学社会都是最薄弱的研究领域,被过于简单化了。

其次,从社会文化语境的角度界定文学的本质。"诗所反映的是一组文化实践,在一定的文化语境中文本被创造和使用。"① 范戴克在界定诗时强调文化语境而不是文学自身的语境的重要性。他从跨学科的角度,认为文学既然是一种文化和社会现象,那么就应该成为人类学家、

---

① Teun A. van Dijk, "Advice on the theoretical poetics", *Poetics*, Vol. 8, Issue 6, December 1979, p. 594.

社会学家和艺术史家的研究对象，同样，文学既然被定义为话语、语言的使用和交流，至少也应该成为语言学、话语学、社会心理学和大众传播的研究对象。

最后，以文学语境理论作为文学理论的主要构成要素。他提出文学理论将由两个相互关联的主要部分组成，即文学文本的理论和文学语境的理论，二者合在一起构成文学交流的理论。关于文学文本理论，范戴克建议应建立在文学话语研究的基础上，使文学话语研究在新的跨学科的话语研究中得以发展。有鉴于此，范戴克又建议进行学术分工，提倡把文学理论的大部分工作交给话语研究学者或语言学家来做，至少也要保持一个共享的特定领域。还有就是不建议孤立地进行结构分析。之所以提出这个建议还是出于对文学与语境的关系的考虑——"我们应该注意到一个特定的结构在语用、认知、社会和文化等不同语境中所发挥的功能是不同的。一些文本之所以被称为文学并不是因为文本自身而是因为其他的语境原因，那么从这些文本中总结出的所谓的文学结构就不能说是文学所特有的。"① 所以文学理论家在宣称某某话语特征是文学的特征时应谦虚一些，应该考虑和语言学家、话语学家合作，共同探讨问题。通过合作把所有文本结构作为一个整体来考虑，并在其中找到某些现象是文学比较典型的。关于文学语境的理论，范戴克认为如果没有文学语境理论，文学理论就是不完整的。文学的使用问题值得在未来得到更多的关注，而且需要对文学活动进行语用、认知、情感、社会、历史、文化等多方面具体化的研究。

范戴克这种跨学科大文化的文学观是文学语用学的文学观的典型代表："诗学的研究对象并不是独立的艺术作品，一组文学文本，或文本的文学性，而是一个复杂的社会文化体系，包括参与者（作者、读者、批评家、教授等）的角色和功能、参与者的活动（阅读、对话、评论、

---

① Teun A. van Dijk, "Advice on the theoretical poetics", *Poetics*, Vol. e 8, Issue 6, December 1979, p. 599.

解释和写作等)、这些话语活动的客观结果,以及决定这些活动或话语结果的一系列的规律、惯例、策略等。"① 同样的,在文学与社会文化语境的关系问题上,文学语用学的立场也可以从范戴克的态度中可见一斑。他否定文学话语的独特性,否定文学的孤立研究,鼓励我们在大的社会文化背景中关注文学交流和教育的功能,鼓励文学研究学者与语言学家、话语学家乃至其他学科的学者合作,沟通探讨问题。

对此我们难免会有疑问,无论中西方从古至今都有大量的关于文学与社会文化的研究,难道我们还不够关注文学的社会文化语境吗?为什么文学语用学家仍然认为"文学文本和社会语境关系的系统理论仍然很缺乏"呢?② 重点在于缺乏的不是研究的数量,而是系统的理论。所以范戴克提出我们需要划分许多下属理论才能研究得更好,因为毕竟文本和社会文化语境的关系领域是一个整体,还有非常巨大的研究空间。另外,社会文化语境并不是社会文化环境,语境理论的发展使我们有了重新审视文学和社会文化语境两者关系的新视角,所以这也是文学文本和社会语境关系的系统理论被视为缺乏的另一层原因。

范戴克将文学的社会文化语境理论视为所有其他文学理论的基础,因此提出文学研究应在更广阔的框架下发展社会文化语境理论。他主张文学应该被置于社会文化语境中来研究,这种主张更多的是从运用角度来阐述的,比如文学语言的使用和文学话语交流等。文学在各种各样的社会文化语境中被创作、出版、流通和阅读,不同的情境决定了文学何时被运用和怎样被运用,决定了文学的类型和结构。为了更好地发展社会文化语境理论,"除了对读者所做的社会阶层、年级、性别、教育程度等大量社会调查外,我们尤其应该对文学被运用的社会情境做更多的调查研究:关于文学交际怎样被建构,参与者的评论起到怎样的功能,

---

① Teun A. van Dijk, "Advice on the theoretical poetics", *Poetics*, Vol. 8, Issue 6, December 1979, p. 602.
② Teun A. van Dijk, "Advice on the theoretical poetics", *Poetics*, Vol. 8, Issue 6, December 1979, p. 605.

制度和惯例怎样决定什么样的文学，决定文学怎样被运用和讨论（如在学校和大学）。"① 总之，文学研究不应该被局限在文学文本之中，而应该关注文学话语与其各种被运用时的语境之间的关系。所以在文学语用学的视野中社会文化语境并不仅仅是文本的语境，而是作者与读者通过文本进行话语交际的语境，是文学在整个社会中如何被决定、运用和讨论的语境，是文学在教育体系中如何发挥教育功能的语境。除了范戴克，其他语用学家也从各自的角度对文学活动中主体间的话语交际进行了研究。限于篇幅，本章将专列一节来介绍。

二　社会文化语境的跨文化文学传播视野

文学传播是影响文学意义的重要因素。一部经典之作历经不同时代表现出不同的意义，像哈姆雷特从复仇的王子变成资产阶级的孤胆英雄再到复仇延宕的恋母者，正是文学传播所带来的意义变迁。同样，一部本民族的文学经典被传播到域外，也时常被误读，像《西游记》《红楼梦》和金庸小说，它们不仅曾被翻译得面目全非，连我们认为显而易见的一些意义也没有被发现，甚至会出现一些匪夷所思的解读。《西游记》被理解为中国版的《霍比特人》，孙悟空不畏强权的无畏精神被视为暴力分子；李纨字宫裁被翻译为"宫里的裁缝"，袭人被翻译为"袭击男人"，《红楼梦》的翻译用语读起来有些像英国维多利亚时期的小说；金庸笔下所推崇的至高武功境界——内力——在西方文化中因找不到等价物，而被等同于魔法。这样误读的现象不胜枚举。造成误读的主要原因显而易见是社会文化语境的差异。跨时代跨文化的文学传播给文学作品带来新的社会文化语境，从而导致意义的异变。从传播学的视角来看，社会文化语境与传播的关系极为紧密，非常具有研究价值。所以传播学在文化传播领域密切关注语境问题，比如其中较为著名的理论成

---

① Teun A. van Dijk, "Advice on the theoretical poetics", *Poetics*, Vol. 8, Issue 6, December 1979, p. 606.

果——语境控制理论。

语境控制理论源于爱德华·T. 霍尔（Edward. T. Hall）的语境思想。霍尔着眼于跨文化传播中的语境问题，他意识到虽然传播学界已广泛认可语境的地位和作用，但鲜有人对这个传播过程及语境的可变和可控性进行关注。他有一套为人所熟知的独创概念——"高语境"和"低语境"。中国、日本的文化都属于高语境，绝大部分信息都存在于语境中，而不是被清晰地编码在语言讯息里。美国、德国等文化则属于低语境，与高语境的情况相反，大量信息需要被清晰地编码，表达出来，而不是存在于语境中。因为低语境文化传播中大量信息需要被明晰编码，所以很容易导致信息的超载。信息超载在跨文化传播中也是普遍存在的现象，为了在异域文化中被理解，交流活动需要被加入很多的知识背景讯息，从而易于出现信息超载现象，当信息膨胀到超出接受者的解码能力之后，就会带来传播的失败。譬如在一些文学译作中，尤其是一些长诗的译作中，我们看到翻译者注释的内容和篇幅远大于诗作本身，这些大量的知识讯息是为了向接受者介绍他们所缺乏的作者的社会文化语境信息，但当信息超载之后，它们就会干扰读者的阅读。为了避免信息超载，霍尔提出"加强信息处理能力而又不增大系统和系统的复杂程度的惟一方法是为系统的记忆编程序，以便只需较少的信息就足以使系统活动起来。"① 换言之，"系统要应付日益复杂化的情况、满足更大需求的问题，其答案似乎在于为个人或组织预先制订好的程序。这就是通过'语境制造'过程实现的。"② 高语境与低语境也被作为衡量艺术价值的重要标准。从艺术的角度来说，霍尔强调"任何一种低语境传播系统均不会成为艺术形式。优秀的艺术总是属于高语境，拙劣的艺术则归于低语境。"不过高低语境只是理论的起点而非终点，与其说

---

① ［美］爱德华·T. 霍尔：《语境与意义》，载［美］史蒂夫·莫滕森编选《跨文化传播学：东方的视角》，关世杰、胡兴译，中国社会科学出版社1999年版，第32页。
② ［美］爱德华·T. 霍尔：《语境与意义》，载［美］史蒂夫·莫滕森编选《跨文化传播学：东方的视角》，关世杰、胡兴译，中国社会科学出版社1999年版，第32—33页。

霍尔关注的是传播的语境是什么,不如说他关注的是语境在交流过程中是怎样构成的及其对传播的意义。

  从传播学的视角我们看到了跨文化的社会文化语境所带来的各种语言表达和理解的差异。不同民族的文化有其共通性,但即便在这共通点上也存有明显的差异。所谓差之毫厘,谬以千里,如果对这些差异不甚了解,那么在艺术的解读上就会产生误解。譬如许多民族文化在语言中都喜欢运用动物的象征意义去表达。这些象征意义源于人们长期与动物接触的过程中对它们外貌和习性的了解,并将之与人类的社会文化相对接而形成。所以这些动物的象征意义折射出不同民族的历史、地理、生活习惯和民族心理等诸多文化信息。英汉文化中有一些相同的运用动物表述的隐喻意义。汉语的"浑水摸鱼"在英语里几乎是同样的表达方式——fish in troubled waters,但更多的情况是运用不同的动物表达相近的意义。"骑虎难下"的意义,在英语里是用狼来表示的——hold a wolf by the ears,"瓮中捉鳖"有类似的运用老鼠的表达——like a rat in the hole,"热锅上的蚂蚁"是用猫来隐喻——like a cat on hot bricks,"虎落平阳被犬欺"的意义用狮子和野兔来形容——hare may pull dead lion by the beard,"杀鸡取卵"与鸡一点关系也没有,但是用鹅表达的方式几乎一模一样,kill the goose that lays golden eggs,其他还有"落汤鸡",wet as a drowned rat(直译:湿得像一只淹死的老鼠),"露出马脚",let the cat out of the bag(直译:把猫从袋子里拿出来),"害群之马"用绵羊来形容 a black sheep,"拦路虎"则用狮子来表达 a lion in the path。再拿一些出现频率较高的动物来说。蝴蝶(butterfly),外表绚丽夺目,充满了吸引力,所以英汉文化都把它和交际联系起来,尤其是异性间的交际,在英文中 social butterfly 表示"交际花",形容那些与众多成功男性过从甚密、擅长交际的女性。在中文里我们也有类似的关于蝴蝶的联想——"招蜂引蝶",不同的是"招蜂引蝶"并不局限于女性,指那些以自身魅力引诱他人的男女。英汉文化对蝴蝶的态度都是比较矛盾的,

"交际花"中多少带有一些贬义,"招蜂引蝶"更是一个贬义词。但英语文化又怜惜蝴蝶的弱小,有 break a butterfly on a wheel(直译:用车轮碾碎一只蝴蝶)之说,与中文里"小题大做""杀鸡焉用牛刀"同义。矛盾的是蝴蝶在中国文化里既有滥交的污名又有爱情忠贞的美誉,梁山伯与祝英台最后以化蝶的结局成全彼此的爱情。再如乌鸦(crow),周身乌黑,爱食腐肉,在中国乌鸦是不祥之物,生活中人们如果出门见到乌鸦,会担忧有厄运到来,所以创造了"乌鸦嘴"的说法。文学作品也常以乌鸦来渲染人物的死亡和厄运。然而在日本,乌鸦却被奉为国鸟、神鸟,是吉祥之鸟。所以在中日社会文化语境中,中日文学里的乌鸦就显现出大相径庭的隐喻意义。不同的社会文化语境赋予了各种动物形象不同的寓意,当文学作品被传播到多元文化中时,各种动物意象的寓意就会因为与社会文化语境中原有寓意的差异而产生变异。

所以除了在作者-文本-读者话语交流层面的社会文化语境形象之外,文学传播尤其是跨文化传播中所依赖的社会文化语境也是一种重要的社会文化语境形态。面对社会文化语境在跨文化文学传播中的传播效应和价值,怎样通过有效的语境控制或语境制造过程实现更有效的文学传播,以及文学传播中社会文化语境如何影响文学意义的生成,都是非常有价值的研究课题。

三 社会文化语境的文学修辞学视野

上文中,我们曾谈到文本间性语境对于修辞的作用和意义,社会文化语境对于文学修辞也是同样重要的。几乎每一种修辞手法的完成,都不仅与文本间性语境相关,也同时是社会文化语境作用的结果。

首先以反讽修辞为例。与文本间性语境相比较,社会文化语境对反讽修辞的成立起到更为重要的作用。南帆在《反讽:结构和语境——王蒙、王朔小说的反讽修辞》一文中曾讨论过社会文化语境所产生的反讽意义。"语言学范畴之内,特定的历史时期亦即一种语境。如果将这个历史时期的流行用语植入另一个语境,反讽可能即刻诞生。"① 他以王蒙《名医梁有志传奇》中的一处反讽为例:"他的进步里包含着不纯正的动机。不能只看给暖瓶灌开水。同样的暖瓶同样的水,有些人这样灌水的动机是无产阶级的,另一些人这样灌水的动机是非无产阶级的。"灌水在20世纪六七十年代的社会文化语境中是很常见的用语,但如果把这个词放在80年代的社会文化语境中言说,就因社会历史的变化而生出反讽的意味来。

弗朗西斯科·约瑟的反讽理论,曾论及七种与反讽相关的语境资源:百科、事实信息;相互显示的物理环境;说话者的非言语行为;听话者关于说话者传记的背景知识;相互知识;先前话语在对话中的作用;语言线索。约瑟的反讽理论和斯珀伯、威尔逊的关联理论息息相关,他对语境的定义也基本来自他们。不过对参与反讽识别的语境资源上他区分得更加细致,进一步发展了斯珀伯和威尔逊的反讽理论。在文本间性语境一章中我们曾探讨约瑟这七种语境资源和文本间性语境的关系,这里我们将从社会文化语境的视角继续讨论这七种语境资源。针对文学而言,除语言线索属于文本内语境,其他六种语境资源中的社会文化元素都较为显著,置入文学话语交际活动变为:作者和读者的百科、事实信息,创作和阅读的物理环境,读者关于作者传记的背景信息,作者和读者的相互知识,先前能够发挥作用的阅读经验。

第一种作者和读者的百科、事实信息,主要是一种心理层面的语境,这些心理层面的百科信息和话语的新信息结合,通常会产生语境效应,这种信息的关联对于反讽是至关重要的,通过两种信息的相悖或相合判断是否存在反讽。反讽修辞的手法往往需要在作者和读者共享的社会文化知识中才能被识别。

第二种语境资源,相互显示的创作和阅读的物理环境(即场景)。

---

① 南帆:《反讽:结构与语境——王蒙、王朔小说的反讽修辞》,《小说评论》1995年第5期。

虽然文学话语的交际场景与通常话语交际的场景有所不同，作者和读者的场景一般情况下是分离的，但是如果读者了解作者创作时的物理环境，也可以借此判断作者在反讽修辞中分离话语的态度。但在文学活动中，第二种语境资源几乎等同于第四种读者关于作者传记的背景知识。

作者和读者通过文本进行交流，与日常话语交际相比，缺少大量的语境信息，像第三种"说话者的非言语行为"在文学活动中一般是很难直接看到的，只能依赖书面的手法来获取。在日常对话中，说话者在表达反讽时通常会采用一种具有讽刺意味的语调，或者脸上扬起一种讥讽的笑容，那么即便不激活语境，听者也能够识别出他的反讽意图。从某种程度上，如果文学作品是常规的文字阅读状态，我们可以把说话者的非言语行为理解为文本内叙事者或人物的非言语行为，在文学中叙事者和人物的非言语行为当然也要通过语言文字表达出来，所以并不是纯粹的非言语行为，它们在文学活动中与第七种语境资源"语言线索"相重合。如果文学作品以特殊的讲故事的方式或影视改编的方式表现，说话者的非言语行为就转化为讲故事者或影视改编中表演的非言语行为，这时候说话者的非言语行为也就如一般话语交际一样直接显现出来。

第四种语境资源，读者关于作者传记的背景知识。在一般话语交际中，如果交际双方对彼此的趣味、爱好都非常熟悉，那么就很容易判断对方话语中的反讽态度。在判断文学中的反讽时，如果读者对作者的百科知识、趣味和爱好等方面也极为熟知的话，反讽也会更容易被识别。

第五种语境资源，作者和读者的"相互知识"，与第一种和第四种语境资源都有重叠的部分。约瑟将它单独列出来，是为了强调在反讽的识别过程中双方不断检查共享知识或信息的持续状态，只有读者对相互知识进行感知，才能辨识出作者分离话语的态度。

第六种语境资源"先前话语在对话中的作用"，同时涉及文本间性语境和社会文化语境，在前者表现为先前的文本，在后者方面主要表现为阅读经验。先前阅读所激活的阅读经验，即最初语境会对后续反讽话

第五章 社会文化语境与语境化机制

243

语的理解发生作用。这个作用机制是普遍适用于所有语境的激活和反讽识别的。每一种语境在反讽识别中被识别的轨迹都会被储存在记忆里，对之后的相关反讽的识别产生影响。

约瑟探讨的是这些语境在快、慢或不存在的反讽识别中的作用。他认为人们有一种内在的能力，可以同时访问不同语境提供的信息来源，激活越多的语境资源，越有助于讽刺的识别。不过我们无法预测在某个反讽中哪一种语境资源将被激活。约瑟提出从所激活的语境资源中获得的信息与话语所表达的命题存在某种程度的不相容，是反讽成立和被识别的基本条件。借鉴他的观点，反讽者的游离态度必然导致语境信息与话题命题之间的某种不相容。反过来，通过语境信息与话题命题的不相容，我们就可以识别出反讽者的游离态度，进而识别出反讽。

反讽修辞激活的往往是多元的语境资源，而且许多语境信息可能在反讽话语出现之前就已经被其他话语激活了。在日常的话语交际中，我们遵从某种效率原则，以较少的语境信息获得有效的信息，达到交际目的即可，如果听者已辨识出说话者的反讽意图，便不会不断地探寻其他多元的语境信息。比如确立一句话是否是反讽，如果说话人脸上的微笑就已经明确地表明，那么我们就不需要调动大量的百科知识再去判断。但在文学中，我们似乎并不太遵循这种效率原则，与日常生活相反，我们愿意去捕捉更多的意义，即通过不断获取多元语境信息去捕捉多元的反讽意义，这是许多读者所追求的阅读乐趣。

修辞与社会文化语境的关系也是我国学者关注的重要问题。譬如童庆炳专写文章《社会文化对文学修辞的影响》论述用典与社会文化的关系。"用典这种文学修辞方法与社会精神文化的生成过程密切相关，换句话说，正是社会精神文化的不断生成导致了用典这种文学修辞。"[①]从社会精神文化的由下层到上层的形成过程来看，先有下层百姓在劳动

---

① 童庆炳：《社会文化对文学修辞的影响》，《华中师范大学学报》（人文社会科学版）2015年第4期。

中形成歌谣，然后被上层士人拿过来加工改造成文学作品。这种拿过来的过程在一定程度上来说就是在用典。后来如《诗经》等经典之作，被后人不断地化用引用，更是形成了用典的修辞手法。他还分析了江西诗派所运用的"夺胎换骨"的诗歌创作方法，在很大程度上也是一种用典故来拼凑成篇的方法，并剖析这种作诗方法之所以产生的社会文化原因。在南宋时期士人们推崇杜甫和韩愈，却并不学习他们面对现实的勇气，实则是因为当时社会的问题堆积如山，矛盾激烈，士人们无力解决，只好逃向书本。所以"夺胎换骨"的作诗法不过是南宋士人无法协调现实矛盾的产物。

不仅仅是用典，文学修辞中其他情况，如对偶、比喻、象征等几乎所有修辞手法都根源于社会文化中。并且要有赖于社会文化语境的保障才能发挥修辞效果、产生修辞意义，所以我们不能脱离社会文化语境来理解文学修辞，反之文学修辞学视角也是社会文化语境及其意义生成机制研究的重要视角之一。

从孔子谈《诗经》、孟子论"知人论世"开始，社会文化语境就以文学社会学的视角被审视，着重于文学的社会功能或者在与社会的关系中言说文学，这一传统在我国延续了几千年。如今无论文学语用学、文学传播学还是文学修辞学，都拓展了传统的文学社会学视角，给予社会文化语境及其意义功能更广阔的研究视野。这种跨学科的审视更有利于我们全面认识社会文化语境，更多元更科学地探讨社会文化语境及其意义生成机制。

第二节　文学话语交际中的社会文化语境理论

文学话语和其他话语类型一样，也是人类交际的一种媒介。作者和读者通过文学作品所进行的话语交际，是文学话语交际中最重要的表现形式。不过因为不像日常话语交际那么直观、即时、互动明显，所以我们对文学话语交际的关注度不足。甚至在20世纪读者反应批评和接受美学兴起之前，读者只是一个若有似无的被动接受者，并没有被真正地作为文学话语交际的主体来看待。在读者的创造能力得到充分肯定之后，文学话语交际的研究才真正开启，尤其以文学语用学的兴起为标志。

一 文学语用学以语境为终极参照

语用学是研究日常话语交际的学科，在文学领域中衍生出文学语用学的新兴分支。文学语用学将作者、读者、文本和世界作为一个整体来认知，打破文学与语言学的学科壁垒，从语用角度探讨文学话语交际的过程及其诸多方面的表现特征。它关注作者与读者的互动，在更宏观的社会文化语境中寻找文本之外的意义，寻找文学使用的意义，并借助认知心理学的知识，剖析作者和读者在创作和阅读过程中的心理机制。

语用学和文学语用学的学科基础就是承认语境对于话语交际的重要影响。社会文化语境是日常话语研究不可或缺的基石，对于文学话语交际研究同样如此。而且文学话语所面对的社会文化语境比日常话语更为复杂。因为文学创作和阅读大多不是同时进行的，作者和读者两个交际主体分别处于不同的社会文化语境中，这两者间的差异会对交际产生很大影响。"由于语境总在不断变化和发展，文学交际行为总是被嵌入它赖以实现的情景和语言相互作用的动态过程中。因此，某种意义上，文本解读过程就是对语境的分析过程。"① 这种社会文化的相对性是文学语用学较为关注的问题。读者的社会文化语境会影响文学接受的效果和文学的社会效应。而读者们所处的社会文化语境必然是存在差异的，所以文学话语的意义和交际的状态并不是固定的。因为社会文化的相对性，文学话语交际也会随之发生变异。所以文学语用学对语境的依赖和

---

① 涂靖：《文学语用学——一门新兴的边缘学科》，《外国语》（上海外国语大学学报）2004年第3期。

关注更有甚于语用学。文学语用学"将语境视为文学交际的终极参照，关注文本的语言结构与文本产出和理解的语境之间的关系，文本使用者与语境之间的关系，以及文本与使用者的关系，认为对文学的研究如没有对其通常可获得的交际资源的运用的阐释是不完整的"。①

文学语用学尝试运用语用理论来重新解释文学创作和阅读的现象，往往能洞悉许多互动机制。比如涂靖在文学研究中对于预设理论和礼貌理论的运用。从语用学视角来看，"文学交际是作者与读者为交流文本信息而磋商共有场（common ground）的互动过程。通过这一动态过程，双方共同构建了一个虚拟的文本世界。在文本构建过程中，作者为保证信息流的畅通，需要对读者的知识状态作出估计，并据此将共有场中的信息以语用预设的形式表述为背景信息。"② 预设在文学的创作和阅读过程中都有重要的作用，作者运用预设表达虚构的时间和人物，通过预设而与读者共享知识，拉近读者与虚构之物的心理距离。有时作者还有意通过预设冲突来达到喜剧和荒诞的效果。预设冲突即预设信息与语篇信息相矛盾，是理解喜剧和荒诞作品的主要机制之一。礼貌理论也同样适用于文学研究，萨尔从作者的角度区分文学交际中的两种礼貌——选择性礼貌和展示性礼貌。前者指作者非常谨慎地避开社交和道德禁忌进行创作，后者指作者极力遵循合作原则，详尽直白地进行叙述，打消读者的疑虑。礼貌的适度性至关重要，过度注重选择性礼貌，会丧失一些讽刺效果、降低阅读的愉悦感，而过度运用展示性礼貌则减少了悬念，没有给读者留出想象的空间，从而减少了读者和作者的交流。

所以在文学语用学的研究中，文学语境从来都没有被限制在文学文本之内，他们既从文学外部语境审视作者和读者的话语交际，又关注文学内部语境中的文本建构，这两种语境实际上也是相互渗透交融的关

---

① 涂靖：《文学语用学——一门新兴的边缘学科》，《外国语》（上海外国语大学学报）2004年第3期。
② 涂靖：《语用理论与文学批评——文学语用学探索之三》，《四川外语学院学报》2005年第6期。

系。能够更好地融合内外部语境的是文学语用学的认知语境理论。不过正如语言学中语境研究具有重客观轻主观的倾向一样，文学语用学对语境的研究也曾存在此种倾向，不过随着认知语用学的影响越来越大，认知语境理论也随之不断发展。斯珀伯、威尔逊和范戴克等人都是此脉认知语境研究的代表，他们从认知角度对文学语境的研究非常具有启发意义。

二 斯珀伯和威尔逊的认知语境理论研究

斯珀伯和威尔逊从认知科学的角度探讨话语交际过程，他们对语境的阐发打破了传统的语境观念，使我们对语境的认识从客观的环境因素发展到主观的心理结构体，从静态的预设变为动态的选择。他们的认知语境理论建立在其关联理论的基础上。总体上来说，斯珀伯和威尔逊将语言交际视为一种认知过程，交际双方遵循关联原则，靠示意和推理来完成交际活动。

首先他们从心理层面上界定语境："语境是一种心理的建构，即听者关于世界的假设的一个子集。当然，正是这些假设，而不是世界的真实状况，影响了话语的解释。"[①] 所以语境是一种心理结构体（psychological construct），并不局限于当下的物理信息，也不局限于之前的言论，它们是以心理表征的形式存储于听者大脑中的一系列对世界的假设，构成接受新话语的认知语境。相比传统的囊括客观环境各要素的语境概念，这种认知语境更能够反映交际双方的心理状态。传统语用学在研究话语推理时所用到的客观语境因素，其实也是需要经过主体化、认知化的。所以真正在理解话语中起作用的不是客观的情景因素，而是听者认知语境中的一系列对世界的假设，所有精神信念、轶事记忆、文化假设都会在话语的解释中发挥作用。

---

① Dan Sperber and Deirdre Wilson, *Relevance: Communication and Cognition* (Second Edition), Oxford UK and Cambridge USA: Blackwell Publishers Ltd./Inc., 1995, pp. 15–16.

作为一种心理结构体，语境自然表现出鲜明的个体差异。即便是同一语言群体中的成员，他们在语言、习惯和推理能力上趋同，但他们每个个体对世界的假设却并不一致。虽然有社会群体的共性和群体性，但也表现出显著的个体差异。假若两个人同时目睹了一场车祸，那么他们对这件事的认知也会有很大不同。不仅在表述这件事上存在差异，他们的物理事实记忆也会存在分歧。虽然语法消除了不同经验之间的差异，但个体的认知和记忆却将差异叠加在共同的经验上。

除了主观性和个体性，斯珀伯和威尔逊还重点强调了语境不断被选择的动态性。在他们之前，语境从来不是一个选择的问题，在语言交际的任何一个给定点上，语境都被视为唯一确定的，并通常被认为是在理解过程之前就已确定的要素。但斯珀伯和威尔逊的观点则完全相反：语境在理解过程之前没有固定，而是在话语过程中通过选择而形成的。

为了更好地说明这一观点，我们首先要解释斯珀伯和威尔逊对话语认知过程的理解。听众在交际过程中要理解会话的含义，不仅需要语法和推理能力，还需要一个全新的语境去充分推理话语的含义。在学习一段时间后语法和推理能力会稳定下来，基本在被用于后续的话语时保持不变。但每一次话语推理，每一次新的体验都增加了潜在语境的范围。这在话语解释中起着至关重要的作用，因为在解释特定话语时所使用的认知语境通常包含着从先前话语立即派生出来的信息。"语用理论的核心问题是对于任何给定的话语，听众是如何找到能使他充分理解它的语境。"① 那么面对说话者所说的话语，听者如何进行语境的选择呢？斯珀伯和威尔逊认为语境的选择是由演绎装置的记忆内容、通用的短期记忆存储器的记忆内容、百科全书的记忆内容，以及可立即从物理环境中获取的信息所决定的。这些因素决定的不是一个单一的语境，而是一系列可能的语境。而在这个范围之外，是什么决定了特定语境的选择呢？

---

① Dan Sperber and Deirdre Wilson, *Relevance*: *Communication and Cognition*（Second Edition），Oxford Uk andCambridge USA：Blackwell Publishers Ltd./Inc.，1995，p. 16.

斯珀伯和威尔逊的回答是，特定语境的选择取决于对相关性的搜索。相关性或关联性是他们理论的核心概念，指的是命题 P 和语境假设 $C_1\cdots C_n$ 集合之间的关系。"命题 P 在语境 C 中具有关联性当且仅当 P 在 C 中具有至少一个语境含义"或"某个假设在语境中有关联性当且仅当它在该语境中具有语境效应。"所谓语境效应或语境效果指的是新信息与听者的认知语境发生联系，加强新信息的语境含义，使听者以这两种信息为前提得出结论（或意义），新信息便产生了语境效应，在语境中具有关联性。①

斯珀伯和威尔逊批评许多实用主义文献中所假定的事件发生顺序：首先确定语境，然后进入解释过程，评估相关性。这种假定将相关性视为一个变量，需要在预先确定的语境的功能中进行评估。然而，从心理学的角度来看，这是一种令人难以置信的理解模式。斯珀伯和威尔逊提出人类并不是简单的评估新信息的相关性，而是尽可能有效地处理信息。对相关性的评估不是理解过程的目标，而只是达到目的的一种手段，目的是将任何正在处理的信息的相关性最大化。也就是说，他们试图以最小的努力从新信息中获得最大的语境效果，即最佳关联性。关联性受语境效果和处理努力两方面制约。在话语推理的过程中，说话者话语的语境效果越大，听者寻找语境效果的努力越小，反之，说话者话语的语境效果越小，听者寻找语境效果的努力越大。交际双方遵循最佳关联原则进行交际，即说话者的话语 P 在语境 C 中产生最大的语境效果，而语境 C 又使话语 P 最容易理解。对于个人可以访问的每一个语境，所实现的相关性，以及所涉及的效果和努力，都将有所不同。实际上，相同的语境可以以不同的方式访问，涉及不同的工作量和不同的相关值。

在交际过程中，听众处理新信息的一个关键步骤，是将其与一个充分选择的背景假设集结合起来，然后在演绎设备的记忆中构成语境。听众从来不会头脑一片空白地来处理新信息，他自身拥有各种来源（长

---

① 吴泽扬、马芫：《关联理论与语境》，《上海金融学院学报》2004 年第 3 期。

期记忆、短期记忆或知觉）的潜在语境假设。这些假设都可能被选为理解一条新信息的背景。但听众的选择并不是任意的，他个人的百科式记忆的组织和他所从事的精神活动限制了潜在语境的范围和等级，他会根据会话的需要从潜在的语境中选出实际的语境。

　　随着话语推理过程的开展，听者不断感知新信息并进行处理，使认知语境不断被拓展。斯珀伯和威尔逊总结话语的初始语境可能会通过三种不同的方法被拓展。第一种办法是追溯到过去，添加以前的推理过程所使用的或派生的假设。听者不仅要在语境中包括对先前话语的解释，还要包括对更早一些的话语的解释。扩展语境的第二种方法是将已经出现在语境中的概念或正在处理的假设添加到它的百科全书条目（或从这些条目中获取的更小的百科全书信息）。这种百科全书式的扩展在每一个概念和任何情况下都是自动生成的。扩展语境的第三种方法是添加关于可立即观察到的环境的信息。人们监视着周围的环境。据推测，被监视的信息存储可能都被短暂地保留在专门的短期知觉记忆存储器中，其中一些信息可以被转移到一般的短期概念记忆存储器中，也可以被转移到演绎装置的存储器中。特别是当对话语的解释导致听者获取一些环境信息并将其添加到语境中时，就会发生这种情况。

　　最后在每一个推理过程的结尾，每个人都有一组特定的可访问语境。语境集合是部分有序的包含关系：每个语境（除了初始语境）包含一个或多个较小的语境，每个语境（除了最大的语境）包含在一个或多个较大的语境中。这种形式关系具有心理上的对应物：包含顺序对应可及性（accessibility）顺序。听者在选择语境假设时的努力决定了语境假设的可及性。听者在选择时总是从最具有可及性的开始，说话者也总是努力提供具有最大相关性的语境假设。最小的初始语境，只包含初始语境作为子部分的语境是最易访问的语境。访问进一步扩展的语境需要像在语境中处理信息时那样付出一些努力。所以话语理解的过程，就是听者通过处理新信息找出最佳关联性，并进行解释的推理过程。关联是恒久遵

251

循的原则,而认知语境却是在不断的选择中动态形成的。

值得一提的是,斯珀伯和威尔逊用"互为显映"(mutual manifestness)替代传统语用学的"共有知识"概念。传统语用学将共有知识作为话语理解的基础,但斯珀伯和威尔逊在《关联:交际与认知》中对此提出质疑。如果交流需要共有知识,那么立即出现的问题就是它是如何建立的。说话者和听者究竟如何区分他们仅仅分享的知识和真正共有的知识?为了确立这一区别,他们原则上要进行一系列无穷无尽的检查,而这显然不能在所需的时间内完成。即使他们试图把自己限制在相互了解的范围内,也不能保证他们会成功。所以"共有知识不是现实,而是人们努力追求的理想。"① 斯珀伯和威尔逊以"互为显映"来解释人们在话语交际过程中是怎样选择语境假设来建构认知语境的。推理时所运用的认知语境仅是互为显映的一部分。当交际双方的显映事实或假设相同时,重叠部分便构成了他们共同的认知语境。如一个假设语境产生了一定语境效果,这个假设就不仅是显映的而且是相关的。②

斯珀伯和威尔逊的关联理论以认知语境为基础进行语用推理,补充了格赖斯的会话含义理论,是西方学界影响很大的认知语用学理论。他们的认知语境理论也是探讨文学话语交际的利器,在文学语用学中产生广泛影响。

三 范戴克的语境模型研究

范戴克的语境研究并不限于语言学,他从人文社会科学的整体来审视语境,并努力建构一种能够适用于语言、话语、认识、交流、社会、政治和文化的跨学科的语境理论。因为他认为大多数使用"语境"这个术语的心理学专著实际上涉及的都是"言语语境"或"共同语篇",

---

① Dan Sperber and Deirdre Wilson, *Relevance: Communication and Cognition* (Second Edition), Oxford Uk and Cambridge USA: Blackwell Publishers Ltd. /Inc., 1995, p. 18.

② 苗兴伟:《关联理论与认知语境》,《外语学刊》(黑龙江大学学报)1997年第4期。

即话语中其他部分的环境。到目前为止还没有作为一种心理模型的整体认知语境理论,所以从《话语与语境——一种社会认知方法》(*Discourse and Context*),到《社会与话语——社会语境对语篇和谈话的影响》(*Society and Discourse*),他陆续出版系列专著来建构认知语境理论,他的语境理论已产生了世界级的影响。

语境模型是他的一个重要思想,在话语产生和接受的心理过程中起着核心作用。对这一模型他尝试从各方面加以描述。

(一)语境模型是主观的参与式结构

范戴克将语境模型视为主观的参与式结构。在《社会与话语》中他如此概括自己对语境的理解:"语境不是'客观的',而是'主观的'。它们不是对情境的'客观'社会属性的相关选择,而是对情境的主观定义。这与相关性的概念完全一致,因为这个概念本身也是相对的:某物与某人相关。换句话说,语境就是参与者自己定义的与社会情境相关的内容。"[1] 他所说的语境不是外在的客观环境,而是一种内在的认知语境。以往的大部分研究方法倾向于将语境描述为社会、政治和文化的客观环境。这种传统的客观的语境观无法解释一个关键的缺失环节——参与者理解和代表社会状况的方式。范戴克认为语境是一种参与式结构或者说是一种相互交流的主观情境,正是这种心理表征构成了话语产生和理解的认知过程。这样的语境模型被假定用于控制文本和对话的生产和理解的许多方面。这意味着语言的使用者不只是参与处理话语;同时,他们也在积极地构建自己的主观分析和对交际情景的理解。

语境模型的主观性与它的独特性息息相关。作为一种心理模型,这两种属性是心理模型所表现的两种基本特征。心理模型是语言使用者对这些事件的不同解释或构建方式,例如它们是不同的个人目标、知识或以往经历所发挥的功能。所以语境是参与者独特的经验。独一无二的语

---

[1] Teun A. van Dijk, *Society and Discourse*: How Social Contexts Influence Text and Talk, Cambridge University Press, 2009, p. 5.

境决定了人们运用语言独一无二的方式，从而产生了独一无二的话语。

然而社会文化语境的主观性和客观性是需要我们来辩证认识的。范戴克并未否定社会文化语境本身的客观性，而是强调社会文化语境要想对话语发生作用，只有一种途径，即通过参与者的主观解释。语境模型是一种建立于个人日常体验之上的独特的心理模型，既受制于客观的因素，同时又是我们的主观看法。主观心理模型也会受到客观限制的影响，如人和事的物理特性，情境的物理特性，如空间组织。心理模型的主观性并不意味着对客观性的绝对排斥。目前有一些新的研究恰恰关注客观限制对对象结构、人、事件和情境的作用。在语境作为心理模型的理论发展过程中，我们也需要去探讨交流语境中的客观经验（如空间纬度）对它们的心理表征的影响。

（二）语境的动态性

语境不是静态的，而是动态的。每次话语的语境都不同，且在一个话语交际中，语境需要不断更新来适应连续的话语。在互动、说/写、听/读或交流过程中，它们是动态的、不断更新的。在《社会和话语》中，范戴克从互动的视角总结了语境的一些特征。

1. 语境既是认知的又是互动建构而成的。

2. 参与者在他们开始互动时准备界定语境。

3. 参与者更新他们的语境界定，并使它们适应先前的自己或他人的口头或非口头的推理，使它们适应环境中所观察和选择的相关部分。

4. 他们申请、确认并部分地改变他们关于社会情景和对话的文化共享知识。

（三）语境的多元化

语境又是多元化的。这种多元化与社会文化的多元化紧密相关，因为在不同的社会、时代、民族、文化里，语境均有所不同。范戴克将社会、文化与认知相结合，他认为社会情境会影响话语，不过根据认知科学的观点，社会状况和社会结构要通过心理模型才能对文本和语言施加影响。他提出如果缺失了认知层面,社会语言学或语篇研究在解释语言的使用和话语的社会影响时所运用的方法就是不完整的,因此它们的研究才显得肤浅,因为不能够详细地阐明社会和话语之间生产和解释的联系。在《社会和话语》中,他广泛地讨论了社会状况和结构对话语施加"影响"的一个基本方面,即社会情境的各种特征根本不直接"影响"话语:在社会阶级和我们说话或选择话题的方式之间没有直接的因果关系或其他条件关系。"根据主观语境模型,对参与者的社会状况的定义、解释、表征或建构,影响着他们说话、写作、阅读、聆听和理解的方式。换句话说,社会或情境结构只能通过语言使用者心理表征的中介或界面来影响话语。"①

(四)语境模型的分类

范戴克认为对一个简单的语境模型可以尝试进行以下三个方面的分类。

1. 环境:时间/周期、空间/地点/环境;

2. 参与者(自我、他人);

(1)沟通角色(参与结构);

(2)社会角色类型、成员或身份;

(3)参与者之间的关系(例如权力、友谊);

(4)分享,社会知识和信仰;

(5)意图和目标;

3. 沟通和其他行动/事件。

值得注意的是,交际情境模型当然不同于语境模型,因为它们可能有很多在语境模型中通常不相关的属性,比如人们的衣服颜色、身高,以及大量其他社交性的但与交际无关的社会情境属性。从这个意义上说,语境模型是情景模型的特定选择或重构。

---

① Teun A. van Dijk, *Discourse and Context*: *A Sociocognitive Approach*, Cambridge University Press, pp. 118 – 119.

(五) 语境模型的关联性

范戴克描述了语境模型的关联性。既然语境模型代表了在交际情景中与参与者相关的东西，那么从这个角度来说语境模型理论就是一种关联理论。不过他强调他所说的关联性与斯珀伯和威尔逊所说的有所不同。斯珀伯和威尔逊将"关联"最初定义为："一个假设在一个语境相关当且仅当它有一些语境效应"。而他对此的定义是："一个事实和一个事实的知识，如果它在该语境或情境中是可能发生的事件或行动（或预防事件的行动）的直接条件，那么对该语境或情境来说它就是重要的（或相关的）"。① 虽然两者的定义都假定了事实之间的条件关系，但斯珀伯和威尔逊是用效应或影响来定义关联性的，即他们关注的是事实的实际后果，而范戴克的定义则是根据"条件"，这允许了较弱的相关关系，而非因果关系。例如吃饭是与饥饿相关的，但这个世界上数以百万计的饥饿人群，却并没有因为饥饿而获得有饭吃的结果。这不符合斯珀伯和威尔逊的因果关系的关联性，但符合范戴克的条件关系的关联性。在阐释关联理论的差异时，范戴克也对斯珀伯和威尔逊的关联理论给出了较为精准的评价。他认为虽然斯珀伯和威尔逊的方法被归类为认知的方法，但它们实则比心理学和经验主义更正式和抽象。因为他们没有提及关于话语处理的大量文献，也很少提及关于记忆的文献，也没有提出关于语境或关联的心理表征。虽然他们好像和他所做的一样，把语境同样定义为"心理结构"，但只是以"一套前提"的形式，作为"听者对世界的假设的子集"，影响话语的解释。并且，他们没有再进一步解释这种假设在精神上的表现地点和表现方式，也没有解释这种表现影响解释或话语产生的过程。此外，他们也没有提出任何关于语境结构的理论观点。所以他们为语境理论提供了一种更抽象、更正式的贡献，而不是语境的心理学理论和语境对话语产生和理解的影响思想。

---

① Teun A. van Dijk, *Discourse and Context*: *A Sociocognitive Approach*, Cambridge University Press, p. 78.

(六) 语境模型的知识装置

最后，范戴克给出了语境模型在交际中的详细运作图解，其中有一个中心装置，名为"K—装置"，K 是 knowledge（知识）的缩写，可见范戴克对共有知识的强调。在话语交际过程中，K—装置一直发挥着作用——为交际双方建立起共有知识场，并不间断地输入知识和推断交际双方的共有知识。"知识在语境模型中也扮演着重要的角色。事实上，语篇生成和理解中的知识管理，要求语言使用者战略性地'计算'在语篇中预先假定（而不是断言）多少知识，将被认为是语境模型的基本任务。"[①]

总之，相比社会情境理论或社会语言学理论，范戴克认为语境模型理论的优越性在于它可以解释一些话语和交际的性质，而这些性质却无法用社会情境理论或社会语言学理论来解释。换句话说，语境模型解释了为什么在"相同"的社会情境中，话语不仅表现出基于共同的社会文化知识的相似性，而且是个人的和独特的。譬如，说话者/作者与接受者/读者，针对相同的交流事件，虽然会在情境模型的共享方面进行协商，但也会产生误解和冲突，这正是因为他们具有不同的语境模型。再比如，因为语境模型控制话语的生产和理解，因为它们可以与其他心理模型相结合，所以它们还可以用于解释个体在不同的社交场合是如何用不同的话语来表达同一个事件的。很典型的例子是它们可以解释为什么多种报纸上记者所写的关于同一个事件的新闻如何不同。语境模型详细解释了重新语境化的过程，以及参与者如何能够积极地管理这些变化——例如，他们如何重新讲述他们在报纸上读到的内容，或者所看到的电视节目。语境模型的关键作用在于以一种最适宜于社会情境的方式产生话语。

范戴克没有将认知理论绝对化，他一直将语境模型视为能够连接社

---

① Teun A. van Dijk, *Discourse and Context: A Sociocognitive Approach*, Cambridge University Press, p. 64.

会、情境和文化的重要桥梁。所以范戴克提出我们还需要把语境的认知理论嵌入更广泛的社会和文化话语理论中，并讨论它适应社会和文化环境的方式。作为一种认知表征，语境模型将个人和社会文化对交际活动的约束结合起来，从而解释了社会文化的共享，以及所有话语的个体和独特的属性。在这一点上，社会和文化的话语和语言使用方法是没有可比性的，因为它们无法描述和解释语境和话语的这一重要的个人维度。

总而言之，从认知语用学的视角关注文学的话语交际，对研究社会文化语境如何生成文学的意义大有裨益。文学话语一直以来被隔绝于日常的话语交际之外，即使在语用学中也存有此倾向。譬如奥斯汀的言语行为理论，认为文学作品是寄生的，忽略了文学语篇也如日常话语一样带有言外之力，即施事行为的事实。认知语用学将言语行为理论运用于文学批评，运用于研究文学的话语交际现象，有力地解释了文学话语如何影响读者的思想和行为，读者如何与作者沟通，并理解作者的话语。雅各布·梅伊（Jacob Mey）曾说语用学对诗学的一个帮助就是能够提供读者阅读诗歌的接受状态，并且他认为读者对诗歌文本的接受是一种在社会语境中的个人行为。比起梵文诗，一位西方的读者更善于接受十四行诗。同样的诗歌的最初创造即作者的创造也是这样一种在社会语境中的个人行为。奥斯汀认为只有理解语言是如何嵌入社会制度以及它可以用来执行的各种行为才能更好地理解语言的本质。文学语用学正是将文学话语交际嵌入社会文化语境中来探讨文学语言的本质。

第三节　跨文化文学传播中的社会文化语境理论

社会文化语境不仅在文学话语交际中举足轻重，在文学传播尤其是跨文化的文学传播中也发挥着至关重要的功能。张荣翼曾在《两种文学经典的夹缝中——中国现当代文学的文化语境》中探讨了文学经典的传播与语境的关系。"某种语境催生出某种经典,而在另外的语境中,要么它得从经典的位置挪开,要么就是体现出不同的意义。"① 同时他也看到了中国传统经典和西方经典在中国近现代文学的语境中的误读现象。如《聊斋志异》本是唐代志怪小说的新的表达形式,但在现代文学的语境中却被西化,成为蒲松龄发泄牢骚、批判现实主义的作品。《牛虻》在欧洲文学中本是二流地位,但因为列宁表达过对它的喜爱,而在中国成为一流的革命文学的经典之作。语境对于文学传播具有重要的功能和价值,文学作品的误读和意义的变异也与语境有很大的关系。不过这一点在文学研究领域并没有得到足够的关注。相反,传播学关于语境传播功能的研究已非常成熟,能够给我们研究文学传播中的社会文化语境带来许多启发。

语境控制理论②是传播学中语境理论的代表,由爱德华·T. 霍尔的语境理论发展而来,并被威廉·B. 古迪孔斯特、布拉德福德"J"霍尔、西奥多·M. 辛格利斯和威廉·J. 布朗等众多学者所阐发。

一 爱德华·T. 霍尔的语境控制(制造)理论

(一)语境制造的研究意义和功能

在《语境与意义》③ 一文中,爱德华·T. 霍尔谈到了为什么要研究语境制造,以及语境制造对于我们的重要功能。他从文化类似于"网筛"的筛选功能谈起,这种功能预定了我们要关注什么和要忽略什么,提供了关于世界的结构,使人们免受"信息超载"之累。这种功能就是通过"语境制造",即为个人或组织预先制定好的程序来实现的。语境制造以较少的信息就足以使系统活动起来,能够在不增大系

---

① 张荣翼:《两种文学经典的夹缝中——中国现当代文学的文化语境》,《清华大学学报》(哲学社会科学版)2007 年第 5 期。
② 中国还有"语境制造"和"语境化"等多种译法。
③ [美]爱德华·T. 霍尔:《语境与意义》,载 [美]史蒂夫·莫滕森编选《跨文化传播学:东方的视角》,关世杰、胡兴译,中国社会科学出版社 1999 年版。

和系统的复杂程度的同时加强信息的处理能力。然而在文化传播中信息超载的发生是不可避免的，其原因在于跨文化传播的传播者与被传播者之间缺乏沟通的背景和经验等语境信息，无法依靠语境信息，所以要依靠话语形态的信息来传播大量的流动信息，随着话语信息的大量增加，很有可能导致信息超载。即使是被传播者拥有一定的共同的背景和经验，在理解的程度上也与传播者存在差异。而且跨文化传播把话语信息放置在另一个差异语境中，信息本身也会发生变异。语境信息的流失需要话语符号信息来补足，所以产生信息超载现象。霍尔提出语境理论的主要目标就是运用语境制造处理信息的超载，因此他的理论更为关注如何发挥语境在低语境传播中的此种功能。

语境是符号和讯息不可或缺的一部分。霍尔以50年代美国的一个研究项目为例来说明。美国政府曾拨付几百万美元用于开发语言的机器翻译系统，但经过多年努力，语言学家发现唯一可靠和最为迅速的翻译工具还是人，项目失败的原因正是在语境身上，因为语境使语言符号具有程度不同的意义。所以霍尔说："倘若没有语境，符号是不完全的，因为它只包含讯息的一部分。"① 虽然语言符号在某些时候可以独立于语境之外，但在现实生活中语言符号、语境和意义只能被当作同一事物的不同方面，不可忽视任何一方。

人们有意或无意地感知到什么或忽略掉什么，是在对他的世界加以架构和赋予意义。霍尔认为这大部分是语境问题。语境制造作为人类处理极为复杂的事务的一种重要方式，才使我们的系统不会陷入信息超载的困境。至少有五种语境因素影响着人类的感知：主题或活动、环境、社会地位、阅历和文化。比如环境对人们感知的筛选功能的影响。在法庭上，律师、法官等人只关注诉讼记录中的法律部分，使语境自身显得无足轻重。同样，个人的社会地位和社会文化也影响了人们对何种事物

---

① ［美］爱德华·T. 霍尔:《语境与意义》，载［美］史蒂夫·莫滕森编选《跨文化传播学：东方的视角》，关世杰、胡兴译，中国社会科学出版社1999年版，第33页。

进行关注。

（二）静态的语境属性和文化判断分析

高语境、低语境是霍尔提出的非常著名的一对概念，上文中我们已对此简要介绍。这种语境属性研究并不是霍尔的侧重点，他更关注语境结构的研究，即语境在交流活动中是如何生成和调适的，语境具有怎样的传播价值。这与试图探寻语境动态模型的关联理论和范戴克的语境模型的关注点是一致的。根据信息形态量比关系，高低语境可以成为文化判断的重要依据。如果某种文化以语境形态的信息居多，那么便是高语境文化，反之如果以话语符号形态的信息居多，那便是低语境文化。例如中国、日本文化是高语境，美国文化为低语境；古老文化是高语境，现代文明是低语境；优秀艺术是高语境，低劣艺术是低语境。中国文化位于高语境的顶端，读者要查中文字典就必须认识214个部首，这就体验到了语境。人们要通晓中文也必须了解中国历史和拼音系统。这些都是中国文化处于高语境顶端的重要表现。

人类交流可以分为高语境交流和低语境交流。"高语境交流以按预定程序编排信息为特征，信息存在于接受者及背景中，仅有一小部分存于传递的讯息中。低语境交流恰好相反，大部分信息必须存于传递的讯息中，以便补充在语境中丢失的信息（内在语境及外在语境）。"① 高语境传播和低语境传播也表现出截然不同的特征。前者常被用于艺术形式，统一和凝聚力量，缓慢变化，经久不衰，后者则与之相反，不凝聚为一体，轻易而迅速地变化。霍尔分别以教堂建筑和防御性火箭体系来例证两者。教堂建筑保存了几百年的宗教信仰和思想，而防御性火箭体系可能在布置好之前就已过时。

虽然爱德华·T. 霍尔的高语境、低语境理论不是他理论的侧重点，却给研究各种传播问题的后来者许多启示。威廉·B. 古迪孔斯特（Wil-

---

① ［美］爱德华·T. 霍尔：《语境与意义》，载［美］史蒂夫·莫滕森编选《跨文化传播学：东方的视角》，关世杰、胡兴译，中国社会科学出版社1999年版，第44—45页。

liam B. Gudykunst）在《在低语境和高语境文化中的不确定性消减和行为的可预见性：一项探索性研究》① 中以霍尔的高低语境理论为起点，进一步探讨了高低语境文化中为消除陌生人不确定性的不同行为表现。因为高语境文化中一个信号的大部分信息都蕴藏于语境或内化于个人之中，所以高语境文化的成员比低语境文化的成员在与陌生人交谈时更为谨慎。因为他们会通过背景信息推断出大量其他信息，所以会收集更多对方的背景信息（比如父亲的职业和宗教信仰等信息），以此来把握陌生人的未来行为。但在低语境文化中，这类信息并不被那样高度重视，背景询问并不足以把握陌生人的未来行为。与低语境文化相比，高语境文化的成员对自己人和外人区分得更为清楚。他们在交往时十分谨慎，尤其是亚洲高语境文化常被称为"不接触"文化，他们较少使用非言语行为，如触摸和目光对视，喜欢站在较远距离进行交流。

（三）动态的语境功能研究

语境制造的功能之一，是生成语境传播效应。一种方式是传播活动双方积极协商互动，不断生成双方共享的信息，促进流动的信息产生语境传播效应。已生成的共享信息在后续的交流中无须再以话语符号重述，从而降低了话语信息的数量。另一种方式是传播活动双方通过观察对方的反应，不断推断形成共享信息的可能性，从而调适话语表述的内容、方式和数量，积极使之产生语境传播效应。所以在跨文化传播中，交流的话语就成为语境生成的重要信息资源，语境制造的过程实际上是话语符号信息向语境信息转换的过程，话语符号信息的数量随着语境信息的不断积累而减少，从而避免了信息超载。

语境结构是变化的。静态的研究只是研究的基础，更重要的任务是研究语境在跨文化传播中的调适功能。语境传播是一个动态的过程，包

---

① ［美］威廉·B. 古迪孔斯特：《在低语境和高语境文化中的不确定性消减和行为的可预见性：一项探索性研究》，载［美］史蒂夫·莫滕森编选《跨文化传播学：东方的视角》，关世杰、胡兴译，中国社会科学出版社1999年版。

含语境结构在传播发生时的预设,以及传播过程中语境结构的变化和调适。语境结构的预设是传播发生时传播者根据此前经验对话语符号信息和语境信息的量比关系预设,即确认更能让对方理解的语境信息量。语境结构的变化和调适是指在传播活动中传播者根据传播效果,对这一量比关系进行调整,或加强或减弱语境信息量,为传播构成更合适的语境结构。

霍尔的语境控制(制造)理论启示我们:"语境的水平决定了有关传播性质的一切,它是后来行为(包括象征性行为)依赖的基础。"① 刘坚、程力在跨文化传播研究中便受此启发,认为人们成功进行跨文化交流的重要前提就是对语境结构和水平的判断和把握。不论文化传播是否是跨文化的,交际双方的共同之处越少,那么语境信息就越少,在传播中语境的功能就不明显,而以话语符号的信息交流方式就成为主导。②

所以跨文化文学传播的意义生成必须注意发挥语境传播效应。因为在对异域文化毫无所知的情况下,所有的意义大部分要依赖于话语符号信息。所以跨文化传播需要一个共享信息不断积累的过程,需要一个由话语符号信息向语境信息转化,即语境传播效应发生的过程。在传播学的语境控制理论中,作为一种非话语信息形态,传播者应充分发挥各种语境形态来辅助传播,比如图像符号的辅助。跨文化传播的文学作品中,那些配图的版本比纯文本更能明晰地表达意义。除此之外,文学的传播与日常话语的传播不同,传播双方为语境制造而进行的互动不是即时的,而是长期的。而且因为文学较多以话语本身来传递信息,缺少肢体语言,所以语境制造更多表现为长期而非短期的从话语信息到语境信息的转换。

---

① [美]爱德华·T.霍尔:《语境与意义》,载[美]史蒂夫·莫滕森编选《跨文化传播学:东方的视角》,关世杰、胡兴译,中国社会科学出版社1999年版,第37页。
② 刘坚、程力:《语境控制理论的跨文化传播意义》,《东北师大学报》(哲学社会科学版)2007年第4期。

二　布拉德福德"J"霍尔的语境意义理论

在语境控制理论的代表学者中，还有另外一位霍尔——布拉德福德"J"霍尔，他在《跨越文化障碍——交流的挑战》①一书中将交流视为意义的生成。比如在一项实验中，假定救生筏上只能带一个人上去，是选母亲还是妻子。英国人选择妻子，而沙特阿拉伯人选择母亲。这种差异来自他们对母亲和妻子这两个概念的"组织"方式的不同，所以生成不同的意义，做出了不同的选择。英国人认为虽然自己也同样爱母亲，但母亲已过了一辈子，而妻子却是自己的终生伴侣。而沙特阿拉伯人认为娶一个老婆很容易，但母亲只有一个。所谓"组织"指的是"我们在有助于我们形成认知的不同事物之间进行的联系"，运用参照其他事物的方法来认知事物。比如对于"母亲"这个概念，我们联想到的就是生育、抚养、疼爱等事情。如果失去了与这些其他事物的联系，那么我们就不知道母亲意味着什么。换句话说，这其实是把一个概念或词语放置在其他词语或事件所构筑的语境中才能理解它的含义。

不仅一个概念的理解如此，布拉德福德"J"霍尔认为在所有的文化中，交流时话语意义的生成都要受语境的制约。同样的一句"我也爱你"，说给母亲、妻子和女儿分别是不同的意义。"同样的话，在不同的语境下生成了不同的意义。每一种文化都以不同的方式来组织语境因素，所以我们必须理解在不同文化背景下的具体语境。"②进而他提出"环境决定论"，这个环境并不是指跨文化交流的文化环境，而是指交流的语境。霍尔在环境决定论中讨论的正是文化和交流的关系。霍尔认为文化是决定我们交流互动方式的独立变量或原动力。因此如果了解了某人所属的文化，那么文化的三种表现形态——世界观、价值观和行

---

① [美]布拉德福德"J"霍尔：《跨越文化障碍——交流的挑战》，麻争旗等译，北京广播学院出版社2003年版。
② [美]布拉德福德"J"霍尔：《跨越文化障碍——交流的挑战》，麻争旗等译，北京广播学院出版社2003年版，第16页。

为规范，就可以给我们提供预测行为的可靠依据。① 但如果离开了具体的语境，文化的这三种表现形态就变成了成见。人们关于不同群体的各种成见好像是很有道理的，但在实际的交流中并非如此。这并不是说我们对不同文化价值观、世界观和行为规范的认识就没有意义了，它们是我们认识跨文化交流的依据，是交流的源泉。只是不应该以这些概念将人视为没有意志和复杂推理能力的文化机器。因为在具体的交流中人的推理是非常复杂的，交流意义的生成无法离开具体的语境。霍尔从这个角度总结文化和交流之间是一种相互反射和彼此作用的关系，两者谁也不能完全决定对方。文化和交流的关系既有一定的模式也存在因语境而变化的可能。在某一个文化语境中可以清楚表达意义的话语，到了另一个文化语境中可能变得意义含混。对当前所处语境的认识对于我们推理话语的隐含意义是非常重要的。

在提出语境的重要性的基础上，霍尔进一步指出语境框架对于理解语境和话语意义的重要性。框架是理解语境所必不可少的。同样的行为在不同的语境框架中具有不同的意义。例如有人在看球赛时大喊"快点，没用的东西，快把那笨蛋宰了！"。对方只会认为他看得过于投入，但这句话如果放到了法庭上就会得到完全不一样的反应。而且框架之间也是兼容的，比如开会时私底下也可以聊天，这就是两种框架交叉的表现。因为许多框架在不同的文化中并不统一，所以有时才会造成跨文化交流中的误解。

借鉴爱德华·霍尔的高语境和低语境的交流理论，布拉德福德"J"霍尔认为某人既可以参与高语境交流也可以参与低语境交流。如果交流对象是比较熟悉的好朋友，那么交流语境属于高语境交流。交际双方处于高语境的一方更依赖于背景信息、社会地位和经验等语境线索，而处于低语境的一方则更强调交流用的词语。农村社会的交流是一

---

① ［美］布拉德福德"J"霍尔：《跨越文化障碍——交流的挑战》，麻争旗等译，北京广播学院出版社2003年版，第44页。

种典型的高语境交流。交流双方因为共享许多信息，所以握一握手就能做成一笔生意，一句话和一个眼神就能传递许多意义，无须更多的合同条款来说明。霍尔进一步指出高语境交流和低语境交流这两种交流类型各有各的优缺点，前者交流十分快捷，便于个体在确定的社会背景下迅速得到辨认和理解，但令外人难以理解；后者虽然不够快捷，但交流意义更加明确，更容易改变和发展新的关系和联系，更有利于个体的改变和发展。

两位霍尔的高低语境思想对于中国文学作品的意义和价值也具有阐释力。虽然中国语言传播是高语境状态，但在中国语言形形色色的话语类型之中，语境的高低程度又有所不同。在不同的文学作品之中，语境的高低程度也有所差异。相较之下，凡是与社会历史、文学历史联系紧密的作品都属于高语境作品，即需要调动大量的语境信息的作品均属于高语境作品。越是言外之意丰富的作品，越是高语境作品。从某种程度上来说，高语境作品的艺术价值要高于低语境作品，因为这种在故事或抒情文本之外寻找意义的过程恰恰是文学蕴藉深厚的表现，是作者成功组织话语和读者成功解读话语的体现。

三 从社会文化语境的视角解读文学的跨文化传播

传播学所说的语境是一种典型的社会文化语境。在跨文化传播中，文化间的差异会给传播带来理解的隔膜和误解，这是我们常爱讨论的话题。比如东方人受儒家思想影响，倾向于集体主义，以个人利益服从集体利益，将自己为集体做出贡献视为个人价值的实现，立德立功立言是古代君子实现自身价值的方式。而西方人迥异，他们更注重个人主义，鼓励个人去改变环境，而不是顺应环境。因此，西方人在看中国的文学作品时很难深切地理解这类中国的价值观念。文化差异自然也带来很多误解。在书写求职信时，西方人认为申请人应该主动推销自己，东方人则更欣赏谦逊含蓄地展现自己的能力。一封罗列自己优秀业绩有些

"自吹自播"的自荐信,在西方国家也许会获得青睐,但在中国或日本的东方国家里却有可能被认为不够谦逊,缺乏团队精神。在文学的跨文化传播中,社会文化语境的差异也是意义变异的一个重要缘由。

两种社会文化语境的比较,即跨文化交流的比较语境研究,是理解文学跨文化传播的必要方法。我们既要关注两种社会文化语境的相互参照和相互发现,同时也要注意思想的"语境化",防止出现"影响的神话"。一方面,跨文化交流的意义在于异质文化之间的相互参照和发现。比如中国诗的意象并置的特征,是通过庞德对中国古诗的翻译来被我们认识到的。海德格尔借鉴道家的有无思想来克服西方哲学形而上学的传统,让我们重新看到了东方思想的力量。另一方面,这种相互参照和发现不能过度。罗钢、刘凯在辨析田冈岭云文论对王国维意境说的影响时曾深度讨论过这个问题。"任何个别的观念都是在某种思想结构中发生意义和作用的,如果一味寻章摘句,而不把它们与整体的语境联系起来,就会不自觉地放大其共同性,而忽视二者之间的深刻的差异,生产出种种'影响的神话'。"① 赛义德在《理论旅行》中曾建议要避免此种情况,需要将思想运动和交流历史化、语境化。文学或文论思想的传播有时可以激起灵感的火花、带来新的潮流,有时则是生搬硬套、削足适履。能够解决这一困境的关键在于"语境化",即关注文学作品和文论思想各自的语境,以及在新语境中的适用度,既不夸大其词,也不囿于民族主义而使珠玉蒙尘。

以20世纪上半期中国古典诗歌在美国诗坛的传播为例。当时中国古典诗歌给美国诗歌的蓬勃发展提供了新动力,美国新诗运动的主帅庞德在中国诗的传播中功不可没。他整理出版的《神州集》录有《诗经·采薇》、《古诗十九首·青青河畔草》、王维的《送元二使安西》以及李白的十二首诗,后来在《鲁斯特拉》诗集中又增录庞德所翻译的

---

① 罗钢、刘凯:《影响的神话——关于"田冈岭云文论对王国维'意境说'的影响"之辨析》,《清华大学学报》(哲学社会科学版)2015年第4期。

另外四首中国诗——《游仙诗》、《陌上桑》、卢照邻的《长安古意》和陶渊明的《停云》。《神州集》的原稿是费诺罗萨的遗稿，其中实有150首汉诗，庞德只选择其中这些来翻译收录，却引起了极大的轰动和影响。这首先源于庞德以他的诗才对中国诗歌采用了一种再创造式的翻译方法。从某种程度上来说，庞德所做的翻译就是一种语境化的翻译。艾略特赞誉庞德是他们那个时代中国诗的发明者，称赞他的翻译比其他汉学家的翻译更能展现中国诗的真精神。这些诗歌在艾略特眼中并非某种译诗，而是20世纪诗歌的杰作。"我们与其说有一种自在的中国诗，等待着某位举世无双的理想的翻译家去发现，毋宁说庞德以其传神的翻译丰富了现代英语诗歌的宝库。"① 因为庞德的翻译，中国古典诗歌直接呈现意象的表现方式在美国诗坛引起了极大的关注。当然不只是庞德一人，其他先锋派诗人，如艾米·洛厄尔、瓦谢尔·林赛等都为中国古典诗歌所陶醉，锐意创新，打破维多利亚后期的颓废诗风。哈里林·蒙罗创办的《诗刊》也是功勋卓著，成为展现中国诗风的重要阵地。庞德曾在《诗刊》上断言：正如文艺复兴从希腊人那里寻找推动力一样，中国诗是一个宝库，未来一个世纪也将从中寻找推动力。②

除此之外，中国诗歌对美国诗坛的影响，也与契合当时美国诗坛的社会文化语境有极大的关系。美国诗坛力图打破维多利亚诗歌的传统，战争所带来的残酷现实已无法用优雅高贵、充满幻想的维多利亚诗风来表现。随着民族独立意识的觉醒，欧洲的诗风也成为阻碍美国诗坛建构自身诗歌体系的阻碍物。有别于欧洲诗歌的中国古典诗歌正好契合了这一时期美国诗坛的自身需求，给先锋派诗人带来灵感，指明了一条别样的发展道路。

---

① 张节末、刘毅青、闫月珍、徐承、李春娟：《比较语境中的误读与发明——推求徐复观、叶维廉、高友工、方东美等学者重建中国美学的若干策略》，《浙江大学学报》（人文社会科学版）2007年第4期。

② 郭英杰：《1919—1949年美国诗歌对中国诗歌的互文与戏仿》，《北京第二外国语学院学报》2015年第8期。

再以西方思想在中国文学的"理论旅行"（赛义德语）为例。理论在传播到一个全新的社会文化语境之后会经历什么样的变形，是我们应该关注的一个核心问题。但在 20 世纪后期当西方理论思想大量涌入中国文坛时，我们还来不及思考这个问题，就迫不及待地将各种新鲜的理论运用于中国文学的创作和批评中。比较典型的如后现代主义对中国当代文学的影响。我国先锋派作家是后现代主义最热烈的响应者。他们反叛语言习俗，运用戏拟和反讽等后现代的表达方式，在叙事方式和审美意识等各个方面进行解构性的实验。西方后现代文化理论和文学作品对当代作家的影响已经渗透到他们的创作思维和表现手法中，取得了与世界接轨的成就。但西方后现代文化理论在中国的社会文化语境中多少有些消化不良，在经历了广泛而深刻的效仿之后，这种刻意的模仿使中国当代文学的发展出现了难以为继的困境。所以 90 年代先锋文学开始向现实主义回归，回归中国社会文化的本土语境。

总之，社会文化语境是跨文化文学传播中不可或缺的研究视角，尤其是对于传播过程中文学意义的变异和误解研究。实际上，无论是文学的跨文化传播，还是作者、读者之间的话语交流，都涉及社会文化语境如何生成意义的机制问题。虽然研究的领域不同、侧重点不同，但社会文化语境的意义机制却是相通的，那就是作者与读者话语交际的"语境化"机制。

第四节　社会文化语境的语境化机制

当我们把视线从文本内部和文本间再往外延展时，我们就可以看到比文本更丰富的存在，看到作者、读者和包罗万象的世界。在这个更广阔的世界中，文学的创作和阅读是作者和读者彼此进行交流的活动，也是他们与这个世界的方方面面、与社会和民族的历史、与艺术的足迹、与自己的过往进行交流的行为活动。

一 社会文化语境的意义机制概述

语用学和传播学关于语境与意义的理论，奠定了我们此处讨论的基调——作者的创作和读者的阅读、文学作品的传播和接受都是作者和读者乃至更多的主体进行话语交际的一种表现方式，而且只有当一切信息在认知的层面被读者所理解时，才有意义的生成。

社会文化语境的外延比其他语境类型都更为广阔，它包括意识形态、思维模式、历史知识、美学原则、行为原则以及与作者、读者相关的任何因素。所以在文学活动中，它参与意义的生成机制也是极为复杂的。在一般的印象中我们多将社会文化语境视为客观的，但它实则更多的是主观要素，而且那些客观要素，如时间、地点、民族属性等，也只有作用于主观要素，才能参与意义的生成。社会文化语境的意义机制实则是作者和读者的主观心理建构。主体间性是语境的一个重要特征，是研究社会文化语境的意义生成机制无法规避的一个视角。在读者没有被发现的时代，读者被认为是被动接受的；在读者被发现后，作者又被视为是无所作为的。更为合理的状态是无论在创作还是阅读过程中，双方都是互动的，语境也在互动中一直被唤醒，文学话语交际所获得的是一种主体间性意义（intersubjective meaning）。所以正如我们曾言明的，虽然我们选择以文本间性的视角对文学语境进行了划分，但并不意味着语境没有主体间性，相反这种主体间性是语境和意义的重要特征之一。对于文学话语而言，语境的主体间性意味着作者和读者之间、作者与作者之间、读者与读者之间、作者、读者与批评家等其他主体之间的相互作用和交流。

社会文化语境这个词，因其内容的丰富性而不免有些笼统。如果再细致地划分，宏大的社会文化语境可以再细分出各类次级语境，比如作者和读者的语境；宏观和微观的社会文化语境；共享和个体的社会文化语境；主观和客观的社会文化语境；等等。在社会文化语境参与意义的生成过程中，这些语境并不是各自为战的，它们彼此之间重组互动，由一系列的"语境化"运动，再创造意义。我们此处所说的"语境化"主要指的是读者依照关联原则，寻找相关语境集合，从而推导和再创造意义的过程。

社会文化语境的意义机制触发于作者与读者的互动交流。不过依赖于文学创作和阅读的话语交际，是一种非常特殊的交际方式，其特殊性主要表现在三个方面。

第一，作者（说话者）与读者（受话者）之间往往不在一个情境之内，两者语境差异之大超越了其他的话语交际方式。除了口语传播、即兴创作和网络互动创作等特殊的情形，大部分文学话语交际的作者和读者都不在同一个情景语境中。文学作品具有长期的信息储存性，几乎可以永久流传，阅读作品的读者的语境更是与作者的语境千差万别。作者和读者情景语境的差别表现在时间、地点、文化、历史、社会风俗、民族精神、审美心理等众多方面。所以文学的话语交际比日常话语交际的情景状态要复杂得多。

第二，作者的话语向无数的读者敞开，是一场永无止境的话语交际。读者语境赋予了每次阅读以丰富性和特殊性。因为语境的存在，没有一次阅读和意义的生成过程是完全相同的。因为虽然文本自身是稳定的，但解释者的语境是不断变动的。换句话说，固定的主题、结构和修辞，在不同的社会文化语境中反复出现，在拥有不同的认知语境的读者中反复出现，就导致了意义的差异。解读者的社会文化语境与作者或其他读者的社会文化语境的距离越远，这种意义的差异就越大，这也是现代阐释学所强调的时间距离。但是无论是文学的创作还是阅读在继承和创新上永远都是一个矛盾的态度。我们既追求文学作品意义的稳定，企图回归解读的传统、作者的传统，但又对它们进行不厌其烦的一遍遍的解释。这种矛盾的态度表现在我们对社会文化语境的复杂态度上，我们需要并渴望社会文化语境来参与文本意义的解读，丰富文本的意义，让我们的阅读更加充满趣味，但同时我们又用不断的解读和研究去解构那些已被唤醒的社会文化语境。

第三，在作者与读者的话语交际之中还有一层话语交际，呈现"双焦点情境"的特征。此概念来自亨利·威多森，他以下图说明文学话语活动的双焦点状态。

I_1　　　　　I_2　　　　　　II_2　　　　　　　II_1
发送者（Sender）　发话人（Addresser）　受话人（Addressee）　接收者（Receiver）

在日常交流中，发送者（I_1）与发话人（I_2）、受话人（II_2）与接收者（II_1）是相同的，而在文学交际，尤其是叙事性作品的文学交际中，两者却是分离的。在发送者（I_1）和接收者（II_1）的话语交际之中，还有作品内部发话人（I_2）与受话人（II_2）之间的话语交际。文学对日常话语交际的虚构性模拟，在作者与读者的对话之中又增加了一个额外的维度。无论文学作品内部的对话多么直接自然，都只是作者想要传递给读者的全部信息的一部分。语言的使用不仅仅是社会的一种反映，也是社会过程的一部分，其本身就是一种社会实践。

总体上来说，每一次作者和读者的话语交际经历了如下的过程。

作者编码（借助预设语境化传达显性和隐含意义）
↓
文本形成（包含各种语境化线索）
↓
读者解码（通过语境化解码显性意义、推导隐含意义和再创造新意）

作者通过预设读者的语境化过程进行编码，在文本中留有各种语境化线索，以供读者在阅读时通过这些线索进行语境集合的关联，激活与作者的共享知识，解码显性意义，推导隐含意义。语境化的过程贯穿整个文学活动，只不过在作者创作活动中是以预设或预演的形式进行，直到读者阅读时真正的语境化解读才开始，文本意义方且生成。

二 作者的语境与语境化预设

作家的语境是文学的社会文化语境的重要组成部分。雪莱曾经谈论过时代、自然、艺术等一切客体对主体思想的影响，每个艺术家的思想都受到一切客体的整体影响和改变，虽然从某种意义上来说诗人与其他艺术家一样是创造者，但同时他们也都是所处时代的创造物，再伟大的人也逃脱不了这条法则。所以社会文化语境从作家创作的源头那里就开始参与作品意义的生成。

作者并不会把所有的意义都用语言直白地表达出来，因为这样写所得到的作品一定是非常拙劣的。他运用自己巧妙的语言编码技巧把一些意义表述出来，同时把更有趣或深奥的意义隐藏在语境里。我们在阅读时所感受到的意义并不是由作者已说的话（显性话语）所建构，也由那些没有说出的话（隐性话语）所建构。这些没有说出的话语存在于社会文化语境中，并且往往对我们理解文本起着至关重要的作用。

作为一种话语交际行为，作者的创作也不是凭空表达的，他在心里想象着读者，并对他们表述。这些隐含的读者往往与作者所生活的社会历史背景相一致，他们影响着作者的编码方式，并被投射到文本中发声，当然是以作者幻想的方式。作者在心里预演着读者与自己交流的情景，并根据这种情景来对语言进行编码。我们可以借用语用学的"语用预设"概念把这种幻想中的话语交际称为作者的预设。作者关于读者的预设，作为他们语境的一部分，会因为不同的流派和情境而表现出很大的个体差异。并且这种预设也不是一成不变的，也会在写作过程中发生改变。

　　对隐含读者的预设会影响作者的编码方式。虽然他要讲述的事件或抒发的情感是确定的，但其表述的方式会随着语境的变化而变化。比如我们对好友和警察讲述一段相同的经历，讲述的方式一定是不同的。这是文学语用学应该处理的问题之一，即创作时期隐含的读者与阅读时期真实的读者之间的差异究竟怎样影响意义的生成。作者所预设的读者和真实读者的世界和知识越接近，他们的话语交际就越容易展开，读者就能更有效地打开作者所隐藏的意义。为避免真实的读者与作者预想的读者差距太远，他们有时会加以引导，如马克·吐温在《哈克贝利·费恩历险记》中所做的那样，他在讲故事之前就明确地表明他对读者的预设："试图在故事中找到动机的人将被起诉；试图从中找到道德的人将被驱逐；试图在其中找到阴谋的人将被枪决。"

　　在编码的过程中，作者语境中的众多要素都会发生作用，比如他的审美趣味、人生阅历、创作经验、社会文化背景等。比如海明威的作品几乎都是用短句表达，他对短句的热衷实际上来自他曾经在报社工作的经历。1917年10月海明威在堪萨斯市的《星报》担任见习记者，当时报社提倡"用短句""用生动活泼的语言"。这种初步的文字训练，对他日后简练的文风产生了深远的影响。除此之外，他热衷于深海垂钓的相关题材，其著名作品《老人与海》就是对这一题材的纯粹书写。这种偏爱与他追随父亲热爱深海垂钓的喜好有直接关系。任何作家的写作题材都能从他的个人传记中找到关联，即使是天马行空的幻想之作也能找到蛛丝马迹。在这些发生影响的众多要素中，当然还包括他对读者的语境和阅读能力的判断。根据所预设的情况，作者在隐藏意义时通常会留下一些语境化线索，以便于读者寻找关联的语境资源，更易于揭开他的隐含意义，理解他的交际意图。

　　语境化线索是读者寻找语境关联并组构语境集合的方式，它们可以使特定的语境集合与文本话语、作者语境相关联。在日常话语交际中，语境化线索可能是一个手势、面部表情，特定的语调、音量和姿态等都可以用来构建语境，而且这些线索往往通过与其他会话线索相比较而显示出含义，比如音量提高、语速加快、注视更为专注等。在文学的书面语言中，这些语境化线索只能通过文字描述的方式来传达，韵律特征虽然也是有的，但也要依赖于读者的准确识读。语境化线索在文学中可以表现为任何一种形态，从韵律、语符的字面意义、修辞方法，到意象、结构、情节、人物等，任何可以引发读者联想并产生语境关联的都是语境化线索。甚至词汇本身就是一种语境化线索，词汇的使用者通过他们所选用的词汇便可以引入自己的社会地位、价值观、知识素养、生活方式、目标理想等一系列的语境信息。作者对词汇的选择、作品中人物所运用的词汇等都传递着关于语境的各种暗示。语境化线索遍布文本的各个角落，一类线索通常是集体出现的，因为它们之间也是彼此关联的。就像在叙事性文学中，话语场景的营造通常需要大量的线索共同完成，比如一段法庭审判的情景，需要通过大量的法律专业术语、法庭惯用的缜密的句法结构等线索，共同引入读者关于法庭审判的共享知识，建构一段适用法庭表述的特定语境。

　　除了语境化线索需要作者的有意设置之外，在作者开始讲故事时，许多故事的背景、人物关系、文化知识也都是作者预先设定的。这种预设不像语境化线索那样要特意表露出来给读者看，相反的是以隐藏的方式进行预设。作者并不需要向我们一一罗列故事背景、人物关系和普及文化知识后才开始讲故事，而是将之作为与读者的共享知识暂且按下，让读者在故事的发展中慢慢发现这些背景知识并获得理解。作者如此预设与读者之间共享知识的存在，是遵循话语交际的经济原则的，既避免了一一介绍故事背景的烦琐，也节省了更多的语言和篇幅用来叙述故事的核心情节。共享知识的预设是否会影响阅读呢？通过对各类故事进行比较，我们发现超现实的故事理解起来，比现实主义的故事更需要作者和读者对这些背景知识的共享。如网络文学偏爱的玄幻题材，那种中国的天宫地狱和神仙妖怪的名字和等级，那些诸如天上一日人间一年的神话常识，还有仙家腾云驾雾、瞬间移动的行走方式，都是中国的网络作家无须向读者言明的，他预设的读者就是与他拥有这类共享知识的中国读者。但是如果换作外国读者，那么这些共享知识的缺失就会给阅读带来很大障碍，令其无法很好地理解作者所要表达的意义。从这个层面上来看，作者假定和隐藏了大量的共享知识，他所编码的文本其实是非常不完整或隐含的。作者预想读者能够通过他留下的语境化线索来激活这些知识，从而关联他所没有言明的共享知识，最终理解他所隐藏的意义。

  不过作者在创作时对读者的预设，也会从独自的想象发展为现实的知晓。较为典型的是网络文学中作者和读者的互动。网络文学作家在网络平台上通过与读者的互动，对读者的预设，与传统作家相比是更贴近真实读者的。或者换句话说，网络文学作家与读者的话语交际，几乎与日常的话语交际没有太大差距，他是面对真实的读者进行发声，许多读者也是即时地进行理解和反馈。作者与读者进行直接的沟通，就可以根据现实读者的语境来调整自己编码的方式、共享知识的安排。读者也不仅是读者还是批评者，他们能够及时对已更新的文本进行评价，尊重读者的作者会根据他们的反应来及时调整后续的编码方式。

  不过网络作者与读者的互动只是文学话语交际的一种特殊现象，大部分传统的作者进行创作时还是在想象中预设读者的。他们根据预设的读者，安排语境化线索，设想读者阅读时的语境化。不过这些只是作者的预演，没有受话人的独角戏，并不是真正的话语交际。真正的话语交际从真实读者进行阅读的那一刻开始，真实的语境化活动由此启动，文本的意义开始生成。

三　读者的语境与语境化解读

  在文学的话语交际中，并不只有作者的声音，叙事者、抒情者和人物的声音，还有读者的声音。各种声音的对话交流，才构成了完整的文学话语交际活动。所以文学就是读者和作者之间的对话（这其中也包括读者与作者所创造的叙事者、抒情者和人物的对话），是他们之间在复杂的社会语境中或含蓄或直率的对话活动。自 20 世纪后期接受美学和读者反应批评兴起以来，读者阅读的主观能动性开始为我们所关注，读者不再是一个被动的聆听者，而是文学意义的再创造者。甚至只有作者积极邀请读者参与的作品，才被视为成功的创作。姚斯和霍拉勃说过："在这个作者、作品和大众的三角形中，大众并不是被动的部分，并不仅仅作为一种反应，相反，它自身就是历史的一个能动的构成。一部文学作品的历史生命如果没有接受者的积极参与是不可思议的。因为只有通过读者的传递过程，作品才进入一种连续性变化的经验视野。"①

所以作者的编码需要和期待读者的解码，这一解码的过程从认知语用学的角度来看，是读者在文本中寻找语境化线索，遵循关联原则，将文本话语与各种语境集合相关联，从而推导和创造意义的过程。语境化解读需要读者最大限度地参与意义的生成过程，他们不仅要适应文本中的语言规则，绘制语境的地图，还要解决许多问题，比如知识的缺乏、时间的困惑、人物或作者身份的怀疑等。在解读的过程中，书面化的语境化线索是引导读者理解和创造意义的关键。因为读者阅读时的语境和平时对话的语境不一样，虽然读者通常也有一个或多或少、或详细或模糊的关于作者的印象，但并没有真正的面对面地互动，并且在文字打印出来的话语交际中也没有语调、姿势、面部表情等可以参考，只有自身持续不断地运用书面的语境化线索所关联的语境变化。

读者开始阅读后，文学话语交际便增加了两个新语境：实际情景语境和读者的个体主观语境。实际情景语境主要指的是读者所处的客观的社会文化语境要素，比如时间、空间等，如上文所说，这些要素要通过主观化才能对意义产生影响，所以我们讨论的重点还是读者的个体主观

---

① ［德］H. R. 姚斯、［美］R. C. 霍拉勃：《接受美学与接受理论》，周宁、金元浦译，辽宁人民出版社 1987 年版，第 24 页。

语境（下文简称读者语境）。

通过语境化线索关联的读者语境是一个较为复杂的语境集合，为了更好地探究语境化活动，我们还需将之再做进一步的细分，主要包括以下次一级的语境集合。

1. 百科、事实知识
2. 作者的背景知识
3. 个体的情景记忆
4. 个体的阅读经验（包括过去的语境化经验）
5. 群体的社会记忆（群体态度、群体意识形态、群体知识等）

这些语境集合并不是读者语境的全部，只是发生语境化关联的主要语境集合。读者语境包括与读者阅读相关的一切关联要素，如读者的性别、年龄、职业、社会地位和文化素养，乃至读者阅读的语调和方式也是读者语境的一部分。阅读从某种意义上来说就是一种对话语或故事的复述，复述从来不是完好无损地恒定传送事件。读者在阅读一段话时所选用的语调、断句的方式都会影响他对一段话的理解。这些因人而异的阅读方式，并不是文本所固有的，它们随着读者的变换而变化，是与读者相关的语境要素。

（一）时空要素的主观化

在展开语境关联之前，读者首先要解决的是时空的困惑，即社会文化语境中客观要素的主观化。读者的各种语境集合都处于一个基本的时空语境要素中。读者阅读的时间、地点是文学话语交际最基本的一类语境要素。时空的变化，可以引起一系列其他先前经验记忆的语境集合的变化。读者往往在阅读时首先需要确立的便是时间和地点这类语境要素。不过文学话语交际与日常话语交际不同，时间、地点呈现多元化的特征：文本的时间和地点；作者的时间和地点；读者自身的时间和地点。这其中文本的时间、地点又不是单一固定的,往往是呈现为一个时空的叙事或抒情链条,时空的闪回和重叠时有发生,需要读者自行排序和理解。作者的时间和地点是较为固定的,在阅读前读者一般会对作者有所了解,形成一个或详细或模糊的大致印象。读者自身的时间和地点往往是极易被忽略的,因为文学的审美的超功利性,读者会忘却自己的时空特征,但这并不意味着读者的时空不会对意义产生影响,相反它们是对意义影响最大的,不过多以潜移默化的方式进行。读者自己的时空是一个时间的节点,是呈现其他一切语境的"诱发因素",只有它们的确定,才确立了与前两种时空的差异和距离。它就像是一个启动按钮,开启文学话语交际的语境化进程。

(二)百科、事实知识的语境化关联

知识是意义生成和理解过程中必不可少的要素,发挥着重要的功能,它既包括百科、事实的一般知识,也包含作者的独特的背景知识。作者在创作中预设了大量的百科、事实知识作为与读者的共享知识。读者在阅读时,需要关联自身的百科、事实知识加以识别,完成与作者的共享,从而才能准确地推导作者所要表达的意义。所以作者预设的知识对读者的语境集合具有极强的依赖性,实现与读者的百科、事实知识的关联,并达到这类知识的共享,是读者理解作品意义的基础。

不过读者对百科、事实知识的了解因人而异,无法与作者所预设的那般完全一致,所以共享知识是需要读者在阅读过程中不断调整和顺应作者的。有的作品还需要一些关于医学、法庭、刑侦和经济等方面的特定知识。一位研究型或热衷探索的读者,会有意识地扩大自己的知识量,以求得与作者预设的共享知识的契合,推导出更准确而丰富的意义。新历史主义的格林布拉特所提倡的"全方位阅读"方法,在这一点上做到了极致。全方位阅读需要读者对文学文本中及其周围的社会存在进行双向调查,把当时社会文化中的各种逸闻趣事、艺术、风俗,乃至文书和墓碑都一同阅读,借此还原文本诞生时的社会文化语境。

百科、事实知识对意义的影响并不是可有可无的，有时甚至会起到主导性的作用。琳达·哈琴曾讲述过自己对于理查德·瓦格纳的音乐戏剧的欣赏体验："在听到或看到瓦格纳的音乐戏剧时，想要脱离纳粹篡改剧中的日耳曼神话、利用这位作曲家本人的反犹姿态这样的语境，是不可能的。"① 希特勒对瓦格纳极为崇拜，将之作为纳粹的精神教父，在世界历史中两者所建立的事实关联过于深刻，以至于让琳达·哈琴无法专注于瓦格纳的音乐戏剧，而不由自主地将希特勒和纳粹主义引入对瓦格纳作品的赏析。我们现在之所以呼吁关注瓦格纳音乐的自身价值而非他与纳粹的联系，正是因为百科、事实知识主导了听众对其音乐的欣赏。

（三）作者的背景知识的语境化关联

作者，作为话语交际的一方，是读者阅读过程中无法回避的幽灵般的存在。读者通过关联自身关于作者的背景知识，实则是对作者语境的引入。从话语交际的一般特性来说，交际双方的相互了解能够更好地沟通和交流，对于文学话语交际而言亦是如此。读者如果对于作者的世界观、人生观、生平、习惯、趣味、爱好、写作风格等方面较为熟悉，能够更快地把握作者的意图，识别隐藏的意义。所以在语文教学中教师在讲授任何一篇语篇之前，都要先对作者自身加以介绍。

从作者具有署名权到20世纪本体论之前，作者的背景知识都是被极其重视的。无论是在中国孟子以"知人论世"回答"颂其诗，读其书，不知其人，可乎"的反问，还是西方传统的解释学对于文献原初创作语境的追求，都是关联作者语境的阅读方式。无论是我国古典文学事无巨细地对作者生平的考据，还是西方卷帙浩繁的文学巨擘的传记，都是在增添我们对作者的了解，为作品意义的解读奠定基础。即便是本体论的思潮时期，韦恩·布斯也要提出"隐含作者"的概念，以弥补真实作者缺失的遗憾。

---

① ［加］琳达·哈琴：《反讽之锋芒：反讽的理论与政见》，徐晓雯译，河南大学出版社2010年版，第9页。

我们无意重谈作者的创作意图对于文学意义来说究竟有多重要，也不是在此重拾文学意义的作者圭臬，只是讨论如果读者在阅读中将文本话语与作者的背景知识进行关联，势必对意义的生成产生影响。而且读者对作者的背景知识越了解，越能够接近作者的本义，甚至揭示作者无意识言说的意义。并且读者每一次对作者语境的关联，都会成为他的阅读经验，在阅读这一作者的其他作品时，继续对意义的生成产生惯性影响。

一般读者可能因为对作家背景知识的了解有限而只能做少量的关联，但对于研究型的读者来说，作家的背景知识语境就是一个可以开采的宝库，有时不仅能依靠它推导出隐含的意义，还能有一些新意的发现。比如南帆在作家的背景知识语境中对比王蒙和王朔运用反讽的差异，得出精妙的结论。这两位作家都擅长将政治话语植入非政治的语境中营造反讽，但因为两者的个人经历不同而表现出差异："王朔乐于对肯定性的政治辞令加以反讽，这些辞令通常是一种标榜，一种示范，一种褒扬——王朔被教导得够了；反之，王蒙更多地对否定性的政治辞令加以反讽，相对而言，这些辞令通常是一种批判，一种呵责，甚至是一种罪恶的名称——王蒙被训斥得够了。"①

再例如学者们关于纳博科夫的研究。凡是热爱纳博科夫的读者都知道他不仅是一位伟大的作家，还是一位一流的鳞翅目昆虫学家，他在蝴蝶的观察方法、新品种的发展和分类等方面都做出了卓越的贡献。这种关于作者的了解，会让读者自然地将"蝴蝶"与"洛丽塔"联系在一起，对于研究型的读者来说更为如此。戴安娜·巴尔特勒（Diana Butler）曾专门探讨过捕捉蝴蝶的经历如何给纳博科夫带来创作《洛丽塔》的灵感，并深度挖掘《洛丽塔》的蝴蝶主题，在主人公亨伯特对少女的热情中找到纳博科夫对于蝴蝶的热情的原型。"在《洛丽塔》中，纳博科夫把自己对蝴蝶的痴迷转变成主人公对早熟女孩的追猎。至少在一

---

① 南帆：《反讽：结构与语境——王蒙、王朔小说的反讽修辞》，《小说评论》1995 年第 5 期。

个层面上，作为这部精心制作的文学游戏中的一部分，小赫兹（洛丽塔）是一只蝴蝶。"①

（四）个体的情景记忆的语境化关联

个体的情景记忆也是读者进行语境化关联常常涉及的语境集合。关联个体的情景记忆是读者在阅读中的自我呈现。读者虽然会在阅读中陶醉以致忘却自我，但他们的自我却很重要，究竟有多少知识、记忆和经验在阅读中被激活，这与读者的环境、目标和兴趣，如读者对"我在哪里"、"我正在做什么"、"我现在知道什么"和"我想要什么"的自我认知，有很大的关系。这些在某种程度上决定了他的解读，决定他是把作品作为他理论的脚本，还是写作模仿的范例，抑或娱乐休闲的泛泛读物。

虽然读者会在阅读时暂且忘记自我，虽然个人的情景记忆与文本的话语并没有直接契合，但读者却保留了个人各种情景记忆的情感，一旦与文本话语有相似的关联，读者便会启动他相关的情感体验和记忆图像，如困境中的绝望与坚持、失意时的沮丧与惆怅、久别重逢时的激动和满足、生死别离时的痛苦与无助……以及与之相伴随的记忆图像，这些都是读者创造文学意义的必要基础，失却了这些关联，就无法实现对作品的理解、与作者的共鸣。吉尔·多兰（Jill Dolan）总结道："阅读的乐趣之一是想象力的发挥，书页上的文字为我创造。由于文字基本上只不过是唤起不同人的不同图像的符号，从作者的剧本中自由地创作出我自己的场景，阅读和写作一样都是一种创造性的行为。事实上，写作只不过是给别人的想象力添加了一些潜在的轮廓。"②

当然并不是所有的情景记忆都要被关联，或者参与意义的语境化解释。就好像在日常对话中受话者的性别、年龄、地位往往比他的身高和体重更频繁地参与语境化。但由于文学对多义性的追求，对情感的热衷

---

① Diana Butler, *Lolita Lepidoptera*, New York: New World Writing, 1960, p. 70.
② Jill Dolan, "Text and Context", *The Hudson Review*, Vol. 38, No. 3, Autumn 1985, p. 459.

表达，对于人类共同情感体验的依赖，使读者在文学话语交际中所关联的个体情景记忆比日常话语交际时要多。

（五）个体的阅读经验的语境化关联

个体的阅读经验也是读者语境化解读的一种自我呈现。读者的语境不仅包括正在互动中建构的语境，也包括早期互动或经验所构筑的语境。如范戴克所说："每一个语境的状态将影响下一个行为，并且每个接下来的行为将重新定义每个参与者的下一个语境。同时对话的每个先前部分都成为语境的一部分。"① 阅读的经验，在意义生成中很重要，其中也包含先前的阅读所保留的语境化经验。在后续的阅读中如果面对相似的语境化线索，读者会无意识地依循之前的语境化线索进行语境关联，做出类似的解释。同时先前读者的语境化关联和再创造的意义，也会对其他读者的语境化解读产生影响，成为后来者阅读语境的组成部分。

纽约州立大学的伊斯特温·克斯凯斯（Istvan Kecskes）对此有很好的说明，他提出的意义动态模型理论，不像目前的意义理论那样认为意义的建构主要依赖于对话的情境语境，而是认为编码经验的语境在意义建构中与情景语境同样重要。"世界知识的这两方面（编码的和当前的）是辩证地、相互联系地存在的。实际情况，语境是通过先前的语境来查看的，他们的相遇创造了第三个空间。根据这一方法，意义是过去经验和现在经验相互作用的结果，它们在本质上都是社会文化的。"② 编码的私人语境（包括编码经验）和实际情景语境都参与了意义建构，意义是过去和当前两种语境相互作用和影响的结果。虽然他谈论的是一般的话语交际，但对文学话语交际来说也同样适用。"我们的经验是通过不断重复的和类似的情况发展起来的，我们倾向于在给定的环境中识

---

① Teun A. van Dijk, *Society and Discourse: How Social Contexts Influence Text and Talk*, New York: Cambridge University, 2009, p.114.

② Istvan Kecskes, "Dueling Contexts: A Dynamic Model of Meaning", *Journal of Pragmatics*, Vol.40, 2008, p.385.

别这些情况。标准的（先前反复出现的）语境可以被定义为一种我们反复经历过的常规情况，我们对什么会发生或不会发生抱有期望，我们依靠它来理解和预测我们周围的世界是如何运转的。"① 他认为并不存在无语境的意义，提出"语境保存的艺术"，将每个词汇都视为语境的存储库，这与我们认为词汇本身就是语境化线索的观点相一致。所以词汇总是隐含地索引到先前的重复的语境。即使没有明确的实际情境背景，也可以在理解过程中运用先前经验的储备知识来建构意义。

（六）群体的社会记忆的语境化关联

除了个体的记忆和经验，读者语境中还包括群体的社会记忆。读者语境、作者语境以及整个社会文化语境都不仅是个人化的，同时还是群体化、组织化的。读者的身份、职业和社会角色，是影响文学话语交际中的重要语境要素。身份、职业和社会角色总是归属于某一个社会群体，它们如时空要素一般，也是一种诱发因素，可以诱发一系列与群体相关的语境要素，如某一群体或阶层的审美趣味、意识形态等。所以一个身份或角色对作品意义的理解并非完全是他个人的理解，也涉及整个群体或阶层对这一文本的理解。群体的社会记忆会成为解读意义的前提，即便没有先前记忆（因不了解其他成员的解读、或自身就是文坛领袖、或故意回避其他人解读对自己阅读的影响），在阅读后也会随着本群体或阶层对这个文本的定位和解读而发生变化，产生趋同性。甚至对这些文本的立场和意义理解会成为他隶属于这一群体或阶层的标志之一，如曾经的小资群体以杜拉斯的《情人》作为标榜自身的符号。虽然我们之前没有详细讨论作者的群体记忆，但从群体的角度来说，不只是读者的群体需要关注，作者的群体也同样参与了意义的生产。

（七）隐含意义的语境化解读

在文学意义的表达和解读中，无论中西，无论作者和读者，都有一

---

① Istvan Kecskes, "Dueling Contexts: A Dynamic Model of Meaning", *Journal of Pragmatics*, Vol. 40, 2008, p. 387.

种对多义和隐含意义的追求，这被作为诗意的独特表现形态。话语越含混和隐晦，越能够激发读者去拓展更多的关联语境来解读它。斯珀伯和威尔逊将这种诗意效应理解为"通过一系列的弱暗示来达到其最大的关联性"[1]。作者所添加的是许多弱暗示而非明显的假设，否则读者解码的就是显性意义了。"诗的效果创造了共同的印象，而不是共同的知识。具有诗意效果的话语可以被精确地用来创造这种明显的情感，而不是认知上的相互性。"[2] 比如对比"我的童年时代已经远去，远去"（My childhood days are gone, gone.）和"我的童年时代已经远去"（My childhood days are gone.）这两句话的表述。前者比后者更具有诗意效应，因为增添了一个"远去"，所以暗示说话者正在经历一种记忆的情感激流，通过这一暗示听者被信任地去扩展更多的语境关联来推导话语中隐藏的意义。

不过斯珀伯和威尔逊指出当隐含意义被清晰地表达出来时，随着含混的消除，它的意义也发生了改变。这种变形在隐喻和其他修辞手法中非常明显，修辞的诗意效果因为清晰表达而被破坏。他们首先举了一个意义简单明了的比喻："这个房间是一个猪圈。"[3] 这个比喻需要读者关联自身的百科知识——猪圈是肮脏和不整洁的。那么如果我们用这个隐含意义直接表达"这个房间是肮脏和不整洁的"，明显没有"猪圈"这一形象更具有诗意效果，在阅读的感受上也发生了变化。即使是这个非常明显简单的比喻，当我们把含混消除时，诗意效果也因表述的清晰而有所损失。

在推导隐含意义时，意义的范围越广，读者建构它们的责任就越

---

[1] Dan Sperber and Deirdre Wilson, *Relevance: Communication and Cognition* (Second Edition), Oxford UK and Cambridge USA: Blackwell Publishers Ltd./Inc., 1995, p. 222.

[2] Dan Sperber and Deirdre Wilson, *Relevance: Communication and Cognition* (Second Edition), Oxford UK and Cambridge USA: Blackwell Publishers Ltd./Inc., 1995, p. 224.

[3] Dan Sperber and Deirdre Wilson, *Relevance: Communication and Cognition* (Second Edition), Oxford UK and Cambridge USA: Blackwell Publishers Ltd./Inc., 1995, p. 236.

大，诗意效果就越好，隐喻就越有创意。"一个好的创意隐喻，就是一种能被说话者保留和理解的各种语境效果。在最富有的和最成功的情况下，听者或读者可以超越探索条目的直接背景和相关概念，访问一个广泛的知识，增加自己对隐喻的解释。"① 比如"罗伯特是一个推土机"②，不会立刻让读者想到一个强烈的含义，明显比上一个比喻隐藏了更多的意义。罗伯特和推土机之间的联系较弱而不确定，需要读者通过搜索一系列的语境关联来加以确定，这个比喻或许与罗伯特的坚持、固执、不敏感和拒绝改变有关。不过，读者对最终得出的结论所承担的责任要比他对上一个比喻所承担的责任稍大一些。

斯珀伯和威尔逊更细致地剖析了"他的墨色很淡"（他的墨水是苍白的）这个隐喻的意义推导过程。这句话出自福楼拜对诗人勒孔特·德·李勒的评论。首先，从字面上无法解码出显性意义，我们很难看出作品和诗人的墨水颜色有什么关联。"确定这句话的相关性的唯一方法是寻找范围广泛的非常弱的暗示。这需要对语境进行一些扩展。"③ 在关于墨水和笔迹的百科知识中，大多数含义都是无关紧要的。因为李勒的诗不是用他的笔迹而是用印刷体来读的。不过仍可以发现一些暗示和关联——李勒具有一个会使用淡色墨水的人的性格；李勒的作品缺乏对比，可能会褪色；他的笔迹是真实的，他的风格也是真实的。也有些读者会因为对李勒的作品了解甚少，而得出这样的结论：他的诗歌有些薄弱之处，他的作品不会持久，他不会全身心投入他的作品中，等等。福楼拜的评价究竟是何意义？一个对诗人有更深入了解的人可以用更详细、更尖锐的方式来解释它。由此产生的解释及其独特的诗意效果，在

---

① Dan Sperber and Deirdre Wilson, *Relevance*：*Communication and Cognition*（Second Edition），Oxford UK and Cambridge USA：Blackwell Publishers Ltd. /Inc.，1995，p. 236.
② Dan Sperber and Deirdre Wilson, *Relevance*：*Communication and Cognition*（Second Edition），Oxford UK and Cambridge USA：Blackwell Publishers Ltd. /Inc.，1995，p. 236.
③ Dan Sperber and Deirdre Wilson, *Relevance*：*Communication and Cognition*（Second Edition），Oxford UK and Cambridge USA：Blackwell Publishers Ltd. /Inc.，1995，p. 237.

很大程度上既归功于福楼拜,因为他预见了它的走向,也归功于读者,因为他真正构建了它。

总而言之,关联语境集合的目的是解码显性意义、推理隐含意义,甚至创造新意。从这个交际目标来看,作者的创作就像是设计谜语,而读者的阅读就像是猜谜。作者通过含蓄和隐晦的方式把谜底隐藏起来,但同时还要留下许多引领我们找到谜底的线索,我们通过这些线索引起对生活的种种联想,最终推导出结果。猜谜语的过程与文学活动意义的生成方式简直如出一辙。但不同的是谜语只有一个明确的答案,而文学作品的意义却是无尽的。

第五节 艺术本质与社会文化语境的赋予功能

艺术性不仅是一件艺术品的基本属性,也是我们将其作为艺术品来解读意义的基础和前提。有鉴于社会文化语境在艺术性的赋予上发挥越来越大的功能,所以专列此节加以说明。

杜尚送上展览会的小便池、安迪·沃霍尔的布里洛盒子,为什么会成为艺术的经典?它们不再需要艺术家的创造力,与日常生活中任何一个小便池和盒子都没有差别,似乎这些成千上万的小便池和布里洛盒子都可以成为艺术品。后现代艺术不再模仿现实或表现自我,而是直接把生活中的现成物搬上画布和展示架。究竟是什么让这些现成物成为艺术品的呢?许多学者都思考和回答过这个问题,阿瑟·丹托(Arthur C. Danto)、迪基(George Dickie)、特德·科恩、贝克尔等人尝试从不同的角度给予解释。有人回答现成物为什么是艺术,也有人解释现成物如何成为艺术;有人从现成物的内部寻找新艺术的特性,有人以艺术的开放性反对艺术界定,其中还有人从现成物的语境中探寻其变成艺术品的力量。本节主要从这种语境的角度探讨那些让现成物成为艺术的原因。

在现成物从生活走向艺术并没有发生任何形态变化的情况下，从其自身的属性探求艺术的本质似乎行不通，所以它所处的语境的力量开始为人们所重视。迪基认为"在不考虑其所处的传统和惯例的情况下来理解一幅画或者一部交响乐（或者行为艺术和现成品艺术），就像通过仔细观察纸上的符号来辨认自己所不熟悉的语言中的一句话一样荒唐"。① 维多利亚·D. 亚历山大在《艺术社会学》中也主张艺术的本质是由社会界定的，一件艺术品必然受到它周围多种相互冲突的因素的影响。"如果我们知道作品的作者是艺术家，或者作品在博物馆中展出，我们就会认为它是艺术。这表明了语境的重要性。"② 同样从语境来回答艺术本质的，还有丹托和迪基等人。他们在思考艺术的本质时都选择了艺术的语境维度，只是每个人所理解的语境究竟是什么，彼此间存在不小的差异。

一 艺术界和艺术体制论

在反本质主义的潮流中，丹托和迪基没有拒绝对艺术本质进行思考，而且同样都以"艺术界"来重新回答这个问题。艺术界是现成物成为艺术品的力量之源，不过艺术界究竟指的是什么，丹托和迪基却有不同的答案：丹托所理解的艺术界是艺术理论和艺术史，而迪基的则是各种艺术体制和惯例。他们的艺术界理论都是关于现成物的艺术本质的语境理论。

丹托在《艺术界》中对此加以解释："把某物看作是艺术需要某种眼睛无法看到的东西———一种艺术理论的氛围，一种艺术史的知识：一个艺术界（an artworld）。"③ 在《寻常物的嬗变———一种关于艺术的哲学》中，他也有更加详细的说明："认识到没有理论就没有艺术世界这一

---

① Kendall Walton, "Review of George Dickie: Art and the Aesthetic", *Philosophical Review*, 86/1, January 1977, pp. 98 – 99.
② ［英］维多利亚·D. 亚历山大：《艺术社会学》，章浩、沈杨译，江苏美术出版社 2009 年版，第 2 页。
③ Arthur Danto, "The Artworld", *The Journal of Philosophy*, Vol. 61, No. 19, 1964.

点并不难，因为艺术世界从逻辑上依赖于理论。……艺术理论的威力是如此巨大，它能把事物从现实世界中拉出来，让它们成为迥异的世界中的一员，那个世界也即艺术世界，经过阐释的事物堆满了这个世界。"①为什么沃霍尔的布里洛箱子是一件艺术品，而普通的布里洛箱子却不是呢？构成两者差异的是艺术理论，沃霍尔的艺术理论将他的布里洛箱子带入了艺术世界。这些现成物成为艺术的根源在于它们背后"真正的艺术理论"——艺术是对非模仿形式的创造。在现代艺术中，艺术作品一反艺术表现的常态，要么不是很好地模仿，要么根本不是模仿。当人们接受了新的艺术理论的时候，他们就接受了这种新的艺术。"丹托强调了艺术史和艺术理论对辨别艺术的重要性，而迪基则试图以描绘创造艺术所必需的社会语境的方式来找出这一可能性……如果丹托的艺术界是一个观念上的艺术界，那么迪基的艺术界则是一个由人组成的艺术界，即由艺术家及其公众所构成的一个艺术界。"②

迪基从艺术体制的角度理解艺术界，这也是一种典型的语境理论。他在《艺术圈》中如此解释体制方法："我所说的体制方法指的是艺术品之所以是艺术，是因为它们在体制框架或环境中所占有的地位。因此，体制理论是一种语境理论。……所有或几乎所有的传统艺术理论都是这样或那样的语境理论。传统理论普遍存在的一个难题是，它们所暗示的语境太'薄'，不足以说明问题。在这本书中，我试图提出一个体制理论的修正版本，在这个版本中，早期版本的缺陷得到了纠正，并提供了一个足够'厚'的语境来完成这项工作。"③ 语境被迪基视为一种用来解释艺术的行之有效的方法，几乎所有的传统艺术理论在他看来都是这样或那样的语境理论，只不过传统理论的失效在于其语境太

---

① [美] 阿瑟·丹托：《寻常物的嬗变——一种关于艺术的哲学》，陈岸瑛译，江苏人民出版社2012年版，第167页。
② [美] 诺埃尔·卡罗尔编：《今日艺术理论》，殷曼楟、郑从容译，南京大学出版社2010年版，第16页。
③ George Dickie, *The Art Circle: A Theory of Art*, New York: Haven Publications, 1984, p. 7.

"薄",而他提供了一个更"厚"的语境来完成艺术本质的解释。例如《泉》之所以被视为艺术品,根本原因在于它"在我们的艺术界中占据了一个位置。它被写入艺术史教材中,被放在美术馆中展出"。① 这些原因都出自一个更"厚"的语境。

丹托和迪基都认为艺术品被某种重要的语境或背景所包围,这种语境或背景具有相当的"厚度",而且它们在使这些物品成为艺术品的过程中发挥着至关重要的作用。丹托和迪基的理论的共同点在于它们都指定了丰富的语境,区别在于它们在语境的性质上有很大的差异。迪基曾在《艺术圈》中剖析过他和丹托思想的异同。② 他承认自己受到丹托的启发,长期以来都认为自己的艺术体制论是对丹托艺术界思想的继承和发展。但是丹托《艺术品和真实事物》(Artworks and Real Things)和《寻常物的嬗变》(Transfiguration of the Commonplace)两部作品的出版,令其发现自己的观点与之有很大不同。

首先,无涉语言和意义。在这两篇文章中,丹托坚持以相关性(aboutness)作为艺术作品的必要条件。这意味着他选择从语义的维度来理解艺术——一件艺术品必须具有某种意义。在他看来,任何机构只要涉及艺术的本质和创造,就具有语言或语义的性质。而迪基的体制论并不必然涉及语言的范畴,它是一种制度或事件,具有艺术创造的功能。在这个背景中,一个人履行各种角色,从事一系列实践,他们为自己或他人的欣赏而创造对象,并不要求所创造的对象是关于某物的(尽管许多时候是如此)。

其次,艺术和其他事物的不同间隙。丹托和迪基都认为艺术和其他事物之间都存在一个间隙(a space),不过对这个间隙的所指各持己见。丹托认为这个间隙是写实的具象艺术与现实之间的间隙,同时也是

---

① George Dickie, "A Response to Cohen: The Actuality of Art", in George Dickie and R J. Sclafani, Aesthetics: A Critical Anthology, New York: St. Martin's Press, 1977, p. 197.

② 关于丹托和迪基之间思想的差别,参见 George Dickie, The Art Circle: A Theory of Art, New York: Haven Publications, 1984, pp. 25 – 26。

语言和它的所指之物的间隙。而对于迪基来说，艺术是占据了艺术界某个位置的一组物体，这个间隙是艺术与非艺术的间隙。

最后两者对艺术与哲学的关系也有不同的认识。丹托信服黑格尔的艺术终结论，现代艺术的发展走向在他看来恰恰应验了黑格尔的预言。所以现成物为何能够成为艺术，换句话说，艺术理论如何能够使现成物成为艺术？黑格尔关于艺术发展的思想是其更为深刻的解释。在黑格尔的艺术终结论中，艺术最终要为哲学所替代，在艺术完成自己的历史使命——使哲学成为可能时就会终结。这些艺术品的出现，确认了黑格尔的艺术发展图景。"杜桑作品在艺术之内提出了艺术的哲学性质这个问题，它暗示着艺术已经是形式生动的哲学，而且现在已通过在其中心揭示哲学本质完成了其精神使命。现在可以把任务交给哲学本身了，哲学准备直接和最终地对付其自身的性质问题。所以，艺术最终将获得的实现和成果就是艺术哲学。"① 因为迪基并不认为是艺术理论使现成物成为艺术，所以他看待艺术哲学和艺术的关系并没有丹托认为的那么紧密。

一方面，他认为哲学家的理论与艺术的习得无关。"我们不从哲学家的理论或定义中学习艺术；如果我们还不了解艺术，他们的言论将难以理解。"② 我们学习艺术的活动涉及一系列相互关联的事物：艺术家（自己、其他孩子、生活在很久以前的男人）、作品（"漂亮的画，宗教人物的画"）、艺术界的公众（母亲、其他孩子、老师、去教堂的人），还有一些用来陈列作品的特殊地方（家里的冰箱门、学校的木板、教堂的墙壁）。另一方面，他认为哲学家们对艺术品的定义以及对其他事物的定义既没有作用，也没有真正打算起作用。因为几乎每个人，包括很小的孩子，对艺术品都有所了解，他们都能够认出哪些东西是艺术品，知道它们是如何制作的，所以没有人需要"艺术品"的定义。定义的理想运作方式是通过人们已经知道的词语来告诉人们一个不知道的

---

① ［美］阿瑟·丹托：《艺术的终结》，欧阳英译，江苏人民出版社2001年版，第15页。
② George Dickie, *The Art Circle: A Theory of Art*, New York: Haven Publications, 1984, p. 83.

词语的意思。因为人人都知道艺术品这个词的意思，所以哲学家关于艺术品的定义并不能按照这种理想的方式对人们发挥作用。"'艺术品'的哲学定义真正想要做的是用一种自觉而明确的方式向我们阐明我们在某种意义上已经知道的东西。"①

迪基认为某个现成物是否能够成为审美的对象，是由它的语境——艺术体制决定的。这是有别于丹托的对艺术语境的另一种思考。他的艺术体制论相继发表于《界定艺术》（1969）、《美学导论》（1971）、《艺术和美学》（1974）和《艺术圈》（1984）等著作，一经提出便激发了很多学者的兴趣，当然其中也不乏批评和误解。他后期的著作尤其《艺术圈》是在回应各方批评和误解的基础上对艺术体制论的不断改进和完善。

迪基心目中的艺术界就是一种艺术体制。他指出所谓"体制"不是某种确定的社会或组织，而是指某个已存的实践、法律和风俗。从他一系列的表述来看，艺术体制就是艺术活动中已存的那些惯例。他的艺术体制论不是在回答现成物为什么是艺术，而是在回答现成物如何成为艺术。对于艺术的本质，他从体制的角度给予了一系列的解答。

迪基界定艺术品的早期版本是这样的：

> 描述意义上的艺术品是：（1）一种人工制品；（2）某个社会或社会之下的某些组织授予其供欣赏的候选者资格。②

这一定义的提出立即引起了学术界的误解：艺术界是否是一个权威正式的艺术组织，或某个拥有权力决定艺术展出的群体？或者是某种社会群体作为一个整体在创作艺术？这些误解都不是迪基想要的，他对艺术场中的政治不感兴趣，只关心艺术品成为艺术的语境，同时为了避免

---

① George Dickie, *The Art Circle: A Theory of Art*, New York: Haven Publications, 1984, p. 79.
② George Dickie, "Defining Art", *American Philosophical Quarterly*, Vol. 6, No. 3, 1969, p. 254.

是社会群体而非个人在创作的误解,两年后他在《美学导论》中又进一步修改了第二个条件:

> 分类意义上的艺术品是:(1)一件人工制品;(2)某个人或某些人以特定的社会体制(艺术界)的名义授予它供欣赏的候选者资格。①

虽然如此,但这个定义依然还是导致误解,因为它不免强化了"授予资格"这个已经过于正式的表达。其实授予资格并不是某个组织正式的授予,"每个人都可以将自己看成是艺术界的成员,都有能力以它的名义来授予某物以供欣赏的资格"。② 授予也不需要某种正规的仪式,"一件人工制品挂在艺术博物馆里,一场表演发生在剧院里,诸如此类的行为都可以被看成是'被授予'资格的迹象"。③

最终,迪基在《艺术与审美》中确定艺术品的定义:

> 分类意义上的艺术品是:(1)人工制品;(2)具有被某个人或某些人以特定的社会体制(艺术界)的名义授予供欣赏的候选者资格的一系列特征。④

从这个定义来看,一件手工艺品在艺术界这个特定的体制框架中,由代表艺术界的某人授予其艺术地位,那么即使它与其他物品一般无二,也可以成为艺术品。从一系列定义的变化中,我们可以看到他只是

---

① G. Dickie, *Aesthetics: An Introduction*, Indianapolis: Pegasus, 1971, p. 101.
② G. Dickie, *Aesthetics: An Introduction*, Indianapolis: Pegasus, 1971, p. 104.
③ George Dickie, "Defining Art", *American Philosophical Quarterly*, Vol. 6, No. 3, 1969, p. 254.
④ George Dickie, *Art and the Aesthetic: An Institutional Analysis*, Ithaca: Cornell University Press, 1974, p. 34.

在不断地修改第二个条件，而一直对第一个条件缺乏关注，其结果是得出了一个后来他自认为仓促的结论，即人工性或手工性是一种既可以通过工作获得又可以授予的东西。他在《艺术圈》中对此加以修订。比如一块浮木被看作艺术品，它的人工性并不是被直接赋予的，只有当它被作为一个艺术的工具展示在艺术界中，它才获得了人工性。如果它仅仅被作为浮木而非艺术媒介，那就只是浮木而非艺术品。人工性通过它被作为艺术媒介的悬挂和展示所获得。艺术家的参与，哪怕是最小限度的参与对于艺术品的界定都是至关重要的。《泉》能够成为艺术品，也是杜尚最小限度的人工参与的结果。所以艺术品的定义在《艺术圈》中得到了进一步修订，在这个新版本的定义中，不是所有的东西都能成为艺术品。为了让人们更准确地理解艺术体制论，迪基在《艺术圈》中对"艺术品"以及其他一些概念"艺术家""公众""艺术界""艺术界系统"加以重新界定和说明。

（Ⅰ）艺术家是以自己的理解去参与创作艺术品的人。

（Ⅱ）艺术品是一种被创作出来用以向艺术界公众展示的人工制品。

（Ⅲ）公众由一系列人组成，他们在某种程度上已经准备好去理解呈现给他们的对象。

（Ⅳ）艺术界是所有艺术界系统的总和。

（Ⅴ）艺术界系统是艺术家向艺术界公众展示作品的框架。①

在"艺术家"这个定义中，迪基着重阐述"理解"对于区分艺术家和匠人的重要性。以这些"理解"去创作，是剧作家或导演等艺术家区别于建造各种舞台道具的木匠的必要条件。艺术家所理解的内容包

---

① 迪基关于这几个概念的定义参见 George Dickie, *The Art Circle: A Theory of Art*, New York: Haven Publications, 1984, pp. 80 – 82。

括他对艺术的总体理念，以及他对所运用媒介的特殊观念。这是艺术家角色的两个核心方面：一个是普遍的方面，这是所有艺术家的特点，即意识到为表现而创造的是艺术。二是有各种各样的艺术技艺，在某种程度上具有使用一种技术的能力，能够创造一种特定的艺术。"当这两个方面结合在一起时，艺术家所做的各种各样的事情（绘画、雕刻、写作、作曲、表演、舞蹈等等）都被归入'创造一种呈现的对象'的描述之中。"① 迪基以这种方式来定义艺术家，是为了表明艺术创作是一种有意识的活动，虽然有时艺术品的创作可能源自某个偶然事件，但整个作品被创作出来并非偶然，艺术家在创作过程中带着自己的理解，意味着他始终知道自己在做什么。

在"艺术品"的概念中，我们可以看到上文所说的迪基对于第一个条件"人工性"的修订，他强调了物品的展示对于人工性的重要价值。为了防止被误解为只要是被展示的物品都能够成为艺术品，他承认有一些物品是为了向艺术界公众展示，并非艺术。比如海报或节目单（playbills）。这类东西是寄生于艺术品的。艺术品是这个领域中主要的人工制品，而海报之类的东西是依赖于艺术品的次要的人工制品。迪基强调他所言指的是艺术品这种主要的人工制品。

"公众"这个定义并不限于艺术界的公众，它可以表征所有的公众形式。迪基强调任何公众都必然与某个特定的系统联系在一起，比如艺术界的公众必然与艺术家、艺术作品和其他事物有关。

"艺术界"的定义具有明显的循环性，但迪基指出它的内涵将随着下一个"艺术界系统"的定义而变得更为清晰。它也给人以圆融之感，艺术界中包含了文学、戏剧、雕塑、绘画等各种艺术体系。

虽然每一种艺术系统都有自己的惯例，彼此之间差异巨大，但它们都是艺术家向公众展示艺术品的框架。最后一个定义"艺术界系统"由前面四个概念"艺术家"、"艺术品"、"公众"和"艺术界"共同解

---

① George Dickie, *The Art Circle: A Theory of Art*, New York: Haven Publications, 1984, p. 72.

释而成。这些定义之间相互循环解释：艺术家的定义依赖于艺术品，艺术界的界定依赖于艺术界系统，艺术界系统则是以上四种概念的共同阐释。迪基为什么采用这种明显的循环定义方式呢？

首先他认为我们已对艺术有了基本的理解，根本不需要这类艺术的相关定义。其次这些循环的定义准确地反映了艺术的本质和艺术界的各种元素之间的关系，这些丰富的信息已发挥了它们的价值功能。最后，他还进一步指出这种循环是必要的。因为"艺术家""艺术品""艺术界""艺术界系统"都是"内曲性概念"（inflected concepts）[①]，它们相互支持，互为前提，无法离开其他概念而被理解。像法律、立法、行政和司法也是这种内曲性概念的集合。要理解其中任何一个概念都必须结合其他概念的含义。

随着艺术发展到后现代阶段，现成物艺术、波普艺术、观念艺术、行为艺术、装置艺术等艺术类型，表现出与传统艺术迥异的形态和审美旨趣，以致谁也无法否认语境对于一件作品成为艺术品的塑造力量。所以丹托和迪基关于艺术本质的语境理论引起了巨大的反响，卡勒和伊格尔顿关于文学本质的语境决定论也备受瞩目。社会文化语境在赋予某一物品以艺术性时，并非某一种力量在起作用，任何排他性的语境观念都是有失偏颇的。无论艺术理论、艺术史还是艺术体制、艺术惯例和传统，无论艺术家、艺术公众还是美术博物馆的馆长、艺术评论家，几乎所有与这一物品发生关联的主体、知识和事物，都对它的定位和定性发挥着影响。这是一片无边无际的海洋，迪基说过去的语境太薄，他要用厚一些语境做出更科学的阐释，其实这个语境还可以比他所说的更厚一些，厚到囊括他所否定的那些因素，厚到囊括未来可能被发现的因素。任何企图限定语境、阐明语境因素的做法，所得到的结果都是不完全的。所以我们接下来所讨论的也只是那些参与了艺术性赋予的某些语境因素。

---

① George Dickie, *The Art Circle: A Theory of Art*, New York: Haven Publications, 1984, p. 84.

二 艺术品的空间展示场景

肯尼克曾经说过，我们在面对一个房间里的众多物品时，不需要艺术的定义便能够把艺术品与非艺术品区分开。贺万里在《非艺术与艺术：从现成品到装置艺术的转换》中说得更具体一些："假如在一个庞杂的大仓库里，摆放着罗丹的雕塑、中国的石佛、天津的'泥人张'雕塑、鲁本斯的油画、中国的卷轴画等，也摆放着破旧的自行车轮胎、几根木头、马桶、汽车废弃零件等等。"① 如果让我们在这些物品中选出一些艺术品，我们所选择的肯定会是前者，这些艺术品无论摆在艺术馆、仓库还是家中，都是艺术品。但是后者，那些构成装置艺术的现成物却不是无论安放在何处都有成为艺术品的资格。它们只有依赖于艺术馆、展览会等这些外在的艺术空间语境时才有可能被称为艺术。杜尚的小便池和安迪·沃霍尔的布里洛盒子被称为艺术的物理前提是它们从日常生活被挪到展览会上。

所以物理环境的变化可以说是后现代艺术走向艺术的必经之路。空间的展示场景对于艺术品的形成和认定是极为重要的，它具有重构其艺术性的重要功能。因为现成物自身的艺术性不足，所以要依赖客观的物理环境或展示场景来赋予它艺术性。可以说物理环境或展示场景，这一社会文化语境因素的变化是现成物发生艺术转变的首要物理条件。

从心理学的层面来看，人的主观心理模型并不意味着它们只与主观性因素有关，有时也会受客观条件的影响，如人和事的物理特性，情境的物理特性，如空间组织形态等，都会对心理模型发生作用。现成物之所以成为艺术，不仅是主观的认定，也受到空间情境的影响。

人类的感知从来不是孤立的，我们对这些物品的审视和判断也都是结合它们所处的物理环境来进行的。这也是为什么许多商家为了以更高的价格卖出自己的商品而不惜重金打造购物环境的原因。人类的感知是

---

① http://blog.sina.com.cn/s/blog_ 535264250100en48.html 为先锋艺术家联盟的博客。

一种整体性的方式，我们形容一个事物的大小或距离，需要找它身边相关的事物作参照，我们在感知一个事物时会按照以往的经验对其进行再创造。格式塔心理学强调人类的视觉是具有再创造性的，在视觉感知中整体大于部分之和。比如下面这两幅格式塔心理学的视觉实验图片说明了人类视觉感知的某些规律。

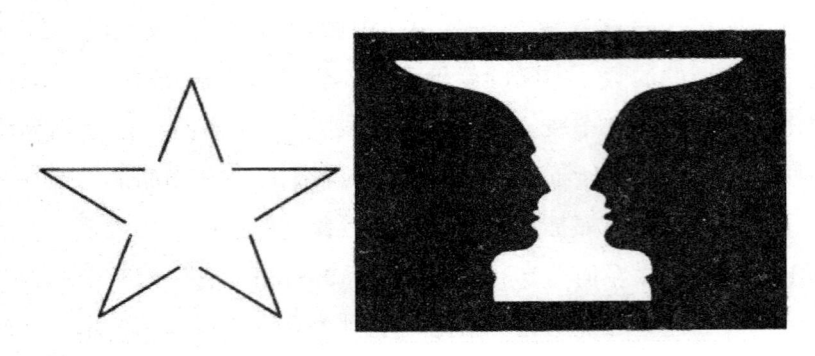

左图中的星星因为五个链接处的线条并未闭合，所以不是一个严格意义上的五角星形状。但是我们来观看这个图片时却会自动将它视为五角星，因为视觉感知创造性地把这五处线条连接了起来。右图是著名的鲁宾瓶，它既可以是陶器也可以是剪影，但究竟是陶器还是剪影，依赖于我们视觉的主动选择，当我们选择其一时就屏蔽了另一个。可见人类的视觉并非被动，而是具有主动性和创造性的。其实不只是视觉，我们的听觉、嗅觉等所有的感知都是如此，均是在整体的空间语境和心理语境中进行的。人类对事物整体的感知大于部分感知的叠加之和，甚至会产生出人意料的感知效果。那么可想而知现成物被放到展览会和博物馆里时，我们对它的感知也必然受到整体环境的影响，所获得的体验便成了一种带有审美性的鉴赏体验。物理环境对现成物所产生的整体效应改变了我们对现成物的感知，使它的定位和价值发生变化。那么现成物究竟发生了怎样的变化？

任何事物对于人类来说都具有审美和实用两种功能或属性。这些物品在日常生活中所发挥的主要是实用功能，但当它们被送上展览会、画布这些物理环境中，实用性就被阻断了，在高雅的总是布满各种伟大艺术品的展台上的橱窗里、在神圣的可以创造无限艺术品的画布上，它们被屏蔽了实用性之后，便散发出审美的光芒。概言之，空间场景具有阻隔被展示物的实用性，并赋予其审美性的功能。

因而我们可以说展览会、画廊、博物馆等空间语境具有屏蔽事物的实用性、放大事物的艺术性的功能。但并不是每一种空间场景都具有如此功能。如果小便池被扔进了垃圾场，它们的实用性也并没有转变为艺术性，只有在人类专为艺术而营造的特殊的空间语境里，它们才具有被赋予艺术性的可能。只有这些为艺术而设的专门审美场所，如画廊、艺术展览会、艺术博物馆，才能够激发现成物的审美性。它们在艺术史上长期被塑造出的权威力量，像魔法师的魔杖，对每一位走进这些场所的观众施以魔法，一旦他们踏入其中，便把日常的世俗生活抛诸脑后，进入一个超凡脱俗的艺术世界。在这里，无论观众面对的是什么，他们都积极地探求其审美的意义和价值。

美术馆、画廊、展览会、博物馆等都是这样特殊的空间语境。它们的这种特有功能，来源于人类所赋予它们的在艺术上的权威地位和力量。在艺术界，一位艺术家能够进入这样的场所展示自己的艺术品，是一种无上的荣誉，同时也是确立自己艺术地位的手段和标志。拿美术馆来说，虽然它一直被权力所左右，为外界所诟病，但仍然是艺术家顶礼膜拜的圣地，是他们心中神圣的梦想。如陈丹青在《纽约琐记》中所记述的，即使是艺术家中那些潇洒傲慢的角色，在说起哪位美术馆资深的或刚走马上任的策划人、部门主管、赞助人的姓名时，也会压低声音，露出敬畏、企盼、神秘、晦涩的神情。即使像塞尚那样卓越的艺术家，在弥留之际也一直念着本镇美术馆馆长的名字，因为他的作品始终没能在本镇的美术馆中展出。① 需要注意的是，展示无数件艺术品的这些场所不仅是一个物理空间语境，还是一种心理空间语境，承载了

---

① 参见陈丹青《纽约琐记》，广西师范大学出版社 2007 年版，第 28 页。

无数艺术欣赏的心理体验，当我们步入它们时，那些关于艺术的心理记忆就会自动载入，我们的目光会从日常生活的功利转换到远离生活的审美状态。

这些场所就像是人类为自己的艺术游戏专门开辟的游戏场所，进入这种场所参与游戏的人就要遵守游戏的规则。所以人们一旦踏入这些场所，便从日常生活的心态中超脱出来，换上艺术审美的眼光看待场所中所展示的物品。对于每件艺术品，人们都积极调动自己的记忆和审美经验探索它的艺术意义，即使对于和日常之物毫无二致的物品，也依然惯性地探寻它们的审美价值。从人类的伟大文明中找出证实其审美价值的证据并非难事。就像丹托在《艺术的终结》开篇所列举的那件独特的"艺术品"：一张普通的桌子上摆放着一些分析哲学家维特根斯坦、卡尔纳普、艾耶尔、赖兴巴赫、罗素等人的著作。丹托认为这件艺术品就像是一位哲学家或哲学研究者的日常工作场所和用品。但在纽约文化中心的"概念艺术展览会"上，人们却不止于这样看待它，而是首先从桌子和书本的曲线、轮廓、空间造型开始探索它的审美价值，就像迪基从小便池本身的白色光辉、椭圆形曲线上找到了杜尚《泉》的某些审美特征那样。接着这些哲学著作所含有的文化内涵也会被寻找美的眼光放大出来，维特根斯坦、卡尔纳普、艾耶尔等人的分析哲学思想深刻而厚重，在人类文化上具有重要的文化价值；再延伸一步，这些哲学家各自的性格特征、人生轶事也能够被作为传奇故事来欣赏；最后，这个看似平凡的哲学家或哲学研究者日常使用之物，就变得不是那么普通了，哲学家和哲学研究者的工作和生活在抽象的意义上，也具有了人类文明伟大的艺术色彩。

这就是这些特殊的空间语境如何作用于人类的感知，赋予日常之物以艺术意义的过程。其实能够赋予日常之物以艺术意义的语境，并不止于美术馆、画廊、展览会、博物馆等空间场所。照片也是这样一种具有同样功能的空间语境。苏珊·桑塔格（Susan Sontag）在《论摄影》中谈到的是当照片进入画廊、博物馆时，它的实用性朝着艺术性发生了转变。"在照相机的大多数用途当中，照片的质朴或描绘性功能居首要地位。但是当照片在新的情境中被人观照，在博物馆和画廊中被人观照时，它们不再是'关于'处在同样维度和原初状态中的主题了；它们变成了各种摄影可能性的研究习作。"① 苏珊·桑塔格所说的只是博物馆和画廊剥离了照片的实用的记录功能，而使其成为供其他摄影师观摩学习的习作。其实这里我们还可以继续探讨下去，照片并不只是具有描绘性的记录功能，它和美术馆、画廊、展览会、博物馆等空间语境一样，能够放大事物的艺术性，具有赋予日常之物以艺术意义的功能。照片通过它四周的边界线围出一个隔绝日常生活的语境空间，如阿恩海姆所说的"围栏之内的空间比围栏之外的空间有着更大的自由性"②，在照片的围栏里，我们可以更广阔地施展审美的自由。人们将自己和事物拍摄在矩形的相纸上，并不仅仅是为了记录，在更多的时候是为了供人欣赏。在日常生活中，照片是作为一个非日常化的独立的小型艺术空间而存在的。正是因为如此，人们在面对镜头时，往往刻意摆出不同于日常生活的各种姿态，即使要用照片记录下自己的日常生活，也是要表现日常生活之美。照片的这种审美特性，使日常生活之物一进入它的空间，就即刻具有了艺术色彩。在时尚家居的杂志上，那些关于沙发、浴缸、家具的各种摄影图片就是照片赋予日常用品艺术性的最有力的证明。即使是那些并不光鲜的、具有丑恶面貌的日常事物，如一堆肮脏无用的垃圾，在照片中也能成为表现环保主题的艺术品。如果杜尚的小便池不是被直接放在展览会上，而是被摄影师在光线交错中拍摄于照片之上，这张小便池的照片也能够从它的实用性中脱离出来，走向艺术性，如果再将这张照片送到展览会上，那么它的艺术性就更加强烈了。

---

  ① ［美］苏珊·桑塔格：《论摄影》，艾红华、毛健雄译，湖南美术出版社1999年版，第149页。
  ② ［美］鲁道夫·阿恩海姆：《艺术与视知觉》，滕守尧、朱疆源译，中国社会科学出版社1984年版，第7页。

美术馆、画廊、展览会、博物馆能够赋予日常之物艺术意义，照片能够使日常之物呈现出艺术色彩，那么文学、音乐、电影、绘画等艺术又何尝不是这样一种特殊的空间语境呢？它们以自己的艺术形式将日常之物摄入自身的语境，这又何尝不是一种赋予日常之物以艺术意义的语境空间移位呢？也许文学、音乐、电影、绘画等艺术语境，不是像美术馆、博物馆和展览会那样的实体，但它们以自己的媒介、表现手法、规则、韵味和艺术传统，以及作者、相应的观众群体、艺术欣赏的惯例等构造出自己的艺术空间，却是我们可以感知到的独立的语境空间，就像迪基所说的每种艺术都具有自己的"艺术界"那样。

艺术在将各种日常之物纳入自身时，通常都经过加工处理，但也存在着大量尽量保持日常事物原貌的现象。如音乐家将水声、风声、鸟声、竹叶沙沙声等天籁之音融入自己的音乐，纪录片将人类或动物自然的日常生活原生态地记录在镜头里，文学对景物和人采取自然主义的描写，纪实文学力求记录现实生活中本真的人和事物。这些被保持日常原貌的事物之所以呈现给我们艺术性，不能不说艺术的空间语境也在发挥着作用。日常事物进入艺术的空间语境时，它们的实用意义就被这一语境隔离在外面，而被赋予一定的审美效果。这和日常事物进入美术馆、博物馆、展览会和照片等空间语境后呈现出艺术性是一样的。

总而言之，社会文化语境中的各种艺术空间具有阻隔物品实用性，赋予它们艺术性的意义功能。和在文学中一样，空间语境的变化在其他艺术中，同样会带来意义的重构；美术馆、画廊、展览会、博物馆、照片以及各种艺术这些特殊的空间语境，也和其他文学语境一样，具有意义的功能。

在各类空间语境发挥它们的神奇力量之时，艺术界的各类主体也都贡献了合力。艺术界由各种角色的整体所组成，其中的核心是艺术家和公众的角色，除此之外，还有各种特定的辅助角色。每一种艺术都有自己的体系，由特定的艺术家、公众和各种辅助性主体构成。

三 艺术家反传统的艺术理念

艺术家无疑是艺术性赋予过程中不可忽视的重要力量。迪基在艺术品的定义中所说的那些可以授予一件人工制品以艺术地位的"某个人"或"某些人",一般情况下所指的就是艺术家。"我们需要许多人来构成艺术界的社会体制,但只需要一个人代表艺术界,或是作为艺术界的代理人而行动,并授予可用于欣赏的候选品资格。……这种资格可以通过一个人把一件人工制品视为被欣赏的候选品而获得。当然没有什么因素会阻碍一群人授予这一资格,但这常常是由一个人所授予的,即那个创造出该人工制品的艺术家。"①

艺术家几乎没有对现成物做任何的改动,那么他如何赋予一件现成物艺术性?在思考这一问题上,丹托所说的"艺术理论"是对迪基的体制论的一个很好的补足。迪基认为艺术家是"以自己的理解"去参与创作艺术品的人,并且往往只需由他来代表艺术界赋予人工制品艺术地位即可。艺术家"自己的理解"是什么,又以什么来赋予艺术地位呢?那就是艺术家个人的艺术理念。

现成物艺术从杜尚而来,他的艺术品和艺术理念最具有代表性。当代艺术中的许多重要流派,如行为艺术、装置艺术、观念艺术、波普艺术等都可以追溯到杜尚那里。杜尚之所以能够对当代艺术产生如此重要的影响,源于他反叛的艺术理念。他的作品虽然是现成物,人工参与的程度被降到了最低,但其艺术理念的价值,却使它们在艺术史上占据非常重要的位置。

杜尚的现成物作品让我们看到艺术的本质不光来自那些绘画的技巧和材料,还可以源自艺术家内心层面的精神领域。他怀疑艺术的评价标准,认为如果把这类尺度再伸长一些,生活就会变得更加有趣。他想要

---

① [美]乔治·迪基:《艺术的体制理论》,载[美]诺埃尔·卡罗尔编《今日艺术理论》,殷曼婷、郑从容译,南京大学出版社2010年版,第118页。

打破艺术和生活的界限，这种对传统艺术的反叛非常彻底，从他所使用的材料，艺术表现的形式到他的创作理念，无一不在向传统艺术发出挑战。这种反叛从《大玻璃》摆脱画布的创作开始。杜尚认为即使一个画家在画布上什么也没画，人们也会认为他在传达某个主题，所以他改用玻璃替代画布。这个改变非常有趣，玻璃是透明的，不仅可以看，还能够看穿玻璃对面的背景。它呈现给观众的画面，不像画布那样是静止的，而是不断运动着的。

杜尚反叛传统艺术的审美标准，他选择现成物的标准恰恰是要反对审美享受，因此才选择了从来没有被我们欣赏过的粗鄙的小便池。他借助这类现成物表现视觉的冷漠，所要传达的恰恰是美丑体验并无优劣之分。"你必须在接近它的时候是冷漠的，仿佛你不带任何美学的情感。选择现成品也常常基于视觉的冷漠，同时，要避开好和坏的趣味。"① 他也特意要将观众的思维引向视觉之外的言语领域，比如他偶然写在现成物上的短小标语，在他看来恰到好处地把观众的思维引向言语。杜尚对文字游戏的兴趣似乎更大于对艺术本身。《下楼梯的裸女》这幅作品的轰动性，很大程度上来源于它的标题。传统艺术中，裸体的表现有其不可逾越的惯例，女性的裸体总是静止的，从来没有人让她们从楼梯上走下来。可是杜尚偏偏要挑衅，为什么不能够让裸女下楼呢？

他在作品中把传统艺术品与现成物结合起来，让人们看到传统艺术与现成物的根本冲突，比如用一幅伦勃朗的画来做烫衣板。在他看来，现成物在艺术的领域中无处不在，某种程度上传统艺术成为辅助现成物的东西，是一种"辅助现成物"。艺术家所用的颜料都是现成物，所以杜尚由此推断出世界上所有的绘画都属于"辅助现成物"②。

---

① ［法］皮埃尔·卡巴内：《杜尚访谈录》，王瑞芸译，广西师范大学出版社2001年版，第45页。
② 参见［德］汉斯·利希特《杜尚：从反艺术到艺术》，邱浒译，《湖北美术学院学报》2001年第3期。

杜尚否认自己作品的意义，他历来不对作品做任何意义的解读，所有的出发点都是为了好玩。似乎意义的赋予阻碍了他信奉自由。他不信仰任何宗教，不隶属于任何艺术团体，从来没有要制造什么运动，产生什么意义。当人们一次次地企图从他那里寻找意义时，追问他"清新的寡妇版权罗斯萨拉维1920"（FRESH WIDOW COPYRIGHT ROSE SELAVY 1920）究竟表达的是什么意思时，他的回答始终是没有意义，只是为了好玩而已。

相比各种艺术技巧和材料，杜尚显然对自己挑战传统的艺术理念更感兴趣，他要摆脱绘画的物质层面，使其重新为精神服务。"现成物"（或"现成品"）的说法是杜尚对自己艺术的称呼。他用它来表达对传统艺术的藐视。杜尚的现成物作品不再是为了艺术而艺术，它们让人们重新思考"什么是艺术"，从而引发了后现代艺术的反艺术倾向，所以后现代艺术中的那些重要流派都奉杜尚为鼻祖。

如果没有了杜尚的艺术理念，他的现成物就只是日常生活中毫不起眼的物什，而不会成为艺术史上的里程碑。我们透过他特立独行的现成物，就像透过他的那块大玻璃，看到了艺术观念和标准的更多种可能。背后的理念的价值，成就了现成物的艺术价值。

四　艺术公众和各类辅助主体

人工制品的艺术资格和地位虽然一般情况下来自艺术家的赋予，但其最终的确认离不开公众的认可。公众的艺术判断能力从1719年杜·波斯提出"艺术公众"的观念以来就被艺术界所承认。他肯定了公众对于艺术品的独立判断和评价能力。他将公众的艺术判断与专业的判断相对比，专业批评家更注重艺术品的技巧和创作等问题，而公众对艺术的判断来自自身的感受和情感，从而比专业判断更为可靠和公正，所以公众才是艺术品的最终感受者。

迪基在艺术体制中也是把公众看作非常重要的主体。他们通晓艺的流程，怀着期待和欣赏的审美心态，具备一定的审美经验和艺术知识来欣赏，参与了整个艺术体制或惯例的运行。并且迪基认为作为公众的角色有两个核心要点：一是意识到呈现给他们的是艺术，这是所有艺术公众成员的特点；二是具有各种各样的能力和敏感性，能够感知和理解呈现给他们的艺术品。①

虽然现成物的艺术性源自艺术家的艺术理念，但这只是艺术地位赋予的第一步，只有这种艺术理念被读者所共享时，他前卫的作品才能被作为艺术品来欣赏和接受。艺术史中众多各类艺术经典并不是艺术家的自我赋予和定位，而是在公众和其他艺术界成员的心目中的地位和认可。

公众并非只是艺术品的欣赏者，他们也参与了艺术品的创作。"艺术的创造者和观众都以不同的方式塑造了艺术品及其意义。"② 公众参与艺术的程度在当代艺术中越来越高。从杜尚的"大玻璃"中所透视的变幻的公众背景，到约翰·凯奇的音乐《4分33秒》中公众所发出的声响，公众自身都成为艺术品的一部分，参与艺术品的创作。行为艺术之母玛丽娜·阿布拉莫维奇在她的作品中更是将公众变成了创作主体。1974年，她在意大利表演了"节奏系列"的终极作品《节奏0》。她站在桌前，为观众们准备了七十多种不同的物件，包括手枪、子弹、菜刀等危险物品，请他们挑选道具对她做任何事，无论何时她都不做反应。有的人在她身体上乱画，有的人剪碎她的衣服，有的人将她反绑在椅子上，有的人划破她的皮肤，直到有人用手枪顶住她的头，这场表演才被他人终止，整个作品持续了6个小时。2010年她在纽约现代艺术博物馆中展示了一场更为轰动的行为艺术。在博物馆中放有两把椅子和一张木桌，她自己端坐在一把椅子上，另一把留给公众。身着各色及地

---

① 关于公众的思想参见 George Dickie, *The Art Circle: A Theory of Art*, New York: Haven Publications, 1984, p.72。

② ［英］维多利亚·D. 亚历山大：《艺术社会学》，章浩、沈杨译，江苏美术出版社2009年版，第42页。

长裙的她，每天端坐在椅子上7个小时，与1500多位公众无言地对视，如此进行了2个月。参与的公众有男人女人、老人孩子、有平民也有明星，还有曾经的恋人。有的人微笑，有的人流泪，有的人坐立不安，有的人坚持一天。这场表演引起了50多万名公众前来观看，在各大媒体、社交网站上被大力宣传，现场直播。随着数字传媒技术的发展，公众对于艺术的欣赏、参与艺术交流的方式，越来越多元化和便捷，即便那些没有走进艺术博物馆的公众，也能通过电脑、手机等终端设备在传媒网站和社交平台上观看艺术品的展览。艺术家与公众的界限，艺术与生活的界限，随着公众参与艺术品的创作，随着数字传媒技术的发展，随着当代艺术走进生活空间，变得越来越模糊。

艺术界是一个庞大的体系，除了展示的空间、艺术家和公众之外，还包括众多主体。"艺术世界的中坚力量是一批组织松散却又互相联系的人，这批人包括艺术家（亦即画家、作家、作曲家之类），报纸记者，各种刊物上的批评家，艺术史学家，文艺理论家，美学家，等等。就是这些人，使艺术世界的机器不停地运转，并得以继续生存。"① 他们是艺术界的中坚力量，在一件物品成为艺术品的过程中发挥着自己的作用。正如迪基所说，他们发挥的是一些辅助呈现的补充性作用："除了作为呈现关键的艺术家的作用，呈现者的作用以及公众的作用之外，还有一些辅助呈现的补充性作用。它们存在于任何复杂的社会之中。这些作用中有一些旨在帮助艺术家开展工作：制作者、剧场经理、博物馆馆长、艺术商人，等等。有一些旨在帮助公众判断、理解、解释或评价一件呈现的作品：报纸记者、评论家等等。有一些远远围绕在呈现的作品周围：艺术史家、艺术理论家，与艺术哲学家。"② 戴安娜·克兰（Diana Crane）也曾探讨过那些帮助不同风格的先锋派崛起的社

---

① ［美］迪基：《何为艺术》（二），载［美］M. 李普曼编《当代美学》，邓鹏译，光明日报出版社1986年版，第111页。
② ［美］迪基：《艺术界》，载李钧主编《二十世纪西方美学经典文本》第三卷，复旦大学出版社2001年版，第816页。

会力量:"这些风格被艺术界中的不同组成部分所支持。抽象表现主义和极简主义从学院派的批评家和纽约博物馆的馆长那里获得了支持,那些人致力于现代主义的美学传统;而波普、照相写实主义和新表现主义从画商和投资收藏家那里获得了支持;象征绘画和图案绘画的支持者主要在地方的博物馆和公司收藏中。"①

可见作用于艺术品的力量纷繁众多,围绕着艺术家和公众的交流,还存在更庞大的辅助性群体的参与,所以艺术性完成的意义机制中除却艺术家与公众的交流,还蕴藏有辅助主体的复杂的补充机制。一般来说,先由艺术家按照自己的艺术理念有意识地创作出作品,赋予一件现成物以艺术资格,然后为策划人、监制、导演、舞台经理接受这件作品并帮助其在各种艺术空间语境中展示,艺术评论家、报纸记者在观看作品后进行艺术评论和报道,公众在欣赏作品的同时,他们与艺术家的交流、与辅助成员的交流也开始了,他们共享艺术家的创造理念,并参照各类辅助主体的鉴赏信息,敏锐地识别作品中的欣赏元素,发挥自己的各类能力进行欣赏,完成这件作品被作为艺术品欣赏的全过程。当然如果艺术品是长期留存的,那么只存在个体欣赏的结束,艺术家的评论和解读、公众的欣赏是不断进行的,围绕一件艺术品的对话始终是未完成的。艺术家和公众的交流是最为核心的艺术交流活动,策展人、艺术监制和艺术评论家等辅助主体与读者的交流是次要的交流,依附、寄生于核心交流活动之上。他们为核心交流活动发挥着一些辅助性功能:艺术品的展示、艺术活动的报道、专业权威的解读、艺术体验的强化等。

但在一些特殊的情况下,辅助主体也能够参与艺术家的角色。迪基曾以一个非常有趣的特例来说明辅助主体也能够赋予作品艺术性——大

---

① Diana Crane, *The Transformation of the Avant-Garde: The New York Art World*, 1940-1985, Chicago: University of Chicago Press, 1987, p.41. 转引自卢文超《艺术哲学的社会学转向——丹托的艺术界、迪基的艺术圈及贝克尔的批判》,《外国美学》2015 年第 1 期。

猩猩或大象做的画是否是艺术品呢？它们如果被放在自然历史博物馆里不是艺术品，但如果被展示在芝加哥艺术中心里，它们就是艺术品。问题的关键在于芝加哥艺术中心是艺术界的一部分，虽然大猩猩或大象的画没有发生变化，但是艺术中心负责艺术展示的艺术监制却赋予了它们艺术地位。因为展示本身就是对其艺术性的认可，对其艺术地位或资格的赋予。艺术中心的主任、艺术博物馆的馆长、舞台经理、演员等人一般作为展示者的角色出现，虽然是辅助创作者的，但他们在某种程度上也参与了艺术家的角色，发挥着一定的创造功能，尤其是当艺术品的创作者不打算扮演重要的角色时，他们帮助艺术家完成他的作品。除却这些特殊的作品，一般的艺术品只需由艺术家来赋予其艺术地位就可以了，艺术监制、策展人、艺术评论家等人作为辅助角色，是进一步巩固这件人工制品的艺术地位的人，艺术界需要他们的行为维持艺术体制的正常运行。

值得一提的是，艺术地位的赋予和接受并非纯粹的美学问题，这其中还涉及更复杂的关于话语权和自身利益等各类问题。艺术界的各类主体之间既相互依赖，也彼此冲突，尤其在话语权和象征资本的争夺上。贝克尔曾指出画廊主和博物馆馆长之所以激烈反对地景艺术，是因为它无须在画廊或博物馆中展出，这无疑威胁了他们赋予艺术品价值的权利，损害了他们的切身利益。所以艺术体制并非在纯粹的美学层面上运行。不过这是另一个讨论的话题了。

社会文化语境在文学意义的生成和艺术本质的赋予上虽然发挥着不同的机制。但两者也具有一些共同之处：第一，关联原则是它们运行的基本原则（这也是所有语境类型都在遵循的基本原则）。文学意义解读所涉及的各种语境集合不仅与文本、作者发生关联，它们彼此之间也是相互关联的整体。艺术活动所关联的一切语境因素，也是无法脱离其他因素而存在和言说的整体。第二，开放性是语境机制保持其科学性的必要方式。语境是无法限定的可能性集合，我们关于它的言说一旦人为地将其闭合，罗列种种，并以为这就是它的全部，一定会有众多的语境因素被遗漏在外。因为关联是无尽的，整个宇宙、自然、文明都是彼此关联的网络；因为时间是前行着的，未来所言说所关联的也会加入语境的集合；因为空间是不断变幻着的，艺术的传播会引入更丰富的异域语境。所以无论文学的意义还是艺术的本质，它们所关联的社会文化语境乃至整个语境从整体的可能性来看都是开放的、未完成的。但需要注意的是，当某个艺术作品被解读的时空和观众确定下来后，与之关联的语境数量就是有限的了。正是这无数个有限的语境构成了语境整体的开放性。

结语　语境的边界和语境批评

解读文学作品的意义，就是在绘制语境的地图，从文本内的上下文，话语间对话的语境，到文本间性语境、符号间性语境，再到更为广阔的社会文化语境，层层脉络展开，获取更丰富的意义。每一个文本的每一次阅读都有自己独特的语境图景。各种类型的语境因为自身的特性和在文学活动中的不同位置，而发挥着各不相同的意义机制，文本内语境以发散—聚合的功能联系其他语境，文本间性语境在识别中被激活其意义功能，符号间性语境以语言和图像的互动生发意义，而社会文化语境通过作者与读者之间的语境化交流，共享和纳入更广阔的语境集合，从而推导和揭示意义。

文本内语境是所有其他语境发挥意义功能的基础和载体。从文本内部的话语到互文的语言文本和图像文本，再到各种社会文化语境，往往是通过语言的隐喻或暗喻来完成的。其他语境并不直接出现，而是借用与当前文本内语境的某些符号或意象的重叠隐匿在文本背后，等待读者揭开这个谜题。文本话语中含有各种有待被识别和引发关联的线索，这些线索将其他语境中的各类文本、符号、知识、记忆和情感等都聚合到文本中生成复义。如社会文化语境要对意义发生作用，终归要落实到文本的话语层面。索绪尔说语言符号在两个轴上展开，一个是组合（语序）轴，一个是聚合（联想）轴。社会文化语境的变化所带来的意义改变，无法脱离这两个层面进行。在组合轴上，时代的变迁会带来意义的变化。这种变化会通过语言的组合方式和标点等话语特征表现出来。比如中国古代没有标点的文本到了现代被加以标点，意义自然发生了变化。在聚合轴上，时空的变迁也使每个词所引发的联想出现巨大差异。如同样是一段关于美人的描述，古人和今人各有各的联想，中西方人的想象更显差异。现代人想象古典美人多凭影视、图片、绘画的印象，西方人想象东方的古典美人更是朦胧，心中更多的是他们西方古代美人的影像，用这些影像来想象中国美人的样子肯定又差了几层。如若让他们去想象林妹妹的样子，无论是从样貌还是心性，都很难如我们那般真切和欣赏。除了文本内语境，其他语境之间也都无法脱离彼此而独立言说，否则会产生偏颇的危害。例如文本间性语境如果规避了主体的社会文化语境，只剩下文本间的借鉴和复制，那么抄袭、剽窃就成为一种合法合理的写作手段。

  语境地图由各种语境类型共同描绘而成，但地图上的边界并非泾渭分明，各种语境之间盘亘交错，文本外的语境渗透在文本之内，符号间性语境本身就是文本间性语境中所衍生的一部分，作者的语境被读者的语境所重新建构，文学内虚拟的语境与文学外的现实的语境彼此交融。不仅如此，我们似乎也看不到语境的边界，它可以是任何事物任何信息，但又好像什么也不是。这种优越的包容性，同时也让它遭到虚无感的质疑。威廉·汉克斯（W. F. Hanks）曾如此描述它：

  语境是什么？它是一切，又空无所有。它就像一个影子，逃避那些试图逃避它的人，逃避理论的层次和范畴，追逐那些试图逃避它的人，把自己影射成即使最明确的陈述所依赖的不为人注意的基础。如果你被不完全性的现象学概念所说服，那么语境是无穷无尽的。您越是尝试指定它，您的表达就越空白，所有这些都需要填充它。从根本上说，语境和人类世界一样，都是语言使用发生的地方,也是语言结构组织的地方。①

文学语境给人的印象和感受也不例外:语境无边无际到囊括所有,但这同时也意味着它空无所有。这是语境所面临的两个困境:一是语境是否无边无际;二是语境是否空无一物。这是一个问题的两面,当它无边无际,囊括所有的事物和信息时,也是空无一物的表现。

首先,语境是否具有边界?对于每一次话语的交流而言,语境从来都是有限的。那种无穷无尽或无边无际只是学理上的假想,我们假想一个文本或一段话语可能相关的语境的数量无限,但在实际运用中所关联的语境却是有限的,尤其对于一个确定的读者或听众来说。为了防止这种对语境的滥用瑞恰兹用因果关系限定语境在语义学批评中的运用,所以我们在调用语境信息来解读时,并不是处理那个无穷无尽的语境集合,而是处理我们认为与文本有关的那些事件与文本的关系。在我们不拘囿审视语境的眼光的同时,也不用无限扩大语境的容量。无畏地冷静地客观地对待语境才是应有的方式。人们不会也无法把整个文明史用来解读一篇文章,用来理解一句话。人们只会依循文本和话语中的线索,在自己有限的知识和体验中找到相关联的语境。所以无边无际只是我们在学理上对语境的一种假想。对于每一次意义的生成来说,语境都是有限且有效的。

既然如此,我们在学理上是否还需要给语境划下边界?其实和语境相似的概念还有很多,维特根斯坦曾对"数"和"游戏"的概念做出这样的建议:

我可以这样来对"数"这个概念作出严格的限定,也就是把

---

① W. F. Hanks, *Language & Communicative Practices*, Boulder, Co. Westview Press, 1996, p.140. 转引自 Teun A. van Dijk, *Society and Discourse: How Social Contexts Influence Text and Talk*, Cambridge University Press, 2009。

"数"这个词用作一个严格限定的概念,但是,我也可以这样来使用这个词,使这个概念的外延并不被一个边界所封闭。而这正是我们使用"游戏"一词的方式。因为游戏的概念该怎样来约束呢?什么仍可算作游戏,什么又不再能算了呢?你能给出个边界来吗?不能。你可以划一个边界;因为至今还没有划过。(但这一点在你过去使用"游戏"一词时从没有使你为难过。)①

虽然我们曾为"语境""数""游戏""文学"这样的概念划下边界,做出严格的限定,但它们的发展总会溢出这个边界,使我们的划定变得徒劳。所以维特根斯坦建议不用边界来封闭一个概念,才是更合适的使用方法。而且给它们划定边界,也是我们无能为力的事,然而这并不影响我们对这些概念的使用。所以既然我们无法为语境划定边界,而且这也并未影响它在话语交流中发挥功用,那么就不用纠结于此,放下空泛的假想和质疑,专注于语境在话语实践中有限且有效的使用更有价值。

其次,语境是否虚空无物?如果它真的等同于所囊括的那一切事物和信息,那么它就没有存在的价值,可是从实际的发展来看并非如此。无论是在自然科学还是人文社会科学中,我们都越来越多地运用语境来表达它,关注它,研究它。语境强调的是一种整体思维,外在的关联域与事物交织为整体,影响和制约事物的生成和发展;它强调的是一个动态结构,语境是逐渐生成并不断变化的;它强调的是一种认知模式,外在事物需要进入认知的心理层面才能发生关联……如果我们不在这些语境的独特性和关注点上使用它,就会导致它的虚无和无意义。随意而笼统地运用语境,让乔纳森·卡勒发出警告:

语境的概念常常不是丰富了讨论,而是简单化了讨论,因为一

---

① [奥]维特根斯坦:《哲学研究》,李步楼译,商务印书馆2000年版,第49页。

个行为及其语境之间的对立似乎假定了语境乃是规定的,由此决定行为的意义。我们自然知道,事情不是那么简单:语境根本上并非不同于它所语境化的东西;语境不是规定的,而是逐渐产生的;属于语境的东西是由诠释的策略决定的;语境与事件一样,都需要阐明;而语境的意义则由事件决定。可是当我们使用语境这个术语的时候,却滑回到它所提出的简单模式中。①

关于语境的边界,我们还有一个需要强调的边界问题——文本与语境的边界。我们曾将文学语境解释为"文本的语境",从概念的区分上来看语境是作为文本的外在关联域而存在的。但在实际的阅读中,两者相互影响和转化,界限并不分明。语境辅助文本生成意义,但反过来文本也影响着语境。从文本内部来看,文本是语境的一部分,并且是对语境的一种表达,语境会随着文本的变化而变化;从文本外部来看,一个文本会变成其他文本语境的一部分,尤其是文本间性语境是这种转化最直接的表现。语境本身是不可见的、隐藏的,而文本的话语线索使语境得以显现。虽然语境是文本解读和理解的基础,但同时语境也要依赖文本而呈现、活跃。文本在经历阅读时都不会再是那个纯然客观的文本,而是被读者语境化了的文本。语境在遇到文本之后也不再是那个潜在无关的语境,而是被文本化了的语境。阅读是作者与读者在文本中进行的对话,读者对故事进行复述、对情感进行体验,而复述从来不是完好无损地表达事件,体验更是附着上了读者的自我经历和情感色彩。从最基本的阅读层面来说,读者在阅读时会选用各自不同的语调和断句方式。这些因人而异的阅读方式,并不是文本所固有的,它们随着读者的变换而变化,是与读者相关的语境要素。所以阅读中的文本是一个被读者的语调和断句语境化了的文本,而语境本身,读者的语调和断句的常识,

---

① 转引自[加]琳达·哈琴《反讽之锋芒:反讽的理论与政见》,徐晓雯译,河南大学出版社 2010 年版,第 186 页。

也都以文本话语的形式呈现，是一种文本化了的语境。从更深层的阅读体验来看，当读者关联更丰富的语境信息来解读文本时，无论哪一种语境类型，哪一种语境信息，一旦介入文本发挥意义功能，都因为与文本的关联交织而被文本化，同时无论文本表述的是事件还是情感，是写实还是荒诞，都在语境的折射中表现出异样的色彩，成为一种语境化的文本。

最后需要说明的是语境在文学批评中的功用和价值。从广义的角度来说，文学批评也是一种文学阅读的方式，与一般阅读不同的是文学评论家把自己解读到的意义又以话语的方式表达出来。语境的意义生成机制在文学批评的领域、在评论家的阅读和写作中发挥着同样的功能。那么语境对文学批评具有怎样的价值呢？

正如迪基回顾过去的艺术理论那样，没有一种艺术理论不是一种语境理论，对于文学批评而言，也是同样的道理。没有一种文学批评不是语境批评，只不过它们所关注的语境的厚度和角度不同。社会文化批评关注的是社会文化语境，新批评关注的是文本内语境，结构主义关注的是文本间性语境……语境批评从来不是一种新的批评类型，语境一直左右着批评，并将继续影响着批评，没有一次阅读能够离开语境，批评同样如此。语境赋予了每次阅读以丰富性和特殊性。因为语境的存在，没有一次阅读和意义的生成过程是完全相同的。虽然文本自身是稳定的，但解释者的语境不断变动。换句话说，固定的主题、结构和修辞，在不同的语境中反复出现，在拥有不同的语境认知的读者中反复出现，就出现了意义的差异。解读者的语境与作者或其他读者的语境距离越远，这种意义的差异就越大。在对于语境的态度上我们往往是矛盾的，既需要并渴望运用语境来参与文本意义的解读，丰富文本的意义，让我们的阅读更加充满趣味，但同时我们又用不断的解读和研究去解构那些已被唤醒的语境，试图找到更丰富的意义。

虽然每一种文学批评都是语境批评，但我们重谈语境批评并非没有意义，而是为了揭示和强调文学批评中自觉的语境意识，发挥语境在文学批评中的复义生成功能。罗兰·巴尔特指出批评从某种意义上来说，并不是翻译作品，探索文本的意义，而是生成意义。"批评不能企图'翻译'（traduire）作品，尤其是不可能翻译得清晰，因为没有什么比作品本身更清晰了。批评所能做的，是在通过形式——作品，演绎意义时'孕育'（engendrer）出某种意义。"① 批评只有依靠语境的帮助才能孕育作品的丰富意义。尤其对于复杂的文学作品，各种语境之间的交织渗透，阅读和批评这类文本尤为需要一种语境的自觉。以"元小说"的阅读和批评来说，元小说是一种"对整个叙述方式具有强烈自我意识"的小说。② 它在虚拟和现实、艺术和生活、文本和世界之间来回穿梭。对这类小说进行批评，势必无法局限在只有虚构、艺术和文本的文本内语境，关于现实、生活和世界的社会文化语境与之是彼此交织，共同烘托文本的。如果某一元小说是以戏仿的方式创作，那么还要加入文本间性语境作为参照。如果它又辅之以图像或音符等其他符号来书写，那么符号间性语境也要在解读中发挥作用。元小说的语言形式，往往是以作者对叙事本身的评论打断原有叙事的连续性，这是以社会文化语境中作者的身份强行置入文本内语境，使文本内语境不再自我封闭地浑然一体，而是充满了社会文化语境的补丁。所以元小说的解读和批评，很大程度上是在多种语境重新交织的新语境中进行的。能够欣赏这类小说的读者，必定要具有较高的艺术修养，对这类文本进行批评的评论家更要具备穿梭于各类语境之间的鉴赏力。

认识语境对于批评的这种重要功用是自觉的语境意识的前提和基础，选择语境的宽度和视角是自觉运用语境意识的重要表现。所谓

---

① ［法］罗兰·巴尔特：《批评与真实》，温晋仪译，上海人民出版社1999年版，第62页。
② Linda Hatcheon, *A Poetics of Postmodernism: History, Theory, Fiction*, New York and London: Routledge, 1988, p.113.

"语境的宽度"是指批评家在讨论中所引入的文学作品以外的事物的数量。① 仅仅关注文本内语境的批评家所选用的是一种窄语境（Narrow-context）的批评方法，而喜欢在社会文化语境中解读作品的批评家选用的是一种宽语境（Broad-context）的批评方法。语境方法的不同选择带来了不同的批评结果。罗伯特·布伦博（Robert S. Brumbaugh）曾为此做过贴切的比喻，将宽语境和窄语境的批评方法分别比喻为望远镜和显微镜。② 宽语境让我们把遥远的恒星拉近，把语境看作一个彼此相关的整体，而窄语境的批评方法让我们了解每个事物丰富的结构细节。窄语境的批评对作品本身感兴趣，他们一般会思考这个故事讲得好不好，对作者的私生活没有丝毫兴趣。宽语境方法的批评家，会把文学作品作为某种文化的象征，对作品的价值和一般意义感兴趣，他们一般会思考这个故事象征着什么思想，具有何种一般意义。两种语境批评方法都存在优缺点。窄语境批评方法的优势在于能让我们关注文本自身各部分的功能，而其缺点在于对文学作品的视域的限制。一位窄语境的批评家不能充分地讨论这部作品与社会、世界之间的关系。宽语境批评方法的优点是它使我们更加清晰地看到文学和生活、社会的关系，发挥其实用性的功能，而缺点在于它不能精确地讨论作品的细节。现在的文学批评明显更倾向于宽语境方法，无论在文学、艺术、教育、社会科学还是自然科学的研究中都提倡跨学科的研究。但完全朝这种倾向发展未必是正确的，因为当我们在更广泛的语境中研究某一个对象时，需要它首先在自己独立的狭窄语境中被研究清楚。所以以窄语境为基础的宽语境方法才是更为可靠的批评方式。自觉的语境意识能够使我们更好地选择自己的语境宽度，并注重两种语境批评方法的结合，取长补短，进行更为科学、公允和有效的批评。

---

① Robert S. Brumbaugh, "Broad-and Narrow-Context Techniques of Literary Criticism", *The English Journal*, Vol. 36, No. 6, June 1947, p. 294.

② Robert S. Brumbaugh, "Broad-and Narrow-Context Techniques of Literary Criticism", *The English Journal*, Vol. 36, No. 6, June 1947, p. 299.

主要参考文献

一 中文文献

（一）专著

1. 李新城、陈婷珠译注：《晏子春秋译注》，上海三联书店2014年版。
2. 《辞海》（缩印本），上海辞书出版社1999年版。
3. 陈丹青：《纽约琐记》，广西师范大学出版社2007年版。
4. 邓乔彬：《有声画与无声诗》，上海社会科学院出版社1993年版。
5. ［德］海德格尔：《世界图像时代》，载孙国兴编《海德格尔选集》，生活·读书·新知三联书店1996年版。
6. ［德］汉斯－格奥尔格加达默尔：《哲学解释学》，夏镇平、宋建平译，上海译文出版社2004年版。
7. ［德］汉斯－格奥尔格加达默尔：《真理与方法：哲学诠释学的基本特证》上下卷，洪汉鼎译，上海译文出版社1999年版。
8. ［德］莱辛：《拉奥孔》，朱光潜译，人民文学出版社1979年版。
9. ［美］鲁道夫·阿恩海姆：《艺术与视知觉》，滕守尧、朱疆源译，中国社会科学出版社1984年版。
10. ［德］H. R. 姚斯、［美］R. C. 霍拉勃：《接受美学与接受理论》，周宁、金元浦译，辽宁人民出版社1987年版。
11. ［俄］罗曼·雅各布森：《语言学与诗学》，滕守尧译，载赵毅衡编选《符号学文学论文集》，百花文艺出版社 2004 年版。

12. ［法］托多罗夫：《巴赫金、对话理论及其他》，蒋子华、张萍译，百花文艺出版社 2001 年版。

13. ［法］保罗·利科尔：《解释学与人文科学》，陶远华等译，河北人民出版社 1987 年版。

14. ［法］保罗·利科尔：《言语的力量：科学与诗歌》，载李钧主编《二十世纪西方美学经典文本》第 3 卷，复旦大学出版社 2001 年版。

15. ［法］布尔迪厄：《关于电视》，许钧译，辽宁教育出版社 2000 年版。

16. ［法］蒂费纳·萨莫瓦约：《互文性研究》，邵炜译，天津人民出版社 2003 年版。

17. ［法］皮矣尔·卡巴内：《杜尚访谈录》，王瑞芸译，广西师范大学出版社 2001 年版。

18. ［法］罗兰·巴尔特等：《形象的修辞》，载吴琼、杜予编《形象的修辞：广告与当代社会理论》，中国人民大学出版社 2005 年版。

19. ［法］罗兰·巴尔特：《作者之死》，载赵毅衡编选《符号学文学论文集》，百花文艺出版社 2004 年版。

20. ［法］罗兰·巴尔特：《S/Z》，屠友祥译，上海人民出版社 2000 年版。

21. ［法］罗兰·巴尔特：《批评与真实》，温晋仪译，上海人民出版社 1999 年版。

22. ［法］罗朗·巴尔特：《叙事作品结构分析导论》，载伍蠡甫、胡经之主编《西方文艺理论名著选编》下卷，北京大学出版社 1987 年版。

23. ［法］米歇尔·福柯：《话语的秩序》，载谢立中编《西方社会学经典读本》（下），北京大学出版社 2008 年版。

24. ［法］让-弗朗索瓦·利奥塔：《后现代状态——关于知识的报告》，车槿山译，生活·读书·新知三联书店 1997 年版。

25. ［法］热拉尔·热奈特：《热奈特论文集》，史忠义译，百花文艺出版社 2001 年版。

26. 郭贵春:《语境与后现代科学哲学的发展》,科学出版社 2002 年版。

27. [加] 琳达·哈琴:《反讽之锋芒:反讽的理论与政见》,徐晓雯译,河南大学出版社 2010 年版。

28. [加] 麦克卢汉、[加] 秦格龙编:《麦克卢汉精粹》,何道宽译,南京大学出版社 2000 年版。

29. [加] 马歇尔·麦克卢汉:《理解媒介——论人的延伸》,何道宽译,商务印书馆 2000 年版。

30. [晋] 陆机:《文赋》,载郭绍虞主编《中国历代文论选》一卷本,上海古籍出版社 2001 年版。

31. 孔寿山:《唐朝题画诗注》,四川美术出版社 1988 年版。

32. 李修文:《西门王朝》,载《浮草传》,新星出版社 2012 年版。

33. 林白:《一个人的战争》,李津插图,北京十月文艺出版社 2004 年版。

34. 缪朗山:《西方文艺理论史纲》,中国人民大学出版社 1985 年版。

35. [美] 阿瑟·丹托:《寻常物的嬗变——一种关于艺术的哲学》,陈岸瑛译,江苏人民出版社 2012 年版。

36. [美] 阿瑟·丹托:《艺术的终结》,欧阳英译,江苏人民出版社 2005 年版。

37. [美] 爱德华·T.霍尔:《语境与意义》,载 [美] 史蒂夫·莫滕森编选《跨文化传播学:东方的视角》,关世杰、胡兴译,中国社会科学出版社 1999 年版。

38. [美] 布拉德福德"J"霍尔:《跨越文化障碍——交流的挑战》,麻争旗等译,北京广播学院出版社 2003 年版。

39. [美] 布鲁克斯:《精致的瓮:诗歌结构研究》,郭乙瑶等译,上海人民出版社 2008 年版。

40. [美] 大卫·雷·格里芬:《后现代科学——科学魅力的再现》,马季方译,中央编译出版社 2004 年版。

41. ［美］戴维·玻姆：《整体性与隐缠序：卷展中的宇宙与意识》，洪定国等译，上海科技教育出版社 2004 年版。

42. ［美］戴卫·赫尔曼：《社会叙事学：分析自然语言叙事的新方法》，载［美］戴卫·赫尔曼主编《新叙事学》，马海良译，北京大学出版社 2002 年版。

43. ［美］迪基：《何为艺术》（二），载［美］M. 李普曼编《当代美学》，邓鹏译，光明日报出版社 1986 年版。

44. ［美］迪基：《艺术界》，载朱立元主编《二十世纪西方美学经典文本》第三卷，复旦大学出版社 2001 年版。

45. ［美］哈罗德·布鲁姆：《影响的焦虑》，徐文博译，生活·读书·新知三联书店 1989 年版。

46. ［美］海登·怀特：《后现代历史叙事学》，陈永国、张万娟译，中国社会科学出版社 2003 年版。

47. ［美］海登·怀特：《元史学：十九世纪欧洲的历史想像》，陈新译，译林出版社 2004 年版。

48. ［美］罗宾·R. 沃霍尔：《歉疚的追求：女性主义叙事学对文化研究的贡献》，载［美］戴卫·赫尔曼主编《新叙事学》，马海良译，北京大学出版社 2002 年版。

49. ［美］诺埃尔·卡罗尔：《今日艺术理论》，殷曼楟、郑从容译，南京大学出版社 2010 年版。

50. ［美］浦安迪：《中国叙事学》，北京大学出版社 1996 年版。

51. ［美］乔纳森·卡勒：《论解构》，陆扬译，中国社会科学出版社 1998 年版。

52. ［美］乔纳森·卡勒：《文学理论入门》，李平译，译林出版社 2008 年版。

53. ［美］乔治·迪基：《艺术的体制理论》，载［美］诺埃尔·卡罗尔编《今日艺术理论》，殷曼楟、郑从容译，南京大学出版社 2010 年版。

54. ［美］苏珊·S. 兰瑟：《虚构的权威——女性作家与叙述声音》，黄必康译，北京大学出版社 2002 年版。

55. ［美］苏珊·桑塔格：《论摄影》，艾红华、毛健雄译，湖南美术出版社 1999 年版。

56. ［美］威廉·B. 古迪孔斯特：《在低语境和高语境文化中的不确定性消减和行为的可预见性：一项探索性研究》，载［美］史蒂夫·莫滕森编选《跨文化传播学：东方的视角》，关世杰、胡兴译，中国社会科学出版社 1999 年版。

57. （明）谢榛：《四溟诗话》，中华书局 1985 年版。

58. （明）徐渭：《徐文长集》卷五《画百花卷与史甥，题曰漱老谑墨》，载《徐渭集》，中华书局 1983 年版。

59. （明末清初）金圣叹：《贯华堂第五才子书水浒传·读第五才子书法》，载《金圣叹全集》（一），江苏古籍出版社 1985 年版。

60. （明末清初）王夫之：《姜斋诗集·题庐雁绝句（序）》，《船山全书》第 15 册，岳麓书社 1996 年版。

61. （明末清初）王夫之：《唐诗评选·评孟浩然〈鹦鹉洲送王九之江左〉》，《船山全书》第 14 册，岳麓书社 1996 年版。

62. （南朝梁）刘勰著，范文澜注：《文心雕龙注》卷八，人民文学出版社 1958 年版。

63. （南朝梁）刘勰著，周振甫注：《文心雕龙注释》，人民文学出版社 2002 年版。

64. （清）曹雪芹：《脂砚斋批评本红楼梦》，脂砚斋评，王丽文校点，岳麓出版社 2006 年版。

65. （清）叶燮：《已畦文集·赤霞楼诗集序》，载胡经之主编《中国古典美学丛编》上册，中华书局 1988 年版。

66. ［瑞士］费尔迪南·德·索绪尔：《普通语言学教程》，高名凯译，商务印书馆 1999 年版。

67.（清）沈德潜：《说诗晬语》卷下，载《清诗话》下册，上海古籍出版社 1978 年版。

68.（宋）郭若虚：《图画见闻志》，人民美术出版社 2003 年版。

69.（宋）郭思编，杨伯编著：《林泉高致集》，中华书局 2010 年版。

70.（宋）沈括著，王洛印译注：《梦溪笔谈译注》，生活·读书·新知三联书店 2014 年版。

71.［苏］巴赫金：《巴赫金全集》第三、四、五卷，钱中文主编，河北教育出版社 1998 年版。

72.（唐）皎然著，李壮鹰校注：《诗式校注》，齐鲁书社 1986 年版。

73.（魏）王弼著，楼宇烈校释：《王弼集校释》（下），中华书局 1980 年版。

74. 王德春：《修辞学探索》，北京出版社 1983 年版。

75. 王瑾：《互文性》，广西师范大学出版社 2005 年版。

76. 王岳川、尚水：《后现代主义文化与美学》，北京大学出版社 1992 年版。

77.［日］西槙光正编：《语境研究论文集》，北京语言学院出版社 1992 年版。

78. 徐复观：《中国艺术精神》，华东师大出版社 2001 年版。

79.［希］柏拉图：《柏拉图文艺对话集》，朱光潜译，人民文学出版社 1963 年版。

80.［希］亚里士多德：《诗学》，陈中梅译注，商务印书馆 2003 年版。

81.［希］亚里士多德：《形而上学》，吴寿彭译，商务印书馆 1997 年版。

82.［意］安伯托·艾柯：《误读》，吴燕莛译，新星出版社 2006 年版。

83.［意］达·芬奇：《芬奇论绘画》，戴勉编译，人民美术出版社 1979 年版。

84.［英］D. C. 米克：《论反讽》，周发祥译，昆仑出版社 1992 年版。

85.［英］玛格丽特·A. 罗斯：《戏仿：古代、现代与后现代》，王海萌译，南京大学出版社 2013 年版。

86. ［英］特里·伊格尔顿：《文学原理引论》，刘峰译，文化艺术出版社 1987 年版。

87. ［英］威廉·燕卜荪：《朦胧的七种类型》，周邦宪等译，中国美术学院出版社 1996 年版。

88. ［英］维多利亚 D. 亚历山大：《艺术社会学》，章浩、沈杨译，江苏美术出版社 2009 年版。

89. ［奥］维特根斯坦：《哲学研究》，李步楼译，商务印书馆 2000 年版。

90. （元）汤垕：《画鉴》，载黄宾虹等《中华美术丛书》第十四册，北京古籍出版社 1998 年版。

91. （元末明初）罗贯中：《全图绣像三国演义》，毛宗岗评，内蒙古人民出版社 1981 年版。

92. 叶匡政：《新视像读本》，载《一个人的战争》，北京十月文艺出版社 2004 年版。

93. 《易经》，苏勇点校，北京大学出版社 1989 年版。

94. 北京大学哲学系美学教研室编：《中国美学史资料选编》下册，中华书局 1981 年版。

95. 《周易》，宋祚胤注译，岳麓书社 2001 年版。

96. 张志公：《现代汉语》，人民教育出版社 1982 年版。

97. 张志公：《语义和语言环境》，载［日］西槇光正编《语境研究论文集》，北京语言学院出版社 1992 年版。

98. 赵毅衡编选：《"新批评"文集》，卞之琳等译，百花文艺出版社 2001 年版。

99. 赵毅衡：《反讽时代：形式论与文化批评》，复旦大学出版社 2011 年版。

100. 赵毅衡：《符号学原理与推演》，南京大学出版社 2011 年版。

101. 朱永生：《语境动态研究》，北京大学出版社 2005 年版。

102. 朱永生等：《功能语言学导论》，上海外语教育出版社 2004 年版。

103. 宗白华：《美学散步》，上海人民出版社 2002 年版。

（二）论文

1. 曹剑波：《怀疑主义难题的语境主义解答——基思·德娄斯的虚拟条件的语境主义评价》，《自然辩证法研究》2005 年第 6 期。

2. 陈广学：《形象文本中的"语—图"互文关系》，《江西社会科学》2007 年第 9 期。

3. 陈治安、文旭：《试论语境的特征与功能》，《外国语》（上海外国语大学学报）1997 年第 4 期。

4. 成素梅、郭贵春：《语境论的真理观》，《哲学研究》2007 年第 5 期。

5. 程锡麟：《互文性理论概述》，《外国文学》1996 年第 1 期。

6. ［德］汉斯·利希特：《杜尚：从反艺术到艺术》，邱浒译，《湖北美术学院学报》2001 年第 3 期。

7. 方颖玮、麦永雄：《重复、戏仿与差异的力量——互文理论观照下的〈洛丽塔〉》，《江淮论坛》2011 年第 6 期。

8. 高建平：《文学与图像的对立与共生》，《文学评论》2005 年第 6 期。

9. 郭俊：《柴柯夫斯基、托尔斯泰和一名普通流行歌手——看音乐艺术中的语境意义》，《中小学音乐教育》2006 年第 8 期。

10. 郭英杰：《1919—1949 年美国诗歌对中国诗歌的互文与戏仿》，《北京第二外国语学院学报》2015 年第 8 期。

11. 胡易容：《符号修辞视域下的"图像化"再现》，《福建师范大学学报》（哲学社会科学版）2013 年第 1 期。

12. 李国华：《"语境"的介入——略论将语境问题引入美学研究中的可行性》，《天府新论》2004 年第 4 期。

13. 林承琳：《从"言（象）意说"和"能指"、"所指"理论看中西绘画差异》，《山东教育学院学报》2004 年第 5 期。

14. 刘坚、程力：《语境控制理论的跨文化传播意义》，《东北师大学报》（哲学社会科学版）2007 年第 4 期。

15. 刘毅青：《书画同源对文人画的影响》，《惠州学院学报》（社会科学版）2003 年第 2 期。

16. 刘悦笛：《在"文本间性"与"主体间性"之间——试论文学活动中的"复合间性"》，《文艺理论研究》2005 年第 4 期。

17. 龙向洋：《以"诗"证〈诗〉：明清〈诗经〉评点方式》，《湖州师范学院学报》2006 年第 6 期。

18. 卢文超：《艺术哲学的社会学转向——丹托的艺术界、迪基的艺术圈及贝克尔的批判》，《外国美学》2015 年第 1 期。

19. 鹿少君：《民艺文化在现代家居设计中的语境功能》，《装饰》2006 年第 7 期。

20. 罗钢、刘凯：《影响的神话——关于"田冈岭云文论对王国维'意境说'的影响"之辨析》，《清华大学学报》（哲学社会科学版）2015 年第 4 期。

21. 吕旭龙：《确证的困境与超越的可能》，《山西师大学报》（社会科学版）2005 年第 2 期。

22. ［美］马芝安：《中国画家李津》，《荣宝斋》2003 年第 1 期。

23. 马大康：《言语行为理论：探索文学奥秘的新范式》，《文学评论》2015 年第 5 期。

24. 苗兴伟：《关联理论与认知语境》，《外语学刊》（黑龙江大学学报）1997 年第 4 期。

25. 南帆：《冲突：文化史与当代文学》，《文艺理论研究》1991 年第 4 期。

26. 南帆：《反讽：结构与语境——王蒙、王朔小说的反讽修辞》，《小说评论》1995 年第 5 期。

27. 申丹：《语境、规约、话语——评卡恩斯的修辞性叙事学》，《外语与外语教学》2003 年第 1 期。

28. 施江城：《心境·语境·画境》，《艺术界》2005 年第 3 期。

29. 宋常立：《〈红楼梦〉的语境分析——对〈红楼梦〉叙事方法的解读》，《红楼梦学刊》2006 年第 5 期。

30. 谭真明：《论古代小说中的"有诗为证"——兼评四大名著中的诗词韵文》，《齐鲁学刊》2006 年第 3 期。《小说中的"有诗为证"》，《博览群书》1996 年第 2 期。

31. 童庆炳：《社会文化对文学修辞的影响》，《华中师范大学学报》（人文社会科学版）2015 年第 4 期。

32. 涂靖：《文学语用学——一门新兴的边缘学科》，《外国语》（上海外国语大学学报）2004 年第 3 期。

33. 涂靖：《语用理论与文学批评——文学语用学探索之三》，《四川外语学院学报》2005 年第 6 期。

34. 屠克：《文学语篇中的预设与接受》，《河南大学学报》（社会科学版）2007 年第 6 期。

35. 王德春：《语境学是修辞学的基础》，《学术研究》1964 年第 5 期。

36. 王牧：《景观建筑设计中的形式语言与语境——对地域性形式语言的探究》，《四川建筑》2006 年第 4 期。

37. 王丕承：《两篇〈桨声灯影里的秦淮河〉散文文本的多重语境分析》，《北京科技大学学报》（社会科学版）2005 年第 1 期。

38. 王汶成：《作为言语行为的文学话语》，《文学评论》2016 年第 2 期。

39. 王燕：《十九世纪西方人眼中的"淫书"——以艾约瑟〈红楼梦〉书评为中心》，《红楼梦学刊》2016 年第 4 期。

40. 吴泽扬、马芫：《关联理论与语境》，《上海金融学院学报》2004 年第 3 期。

41. 肖谊：《纳博科夫多元文化接受的体现——〈洛丽塔〉的戏仿与人物塑造》，《西安外国语学院学报》2000 年第 2 期。

42. 萧鸿鸣：《大俗则是大雅——八大山人诗偈选注》，《南方文物》1999 年第 1 期。

43. 谢嘉幸：《音乐的语境——一种音乐解释学视域》，《中国音乐》2005年第1期。

44. 熊国华：《论诗歌的瞬间语境——以唐诗为例》，《文艺理论研究》2004年第2期。

45. 殷杰：《语境主义世界观的特征》，《哲学研究》2006年第5期。

46. 于波：《试从语用学角度赏析文学作品——〈傲慢与偏见〉的会话含意》，《语文学刊》（外语教育教学）2015年第5期。

47. 张节末、刘毅青、闫月珍、徐承、李春娟：《比较语境中的误读与发明——推求徐复观、叶维廉、高友工、方东美等学者重建中国美学的若干策略》，《浙江大学学报》（人文社会科学版）2007年第4期。

48. 张荣翼：《两种文学经典的夹缝中——中国现当代文学的文化语境》，《清华大学学报》（哲学社会科学版）2007年第5期。

49. 张旭春：《德里达对奥斯汀言语行为理论的解构》，《国外文学》1998年第3期。

50. 张缨：《指示的转换与文学作品中意义的维度》，《西安外国语学院学报》2005年第3期。

51. 张玉勤：《中国古代戏曲插图本的"语—图"互文现象》，《江西社会科学》2010年第12期。

52. 赵宪章：《超文性戏仿文体解读》，《湖南师范大学社会科学学报》2004年第3期。

53. 赵祥禄：《麦金太尔的语境主义解读》，《韶关学院学报》（社会科学版）2006年第11期。

54. 赵毅衡：《论"伴随文本"——扩展"文本间性"的一种方式》，《文艺理论研究》2010年第2期。

55. 赵毅衡：《说复义——中西诗学比较举隅》，《学习与思考》（中国社会科学院研究生院学报）1981年第2期。

56. 郑笑兵：《超文本文学的后现代性特征》，《齐齐哈尔大学学报》（哲学社会科学版）2006年第2期。
57. 朱瑜珠：《论当代设计的"语境"与创造》，《装饰》2005年第2期。

二 外文文献

（一）专著

1. B. Malinowski, "The Problem of Meaning in Primitive Languages", in C. K. Ogden and I. A. Richards, *The Meaning of Meaning*, New York and London: Harcourt Brace Jovanovich, Supplements, 1923.
2. Chatman, Seymour, *Story and Discourse: Narrative Structure in Fiction and Film*, Ithaca: Cornell University Press, 1978.
3. Dan Sperber and Deirdre Wilson, *Relevance: Communication and Cognition* (Second Edition), Oxford UK and Cambridge USA: Blackwell Publishers Ltd./Inc., 1995.
4. Diana Butler, *Lolita Lepidoptera*, New York: New World Writing, 1960.
5. Diana Crane, *The Transformation of the Avant-Garde: The New York Art World*, 1940–1985, Chicago: University of Chicago Press, 1987.
6. G. Dickie, *Aesthetics: An Introduction*, Indianapolis: Pegasus, 1971.
7. G. Frege, "On Sense and Reference", 1892, in P. Geach and M. Black, eds., *Translations from the Philosophical Writings of Gottlob Frege*, Oxford: Blackwell, 1970.
8. George Dickie, "A Response to Cohen: The Actuality of Art", in George Dickie and R J. Sclafani, *Aesthetics: A Critical Anthology*, New York: St. Martin's Press, 1977.
9. George Dickie, *Art and the Aesthetic: An Institutional Analysis*, Ithaca: Cornell University Press, 1974.
10. George Dickie, *The Art Circle: A Theory of Art*, New York: Haven Pub-

lications, 1984.

11. Guy Debord, *Society of the Spectacle*, New York: Zone, 1994, #6. 〈WWW. nothingness. org〉.

12. H. Richard Schlagel, *Contextual Realism: a Meta-physical Framework for Modern Science*, New York: Paragon House, Introduction, 1986.

13. J. Derrida, *Writing and Difference*, London: Routledge and Kegan Paul, 1978.

14. J. Hillis Miller, *Speech Act in Literature*, Stanford, California: Stanford University Press, 2001.

15. J. L. Austin, *How to Do Things with Words*, London: Oxford University Press, 1962.

16. J. Mey, *When Voices Clash: Astudy in Literary Pragmatics*, Berlin: Moutonde Gruyter, 1999.

17. J. Schwarcz, *Ways of the Illustrator: Visual Communication in Children's Literature*, Chicago: American Library Association, 1982.

18. Jean Jacques Weber, "Towards contextualized stylistics: An overview", in Jean Jacques Weber, ed., *The Stylistics Reader: From Roman Jakobson to the Present*, London and New York: Arnold, 1996.

19. Kretzmann, N., *The Cambridge History of Later Medieval Philosophy*, Cambridge: Cambridge University Press, 1982.

20. Linda Hatcheon, *A Poetics of Postmodernism: History, Theory, Fiction*, New York and London: Routledge, 1988.

21. Michael Kearns, *Rhetorical Narratology*, Lincoln and London: University of Nebraska Press, 1999.

22. Mikhail Bakhtin, *Problem of Dostoevsky's Poetics*, Carly Emerson ed. and trans., Minneapolis: University Press of Minnesota, 1989.

23. P. Nodelman, *Words about Pictures: The Narrative Art of Children's Pic-*

ture Books, Athens: University of Georgia Press, 1988.
24. Patrick Hanan, *The Chinese Vernacular Story*, Harvard University Press, 1981.
25. Paul de Man, *Blindness and Insight*, Minneapolis: Minnesota University Press, 1983.
26. Richard Bradford, *Stylistics*, New York: Routledge, 1997.
27. Richard J. Watts, "Cross-cultural problems in the perception of literature", in Roger D. Sell, ed., *Literary Pragmatics*, London: Routledge, 1991.
28. Robert C. Stalnaker, *Context and Content*, Oxford University Press, 1999.
29. Roland Barthes, "The Photographic Message", in Susan Sontag, ed., *A Barthes Reader*, New York: Hill and Wang, 1982.
30. Sara Mills, "Knowing Your Place: a Marxist Feminist Stylistic Analysis", in Michael Toolan, ed., *Language, Text and Context: Essays in stylistics*, London and New York: Routledge, 1992.
31. Seymour Chatman, *Story and Discourse: Narrative Structure in Fiction and Film*, Ithaca: Cornell University Press, 1978.
32. Teun A. van Dijk, "Pragmatics and Poetics", in van Dijk, ed., *Pragmatics of Language and Literature*, Amsterdam: North-Holland Publishing Company, 1976.
33. Teun A. van Dijk, *Discourse and Context: A Sociocognitive Approach*, Cambridge: Cambridge University Press, 2008.
34. Teun A. van Dijk, *Society and Discourse: How Social Contexts Influence Text and Talk*, Cambridge University Press, 2009.
35. Van Dijk, *Pragmatics of Language and Literature*, Amsterdam: North-Holland Publishing Company, 1976.

36. W. F. Hanks, *Language & Communicative Practices*, Boulder, CO: Westview Press, 1996.

37. W. J. T. Mitchell, *Picture Theory*, Chicago: University of Chicago Press, 1994.

(二) 论文

1. Arthur Danto, "The Artworld", *The Journal of Philosophy*, Vol. 61, No. 19, 1964.

2. D. Lewis, "Going along with Mr. Gumpy: Polysystemy and play in the modern picture book", *Signal*, No. 80, 1996.

3. Francisco Yus, "On Reaching the Intended Ironic Interpretation", *International Journal of Communication*, No. 10, 2000.

4. George Dickie, "Defining Art", *American Philosophical Quarterly*, Vol. 6, No. 3, 1969.

5. Istvan Kecskes, "Dueling Contexts: A Dynamic Model of Meaning", *Journal of Pragmatics*, Vol. 40, 2008.

6. Jill Dolan, "Text and Context", *The Hudson Review*, Vol. 38, No. 3, Autumn 1985.

7. John Cech, "Remembering Caldecott: The Three Jovial Huntsmen and the Art of the Picture Book", *The Lion and the Unicorn*, 1983 – 84, 7/8.

8. John Lye, "Contemporary Literary Theory", *Brock Review*, 2.1, 1993.

9. Lawrence R. Sipe, "How Picture Books Work", *Children's Literature in Education*, Vol. 29, No. 2, 1998.

10. P. Pullman, "Invisible pictures", *Signal*, No. 60, 1989.

11. Richard Ohmann, "Speech Acts and the Definition of Literature", *Philosophy and Rhetoric*, No. 4, 1971.

12. Richard Ohmann, "Speech, Literature, and the Space between", *New literary History*, Vol. 4, No. 1, *The Language of Literature*, Autumn

1972.
13. Robert S. Brumbaugh, "Broad-and Narrow-Context Techniques of Literary Criticism", *The English Journal*, Vol. 36, No. 6, June 1947.
14. Stanley E. Fish, "How to do Things with Austin and Searle: Speech Act Theory and Literary Criticism", *Centennial Issue: Responsibilities of the Critic*, *MLN*, Vol. 91, No. 5, October 1976.
15. Teun A. van Dijk, "Advice on the theoretical poetics", *Poetics*, Vol. 8, Issue 6, December 1979.
16. Teun A. van Dijk, "Some Problems of Generative Poetics", *Poetics*, Vol. 1, Issue 2, January 1971.
17. Kendall Walton, "Review of George Dickie: Art and the Aesthetic", *Philosophical Review*, 86/1, January 1977.

后　记

　　本人对语境的关注，由来已久。早在 2003 年，我还在华中师范大学读硕士时，导师徐正非教授就建议我选择文学语境作为硕士学位论文的题目。没有想到当时的选择，居然决定了我日后十几年的研究方向。2005 年硕士毕业后我有幸跟随南京大学赵宪章教授继续攻读博士学位。记得硕士临毕业时还没离开武汉桂子山，赵老师来武汉开会，要看看我的硕士毕业论文，当时就给我定下了博士学位论文的题目，继续做文学语境理论研究。就这样，文学语境陪伴着我读完硕士、读完博士，就像一位老朋友。直到今天国家社科基金青年项目的完成，我决定以此书暂时和它告别，并作此后记留念。

　　此书只有第一章和第二章部分内容来自我的博士毕业论文。不过依然依循着当时的思路，从语境、文学语境的本质谈起，继而分别探讨文本内语境、文本间性语境、符号间性语境和社会文化语境四种语境类型及其意义生成机制。因立志于对文学语境理论进行更深更广的研究，所以自获得国家社科基金资助以来，我就几乎是在重写毕业论文的选题。

　　与南京大学汪正龙教授见面时，每次谈起语境，他都要为我感慨这个题目的不好做。撰写这本书的六年间，我确实经历了漫长的瓶颈期，尤其是语境自身的空泛让我无从下笔，迷惘和苦闷了好长一段时间。这期间我又一度兼任行政职务四年，生育第二个儿子，研究进展很慢，直到2017年底，巨大的压力和工作生活的疲惫几乎将我压垮。所以2018年9月我就去英国剑桥大学做了一年的访问学者，专心致志地完成了国家社科基金项目的研究。得益于导师的指点、毕业论文答辩评委专家的修改意见以及国外的英文资源，虽然最终的成果没有做得多么优秀，但也得到了专家的认可，被鉴定为"良好"等级，算是给这些年的研究一个差强人意的交代。此书稿虽然也写了近25万字，但搁笔时仍觉得很多问题没有说完。语境所涉猎的领域太广，研究的视角太多，我对文学语境意义机制的探索也不过是撷取沧海一粟罢了。

此书的完成要感谢很多老师、朋友和家人。感谢我的恩师赵宪章老师和徐正非老师，他们悉心地教导我知识，引领我做研究，又如父亲般关怀着我的生活，他们对待学术和人生的态度深深影响着我，给予我人生和事业前行的力量。感谢我的同门师长汪正龙教授、沈亚丹教授、张永清教授，他们的人格魅力和学术成就，也一直鼓舞着我不断突破自我的局限，找到正确的方向。感谢我的同门，张瑜和朱全国师兄、杨建刚师弟、同窗好友王敏，读书时我们常在一起探讨，彼此鼓励，数不清的欢聚和畅谈不仅留下美好的回忆，也让我受益良多。感谢包忠文教授、曾繁仁教授、吴功正研究员、周宪教授、胡有清教授，在学位论文答辩时提出了宝贵的修改意见。还要感谢中国社会科学出版社的郭晓鸿老师及编校人员为此书出版的辛勤付出。我是如此幸运，能得到这么多师友的帮助和支持！最后还要感谢我的父亲母亲、公公婆婆、我的先生，在这十几年间，他们始终如一地珍爱和照顾我，默默地奉献，支持我的工作。此书虽然只署上我一个人的名字，但没有这么多老师、朋友和家人的帮助，绝无可能完成。

我知道与文学语境研究的这场告别，只是暂时的，所以虽然感慨却并不感伤。语境已经深深地植入我的脑海，影响着我的思维、视野以及言说的方式。它从我人生的舞台中心退场，将换作另一种姿态默默地陪伴我。

吴　昊

2020年夏于博大雅居寓所